AUTORA BESTSELLER DO *USA Today*

JENNIFER ASHLEY

A LOUCURA DE LORDE *Ian Mackenzie*

MACKENZIE

Editora **Charme**

Copyright © 2009. The Madness Of Lord Ian Mackenzie by Jeniffer Ashley
Direitos autorais de tradução© 2022 Editora Charme.

Todos os direitos reservados.
Nenhuma parte desta publicação pode ser reproduzida, distribuída ou transmitida sob qualquer forma ou por qualquer meio, incluindo fotocópias, gravação ou outros métodos mecânicos ou eletrônicos, sem a permissão prévia por escrito da editora, exceto no caso de breves citações consubstanciadas em resenhas críticas e outros usos não comerciais permitido pela lei de direitos autorais.

Este livro é um trabalho de ficção.
Todos os nomes, personagens, locais e incidentes são produtos da imaginação da autora. Qualquer semelhança com pessoas reais, coisas, vivas ou mortas, locais ou eventos é mera coincidência.

1ª Impressão 2022

Produção Editorial - Editora Charme
Capa e Produção Gráfica - Verônica Góes
Fotos - Period Images, Adobe Stock
Tradução - Ana Death Duarte
Preparação com cotejo - Monique D'Orazio e Elimar Souza
Revisão - Equipe Charme

FICHA CATALOGRÁFICA ELABORADA POR
Bibliotecária: Priscila Gomes Cruz CRB-8/8207

A826l   Ashley, Jeniffer

A loucura de Lorde Ian Mackenzie/ Jeniffer Ashley;
Tradução: Ana Death Duarte; Produção Editorial: Editora Charme;
Capa e produção gráfica: Verônica Góes;
Preparação com cotejo: Monique D'Orazio, Elimar Souza. Revisão: Equipe Charme
Campinas, SP: Editora Charme, 2022.
372 p. il.

Título original: The madness of lord Ian Mackenzie.

ISBN: 978-65-5933-104-8

1. Ficção norte-americana | 2. Romance Estrangeiro -
I. Ashley, Jeniffer. II. Duarte, Ana Death. III. Editora Charme. IV. Góes, Verônica.
V. D'Orazio, Monique. VI. Souza, Elimar. VII. Equipe Charme. VIII Título.

CDD - 813

www.editoracharme.com.br

AUTORA BESTSELLER DO *USA Today*

JENNIFER ASHLEY

TRADUÇÃO - ANA DEATH DUARTE

A LOUCURA DE LORDE *Ian Mackenzie*

MACKENZIES SERIES
LIVRO #1

Editora
Charme

Jennifer Ashley

Capítulo Um

Londres, 1881

— Uma tigela Ming é como o seio de uma mulher — proferiu Sir Lyndon Mather a Ian Mackenzie, que segurava a tigela em questão entre as pontas dos dedos. — A volumosa curva, a cremosa palidez. Não concorda?

Ian não conseguia pensar em uma mulher que se sentiria lisonjeada por ter os seios comparados a uma tigela, então nem se preocupou em assentir. A delicada tigela era do início do período Ming, a porcelana tingida com o toque mais tênue de verde, as laterais tão finas que Ian podia ver a luz através delas. Três dragões de um verde-acinzentado perseguiam um ao outro pelo lado de fora da peça, e quatro crisântemos pareciam flutuar pelo fundo.

O pequeno recipiente poderia comportar exatamente um pequeno seio arredondado, mas era o máximo que Ian estava disposto a admitir.

— Mil guinéus — ele falou.

O sorriso de Mather vacilou.

— Ora, milorde, pensei que fôssemos amigos.

Ian questionou-se de onde Mather havia tirado essa ideia.

— A tigela vale mil guinéus.

Ele passou o dedo pela borda ligeiramente lascada, a base desgastada, fruto de séculos de manuseio.

Mather parecia perplexo, com seus olhos azuis brilhando no rosto excessivamente belo.

— Paguei mil e quinhentos por ela. Explique-se.

Não havia nada a ser explicado. A mente calculista de Ian havia absorvido todas as qualidades e todas as falhas da tigela em exatos dez segundos. Se Mather não conseguia saber o valor de suas peças, não tinha o direito de coletar e vender porcelana. Havia pelo menos cinco falsificações na cristaleira de vidro, do outro lado da sala, onde ficava a coleção de Mather, e Ian apostava que ele não fazia a mínima ideia disso.

Ian aproximou o nariz da cobertura esmaltada da peça, apreciando o aroma imaculado que havia sobrevivido à fumaça pesada de charutos da casa de Mather. A tigela era genuína, linda, e ele a desejava.

— Pelo menos me dê o que paguei por ela — pediu Mather, em um tom de voz carregado de pânico. — O homem me disse que eu a havia conseguido por uma pechincha.

— Mil guinéus — repetiu Ian.

— Raios, homem! Eu vou me casar.

Ian lembrou-se do anúncio no *Times* — palavra por palavra, pois ele se lembrava de tudo dessa forma, palavra por palavra:

> *Sir Lyndon Mather, de St. Aubrey's, Suffolk, anuncia seu noivado com a sra. Thomas Ackerley, uma viúva. O casamento será realizado no dia 27 de junho deste ano em St. Aubrey's, às dez horas da manhã.*

— Minhas felicitações — declarou Ian.

— Quero comprar um presente para minha amada com o valor que eu receber pela tigela.

Ian manteve seu olhar contemplativo focado no recipiente.

— Por que não a presentear com a própria tigela?

A gargalhada poderosa de Mather espalhou-se pelo aposento.

— Meu caro amigo, as mulheres não têm conhecimento algum sobre porcelanas. Ela desejará uma carruagem e cavalos à altura, além de uma série de criados para carregarem todas as quinquilharias que ela compra.

É o que eu lhe darei. É uma mulher bonita, filha de algum francesinho aristocrata, apesar de estar ficando velha e ser viúva.

Ian não respondeu. Tocou a ponta da língua na tigela, refletindo que a peça era muito superior a dez carruagens com cavalos à altura. Qualquer mulher que não enxergasse a poesia na peça era uma tola.

Mather enrugou o nariz enquanto Ian saboreava a tigela, mas era desta forma que Ian aprendera a testar a autenticidade do esmalte. Mather não seria capaz de saber se um esmalte era genuíno nem que alguém o pintasse com ele.

— Ela tem a própria maldita fortuna — continuou Mather —, herdada daquela mulher, Barrington, uma velha rica que não mantinha suas opiniões para si. A sra. Ackerley, sua tranquila dama de companhia, abocanhou o lote.

Então por que ela vai se casar com você? Ian revirava a tigela nas mãos, enquanto especulava. Porém, se a sra. Ackerley queria fazer sua cama com Lyndon Mather, com suas desagradáveis consequências, que se deitasse nela. Claro que poderia achar a cama um pouco abarrotada, digamos assim. Mather mantinha uma casa secreta para sua amante, além de manter várias outras mulheres para atenderem às suas necessidades — algo de que ele adorava se gabar para os irmãos de Ian. *Eu sou tão decadente quanto vocês,* ele estava tentando dizer. Mas, na opinião de Ian, a compreensão de Mather sobre os prazeres da carne igualava-se a seu entendimento e conhecimento sobre porcelana Ming.

— Aposto que você está surpreso que um solteiro convicto como eu esteja se rendendo ao casamento, não? — Mather continuou a falar. — Se está se perguntando se estou desistindo daquela parte da minha outra vida, a resposta é não. Você sabe que é bem-vindo para vir e juntar-se a nós a qualquer momento. Eu estendi o convite para você, e para os seus irmãos também.

Ian conhecera as damas de Mather, mulheres de olhos vazios, dispostas a aturar as inclinações dele em troca do dinheiro que lhes dava.

Mather pegou um charuto.

— Bem, estaremos na Ópera do Covent Garden hoje à noite. Venha conhecer minha noiva. Gostaria de sua opinião sobre ela. Todo mundo sabe que você tem um gosto tão requintado em fêmeas quanto em porcelana. — Ele riu.

Ian não respondeu. Tinha de resgatar a tigela daquele ignorante.

— Mil guinéus.

— Você é um homem duro, Mackenzie.

— Mil guinéus, e vejo você na ópera.

— Oh, muito bem, mas você está me arruinando.

Ele próprio se arruinara.

— Sua viúva tem uma fortuna. Você vai se recuperar.

Mather riu, iluminando seu belo rosto. Ian tinha visto mulheres de todas as idades corarem ou abanarem-se com seus leques quando Mather, o mestre da vida dupla, sorria.

— Verdade, e ela é incrivelmente adorável. Eu sou um homem de sorte.

Mather tocou o sino para chamar seu mordomo e o valete de Ian, Curry. Este último surgiu com uma caixa de madeira forrada com palha, na qual Ian cuidadosamente colocou a tigela de dragão.

Ian odiava encobrir tal beleza. Tocou na tigela uma última vez, seu olhar fixo nela até que Curry acabou com sua concentração ao colocar a tampa na caixa.

Ele ergueu o olhar e notou que Mather havia ordenado que o mordomo servisse conhaque. Ian aceitou um copo da bebida, e sentou-se em frente à caderneta bancária que Curry colocara na escrivaninha de Mather para ele.

Ian deixou de lado o conhaque e mergulhou a caneta na tinta. Abaixou-se para escrever e avistou a gotícula preta pendendo na ponta da caneta, em uma esfera perfeita.

Ele olhou para a gota, algo dentro dele fascinado pela impecável esfera de tinta, a brilhante viscosidade que a mantinha suspensa da ponta do bico de pena. A esfera era exata, reluzente, uma maravilha.

Ele desejava poder saborear sua perfeição para sempre, mas sabia que, em um segundo, a esfera poderia cair da caneta e perder-se. Se seu irmão

Mac pudesse pintar algo tão requintado, tão belo assim, Ian o apreciaria.

Ele não fazia ideia de quanto tempo havia ficado sentado, estudando a gotícula de tinta, até ouvir Mather dizer:

— Que diabos, ele realmente é louco, não é?

A gota caiu, para baixo, para baixo, e foi pingar na página, seguindo para sua morte em um respingo de tinta preta.

— Escrevo em seu nome então, milorde?

Ian olhou para o rosto sem graça de seu criado, um jovem Cockney que passara sua infância batendo carteiras em Londres.

Ian assentiu e abdicou da caneta. Curry virou a caderneta bancária em sua direção e redigiu o rascunho em meticulosas letras maiúsculas. Mergulhou a caneta de novo na tinta e devolveu-a a Ian, segurando a ponta para que ele não a visse.

Ian assinou seu nome com esmero, sentindo o peso do olhar fixo de Mather.

— Ele faz isso com frequência? — Mather perguntou, enquanto Ian se levantava, deixando a cargo de Curry remover o excesso de tinta do papel.

As maçãs do rosto de Curry ficaram vermelhas.

— Sem problemas, senhor.

Ian ergueu seu copo, rapidamente sorveu todo o conhaque, e então pegou a caixa.

— Vejo-o na ópera.

Ele não deu um aperto de mãos em Mather ao sair, que franziu a testa, mas acenou com a cabeça para Ian. Lorde Ian Mackenzie, irmão do duque de Kilmorgan, socialmente o superava, e Mather tinha uma intensa consciência da hierarquia social.

Assim que estava na carruagem, Ian colocou a caixa a seu lado. Ele podia sentir a tigela ali dentro, redonda e perfeita, preenchendo um nicho dentro dele.

— Sei que não cabe a mim falar isso — disse Curry, do assento oposto, enquanto a carruagem seguia em frente, aos solavancos, pelas ruas molhadas de chuva. — Mas o homem é um tremendo de um desgraçado. Não serve nem para limpar suas botas. Por que até mesmo fazer negócios com ele?

Ian acariciou a caixa.

— Eu queria esta peça.

— O senhor de fato leva jeito para conseguir o que quer, não há erro, milorde. Vamos realmente encontrá-lo na ópera?

— Vou me sentar na cabine de Hart.

Ian olhou para Curry, contemplando seu rosto inocente como o de um bebê, e concentrou-se em ficar em segurança, apoiado na parede de veludo da carruagem.

— Descubra tudo o que puder sobre a sra. Ackerley, uma viúva agora prometida a Sir Lyndon Mather. Fale-me sobre isso hoje à noite.

— Ah, sim? Por que estamos tão interessados na noiva do desgraçado?

Ian passou as pontas dos dedos levemente sobre a caixa mais uma vez.

— Quero saber se ela é porcelana requintada ou uma farsa.

Curry piscou.

— O senhor está certo, chefe. Verei o que consigo desenterrar sobre ela.

Lyndon Mather era todo belo e charmoso, e cabeças viraram-se quando Beth Ackerley passou de braços dados com ele na Casa de Ópera de Covent Garden.

Mather tinha um perfil pristino, um corpo delgado e atlético, e cabelos dourados nos quais as damas ansiavam por passar os dedos. Seus modos eram impecáveis, e ele encantava a todos que conhecia. Contava com uma renda substancial, uma casa luxuosa em Park Lane, e era recebido pelos mais altos da aristocracia. Uma excelente escolha para uma senhora de fortuna inesperada em busca de um segundo marido.

Mesmo uma senhora que se depara com uma inesperada sorte cansa-se de estar sozinha, pensou Beth, ao entrar no luxuoso camarote de Mather, atrás de sua companhia, sua tia idosa. Ela conhecia Mather havia muitos anos. Sua tia e seu empregador haviam se tornado rapidamente amigos. Ele não era o mais empolgante dos cavalheiros, mas Beth não queria animação. *Sem drama*, ela prometeu a si. Tinha tido drama suficiente para durar a vida toda.

Agora Beth queria conforto; havia aprendido a administrar uma casa cheia de criados, e talvez tivesse a oportunidade de ter os filhos que sempre desejara. Seu primeiro casamento, nove anos antes, não tinha produzido nenhum, mas então, o pobre Thomas tinha morrido apenas um ano depois de terem trocado seus votos. Ele estava tão doente que nem tinha sido capaz de se despedir dela.

Quando se estabeleceram no camarote de Sir Lyndon, a ópera já havia começado. A jovem no palco tinha uma bela voz de soprano e um corpo amplo para projetá-la. Beth logo se perdeu no êxtase da música. Mather deixou o camarote dez minutos depois de terem entrado, como costumava fazer. Ele gostava de passar as noites no teatro vendo todos que eram importantes e de ser visto com eles. Beth não se incomodava. Havia se acostumado a sentar-se com matronas idosas, e preferia trocar futilidades com senhoras deslumbrantes da sociedade. *Oh, querida, você ficou sabendo? Lady Marmaduke tinha sete centímetros de renda em seu vestido em vez de cinco. Consegue pensar em algo mais vulgar que isso? E os vincos do vestido estavam frouxos, minha querida, totalmente frouxos.* Que informações importantes!

Beth abanava-se e apreciava a música, enquanto a tia de Mather e sua dama de companhia tentavam entender o enredo de *La Traviata*. Beth refletiu que não davam muito valor à ida ao teatro, mas, para uma menina que crescera no East End, uma das áreas mais pobres de Londres, ir ao teatro não era nada comum. Beth amava música e a absorvia de qualquer maneira que pudesse, embora se considerasse apenas uma musicista medíocre. Não importava, ela podia ouvir os outros tocarem e se divertir muito bem com isso. Mather gostava de ir ao teatro, à ópera, aos musicais, para que Beth tivesse muita música em sua nova vida.

Seu prazer foi interrompido pelo retorno barulhento de Mather ao camarote.

— Minha querida — disse ele, em voz alta —, trouxe-lhe o meu *grandessíssimo* amigo, Lorde Ian Mackenzie. Dê-lhe a mão, querida. O irmão dele é o duque de Kilmorgan.

Beth olhou além de Mather para o homem alto que entrou no camarote atrás dele, e seu mundo inteiro parou.

Lorde Ian era um homem grande; seu corpo, musculoso. A mão, que alcançava a dela, com uma luva de couro de cabrito, era enorme. Ele tinha ombros largos, assim como seu tórax, e a luz fraca tocava seus cabelos escuros com uma nuance de vermelho. Seu rosto era tão rígido quanto seu corpo, mas seus olhos diferenciavam Ian Mackenzie de todas as outras pessoas que Beth já havia conhecido.

A princípio, pensou que os olhos dele fossem castanho-claros, mas, quando Mather quase o empurrou para sentar-se na cadeira ao lado de Beth, ela viu que eram dourados. Não cor de avelã, mas âmbar como conhaque, salpicado de ouro como se o sol dançasse neles.

— Esta é a minha sra. Ackerley — falou Mather. — O que acha dela, hein? Eu disse que era a mulher mais bonita de Londres.

Lorde Ian lançou um olhar de relance para o rosto de Beth, depois o fixou em algum ponto além do camarote. Ainda segurava a mão dela, o aperto firme, a pressão dos dedos levemente dolorosa.

Ele não concordou nem discordou de Mather, o que era um pouco rude, pensou Beth. Mesmo que Lorde Ian não tivesse apertado o peito e declarado Beth a mulher mais bonita desde Elaine de Camelot, deveria pelo menos dar alguma resposta educada.

Em vez disso, ele sentou-se, silencioso como uma pedra. Ainda segurava a mão de Beth, e seu polegar traçava o padrão da costura na parte de trás da luva. Mais e mais o polegar se movia em padrões quentes e rápidos, a pressão pulsando calor através dos membros dela.

— Se ele lhe disse que eu sou a mulher mais bonita de Londres, temo que você tenha sido muito enganado — Beth apressou-se a dizer. — Peço desculpas se ele o iludiu.

O olhar de Lorde Ian passou por ela, com o cenho franzido, como se ele não fizesse ideia alguma do que ela estava falando.

— Não esmague a pobre mulher, Mackenzie — falou Mather, em um tom jovial. — Ela é frágil, como uma das suas tigelas Ming.

— Oh, tem interesse em porcelana, milorde? — Beth agarrou-se a algo para dizer. — Sir Lyndon mostrou-me a coleção dele.

— Mackenzie é uma das principais autoridades no assunto — revelou Mather, com uma pontada de inveja.

— É mesmo? — quis saber Beth.

Lorde Ian lançou outro olhar sobre ela.

— É.

Ele não se sentou mais perto dela do que Mather, mas a consciência da presença dele era gritante para Beth. Podia sentir o joelho rígido dele contra suas saias, a pressão firme do polegar em sua mão, o peso do olhar *não* fixo.

Uma mulher não se sentiria confortável com esse homem, ela pensou com um arrepio. *Haveria drama em abundância.* Sentia isso na inquietação do corpo de Ian, na mão grande e quente que agarrava a dela, nos olhos que não bem se encontravam com os seus. Será que deveria ter pena da mulher em quem aqueles olhos finalmente descansassem? Ou invejá-la?

A língua de Beth tropeçou.

— Sir Lyndon tem objetos adoráveis. Quando pego em uma peça que esteve nas mãos de um imperador há centenas de anos, eu me sinto... não sei ao certo. *Próxima* a ele, creio eu. Bastante privilegiada.

Faíscas de ouro brilharam quando Ian olhou para Beth por um breve instante.

— Você deve vir ver a minha coleção. — Ele tinha um leve sotaque escocês, a voz baixa e grave.

— Adoraria, meu velho amigo — disse Mather. — Verei quando estivermos livres.

Mather ergueu os óculos de ópera para estudar a soprano de peito largo, e o olhar de Lorde Ian se moveu para ele, contemplando-o. O desgosto e a aversão intensos na expressão descuidada de Lorde Ian deixaram Beth assustada. Antes que ela pudesse se pronunciar, Lorde Ian se inclinou na direção dela. O calor de seu corpo a tocou como uma onda intensa, trazendo consigo o cheiro de sabão de barbear e um toque masculino. Ela havia se esquecido de como era inebriante o cheiro de um homem. Mather sempre se cobria de colônia.

— Leia isso longe da vista dele.

O hálito de Lorde Ian roçou o ouvido de Beth, aquecendo coisas dentro dela que não eram tocadas há longos nove anos. Os dedos dele deslizaram por baixo da abertura da luva acima do cotovelo; ela sentiu a borda dobrada de papel raspar seu braço desnudo. Fixou o olhar nos olhos dourados de Lorde Ian, tão próximos dos dela, observando sua pupila se dilatar antes que ele desviasse o olhar novamente.

Ele sentou-se, com uma suavidade em seu rosto inexpressivo. Mather virou-se para Ian com um comentário sobre a cantora, não notando nada do que havia acontecido.

Lorde Ian levantou-se abruptamente. A pressão quente deixou a mão de Beth, e foi então que ela se deu conta de que ele a tinha segurado o tempo todo.

— Já vai, velho amigo? — Mather perguntou, surpreso.

— Meu irmão está à minha espera.

Os olhos de Mather brilharam.

— O duque?

— Meu irmão Cameron e o filho dele.

— Ah! — Mather parecia desapontado, mas se levantou e renovou a promessa de levar Beth para ver a coleção de Ian.

Sem dizer boa-noite, Ian passou pelas cadeiras vazias e deixou o camarote. Beth não desgrudou o olhar das costas de Lorde Ian até que a porta branca se fechasse atrás dele. Ela estava muito ciente do papel dobrado que pressionava o interior de seu braço e do gotejamento de suor que se formava debaixo dele.

Mather sentou-se ao lado de Beth e expirou.

— Lá, minha querida, vai um excêntrico.

Beth enrolou os dedos na saia de tafetá cinza, a mão fria sem a de Lorde Ian ao redor da sua.

— Um excêntrico?

— Como o Chapeleiro Maluco. O pobre rapaz viveu em um manicômio particular durante a maior parte da vida, e ele corre livre agora só porque seu irmão, o duque, deixou-o sair novamente. Mas não se preocupe. — Mather pegou a mão de Beth. — Você não terá de vê-lo sem a minha presença. Toda a família dele é escandalosa. Nunca fale com nenhum deles sem mim, minha querida, tudo bem?

Beth murmurou algo evasivo. Pelo menos tinha ouvido falar da família Mackenzie, os duques hereditários de Kilmorgan, porque a velha sra. Barrington adorava fofocas sobre a aristocracia. Os Mackenzie tinham aparecido em muitos dos tabloides sobre escândalos que Beth lia para a sra. Barrington em noites chuvosas.

Lorde Ian não parecia totalmente louco para ela, embora com certeza não fosse como nenhum homem que ela já tivesse conhecido. A mão de Mather na sua parecia mole e fria, enquanto a pressão rígida de Lorde Ian a aquecera de uma maneira que ela não sentia havia muito tempo. Beth sentiu falta da intimidade que vivera com Thomas, das longas e quentes noites na cama com ele. Sabia que dividiria a cama com Mather, mas o pensamento nunca fez seu sangue ferver. Ela raciocinava que o que tivera com Thomas era especial e mágico, e não podia esperar sentir isso com qualquer outro homem. Então, por que sua respiração tinha ficado acelerada quando o sussurro melódico de Lorde Ian tocou seu ouvido? Por que seu coração havia batido mais rápido quando ele moveu o polegar sobre as costas de sua mão?

Não. Lorde Ian era sinônimo de drama; Mather era seguro. Ela escolheria a segurança. Tinha de fazer isso.

Mather conseguiu ficar parado por cinco minutos, depois se levantou mais uma vez.

— Devo prestar meus respeitos ao Lorde e à Lady Beresford. Você não se importa, não é, minha querida?

— Claro que não — disse Beth, automaticamente.

— Você é um tesouro. Eu sempre disse à querida sra. Barrington o quão doce e educada você era. — Mather beijou a mão de Beth, depois deixou o camarote.

A soprano começou uma ária, e as notas preenchiam todos os espaços da casa de ópera. Atrás dela, a tia de Mather e sua dama de companhia juntaram as cabeças atrás dos fãs, sussurrando, sussurrando...

Beth colocou os dedos sob a borda da luva comprida e tirou o pedaço de papel de lá. Ficou diretamente de costas para as damas idosas e, em silêncio, desdobrou o bilhete.

Iniciava-se o bilhete, com uma caligrafia meticulosa e legível:

Sra. Ackerley,

Ouso adverti-la do verdadeiro caráter de Sir Lyndon Mather, com quem meu irmão, o duque de Kilmorgan, está bem familiarizado. Gostaria de dizer que Mather mantém uma casa perto da Strand, próximo ao Temple Bar, onde mulheres o encontram, várias de cada vez. Ele chama as mulheres de seus "docinhos" e implora que o usem como escravo. Elas não são cortesãs regulares, mas mulheres que precisam tanto do dinheiro a ponto de aturá-lo. Listei cinco das mulheres que ele encontra regularmente, para o caso de desejar interrogá-las, ou posso providenciar para que fale com o duque.

Atenciosamente,

Com os melhores cumprimentos,

Ian Mackenzie

A soprano abriu os braços, construindo a última nota da ária em um selvagem crescente, até que se perdeu em uma explosão de aplausos.

Beth ficou encarando a carta, o barulho na casa de ópera sufocando-a. As palavras na página não mudaram, permanecendo dolorosamente pretas contra o branco.

A respiração dela voltou aos pulmões, intensa e quente. Olhou de relance para a tia de Mather, mas a velha senhora e sua dama de companhia estavam aplaudindo e gritando:

— Bravo! Bravo!

Beth levantou-se, colocando o papel de volta dentro da luva. O pequeno camarote com suas cadeiras almofadadas e mesas de chá parecia inclinar-se enquanto ela tateava até a porta.

A tia de Mather olhou-a com surpresa.

— Está se sentindo bem, minha querida?

— Só preciso de um pouco de ar. É muito fechado aqui.

A tia de Mather começou a mexer em suas coisas.

— Precisa de sais aromáticos? Alice, ajude-me.

— Não, não. — Beth abriu a porta e saiu correndo quando a tia de Mather começou a repreender sua dama de companhia. — Eu ficarei bem.

A galeria lá fora estava deserta, graças a Deus! A soprano era popular, e a maioria do público estava fixada em suas cadeiras, observando-a avidamente.

Beth correu pela galeria, ouvindo a cantora recomeçar. Sua visão ficou turva e o papel na luva queimava seu braço.

O que Lorde Ian queria dizer ao escrever-lhe uma carta como aquela? Ele era um excêntrico, Mather dissera... Seria essa a explicação? Porém, se as acusações contidas na carta eram delírios de um louco, por que Lorde Ian se ofereceria para fazer com que Beth se encontrasse com seu irmão? O duque de Kilmorgan era um dos homens mais ricos e poderosos da Grã-Bretanha; ele era o duque de Kilmorgan no pariato da Escócia, que remontava a 1300... ou algo assim, e seu pai havia sido feito duque de

Kilmorgan no pariato da Inglaterra pela própria rainha Vitória.

Por que um homem tão nobre se importaria com duas pessoas desimportantes como Beth Ackerley e Lyndon Mather? Certamente ela e Mather estavam muito abaixo da atenção de um duque.

Não, a carta era muito bizarra. Tinha de ser uma mentira, uma invenção.

E, ainda assim... Beth pensou nas vezes em que pegara Mather olhando para ela como se ele tivesse feito algo esperto. A experiência de ter crescido no East End, com o pai que teve, fez com que Beth adquirisse a capacidade de identificar um trapaceiro a dez passos. Os sinais estavam lá com Sir Lyndon Mather, e ela simplesmente havia escolhido ignorá-los?

Mas, não, não podia ser verdade! Havia conhecido Mather bem quando tinha sido dama de companhia da idosa sra. Barrington. Ela e a sra. Barrington haviam passeado com Mather na carruagem dele, visitado a ele e à sua tia na casa dele em Park Lane, e o feito acompanhá-las aos musicais. Ele nunca havia se comportado em relação a Beth com nada além de educação devida à dama de companhia de uma madame idosa e rica e, após a morte da sra. Barrington, ele pediu Beth em casamento.

Depois que herdei a fortuna da sra. Barrington, lembrou-lhe uma voz cínica.

O que Lorde Ian quis dizer com *docinhos*? *Ele implora que elas o usem como escravo.*

O espartilho de barbatana de baleia de Beth estava muito apertado, cortando o fôlego de que ela intensamente precisava. Manchas escuras nadavam diante de seus olhos, e ela estendeu a mão para se firmar.

Um aperto forte se fechou ao redor de seu cotovelo.

— Cuidado — uma voz escocesa roçou em seu ouvido. — Venha comigo.

Capítulo Dois

Antes que Beth conseguisse recusar dizendo algo com a voz sufocada, Lorde Ian a conduziu ao longo da galeria, meio que a erguendo, meio que a puxando. Ele abriu uma porta com cortina de veludo e só faltou empurrar Beth para dentro.

Ela viu-se em uma outra espécie de camarote, este, grande, altamente acarpetado e repleto de fumaça de charuto. Ela tossiu.

— Preciso beber água.

Lorde Ian forçou-a a sentar-se em uma poltrona, que a acolheu em suas luxuosas profundezas. Ela segurou com firmeza a fria taça de cristal que ele lhe estendeu e bebeu profundamente de seu conteúdo. Ofegou ao sentir o gosto do uísque em vez de água, mas o líquido ardia em sua garganta, traçando um caminho de fogo até o estômago, e sua visão começou a desanuviar-se.

Assim que Beth conseguiu voltar a enxergar, ela se deu conta de que estava sentada em um camarote com visão direta para o palco lá embaixo. De sua posição superior, ela julgou que aquele deveria ser o camarote do duque de Kilmorgan. Era muito elegante, de fato, com móveis confortáveis, as luzes a gás acesas, conferindo uma fraca iluminação, e mesas embutidas e polidas. No entanto, não havia mais ninguém no camarote além dela mesma e de Lorde Ian.

Ian tomou a taça de sua mão e sentou-se na cadeira ao lado da sua, perto demais. Ele levou os lábios à taça de onde Beth havia acabado de beber e terminou de sorver seu conteúdo. Uma gotícula perdida permanecia em seu lábio inferior, e, subitamente, Beth queria lambê-la.

Para afastar de sua mente tais pensamentos, deslizou o papel de dentro da luva.

— O que quis dizer com isso, milorde?

Ian nem mesmo olhou para o rosto dela.

— Exatamente o que falei na carta.

— Essas são acusações muito graves... e um tanto quanto perturbadoras.

A expressão de Ian revelava que ele não se importava nem um pouco com o quão grave e perturbadoras fossem.

— Mather é um patife, e você ficaria bem se livrando dele.

Beth amassou a carta na mão e tentou organizar seus pensamentos. O que não era uma tarefa fácil, com Ian Mackenzie sentado a pouquíssimos centímetros dela, com sua potente presença quase a levando a cair da cadeira. Toda vez que ela inspirava, inalava o cheiro de uísque e charuto e a sombria masculinidade com a qual não estava acostumada.

— Ouvi dizerem que colecionadores invejam uns aos outros a ponto da loucura — proferiu ela.

— Mather não é um colecionador.

— Não é? Vi as porcelanas dele. Ele as mantém trancafiadas em uma sala especial e nem mesmo permite que os criados entrem para a limpeza.

— A coleção dele não vale porcaria nenhuma. Ele não consegue diferenciar um item verdadeiro de um falso.

O olhar contemplativo de Ian inspecionou-a, tão cálido e sombrio quanto seu toque. Ela mexia-se, desconfortável.

— Milorde, estou noiva de Sir Lyndon há três meses, e nenhum dos outros conhecidos dele fez menção a nenhum comportamento peculiar.

— Mather mantém suas perversões para si.

— Mas não as esconde do senhor? Por que tem tal informação?

— Ele achou que isso impressionaria meu irmão.

— Pelo amor de Deus! Por que uma coisa como essa impressionaria um duque?

Ian deu de ombros, e seu braço roçou o de Beth. Ele estava sentado muito perto dela, mas Beth parecia não conseguir erguer-se e ir para outra cadeira.

— O senhor sai por aí preparado com cartas como essa, caso seja preciso? — ela quis saber.

Rapidamente ele voltou o olhar para ela, contemplativo, e depois desviou outra vez, como se quisesse focar-se nela e não conseguisse.

— Eu a escrevi antes de vir até aqui esta noite, para o caso de nos encontrarmos e eu achar que a senhora valeria ser salva.

— Devo me sentir lisonjeada?

— Mather é um idiota cego e vê apenas a sua fortuna.

Exatamente o que a voz de sua própria consciência acabava de lhe dizer.

— Mather não precisa da minha fortuna — argumentou ela. — Ele tem o próprio dinheiro. Tem uma casa em Park Lane, uma grande propriedade em Kent, e assim vai.

— Ele está chafurdado em dívidas. Por isso me vendeu a tigela.

Beth não sabia a que tigela ele se referia, mas a humilhação ardia em seu estômago junto com o uísque. Ela havia sido muito cuidadosa quando as ofertas lhe tinham chegado, rápidas e em profusão, após o falecimento da sra. Barrington — ela gostava de rir do fato de que uma jovem viúva que tinha acabado de receber uma boa fortuna devia, para fazer uma citação errônea de Jane Austen, estar em busca de um marido.

— Não sou tola, milorde. Percebi que muito do meu charme vem do meu dinheiro.

Os olhos de Ian eram cálidos, o dourado da mesma cor do uísque.

— Não, não vem.

A frase simples a desarmou.

— Se o conteúdo desta carta for verdadeiro, então me encontro em uma posição insustentável.

— Por quê? A senhora é rica. Pode fazer o que quiser.

Beth ficou em silêncio. Seu mundo havia virado de cabeça para baixo no dia em que a sra. Barrington havia falecido e lhe deixado a casa em Belgrave Square, fortuna, criadagem, além de todos os bens terrenos, visto que a sra. Barrington não tinha nenhum parente vivo. O dinheiro era todo de Beth para fazer com ele o que desejasse.

Riqueza era sinônimo de liberdade, algo que Beth nunca tivera na vida; imaginava que esse fosse mais um motivo pelo qual havia aceitado como bem-vinda a proposta de Mather de que ele e a tia poderiam ajudá-la a entrar com facilidade no mundo da sociedade londrina sem ser considerada um ser inferior. Ela fora um ser inferior por tempo demais.

Mulheres casadas deveriam, supostamente, ignorar os casos de seus maridos. Thomas dissera que isso era conversa fiada, regras concebidas por cavalheiros para que eles pudessem fazer o que quisessem. Mas Thomas tinha sido um homem bom.

Já o homem que estava sentado ao lado dela não poderia ser chamado de bom homem nem por alguém com um grande esforço imaginativo. Tanto ele quanto seus irmãos tinham reputações terríveis. Até mesmo Beth, protegida e abrigada pela sra. Barrington pelos últimos nove anos, sabia disso. Sussurravam sobre casos sórdidos e histórias da escandalosa separação de Lorde Mac Mackenzie de sua esposa, Lady Isabella. Houvera também rumores, cinco anos antes, sobre o envolvimento dos Mackenzie na morte de uma cortesã; porém, Beth não conseguia se lembrar dos detalhes. O caso havia atraído a atenção da Scotland Yard, e os quatro irmãos, todos eles, haviam se retirado do país por um tempo.

Não, os Mackenzie não eram, nem que se forçasse bastante a imaginação, "bons". Então, por que um homem como Lorde Ian Mackenzie deveria se dar ao trabalho de avisar a uma ninguém como Beth Ackerley de que ela estava prestes a casar-se com um adúltero?

— A senhora poderia casar-se comigo — disse Lorde Ian abruptamente.

Beth piscou.

— Como assim?

— Eu disse que a senhora poderia casar-se comigo. Não me importo com sua fortuna.

— Milorde, por que diabos me pediria em casamento?

— Porque a senhora tem belos olhos.

— Como sabe disso? Nunca olhou para eles.

— Eu sei.

A respiração dela doía, e Beth não sabia ao certo se ria ou chorava.

— O senhor faz isso com frequência? Dá avisos a uma jovem dama sobre o noivo dela, e depois dá uma guinada e o senhor mesmo se oferece para casar-se com ela? É óbvio que a tática não funcionou, ou haveria uma fila de esposas seguindo seus passos como se fossem cadelinhas.

Ian desviou o olhar de leve, erguendo a mão para massagear a têmpora, como se uma dor de cabeça estivesse a caminho. Ela lembrou-se de que ele era um louco. Ou, no mínimo, ele havia crescido em um manicômio. Então por que não temia ficar ali sentada, sozinha com ele, quando ninguém no mundo sabia onde ela estava?

Talvez fosse porque tivesse visto lunáticos nos trabalhos de caridade de Thomas no East End, mantido por famílias que mal conseguiam lidar com eles. Pobres almas eram aquelas, algumas das quais atadas com cordas em seus leitos. Lorde Ian estava bem longe de ser uma pobre alma.

Ela pigarreou.

— É muita bondade sua, milorde.

Ian cerrou a mão em punho no braço de sua cadeira.

— Se eu me casar com a senhora, Mather não poderá tocá-la.

— Se eu me casasse com o senhor, isso seria o escândalo do século.

— A senhora sobreviveria a isso.

Beth ficou encarando a soprano no palco, de repente se lembrando de que as fofocas pintavam a dama de seios avantajados como amante do Lorde Cameron Mackenzie, outro dos irmãos mais velhos de Ian.

— Se alguém me vir entregue aqui, com o senhor, minha reputação já estará arruinada.

— Então não terá nada a perder.

Beth conseguiu ficar em pé, irritada, ergueu o nariz, como a sra. Barrington a havia ensinado a fazer e saiu marchando. A sra. Barrington havia lhe dito que ela mesma dera uns tapas em muitos bons possíveis pretendentes em seu tempo, embora Beth devesse deixar os tapas fora disso. Não que conseguisse imaginar Lorde Ian abalado por qualquer golpe com o qual ela pudesse atingi-lo, de qualquer forma.

— Caso eu aceitasse, o que o senhor faria? — quis saber ela, com genuína curiosidade. — Esquivar-se e tentar com palavras dar um jeito de se livrar dessa?

— Eu acharia um bispo, o forçaria a nos dar uma licença e faria com que nos casasse nesta noite.

Beth arregalou os olhos, simulando estar horrorizada.

— O quê? Sem vestido de noiva? Sem damas de honra? E as flores?

— A senhora já foi casada antes.

— Então isso teria de satisfazer minha necessidade por vestidos brancos e lírios do vale? Eu deveria avisá-lo de que damas são um tanto quanto peculiares em se tratando de seus casamentos, milorde. Talvez seja do seu interesse saber disso, caso decida pedir outra dama em casamento na próxima meia hora.

Ian cerrou os dedos firmes em volta da mão de Beth.

— Estou pedindo *você* em casamento. Sim ou não?

— Não sabe de nada a meu respeito. Eu poderia ter um passado obscuro.

— Sei de tudo sobre você. — Seu olhar penetrante ficou remoto, e sua mão, ainda mais firme no pulso dela. — Seu nome de solteira é Villiers. Seu pai era um francês que apareceu na Inglaterra há trinta anos. Sua mãe era filha de um escudeiro inglês, e ele a renegou quando ela se casou com seu pai. Seu pai morreu na miséria e a deixou até sem um lar. Sua mãe e você foram forçadas a viverem em um abrigo[1] quando você tinha dez anos de idade.

---

1   No original, *workhouse*: instituições onde pessoas britânicas muito pobres podiam trabalhar em troca de comida e abrigo. As *workhouses* funcionaram entre os séculos XVII e XIX. (N. T.)

Beth ouvia-o, pasmada. Ela não fizera segredo de seu passado para a sra. Barrington nem para Thomas, mas ouvir isso saindo da boca de um lorde arrogante como Ian Mackenzie era de dar nos nervos.

— Minha nossa! Isso é de conhecimento geral?

— Ordenei que Curry se informasse sobre você. Quando você tinha quinze anos, sua mãe faleceu. Você acabou sendo empregada pelo abrigo como professora. Aos seus dezenove anos, o vigário, recentemente encarregado pelo abrigo, Thomas Ackerley, conheceu-a e casou-se com você. Ele morreu de febre um ano depois disso. A sra. Barrington, de Belgrave Square, contratou-a como sua dama de companhia.

Beth piscava enquanto o drama de sua vida era desdobrado nas breves sentenças.

— Este tal de Curry é um detetive da Scotland Yard?

— Ele é meu valete.

— Ah, claro. Um valete. — Ela abanou-se com vigor. — Ele cuida de suas roupas, barbeia-o e investiga o passado de jovens e obscuras mulheres. Talvez devesse avisar Sir Lyndon sobre *mim*, e não o contrário.

— Eu queria descobrir se você era genuína ou uma farsa.

Ela não fazia a mínima ideia do que ele queria dizer com isso.

— Então não tem a resposta. Certamente não sou nenhum diamante bruto. Estou mais para um cascalho que foi levemente polido.

Ian tocou em um cacho dos cabelos dela que havia caído sobre a testa.

— Você é verdadeira.

O toque dele havia feito com que o coração de Beth batesse muito forte e que o suor tomasse conta de seus braços e pernas. Ele estava sentado perto demais dela, com as pontas dos dedos tão cálidas mesmo através das luvas. Seria simples inclinar a cabeça e beijá-lo.

— Em termos sociais, o senhor é dez vezes superior a mim, milorde. Caso se casasse comigo, seria um casamento desvantajoso que nunca seria esquecido.

— Seu pai era visconde.

— Ah, sim. Eu havia me esquecido do meu querido e adorável pai.

Beth sabia exatamente o quão real era a reivindicação de seu pai de que tinha sido visconde, precisamente o quão bem ele atuava como se o fosse.

Lorde Ian pegou um fino cacho dos cabelos dela entre os dedos, alisando-o. Soltou-o, com os olhos faiscando enquanto os fios voltavam à testa dela. Ele pegou o cacho mais uma vez, observando-o voltar ao lugar, e o fez de novo. A concentração dele a enervava; a proximidade do corpo do homem perturbava-a ainda mais. Ao mesmo tempo, seu próprio corpo descontrolado estava respondendo a ele.

— O senhor vai desmanchar todos os cachos dos meus cabelos — disse ela. — Minha criada ficará tão decepcionada...

Ian piscou, e então recolocou a mão no braço da cadeira, como se tivesse de forçar-se a fazê-lo.

— Você amava seu marido?

Aquele encontro estranho com Lorde Ian era o tipo de coisa com o que ela teria dado boas risadas com Thomas... porém, ele se fora, anos atrás, e ela estava solitária.

— Com todo o meu coração.

— Eu não esperaria amor de você. Não consigo retribuir se me amar.

Beth abanou o rosto quente com o leque, o seu coração pulando aos tropeços dentro de seu corpo.

— Não é nada lisonjeiro para uma mulher, milorde, ouvir de um homem que ele não se apaixonará por ela. Uma mulher gosta de acreditar que será o centro de plena devoção.

Mather dissera a ela que lhe seria devotado. A carta amassada queimava-a uma vez mais.

— Não lhe disse que *não a amarei*. Não consigo amá-la.

— Como assim? — Naquela noite, ela não parava de fazer perguntas.

— Sou incapaz de amar. Não oferecerei isso a você.

Beth se questionava o que lhe partia mais o coração: as palavras em si ou o tom seco da voz dele quando as proferia.

— Talvez meramente não tenha encontrado a dama certa, milorde. Todos se apaixonam, cedo ou tarde.

— Mulheres foram minhas amantes, mas nunca as amei.

O rosto de Beth aqueceu-se.

— O senhor não faz sentido. Se não se importa com minha fortuna nem se eu o amo, por que diabos deseja casar-se comigo?

Ian esticou a mão para pegar o cacho de cabelos dela uma vez mais, como se não se conseguisse impedir.

— Porque quero ir para a cama com você.

Naquele instante, Beth soube que não era uma verdadeira dama, e que nunca seria... Uma verdadeira dama teria caído da cadeira em nobre desmaio ou desceria aos gritos pela casa de ópera. Em vez de fazer algum dos dois, Beth inclinou-se em direção ao toque de Ian, deleitando-se com isso.

— Quer?

A mão de Ian soltou mais cachos, inutilizando o trabalho da criada.

— Você era a esposa de um vigário, respeitável, o tipo de mulher com quem se casar. Caso contrário, eu lhe ofereceria um caso sexual.

Beth resistiu a esfregar o rosto na luva dele.

— Eu entendi direito? Você me quer na sua cama, mas, porque eu já fui uma dama casada e respeitável, tem de me pedir em casamento primeiro?

— Sim.

Beth soltou uma risada meio histérica.

— Meu caro Lorde Ian, não acha isso um pouco extremo? Mesmo depois de ter-me na sua cama, ainda estaria casado comigo.

— Planejo tê-la na minha cama mais de uma vez.

Quando ele dizia, soava tão lógico. A voz profunda do homem deslizava pelos sentidos dela, tentando-a, indo de encontro à mulher apaixonada que havia descoberto o quanto adorava tocar o corpo de um homem e ser tocada por ele.

Não se pressupunha que damas desfrutassem o prazer do sexo no leito conjugal — assim haviam lhe dito. Thomas lhe dissera que era uma tolice e a havia ensinado o que uma mulher poderia sentir. Se não a tivesse ensinado tão bem, refletiu Beth, ela não estaria sentada ali, fervendo com a necessidade que sentia por Lorde Ian Mackenzie.

— Se dá conta, milorde, de que estou noiva de outro homem? Tenho apenas a sua palavra de que ele é um promíscuo.

— Darei tempo para investigar Mather e resolver sua situação. Prefere morar em Londres ou em minha propriedade na Escócia?

Beth desejava deitar a cabeça na cadeira e rir sem parar. Aquilo era absurdo demais; ao mesmo tempo, tentador de uma forma consternadora. Ian era atraente; ela estava sozinha. Ele era rico o suficiente para não se importar com a pequena fortuna dela, e o homem não fizera segredo algum de que desejava desfrutar de seu conhecimento carnal. Porém, se realmente sabia tão pouco em relação a Lyndon Mather, Beth nada sabia sobre Ian Mackenzie.

— Ainda estou confusa — conseguiu dizer. — Um aviso amigável sobre Sir Lyndon é uma coisa; no entanto, me dar tal aviso e, em seguida, oferecer-se para casar-se comigo em poucos minutos, é outra. Sempre toma decisões assim com tanta rapidez?

— Sempre.

— "Se o fim do ato for o fim de tudo, melhor seria matá-lo depressa?"[2] Esse tipo de coisa?

— Você pode recusar o meu pedido.

— Creio que eu deveria fazer isso.

— Pois sou louco?

Ela soltou outra risada, sem fôlego.

---

2 Referência a *MacBeth*, de William Shakespeare. Curiosamente (ou não), Beth é o nome dela, e Mac, a abreviação do sobrenome dele, Mackenzie. (N. T.)

— Não, por ser sedutor demais, e porque bebi uísque e deveria retornar à companhia de Sir Lyndon e da tia dele.

Beth ergueu-se, suas saias farfalhando, porém, Lorde Ian agarrou sua mão.

— Não vá.

As palavras eram duras, não uma súplica. A força das pernas de Beth se fora, e ela sentou-se novamente. Estava quentinho ali, a cadeira estava, ah, tão confortável...

— Eu não deveria permanecer aqui.

Ele fechou a mão sobre a dela.

— Assista à ópera.

Beth forçou seu olhar a contemplar o palco, onde a soprano cantava de modo apaixonado sobre um amor perdido. Lágrimas reluziam no rosto da cantora, e Beth se perguntava se ela estaria pensando em Lorde Cameron Mackenzie.

Em quem quer que fosse, as notas da ária pulsavam.

— Que belo... — sussurrou Beth.

— Sei tocar esta peça nota por nota — comentou Ian, com o hálito quente ao ouvido dela. — No entanto, não sou capaz de captar sua alma.

— Oh. — Beth apertou a mão de Ian, sentindo a dor por ele aumentar dentro de si.

Ian quase disse: *Ensine-me a ouvi-la como você ouve,* mas ele sabia que era impossível.

Ela era como porcelana rara, pensou ele, uma beldade delicada com um coração de aço. Porcelana barata desfazia-se em pó ou estilhaçava-se, mas, as melhores peças, estas sobreviviam até chegarem às mãos de um colecionador que lhes daria valor.

Beth fechou os olhos para escutar a ópera, com seus cachos sedutores tremendo na testa. Ele gostava da forma como os cabelos dela se soltavam, como seda de uma tapeçaria.

A soprano finalizou a peça em uma outra longa e clara nota. Beth bateu palmas com espontaneidade, sorrindo, com os olhos brilhando em apreciação. Ian havia aprendido, sob a tutoria de Mac e de Cameron, como aplaudir quando uma peça parava, mas nunca entendera o motivo para fazer isso. Beth parecia não ter problema algum com relação a tal entendimento, nem em sua resposta ao júbilo da música.

Quando ela ergueu o olhar para ele, com lágrimas em seus olhos azuis, ele curvou-se para baixo e beijou-a.

Ela ficou alarmada, levando as mãos para cima, para afastá-lo para longe. Todavia, repousou as mãos nos ombros dele, em vez disso, e soltou um ruído de redenção.

Ele precisava do corpo dela sob o seu naquela noite. Desejava ver os olhos de Beth suavizarem-se com o desejo, suas bochechas enrubescerem-se com prazer. Ele queria acariciar o doce fruto entre suas pernas e deixá-la molhada... Desejava penetrá-la, mergulhar nela até gozar e depois fazer tudo de novo.

Ele acordaria com a cabeça dela em seu travesseiro e a beijaria até ela abrir os olhos. Ele lhe serviria o desjejum e observaria seu sorriso enquanto Beth pegava a comida de sua mão.

Ele passou a língua pelo lábio inferior dela, sentindo o sabor do mel e do uísque, doce especiaria. Sentia a pulsação dela intensamente sob as pontas dos dedos, o hálito de Beth escaldante na sua pele. Ian ansiava por aquele hálito quente em sua ereção, que já doía de desejo por ela. Queria que ela tocasse os lábios em seu membro como os havia tocado em sua boca.

Ela também o desejava — sem frescuras virginais, sem se encolher nem se afastar dele. Beth Ackerley sabia o que era estar com um homem e gostava disso. O corpo dela pulsava com as possibilidades.

— Deveríamos parar — sussurrou ela.

— É este seu desejo?

— Agora que me perguntou... não, de fato, não.

— Então, por quê?

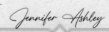

Os lábios dele roçavam-lhe a boca enquanto falava. Ela sentia o sabor de uísque na língua do homem, sentiu o firme roçar dos lábios dele, a aspereza de seu queixo. Ele tinha uma boca bem masculina, que comandava.

— Tenho certeza de que há dezenas de motivos para pararmos. Confesso que não consigo pensar em nenhum bom no momento.

Os dedos dele eram competentes.

— Venha para minha casa comigo esta noite.

Beth desejava ir. Ah, queria ir. O júbilo disparava por seu corpo inteiro, uma dor cheia de desvario que ela pensara que jamais sentiria de novo.

— Não posso — ela quase gemeu.

— Você pode.

— Eu gostaria de ir... — Beth imaginou os tabloides flamejantes com as fofocas por toda Londres no dia seguinte. *Herdeira abandona o noivo por caso sórdido com Lorde Ian Mackenzie.* As origens dela eram obscuras... será que alguém ficaria surpreso? *Sangue vai rolar,* eles diriam. *Não seria a mãe dela nem um pouco melhor do que ela deveria ser?*

— Você pode — repetiu Ian, com firmeza.

Beth cerrou os olhos, tentando, à força, colocar de lado a tentação.

— Pare de pedir isso a mim...

A porta do camarote abriu-se com tudo, e tons rigorosos e graves cortaram o aplauso estrondoso do público.

— Ian, maldição! Você deveria estar observando Daniel. Ele está lá embaixo, jogando dados com o cocheiro novamente, e você sabe que ele sempre perde.

Jennifer Ashley

Capítulo Três

Um ser gigantesco entrou no camarote. Era maior que Ian, e tinha os mesmos cabelos vermelhos, e seus olhos eram como fragmentos de topázio. No lado direito de sua face, exibia uma profunda e feia cicatriz, um talho feito havia tempos. Era fácil imaginar aquele homem lutando com os punhos ou com facas, como um brutamontes.

Ele não teve problema algum em manter Beth fixa em seu lugar.

— Ian, quem diabos é *ela*?

— A noiva de Lyndon Mather — foi a resposta de Lorde Ian.

O homem ficou encarando Beth, pasmado, e depois caiu na gargalhada, a qual era, como ele, de grandes proporções, além de ser estrondosa. Parte do público ergueu o olhar, incomodado.

— Que bom para você, Ian. — O homem bateu levemente nas costas do irmão. — Aqui, secretamente, com a noiva de Mather. Faça um favor à donzela. — Ele passou seus olhos audazes por Beth. — Você não vai querer casar-se com Mather, querida — disse ele a Beth. — Ele é um homem repulsivo.

— Parece que todos sabem disso, menos eu — comentou ela em um tom quase imperceptível.

— Ele é um canalha pegajoso, desesperado para entrar no círculo de Hart. Acho que vou gostar dele se ele me disser que vai gostar de reviver os dias de punição de quando era um menino na escola. Você está no lucro por se livrar dele, moça.

Beth mal conseguia respirar. Ela deveria sair dali, irritada, não dar ouvidos a coisa que nenhuma dama deveria ouvir, mas a mão de Ian ainda estava firmemente presa à dela. Além do mais, eles não tentavam confortá-la com banalidades, contar-lhe belas mentiras. Poderiam estar inventando tudo isso para separá-la de Mather, mas por que diabos o fariam?

— Ian nunca se lembrará de nos apresentar — falou o homem gigantesco. — Meu nome é Cameron. E o seu...?

— Sra. Ackerley — gaguejou Beth.

— Você não me parece estar certa disso.

Beth abanou-se.

— Estava certa disso quando entrei aqui.

— Se é noiva de Mather, por que está aqui beijando Ian?

— Eu estava me fazendo a mesma pergunta agora mesmo.

— Cam — disse Ian. A palavra dita em um tom baixo atravessou o barulho, enquanto a multidão ali reunida esperava pelo próximo ato. Não havia nenhum drama no palco agora, mas havia drama demais no camarote de Ian Mackenzie. — Cale a boca.

Cameron ficou encarando o irmão. Então ergueu as sobrancelhas e deixou-se cair em uma cadeira do outro lado da de Beth. Ele sacou um charuto da caixa que estava a seu lado e acendeu um fósforo.

Um cavalheiro deveria pedir permissão a uma dama antes de fumar. Os tons da sra. Barrington ressoavam na mente dela. Nem Cameron nem Ian pareciam preocupados com as regras da sra. Barrington.

— Não disse que alguém chamado Daniel estava jogando dados com o cocheiro? — perguntou-lhe Beth.

Cameron tocou na chama na ponta do charuto e soltou fumaça.

— Daniel, meu filho. Ele ficará bem, contanto que não trapaceie.

— Eu deveria ir para a minha casa. — Beth começou a levantar-se mais uma vez, porém, a mão de Ian em seu braço a impediu.

— Não com Mather.

— Não. Minha nossa, não! Eu nunca mais quero voltar a ver aquele homem.

Cameron deu risada.

— Sábia mulher. Ela pode ir para casa na minha carruagem.

— Não — apressou-se a dizer Beth. — Farei com que o porteiro consiga um cabriolé de aluguel para mim.

Ian prendeu com ainda mais firmeza seus dedos nela.

— Não em um cabriolé. Não sozinha.

— Eu entrando em uma carruagem com vocês dois seria o escândalo do ano. Mesmo que fossem os Arcebispos de Canterbury e de York.

O olhar de Ian fixou-se nela, embora ele não fizesse a mínima ideia do que ela estava falando. Cameron moveu a cabeça para trás e riu.

— Vale a pena roubá-la dele, Ian — proferiu Cameron, enquanto fumava seu charuto. — Mas ela está certa. — Dirigindo-se a Beth: — Vou emprestar-lhe a carruagem e meu pajem cuidará de você, se eu conseguir encontrá-lo. A culpa é toda minha por empregar um cigano como meu criado. É terrível domá-los!

Ian não queria que ela fosse sozinha; ela via isso nos olhos dele. Ele pensou em como ele havia brincado com seus cachos — com ares de dono, possessivo, como Mather com sua porcelana chinesa.

Ela havia verificado as informações contidas na carta de Ian. Enviara o ofegante e fofoqueiro mordomo da sra. Barrington pelos arredores para investigar histórias com outros criados também fofoqueiros. Os irmãos Mackenzie *poderiam* fazer parte de alguma louca e improvável conspiração para arruinar Mather, mas Beth tinha a horrível sensação de que tinham lhe dito a verdade.

Abaixo deles, o ato seguinte teve início com uma fanfarra. Ian esfregou a têmpora, como se aquilo lhe deixasse com dor de cabeça. Cameron apagou seu charuto e deixou ruidosamente o camarote.

— Milorde! O senhor está bem?

Ian permaneceu com o olhar remoto enquanto continuava a esfregar distraído a testa. Beth colocou a mão em seu braço. Ian não apresentou resposta à ação dela, mas parou de esfregar a têmpora e pousou sua grande mão na dela.

Ele não acompanhava a ação que se desenrolava no palco, nem tentou dar continuidade a sua conversa com Beth, e não se moveu para voltar a beijá-la. Era como se sua mente houvesse ido para algum lugar aonde ela não conseguia acompanhá-lo. O corpo dele estava muito presente, porém, com sua mão pesada e forte. Ela estudou o perfil elegante, suas altas maçãs do rosto, o maxilar quadrado. Uma mulher desejaria passar as mãos pelos cabelos espessos dele quando o abraçasse na cama. Seria quente, úmido de suor enquanto ele estivesse com seu corpo pesado em cima dela. Beth atreveu-se a erguer a mão e alisar os cabelos dele, tirando-os de sua testa.

O olhar contemplativo de Ian voltou-se rapidamente para ela. Por um instante, ele prendeu-a com esse olhar, para depois seus olhos voltarem para o lado. Beth fez carinho nos cabelos dele mais uma vez. Ian permanecia sentado ainda sob o toque dela, tremendo de tensão, como um animal selvagem.

Ficaram assim sentados, com Beth alisando de leve os cabelos dele, o corpo de Ian, rígido, até que Cameron voltou, acompanhado de um homem de compleição escura. Cameron olhou para Ian, surpreso, e este, em silêncio, levantou-se, forçando Beth a tirar a mão dele.

Beth passou os olhos pelo teatro antes de Ian conduzi-la para fora, seguidos por Cameron. Em um camarote do outro lado da vasta sala, Mather estava sentado, em uma conversa profunda com Lorde e Lady Beresford. Em momento algum ele notou Beth nem a viu deixando o camarote.

— Mackenzie! Vou matar você. Está me ouvindo?

Ian pegou água cálida da banheira com as mãos em concha e jogou-a sobre seus cabelos e por seu pescoço, abaixo. Pensou na mão de Beth em seus cabelos, os dedos tranquilizantes dela. Nem sempre Ian gostava de ser tocado; porém, com Beth, ele havia ficado calmo, disposto a aceitar a oferta. Ele imaginava-a acariciando seus cabelos deitada a seu lado na cama, com o cheiro quente dela totalmente sobre si. Ian desejava o corpo delicioso de Beth enrolado nos seus lençóis, com os cabelos dela soltando-se de seus firmes cachos, os olhos azuis semicerrados de prazer. Ele desejava-a com uma profunda intensidade que não o havia deixado, e, até mesmo agora, seu órgão estava rígido sob a água.

A voz irritante lá fora estilhaçou-lhe a fantasia. As ameaças foram ficando ainda mais altas quanto mais perto eles chegavam, até que a porta da câmara de banho foi aberta com tudo, revelando Lyndon Mather lutando com dois dos criados de Ian. Eram rapazes escoceses que tinham vindo com Ian até sua casa alugada em Londres e pareciam satisfeitos em, por fim, terem alguém contra quem usar seus músculos.

Ian alternou o olhar entre os três homens e voltou-o para a panturrilha musculosa, que ele havia pousado na lateral da banheira. Os criados soltaram Mather; porém, pairavam em sinal de aviso ao lado dele.

— Você trapaceou comigo com aquela tigela, mas não foi o suficiente para você, foi, Mackenzie? Beth Ackerley vale cem mil guinéus, homem. Cem mil.

Ian ficou estudando os pelos escuros que desciam por sua perna.

— Diabos, ela vale muito mais do que isso.

— Está querendo dizer que ela tem mais dinheiro que isso? — perguntou-lhe o idiota do Mather. — Vou processar você. Fazê-lo pagar por me trapacear e me privar de todo aquele dinheiro.

Ian cerrou os olhos, em busca de suas visões de Beth.

— Escreva para o advogado de Hart.

— Não se esconda atrás do seu irmão, seu covarde! Vou arruinar você. Londres ficará perigosa demais para você, que sairá correndo de volta para Inverness com o rabinho entre as pernas, seu comedor de excremento, sodomizador de ovelhas, porco escocês!

Os criados de Ian rugiram em uníssono. Mather arrancou um pequeno objeto de seu bolso e jogou-o dentro da banheira. Algo caiu na água, descendo até o fundo da banheira, com um leve tilintar.

— Vou processá-lo pelo preço disso aí também.

Ian estalou os dedos para os criados, fazendo com que gotículas de água caíssem no chão de mármore.

— Joguem-no lá fora.

Os rapazes giraram para cima de Mather, mas este se virou e saiu batendo os pés. Os dois criados foram atrás dele e, quando se foram, Curry esgueirou-se para dentro da sala de banho e fechou a porta.

— Ufa! — disse o valete, limpando o cenho. — Achei que ele fosse atirar no senhor, com certeza.

— Aqui, não. Ele faria isso em um beco escuro, e pelas minhas costas.

— Talvez devesse sair da cidade por um tempinho então, senhor.

Ian não lhe deu resposta. Pensou na curta carta da sra. Ackerley que ele havia recebido naquela tarde.

> Milorde, agradeço-lhe por sua bondosa intervenção, que me salvou de um passo que teria me causado grande arrependimento. Como o senhor deve ler nos jornais em breve, sem sombra de dúvida, o noivado entre mim e a outra parte envolvida acabou.
>
> Também desejo agradecê-lo pela condescendência de me pedir em casamento, o que agora percebo que foi para evitar que minha reputação fosse arruinada. Sei que entenderá e não ficará ofendido quando eu disse que declino de sua generosa oferta.
>
> Decidi usar a fortuna que o destino me concedeu para viajar. Na hora em que receber esta carta, terei partido para Paris com uma acompanhante, onde pretendo estudar pintura, uma habilidade que sempre desejei aprender.
>
> Obrigada novamente por sua bondade para comigo e por seu aviso.
>
> Atenciosamente,
> Beth Ackerley

— Vamos para Paris — disse Ian a Curry.

Curry piscou.

— Vamos, senhor?

Ian pescou o que Mather havia jogado dentro da banheira, uma fina aliança de ouro com minúsculos diamantes.

— Mather é um sovina. Ele deveria ter comprado uma aliança larga, cheia de safiras, azuis como os olhos dela.

Ian sentiu a pressão do olhar fixo de Curry.

— Farei o que me pede, milorde. Devo fazer as malas?

— Partiremos apenas dentro de alguns dias. Tenho que cuidar de negócios antes.

Curry esperava que Ian lhe indicasse de que negócios se tratavam, mas Ian voltou a analisar o anel em silêncio. Ele perdeu-se contemplando o cintilar de todas as facetas em cada um dos minúsculos diamantes até que a água esfriou, e Curry, preocupado, puxou o plugue no dreno.

O detetive-inspetor Lloyd Fellows pausou antes de tocar a campainha da casa de Park Lane, o lar de Sir Lyndon Mather. Detetive-*inspetor*, Fellows lembrava a si, recentemente promovido da tristeza de ser um sargento, apesar da determinação do último chefe em manter Fellows humilde.

No entanto, todos os bons inspetores-chefes eram chamados para a pacífica aposentadoria, e o chefe que entrara no lugar do outro havia achado inacreditável que Fellows houvesse ficado mofando por tanto tempo como um mero sargento.

Então por que Fellows havia arriscado tudo correndo até Park Lane para atender à convocação de Mather? Havia lido o bilhete com uma animação crescente, queimando-o e depois deixando o recinto. Ele havia rangido os dentes com a lentidão dos cabriolés até chegar no umbral da casa suntuosa.

Fellows não havia se dado ao trabalho de mencionar a jornada a seu chefe. Qualquer coisa que tivesse a ver com os Mackenzie era estritamente proibida para o detetive Fellows, mas este raciocinou que, se o chefe não ficasse sabendo, não faria mal a ninguém.

Um rígido mordomo de nariz empinado atendeu à porta e dirigiu Fellows até o interior de uma recepção rígida como ele. Alguém havia entulhado a sala com mesas ornamentadas e objetos caros de arte, entre eles, fotografias em molduras de prata de pessoas também rígidas.

A sala de recepção dizia: *Nós temos dinheiro,* como se morar em Park Lane já não passasse a mensagem. No entanto, Fellows sabia que Sir Lyndon Mather era um pouco contra isso. Os investimentos dele haviam sido voláteis, e o homem precisava de uma grande infusão de dinheiro para ajudá-lo. Ele estivera prestes a casar-se com uma viúva de posses, o que poderia ter evitado que fosse à falência. No entanto, alguns dias antes, havia aparecido um aviso no jornal de que o casamento fora cancelado. Mather deveria estar sentindo a fisgada do acontecimento.

O mordomo retornou depois que Fellows havia aguardado andando de um lado para o outro por meia hora, e conduziu-o até uma sala de estar extravagante do outro lado do corredor. Mais mesas ornamentadas, quilharias folheadas a ouro e pessoas em molduras de prata.

Mather, um belo homem loiro ao qual os franceses poderiam se referir como *debonair,* palavra francesa para charmoso, veio à frente e estendeu a mão.

— Prazer em vê-lo, inspetor. Não o convidarei para sentar-se. Imagino que, quando ouvir o que tenho a dizer, quererá sair correndo e fazer algumas prisões.

Fellows ocultou sua irritação, pois odiava quando os outros falavam sobre seu trabalho. Os homens comuns obtinham conhecimento da Scotland Yard de ficção ou de jornais, e nenhuma das versões era precisa.

— O que quer que diga, senhor — foi o que Fellows respondeu ao homem.

— Lorde Ian Mackenzie foi para Paris. Hoje cedo. Meu mordomo ouviu isso de meu criado, que sai com uma moça que trabalhava na cozinha de Lorde Ian. O que o senhor tira disso?

Fellows tentou esconder sua impaciência. Sabia que Ian Mackenzie tinha ido a Paris, pois ele fazia questão de saber exatamente o que Lorde Ian Mackenzie estava fazendo o tempo todo. Ele não tinha interesse algum nas fofocas de empregados, mas respondeu:

— Foi mesmo?

— O senhor ficou sabendo do assassinato em Covent Garden na noite passada? — Mather observou-o com atenção.

Claro que Fellows ficara sabendo do assassinato. Não era um caso seu, mas havia sido sumariamente informado sobre o tópico cedo pela manhã. O corpo de uma mulher tinha sido encontrado no quarto dela em uma pensão perto da igreja, apunhalada com sua própria tesoura de costura.

— Sim, ouvi falar.

— Sabe quem foi até aquela casa ontem à noite? — Mather sorriu, triunfante. — Ian Mackenzie, o próprio.

O coração de Fellows começou a acelerar, seu sangue em um frêmito tão quente quando como ele fazia amor com uma mulher.

— Como sabe disso, senhor?

— Eu o segui, não? Os malditos dos Mackenzie acham que podem fazer tudo do jeito deles.

— O senhor o estava seguindo? Por quê?

Fellows manteve a tranquilidade no tom, mas achava difícil respirar. *Por fim, até que enfim.*

— Meu motivo não é importante. Está interessado nos detalhes?

Fellows tirou um pequeno caderno do bolso de seu casaco, abriu-o e tirou um lápis do mesmo bolso.

— Prossiga.

— Ele entrou em sua carruagem nas altas horas da madrugada e foi para o Covent Garden. Ele parou em uma esquina de uma minúscula alameda, pois a carruagem era grande demais para ali entrar. Ele desceu a pé a alameda, entrou em uma casa, ficou lá uns dez minutos, depois saiu apressado novamente. Em seguida, foi para a estação Victoria e pegou o primeiro trem para partir. Voltei para a minha casa e ouvi de meu mordomo que Mackenzie tinha ido para a França, então abri meu jornal matinal e li sobre o assassinato. Juntei os pontos e decidi que, em vez de contar o que sei a um jornalista, eu deveria consultar a polícia.

Mather irradiava alegria, como se fosse um menino na escola, orgulhoso por delatar um outro menino de escola. Fellows digeriu a informação e juntou-a ao que ele já sabia.

— Como sabe que Lorde Ian entrou na mesma casa onde o crime foi cometido?

Mather levou a mão à sobrecasaca e puxou dali um pedaço de papel.

— Eu anotei o endereço quando o segui. Fiquei imaginando quem ele estaria visitando. Amante dele, pensei. Eu queria passar a informação à senhora... a uma outra pessoa.

Ele entregou o papel a Fellows. *St. Victor Court, 23.* O exato endereço em que uma ex-prostituta chamada Lily Martin havia sido encontrada morta cedo naquela manhã.

Fellows tentou controlar sua animação enquanto colocava o papel no caderno. Fazia cinco anos que ele vinha tentando levar Ian Mackenzie ao tribunal, especialmente por algum crime, e talvez aquele novo desenrolar das coisas fosse permitir que ele fizesse justamente isso.

Ele acalmou-se. Tinha de agir com cautela. Nada de erros, certificar-se de que tudo fosse provado, sem nenhuma sombra de dúvida. Quando apresentasse as evidências a seu chefe, ele teria de ter algo que seus superiores não poderiam dispensar nem poderiam ignorar; não teriam como deixar quieto, não importando o quanto o duque, Hart Mackenzie, tentasse se valer de sua influência por aí.

— Se não se importa, senhor... — disse Fellows. — Por favor, mantenha consigo esta informação. Tomarei providências, tenha certeza, mas não quero que ele fique sabendo. Certo?

— Claro, claro. — Mather deu uns tapinhas em seu nariz e piscou. — Sou seu homem.

— Por que brigou com ele? — quis saber Fellows, colocando de lado o lápis e seu caderno.

Mather cerrou os punhos dentro dos bolsos.

— Isso é um tanto quanto pessoal.

— Algo a ver com o rompimento de seu noivado com a sra. Ackerley? — Que também tinha ido para Paris, Fellows soube só de olhar para Mather.

Mather ficou escarlate.

— O patife roubou-a de mim bem na minha cara, contando a ela um monte de mentiras. Aquele homem é uma víbora.

Provavelmente a dama havia descoberto a ânsia de Mather por seus antigos dias de punição corporal na escola. Fellows havia ficado sabendo que Mather mantinha uma casa de moças onde ele se deleitava com esse tipo de coisa. O inspetor Fellows gostava de ir a fundo em suas investigações.

Mather desviou o olhar.

— Eu não gostaria de chegar a esse assunto. Os jornais...

— Entendo, senhor. — Fellows deu uns tapinhas leves em seu nariz, imitando Mather. — Ficará entre nós.

Mather assentiu, com o rosto vermelho. Fellows saiu da casa bem-humorado, voltou para a Scotland Yard e então pediu para sair.

Depois de cinco longos anos, por fim, ele via uma fissura na armadura da família Mackenzie. Ele colocaria o dedo na fissura e estilhaçaria a armadura.

— Que vexatório. — Beth levou o jornal para vê-lo à luz melhor à janela, mas as minúsculas letras impressas diziam a mesma coisa.

— O que foi, senhora? — Sua mais recente acompanhante contratada, Katie Sullivan, uma jovem moça irlandesa que havia crescido na paróquia do marido de Beth, ergueu o olhar enquanto separava as luvas e as fitas que Beth havia comprado em uma boutique parisiense.

Beth jogou o jornal no chão e ergueu a bolsa cheia de coisas artísticas.

— Nada de importante. Vamos?

Katie pegou xales e para-sóis, murmurando, em um tom pessimista:

— É um longo caminho colina acima para ficar olhando-a encarar um pedaço de papel em branco.

— Talvez hoje eu fique inspirada.

Beth e Katie deixaram a casa estreita que Beth havia alugado e subiram na pequena charrete que seu criado francês tinha ido buscar. Ela poderia ter pagado por uma grande carruagem, com um cocheiro para dirigir para ela, mas Beth tinha hábitos frugais. Não via motivos para manter um meio de transporte próprio e extravagante do qual ela não precisava.

Naquele dia, ela conduzia, distraída, com as mãos enluvadas inquietas, muito para a irritação tanto do cavalo quanto de Katie.

O jornal que estava lendo era o *Telegraph* de Londres. Ela pegou diversos jornais parisienses também, pois seu pai havia lhe ensinado a falar e escrever em francês com fluência, mas gostava de estar atualizada com o que acontecia em seu lar.

O que havia irritado Beth naquele dia era uma história sobre como os Lordes Ian e Cameron Mackenzie haviam quase atacado um ao outro em um restaurante, brigando por causa de uma mulher. Mulher esta que era uma famosa soprano, a própria que havia deixado Beth encantada em Covent Garden na semana anterior. Muitas pessoas haviam testemunhado o evento e o relatado com júbilo aos jornais.

Beth agitava as rédeas com impaciência, e o cavalo agitava a cabeça. Embora Beth não se arrependesse de recusar a proposta de casamento de Lorde Ian, era um pouco irritante ficar sabendo que ele estivera brigando com seu irmão por causa da soprano de seios grandes logo depois que Beth se recusara a se casar com ele. Teria gostado que ele ficasse ao menos *um pouco* triste em relação a isso.

Ela tentou esquecer a história e concentrar-se em manobrar pelos boulevards parisienses que formavam as confusas ruas de Montmartre. No topo da colina, ela encontrou um garoto para ficar de olho na charrete e no cavalo, e foi seguindo a trilha até o pequeno local verde de que gostava, com Katie grunhindo atrás dela.

Montmartre ainda tinha a sensação de um vilarejo, com estreitas e tortas ruas, com jardineiras de janelas repletas de flores de verão, e árvores pontuando ladeiras para descer até a cidade. Era algo totalmente diferente das amplas avenidas e dos imensos parques públicos de Paris, motivo pelo qual, e Beth entendia, artistas e seus modelos haviam partido em bandos para Montmartre. Isso e o fato de que os aluguéis eram baratos.

Beth colocou o cinzel em seu lugar costumeiro e sentou-se, com o lápis sobre um pedaço de papel em branco. Katie jogou-se no banco ao lado dela, observando com indiferença os artistas, os aspirantes a artistas e os parasitas que vagavam pelas ruas.

Era o terceiro dia em que Beth ficava lá sentada, analisando a vista de Paris... o terceiro dia em que seu papel havia permanecido em branco. Ela se dera conta, depois de sua animação inicial de comprar lápis, papel e cinzel que não fazia ideia de como desenhar. Ainda assim, ia à colina todas as tardes e lá dispunha suas coisas. Pelo menos, ela e Katie estavam se exercitando bastante.

— Acha que ela é modelo de um artista? — perguntou-lhe Katie.

Ela ergueu o queixo e olhou para uma adorável mulher de cabelos vermelhos que passeava com outras damas do outro lado da rua. A mulher usava um vestido bem claro, com uma sobressaia diáfana puxada para trás, de modo a revelar uma saia inferior enfeitada com fitas. Seu pequeno chapéu era, com bom gosto, cheio de flores e ornamentado com renda na borda e caía de leve e de forma provocativa sobre seus olhos. Seu para-sol era da mesma cor de seu vestido, e ela o segurava em um ângulo elegante.

A moça tinha um ar sedutor que fazia cabeças se virarem quando ela passava. Beth chegou à conclusão de que não se tratava de algo que ela fazia de propósito, com uma pontada de inveja. Tudo em relação à moça era sedutor. Era simplesmente um júbilo olhar para ela.

— Eu não saberia dizer — respondeu Beth, depois de uma inspeção completa. — Mas decerto ela é muito bonita.

— Eu gostaria de ser bonita o suficiente para ser modelo — suspirou Katie. — Não que eu fosse ser modelo. Minha querida mãe idosa arrancaria minha pele com chicote se eu fizesse isso. Temíveis moças perversas elas devem ser, tirando as roupas para servirem de modelo a pintores.

— Talvez. — A mulher desapareceu na esquina com seu grupo de amigas, perdida de vista.

— E quanto a *ele*? Ele parece artista.

Beth olhou de relance para onde Katie havia indicado, e ficou paralisada.

O homem não tinha um cinzel... ele estava relaxado em um banco, com um pé nele e, melancolicamente, observava uma jovem e inquieta moça aplicar gotas de tinta em uma tela. Era um homem grande, mal cabia no delicado banco de pedra. Tinha cabelos escuros com um toque de vermelho, um rosto rígido e quadrado, sedutores ombros largos.

O ar voltou para os pulmões de Beth quando ela percebeu que o homem não era, na verdade, Lorde Ian Mackenzie. Mas se parecia muito com Ian, o mesmo rosto austero, o mesmo ar de poder, o mesmo tipo de maxilar. Porém, os cabelos do homem brilhavam mais vermelhos à luz do sol, já que ele havia colocado seu chapéu em um banco próximo.

Definitivamente era um outro Mackenzie. Ela havia lido que Hart, o duque de Kilmorgan, havia viajado a Roma por motivos de algum negócio governamental, ela havia encontrado Lorde Cameron em Londres, então, por processo de eliminação, aquele deveria ser Lorde Mac, o artista famoso.

Como se ele sentisse o escrutínio, Lorde Mac virou a cabeça e olhou diretamente para ela.

Beth ficou ruborizada e voltou rapidamente os olhos para seu papel em branco. Respirando com dificuldade, ela colocou o lápis na página e desenhou uma linha desajeitada. Ela permitiu-se ficar absorta na linha e na próxima, até que uma sombra pairou sobre o papel.

— Não é assim — retumbou uma voz grave.

Beth deu um pulo e ergueu o olhar para um colete de seda ondulado e uma gravata cuidadosamente atada e deparou-se com olhos duros muito similares aos de Ian. A diferença era que o olhar de Mac contemplava por completo o dela, em vez de ficar se esquivando, como um feixe solar elusivo.

— Você está segurando o lápis do jeito errado. — Lorde Mac colocou uma grande mão enluvada sobre a dela e virou-lhe o pulso para cima.

— Isso parece esquisito.

— Você se acostuma. — Mac sentou-se ao lado dela, ocupando cada centímetro vago do banco. — Permita-me lhe mostrar.

Ele guiou a mão dela sobre o papel, sombreando a linha que ela já havia traçado até que se parecesse com uma curva da árvore que estava na frente dela.

— Incrível! — disse Beth. — Eu nunca tive aulas de desenho, sabe?

— Então o que está fazendo aqui com um cinzel?

— Achei que pudesse tentar.

Mac arqueou as sobrancelhas, mas manteve sua mão na dela e ajudou-a a desenhar uma outra linha.

Ela se deu conta de que ele estava flertando com ela. Beth estava sozinha com uma acompanhante do sexo feminino, tinha descaradamente encarado o homem e aquela era Paris. Ele devia achar que ela desejava um caso sexual.

A última coisa de que ela precisava era receber uma proposta de ainda outro Mackenzie. Talvez os jornais fossem imprimir relatos de Ian e Mac brigando por causa *dela*.

Mas a mão que segurava a dela em concha não lhe causava o mesmo *frisson* da quentura como acontecera com Ian. Ela sonhava com os lábios lentos e sensuais de Ian nos dela todas as noites e então, acordava em um sobressalto, suada e enrolada nos lençóis, com o corpo ansiando por ele.

Olhou de relance e de esguelha para Mac.

— Conheci seu irmão, Lorde Ian, no Covent Garden na semana passada.

Mac voltou rapidamente seu olhar para contemplá-la. Os olhos dele não eram tão dourados quanto os de Ian; estavam mais para cor de cobre com salpicos castanhos. — Conheceu Ian?

— Sim, e ele me fez uma bondade. Conheci Lorde Cameron também, mas foi por pouco tempo.

Mac estreitou os olhos.

— *Ian* fez uma bondade a você?

— Ele me salvou de cometer um grave erro.

— Que tipo de erro?

— Nada que eu gostaria de discutir no topo de Montmartre.

— Por que não? Quem diabos é você?

Katie inclinou-se em volta de Beth do outro lado.

— Bem, que atrevimento é esse?

— Shhhh, Katie. Meu nome é sra. Ackerley.

Mac franziu o cenho.

— Nunca ouvi falar da senhora. Como conseguiu conhecer meu irmão?

Katie olhou com ódio para Mac, com uma franqueza irlandesa.

— Ela é uma bendita de uma herdeira, eis quem ela é. E uma dama bondosa que não tem de tolerar rudeza de cavalheiros atrevidos em um parque francês.

— Katie — Beth advertiu-a baixinho. — Perdão, milorde.

O olhar cortante de Mac voltou-se para Katie rapidamente, e então se voltou para Beth.

— Tem certeza de que era Ian?

— Ele foi apresentado a mim como Lorde Ian Mackenzie — foi a resposta de Beth. — Imagino que poderia ter se passado, com excelência, por um impostor disfarçado, mas isso nunca passou pela minha cabeça. — Mac não parecia impressionado com o humor dela. — Em momento algum, ele olhou diretamente para mim.

Mac soltou-lhe a mão, a tensão sendo drenada.

— Era meu irmão.

— Ela não acabou de dizer isso? — perguntou Katie em um tom exigente.

Mac desviou o olhar, analisando os transeuntes e os aspirantes a artistas, esforçando-se para entender o que eles viam. Quando ele voltou novamente seu olhar para Beth, ela ficou perplexa ao ver seu cílios molhados.

— Controle sua terrier, Ackerley. A senhora diz que não sabe desenhar. Gostaria que eu lhe desse aulas?

— Como uma recompensa por minha rudeza?

— Seria divertido.

Ela ficou encarando-o, surpresa.

— As pessoas desejam suas pinturas por toda parte. Por que o senhor me daria aulas de desenho?

— Pela novidade da tarefa. Paris me entedia.

— Acho a cidade bem empolgante. Se o entedia, por que está aqui?

Mac deu de ombros, e o gesto era muito similar ao de Ian.

— Quando se é artista, se vem a Paris.

— É verdade, não?

Um músculo moveu-se no maxilar dele.

— Encontro pessoas com talento genuíno aqui e tento ajudá-las a crescer.

— Eu não tenho talento nenhum.

— Mesmo assim.

— Isso também lhe dará uma oportunidade para descobrir por que Lorde Ian se importaria com alguém como eu — sugeriu ela.

Um sorriso espalhou-se pelo rosto de Mac, um sorriso tão deslumbrante que levou Beth a imaginar que a maioria das mulheres que o viam cairiam a seus pés.

— Por que eu faria uma coisa dessas, sra. Ackerley?

— Porque eu de fato acredito que o senhor faria isso, milorde. Muito bem, então. Eu aceito.

Mac levantou-se e tirou o chapéu de onde o havia colocado no chão.

— Esteja aqui amanhã às duas horas da tarde, caso não esteja chovendo. — Ele inclinou o chapéu para Beth e fez uma leve reverência. — Tenha um bom dia, sra. Ackerley. E terrier.

Ele colocou o chapéu na cabeça e foi embora balançando-se, e seu casaco movia-se com seus passos. Todas as mulheres viraram a cabeça para observá-lo enquanto ele passava.

Katie abanou-se com o caderno de desenho de Beth.

— Ele é um homem atraente, sem sombra de dúvida. Mesmo sendo rude.

— Admito que ele é interessante — disse Beth.

Por qual motivo o homem queria descobrir tudo sobre ela, Beth não sabia, mas pretendia usá-lo para ficar sabendo de tudo sobre Lorde Ian.

Você é totalmente curiosa demais, Beth, minha querida, dissera a sra. Barrington com frequência. *Um traço muito pouco atraente em uma jovem dama.*

Beth concordava. Ela havia jurado que não teria mais nada a ver com a família Mackenzie, e ali estava ela aceitando um encontro com Lorde Mac na esperança de obter mais conhecimentos sobre o irmão mais novo dele. Ela sorriu para si mesma, sabendo que mal podia esperar pela tarde seguinte com tanto interesse.

No entanto, quando Beth apareceu em Montmartre de novo, no dia seguinte, o sol singrava brilhante o céu, os relógios batiam duas horas, e não se via Lorde Mac em lugar algum.

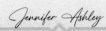

Capítulo Quatro

—Entende o que eu quero dizer? — indagou Katie, depois de passados quinze minutos. — Rude.

Beth lutou contra sua decepção. Queria de coração concordar com Katie e dizer algumas palavras obscenas que havia aprendido no abrigo, mas se conteve.

—Nós mal podemos esperar que ele se lembre de tal coisa. Dar aulas para mim deve ser algo trivial para ele.

Katie bufou.

—A senhora é uma dama importante agora. Ele está sendo rude ao nos tratar assim.

Beth forçou uma risada.

—Se a sra. Barrington houvesse me deixado apenas dez xelins, você não me consideraria uma dama importante.

Katie acenou como se para colocar isso de lado.

—Seja como for, meu pai não era tão rude quanto esse lorde grã-fino, e ele vivia *bêbado* como um lorde o tempo todo.

Beth, familiarizada com pais bêbados, não respondeu. Enquanto passava os olhos pela praça mais uma vez, notou a adorável jovem sobre quem ela e Katie haviam especulado no dia anterior, encarando-as.

A dama observou-a por um bom tempo por baixo de seu para-sol, com um olhar especulativo. Beth retribuiu o olhar com as sobrancelhas erguidas.

A dama assentiu para elas, determinada.

—Posso dar-lhe um conselho, minha querida? — perguntou ela quando chegou perto de Beth.

Sua voz soava inglesa e educada, sem nenhum traço de sotaque estrangeiro. A moça tinha uma face pálida e pontuda, cabelos vermelhos primorosamente cacheados sob um chapéu de ponta erguida, e grandes olhos verdes. Mais uma vez, Beth estava ciente de sua qualidade surpreendente, aquele algo indefinível que atraía todos os olhares para ela.

A dama prosseguiu:

— Se está esperando por Lorde Mac Mackenzie, devo lhe dizer que ele é extremamente não confiável. Pode ser que ele esteja deitado em alguma campina estudando a forma como um cavalo galopa, ou é possível que tenha subido até o topo de uma torre de igreja para pintar a vista. Imagino que ele tenha se esquecido completamente do compromisso com a senhora, mas Mac é assim, totalmente assim.

— Distraído, é? — quis saber Beth.

— Não tão distraído quanto tinhoso. Mac faz o que ele quer, e eu acho apenas justo que a senhora saiba disso de imediato.

Os brincos de diamante da dama reluziam enquanto ela tremia, e ela segurava seu para-sol com tanta força que Beth temia que a mão delicada da moça fosse quebrar.

— Você é modelo dele? — Beth realmente não achava que esse fosse o caso, mas era Paris. Até mesmo as mais respeitáveis mulheres inglesas eram conhecidas por lançarem o decoro ao vento assim que colocavam os pés em suas avenidas.

A dama olhou de relance ao seu redor e sentou-se ao lado de Beth, no mesmo lugar que Lorde Mac havia ocupado no dia anterior.

— Não, minha querida, não sou modelo dele. Muito infelizmente, sou esposa.

Ora, isso era muito mais interessante. Lorde Mac e Lady Isabella estavam separados, afastados, e sua separação de conhecimento muito público, tinha sido um escândalo que havia durado noventa dias. A sra. Barrington havia saboreado todas as gotas dos relatos dos jornais com um júbilo malicioso.

O acontecimento tinha três anos. Ainda assim, Lady Isabella estava sentada, em uma raiva cheia de agitação, enquanto confrontava uma mulher que ela achava que havia tido um encontro amoroso com seu marido.

— A senhora entendeu mal — falou Beth. — Lorde Mac se ofereceu para me dar aulas de desenho porque ele viu como eu era ignorante nesta arte. Mas ele só ficou interessado em mim quando lhe disse que eu era amiga de Lorde Ian.

Isabella voltou um olhar aguçado para Beth:

— Ian?

Todos pareciam supressos que Beth houvesse sequer falado com ele.

— Conheci-o na ópera.

— É mesmo?

— Ele foi muito bondoso comigo.

Ela arqueou as sobrancelhas.

— *Ian* foi bondoso com a senhora? Sabia, minha querida, que ele está aqui?

Beth rapidamente passou os olhos pela praça, mas não viu nenhum homem alto com cabelos de um vermelho-escuro e olhos incomuns.

— Onde?

— Quero dizer aqui, em Paris. Ele chegou hoje de manhã, motivo pelo qual provavelmente Mac não veio. Ou possivelmente este seja o motivo. Nunca se sabe com Mac. — Isabella olhou atentamente para Beth com um novo interesse. — Não pretendo ofendê-la, minha querida, mas não consigo me lembrar da senhora. Tenho certeza de que Ian nunca a mencionou.

— Me chamo sra. Ackerley, mas isso não significará nada para a senhora.

— Ela é uma herdeira — Katie intrometeu-se na conversa. — A sra. Barrington, de Belgrave Square, deixou para ela cem mil guinéus e uma imensa casa.

Isabella sorriu, irradiando beleza.

— Ah, *aquela* sra. Ackerley. Que deleite! — Isabella analisou Beth com um olhar crítico. — Veio para Paris sozinha? Ah, amada, isso não é nada bom. Deve permitir que eu cuide da senhora. Bem, meu grupo é um tanto incomum, mas tenho certeza de que ficarão encantados em conhecê-la.

— É muita gentileza, mas...

— Ora, não seja tímida, sra. Ackerley. Deve me deixar ajudá-la. Venha para casa comigo agora, e vamos conversar e saber tudo uma sobre a outra.

Beth abriu a boca para protestar, depois a fechou novamente. Os Mackenzie despertavam sua curiosidade, e que melhor maneira de aprender sobre Lorde Ian do que com sua cunhada?

— Certamente — ela concordou. — Eu ficarei encantada.

— Então, Ian, quem é essa tal de sra. Ackerley?

Mac se inclinou por sobre a mesa e falou acima dos acordes da orquestra, que vinham tocando uma melodia estridente. No palco acima de Ian e Mac, duas mulheres em espartilhos e anáguas mostraram as calçolas e deram tapinhas no traseiro uma da outra ao som da música animada.

Ian deu uma longa tragada em seu charuto e seguiu com um gole de conhaque, apreciando a fisgada acre proporcionada pela fumaça e pela suavidade do líquido. Mac também estava com um conhaque, mas apenas fingia beber. Desde o dia em que Isabella o deixara, Mac não havia tocado em uma gota de álcool.

— Viúva de um vigário paroquial do East End — Ian respondeu.

Mac olhou para ele, seus olhos cor de cobre imóveis.

— Você está brincando.

— Não.

Mac o observou por mais um momento antes de balançar a cabeça e dar uma tragada no charuto.

— Ela decerto parece interessada em você. Estou dando aulas de desenho para ela; ou darei assim que terminar essa maldita pintura. Minha modelo finalmente apareceu do nada esta manhã, falando sobre algum artista com quem ela anda enfurnada. Eu usaria outra pessoa, mas Cybele é perfeita.

Ian não respondeu. Ele poderia facilmente dar um jeito de estar no estúdio quando as aulas de desenho de Beth começassem. Ele se sentaria ao lado dela e respiraria seu perfume, observaria o pulso vibrar em sua garganta e o suor umedecer sua pele.

— Eu a pedi em casamento — disse ele.

Mac engasgou em seu charuto e o puxou da boca.

— Maldição, Ian!

— Ela recusou.

— Meu Deus! — Mac piscou. — Hart teria tido uma apoplexia.

Ian pensou no rápido sorriso de Beth e no jeito brilhante como ela falava. Sua voz era musical.

— Hart vai gostar dela.

Mac voltou a ele um olhar sombrio.

— Você se lembra de quando eu me casei sem a bênção real de Hart? Ele acabaria com a sua vida.

Ian sorveu mais conhaque.

— Por que ele deveria se importar se eu me casasse?

— Como você pode perguntar isso? Graças a Deus que ele está na Itália. — Mac estreitou os olhos. — Estou surpreso por ele não o ter levado consigo.

— Ele não precisava de mim.

Com frequência Hart levava Ian em suas expedições para Roma ou para a Espanha, pois Ian não era apenas um gênio em idiomas, mas conseguia lembrar-se de todas as palavras de cada conversa durante negociações. Se houvesse algum desacordo, Ian conseguiria se lembrar da transação palavra por palavra.

— Isso significa que ele foi ver uma mulher — prognosticou Mac. — Ou está em algum empreendimento político sobre o qual não quer que o restante de nós fique sabendo.

— Possivelmente. — Ian nunca investigava com atenção demais os negócios de Hart, sabendo que poderia não se sentir confortável com o que viesse a descobrir.

Os pensamentos de Ian vagaram para Lily, que jazia morta em sua sala de estar, com sua tesoura atravessando o coração. Curry havia permanecido em Londres a pedido de Ian, que esperava um relatório a qualquer momento.

— Trate de ir a Paris, senhor — Curry dissera, ao enfiar a valise de Ian no assento do vagão de primeira classe. — Se alguém perguntar, o senhor partiu em um trem logo cedo.

Ian havia desviado o olhar, e Curry bateu a porta, exasperado.

— Maldição, milorde, um dia desses o senhor terá de aprender a *mentir*.

Mac interrompeu os pensamentos de Ian.

— Então você seguiu a sra. Ackerley até Paris? Isso revela um homem que não aceita "não" como resposta.

As palavras da carta de Beth haviam feito com que ele repassasse seus pensamentos mais uma vez, envolto pelo sabor dos lábios dela.

— Pretendo usar de persuasão.

Mac caiu na gargalhada. Cabeças voltaram-se com o barulho, mas as moças continuavam a dançar, indiferentes, cada uma com as palmas firmemente no traseiro da outra.

— Para o inferno com isso tudo, Ian; tenho de conhecer essa mulher. Terei de começar as aulas dela... você não saberia para onde posso lhe mandar um recado, sabe?

— Bellamy disse que ela está hospedada com Isabella.

Mac sentou-se ereto, deixando cair seu charuto. Ian salvou-o antes que pudesse atear fogo na toalha de mesa e o soltou em uma tigela.

— Isabella está em Paris?

Pelos últimos três anos, desde que Isabella havia deixado a casa de Mac enquanto ele jazia em um estupor de embriaguez, ele não havia mencionado o nome dela. Nem usado as palavras *minha esposa*.

— Isabella veio para Paris há quatro semanas — revelou Ian. — Ou pelo menos foi o que seu valete disse.

— Que inferno! Em momento algum Bellamy contou isso a *mim*. Vou torcer o pescoço dele. — Mac voltou o olhar para longe, planejando a execução de seu valete. Bellamy tinha sido pugilista, então era de se duvidar que a fúria de Mac fosse causar algum impacto nele. — Maldição — praguejou Mac, muito baixinho.

Ian deixou-o sozinho e ficou observando as dançarinas. As mulheres haviam passado a saltitar pelos arredores sem espartilhos, com seus seios pequenos, os mamilos do tamanho de moedas. Os cavalheiros ao redor de Ian riam e aplaudiam.

Ian imaginava como seriam os seios de Beth. Lembrava-se do vestido de ópera um tanto quanto simples que ela havia usado, de tafetá cinza-escuro que a cobria até os ombros.

Ela havia usado um espartilho, pois todas as mulheres respeitáveis o faziam, mas Ian imaginava que prazer seria desatar os cordões com as mãos lentas. O espartilho seria uma vestimenta funcional, linho simples sobre barbatana de baleia, e ela ficaria ruborizada enquanto a peça caísse, desnudando sua beleza natural.

Ian sentiu o membro enrijecer-se; em seguida, inclinou-se para trás no assento em uma posição relaxada e cerrou os olhos. Não queria macular a imagem de Beth com as dançarinas seminuas, mas os pensamentos não permitiram que sua ereção se esvaísse por um bom tempo.

— As coisas que faço pelo senhor... — Curry deixou sua valise no chão do quarto do hotel de Ian na manhã seguinte e caiu em uma cadeira, exausto.

Ian manteve o olhar fixo no fogo, um charuto em seus dedos que suavam. Ele tivera uma noite ruim depois que deixara Mac, os pesadelos retornando para atormentar seu cérebro até que ele acordasse, gritando no escuro.

Os criados franceses haviam entrado aos tropeções, segurando velas e balbuciando de medo enquanto Ian balançava na cama, com a cabeça nas mãos, sentindo-a latejar com uma dor hedionda. Os pontinhos de luz entravam como facas em seus olhos, e ele havia gritado para que levassem as velas embora.

Precisava de Curry e de suas preparações para aliviar as dores de cabeça e permitir que voltasse a dormir. No entanto, Curry estava em um trem noturno em direção a Paris, e Ian havia voltado a deitar-se, suando, nauseado e sozinho.

Ian ouvira o que os criados franceses sussurraram a seu respeito: *Minha Nossa Senhora, nos ajude, ele é louco. E se ele nos assassinar em nossas camas?*

Ian havia passado o restante da noite tendo pensamentos eróticos com Beth Ackerley. Tinha alguns pensamentos desse tipo naquele exato momento, cerrando os olhos e esperando por Curry para recuperar-se. Beth, na ópera, seus lábios sob os dele. A língua unindo-se à sua na boca, a pressão dos dedos em sua bochecha. A curva dos seios doces mexendo-se enquanto ele a ajudava a subir e entrar na carruagem de Cameron.

Ian ergueu o olhar para Curry, cujo rosto estava cinzento de exaustão.

— Bem? Descobriu quem matou Lily?

— Ah, claro que sim, senhor. O culpado rendeu-se a mim, e eu o arrastei até o magistrado. E margaridas estão crescendo nas ruas, e Londres não mais verá a neblina de novo.

Ian ignorou as últimas palavras de Curry, não se dando ao trabalho de entendê-las.

— O que você descobriu?

Curry soltou um suspiro que fez seu peito subir e descer, antes de erguer-se da cadeira.

— O senhor espera milagres, sabe? Perdão, mas é o mesmo com os seus benditos irmãos. Eu sei que, quando Lorde Cameron me enviou para cuidar do senhor naquela piada de manicômio, ele esperava que eu o curasse e o trouxesse de volta para casa.

Ian ficou na espera, ciente de que Curry gostava de fazer rodeios antes de chegar ao ponto.

Curry pegou a sobrecasaca de Ian do espaldar de uma cadeira e começou a passar a escova nela para limpá-la.

— Por Deus, o que o senhor fez com seus ternos enquanto eu não estava aqui?

— O pajem do hotel cuidou deles — disse Ian, sabendo que Curry era capaz de lamentar pelas roupas dele por horas. Para um homem nascido nas sarjetas do East End, Curry era extremamente esnobe em relação ao estado das vestimentas de Ian.

— Bem, eu espero que ele não o tenha feito andar pelas ruas com trajes cor de lavanda e coletes de bolinhas. Esses francesinhos não têm senso de bom gosto.

— O que foi que você descobriu? — Ian instigou-o a responder.

— Estou chegando ao ponto. Fiz exatamente o que o senhor me disse para fazer e entrei na casa como se eu fosse um popular qualquer em busca de um souvenir. Não havia nada a ser encontrado. Mais ordinário impossível.

— Lily foi morta apunhalada por sua própria tesoura. Isso não é nada ordinário.

— Ela não lutou; consegui fazer o policial em serviço me dizer isso. Ela parecia surpresa, não assustada.

Ian tivera o mesmo pensamento.

— Ela sabia quem era. Deixou-o entrar como um cliente frequente.

— Exato. — Curry remexeu em seus bolsos e sacou dali um papel. — Desenhei o aposento como o senhor me pediu e anotei tudo nele. Foi um trabalho e tanto, tentar fazer isso com o Velho Bill me seguindo por toda parte.

Ian olhou de relance para o desenho de Curry e para as listas.

— Isso é tudo?

— Isso é tudo? — disse Curry em um tom de demanda para o ar. — Eu me arrasto através do continente europeu, viajando em trens e carruagens de aluguel bolorentos para ser os olhos e ouvidos dele e ele diz: "Isso é tudo?".

— O que mais você descobriu?

— Um pouco de empatia não custaria nada, senhor. O que eu tolero, trabalhando para o senhor... De qualquer forma, segui para Roma. Ele está lá faz um mês; em momento algum saiu de lá.

— Ele não o viu? — perguntou-lhe Ian, em tom incisivo.

— Não, eu me certifiquei disso. Ele quase me viu, mas conseguiu sair de fininho. Não seria bom, seria? Se ele me visse?

Ian ficou com o olhar fixo no fogo, esfregando a têmpora. Maldita dor de cabeça. Sabia muito bem que um homem poderia ficar nos estados italianos e pagar para alguém fazer as coisas por ele em Londres, assim como Ian havia feito com Curry.

Ian queria saber a verdade; porém, a verdade era perigosa demais. Ele esfregou a têmpora até que a dor forte fosse amenizada. Pensar nos olhos de Beth ajudava.

— Beth achou que você fosse um detetive — lembrou Ian.

— Beth? — indagou Curry em um tom aguçado.

— A sra. Ackerley.

— Oh, sim, ela. Noiva de Sir Lyndon Mather. Ex-noiva, devo dizer, depois de sua intervenção no momento certo. Pode chamá-la de *Beth*, agora, é? Do que ela o chama?

— Não sei.

— Ah. — Curry assentiu sabiamente. — Um leve conselho, senhor. Mantenha-se focado nas mulheres da vida... Paris está repleta delas, como o senhor sabe. Com elas, um homem sempre sabe onde está pisando.

Curry estava certo, e Ian sabia disso. As cortesãs adoravam Ian, e ele nunca tinha de preocupar-se em ficar sem companhia feminina. Porém, nem todos os charmes das cortesãs parisienses conseguiam arrancá-lo de seu desejo por Beth. Ele pensou novamente nos lábios dela sob os seus, o som suave que emanava da garganta dela quando ele a beijou. Se ele pudesse sentir a calidez de Beth a seu lado todas as noites, não teria os pesadelos nem as enxaquecas. Estava certo disso.

Ele teria Beth em sua cama nem que tivesse de recrutar Curry, Isabella, Mac e todas as outras pessoas em Paris para atingir seu objetivo.

Cinco manhãs depois de Beth ter concordado em compartilhar o alojamento e abrigo com Lady Isabella Mackenzie, ela estava escrevendo cartas em seu dormitório, quando ouviu melodias lá embaixo.

Isabella nunca se levantava antes da uma da tarde — *querida, é impossível abrir os olhos antes dessa hora.* Em nenhum momento alguém tinha ido dizer a Beth que havia chegado uma visita, mas ela não conseguia imaginar um ladrão tentando invadir a casa para cantar a plenos pulmões uma sonata de Chopin na sala de estar.

Beth colocou a carta escrita pela metade dentro de uma gaveta e desceu a escadaria, gostando de como as persianas e as cortinas haviam sido escancaradas para permitirem a entrada de luz solar. A sra. Barrington mantinha as cortinas bem fechadas e as luzes de gás baixas, de forma que Beth e as criadas tinham de ir tateando pelos caminhos no escuro, durante o dia e durante a noite também.

A porta dupla que dava para a sala de estar estava entreaberta, e o som puro e doce de Chopin flutuava pela abertura. Beth empurrou as portas, abrindo-as, e parou no limiar.

Ian Mackenzie estava sentado ao piano polido de Isabella, encarando o porta-partitura vazio à sua frente. Seus ombros largos moviam-se enquanto as mãos encontravam e tocavam as notas, e os pés, calçando botas, flexionavam-se enquanto ele trabalhava no pedal de sustentação. A luz do sol atingia seus cabelos escuros, transformando-os em um ardente vermelho.

Sei tocar esta peça nota por nota, ele dissera na casa de ópera. *No entanto, não sou capaz de captar sua alma.*

Ele podia achar que também não conseguia captar a alma daquela peça, mas a música tecia-se em volta de Beth e a atraía para ele. Ela cruzou a sala até o piano enquanto as notas flutuavam a seu redor, altas e doces. Podia banhar-se nelas.

A música tinha um crescendo no teclado, e depois terminava com um baixo acorde que usava todos os dedos de Ian. Ele deixou suas mãos onde estavam, com os tendões estirados, enquanto as últimas ondulações esvaneciam-se.

Beth pressionou juntas suas mãos.

— Isso foi esplêndido.

Ian tirou rapidamente os dedos das teclas. Ele ergueu o olhar para Beth e desviou-o, e depois colocou as mãos no teclado de novo, enquanto absorvia o conforto da sensação do marfim.

— Aprendi a tocá-la aos onze anos — comentou ele.

— Que prodígio. Eu não acho que eu tenha sequer visto um piano aos meus onze anos de idade.

Ian não fez todas as coisas que um cavalheiro deveria fazer: erguer-se quando ela entrou na sala, cumprimentá-la com um aperto de mãos, certificar-se de que ela se sentasse em algum lugar confortável. Ele deveria perguntar sobre a família dela, ele mesmo se sentar e falar sobre o tempo ou algo igualmente banal até que uma calada e eficiente criada trouxesse uma bandeja de chá. Porém, ele continuou no banco, franzindo o cenho como se estivesse tentando lembrar-se de alguma coisa.

Beth inclinou-se no piano e sorriu para ele.

— Tenho certeza de que seus professores ficaram impressionados.

— Não. Apanhei por causa disso.

O sorriso de Beth morreu em seu rosto.

— Você foi punido por aprender a tocar perfeitamente uma peça? Uma reação um tanto quanto estranha, não?

— Meu pai me chamou de mentiroso porque eu disse que só a tinha ouvido uma vez. Eu disse a ele que não sabia mentir, então ele falou: "É melhor que se pense que você seja um mentiroso, pois o que você fez não é natural. Vou ensiná-lo a nunca fazer isso novamente".

Havia uma nota rude no tom de voz de Ian enquanto ele ecoava o timbre do homem tão bem quanto suas palavras.

A garganta de Beth ficou apertada.

— Que coisa horrível!

— Eu apanhava com frequência. Eu era desrespeitoso, evasivo, difícil de se controlar.

Beth imaginava a versão menino de Ian, seus olhos dourados amedrontados, olhando para toda parte, menos diretamente para seu pai, enquanto o homem gritava com ele. Depois, cerrando os olhos com dor e medo enquanto apanhava com uma vara.

Ian começou a tocar uma outra peça, esta lenta e ressonante. Ele manteve a cabeça parcialmente curvada, seu rosto de traços bem-definidos imóvel enquanto ele se focava nas teclas. Sua coxa mexia-se enquanto ele trabalhava no pedal; seu corpo inteiro tocava a música.

Beth reconheceu a peça como sendo um concerto de piano de Beethoven, uma de que o tutor que a sra. Barrington havia contratado para Beth havia gostado. Ela fora uma musicista medíocre, suas mãos destruídas demais pelo trabalho e duras para aprender a habilidade. O tutor tinha sido desdenhoso e zombava, mas, pelo menos, nunca tinha batido nela.

Os dedos grandes de Ian deslizavam pelo teclado, e notas lentas preenchiam a sala, o som suntuoso e cingindo-a. Ian poderia reivindicar que ele não conseguia encontrar a alma da música, mas a melodia trazia à mente dela, de forma muito vívida, os dias sombrios que Beth havia sofrido depois da morte de sua mãe.

Ela lembrou-se de estar sentada em um canto na ala do hospital, com os braços em volta dos joelhos, enquanto a tuberculose roubava-lhe as últimas respirações. Sua bela mãe, sempre tão frágil e amedrontada, que havia se segurado em Beth em busca de força, agora removida da vida que a havia aterrorizado.

O hospital havia enxotado Beth depois que eles enterraram sua mãe em um túmulo para pobres. Beth não queria retornar ao abrigo da paróquia, mas seus pés a haviam conduzido até lá. Ela sabia que não tinha mais nenhum lugar para onde ir.

Pelo menos tinham lhe dado um emprego, visto que ela falava bem e tinha modos razoáveis. Dava aulas a crianças mais novas do que ela e tentava confortar-se ao confortá-las, mas também, com bastante frequência, as crianças fugiam do abrigo para voltarem à mais lucrativa vida do crime.

Eram apenas as pessoas "no meio do caminho" como Beth que ficavam presas. Ela não queria recorrer a vender seu corpo para sobreviver, sentindo nada além de repulsa por homens que eram capazes de sentirem desejo e luxúria por meninas de quinze anos. Nem conseguiria encontrar um emprego respeitável como governanta ou babá. Beth tinha poucos estudos, e mulheres de classe média não queriam alguém de um abrigo de Bethnal Green cuidando de seus preciosos bebês.

Ela havia, por fim, persuadido uma das mulheres da paróquia a arrumar-lhe uma máquina de escrever. Algum tempo depois, a mulher conseguiu uma que já havia passado por três donos, cujas teclas B e Y estavam presas, e Beth continuamente praticava nela.

Quando ficou um pouco mais velha, concluiu que poderia ser contratada como datilógrafa. Talvez as pessoas não fossem se importar com seu histórico, contanto que ela trabalhasse com rapidez e eficiência. Ou poderia escrever contos ou artigos e tentar persuadir os jornais a comprá-los. Não fazia ideia de como realizar isso, mas valia a pena tentar.

E então, um dia, enquanto ela estava datilografando com força na máquina de escrever, o novo vigário da paróquia apareceu para uma visita. Beth estava xingando sonoramente a tecla B, quando Thomas Ackerley olhou para ela e riu.

Uma lágrima rolou rapidamente por sua bochecha. Ela colocou a mão na de Ian, e a peça acabou sendo interrompida.

— Você não gosta dessa — disse ele, com um tom de voz monótono.

— Eu gosto... é só que... poderia tocar algo mais feliz?

O olhar contemplativo de Ian passou deslizando por ela como um feixe de luz solar.

— Não sei se uma peça é feliz ou triste. Sei apenas as notas.

Isso deixou Beth com um nó na garganta. Se não fosse cuidadosa, choraria copiosamente sobre ele. Foi em um turbilhão para o gabinete musical e escavou em meio às partituras até que encontrou uma que a fez sorrir.

— E essa? — Ela levou a partitura de volta ao piano e espalhou a música no porta-partitura.

— A sra. Barrington odiava ópera... ela não era capaz de entender por que alguém gostaria de ouvir as pessoas berrarem por horas em um idioma estrangeiro. Mas amava Gilbert e Sullivan. Pelo menos eles falavam em inglês puro e simples.

Beth abriu a música na cantiga que fazia com que a sra. Barrington risse mais. Ela havia feito com que Beth a aprendesse e a tocasse repetidas vezes. Beth havia se cansado dos ritmos vivazes e das palavras absurdas, mas agora estava grata pelos gostos da sra. Barrington.

Ian olhou para o papel sem alterar a expressão em seu rosto.

— Não sei ler música.

Beth havia se inclinado sobre ele sem pensar, e agora a roseta em seus seios estava no nível do nariz dele.

— Não?

Ian analisou a roseta, seus olhos absorvendo cada faceta dela.

— Eu tenho de ouvi-la. Toque-a para mim.

Ele mexeu-se de leve, cedendo a ela cerca de treze centímetros de espaço no banco. Beth sentou-se, com o coração martelando no peito. Ele não pretendia se afastar, e seu corpo era como uma muralha sólida. Assim tão perto dele, ela sentiu o rígido músculo do bíceps e a extensão da coxa de encontro à sua.

Os olhos cor de âmbar reluziam por trás dos cílios espessos, enquanto ele virava um pouco a cabeça para observá-la.

Beth inspirou fundo. Esticou o braço sobre o abdômen dele para alcançar as baixas notas, tocou desajeitada a introdução, e então cantou em uma voz trêmula.

— *Eu sou a própria modelo de um moderno major-general...*

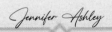

Capítulo Cinco

Ian analisava os dedos ágeis de Beth enquanto viajavam pelas teclas. Suas unhas eram pequenas e arredondadas, bem-cortadas, e o único adorno que ela usava era um anel de prata no mindinho da mão esquerda.

A calma que ela trazia também flutuava sobre ele, embora ele não se desse ao trabalho de entender as palavras:

— Sou muito bom em cálculo diferencial e integral; eu sei os nomes científicos de seres animalescos...

A roseta azul no seio dela subia e descia enquanto ela cantava, e seu cotovelo deslizava pelo colete dele quando ela fazia movimentos de subida e descida nas teclas. Seda de um azul-claro flutuava sobre seu colo — não mais tecidos grossos de lã na cor cinza para Beth Ackerley. Isabella devia ter cuidado dela.

Um cacho caía por sua bochecha enquanto ela cantava. Ele ficou observando enquanto ia e vinha de encontro a sua pele, e observava sua boca pronunciando as palavras animadas. Ele queria tomar o cacho entre os dedos e puxá-lo até alisá-lo.

Por fim, a melodia ergueu-se com a voz dela:

— *Eu sou a própria modelo de um moderno major-general.*

Uns poucos acordes tinidos, e era o fim.

Beth sorriu para ele, sem fôlego.

— Eu não tocava fazia um tempinho. Não tenho desculpas agora, visto que Isabella tem este excelente piano.

Ian colocou os dedos nas teclas onde Beth havia colocado os dela.

— Era para essa canção fazer sentido?

— Está querendo dizer que nunca viu *Os piratas de Penzance*? A sra. Barrington me arrastou para vê-la quatro vezes. Ela cantava junto durante toda a performance, para a tristeza do público ao nosso redor.

Ian ia ao teatro ou à ópera quando Mac, Hart ou Cameron o levavam consigo, e ele não se importava muito com o que via lá. Os pensamentos de levar Beth a essa apresentação e fazer com que ela a explicasse para ele o atraíam.

Lembrava-se das notas exatamente como ela as havia tocado, e elas surgiram de seus dedos. Ele cantava as palavras, não se importando com seu significado.

Beth sorria enquanto ele fazia isso, e então ela se juntou a ele.

— *Com tantos fatos animadores em relação ao quadrado da hipotenusa...*

Eles tocaram a música, com Beth cantando ao ouvido dele. Ian queria que ela se virasse e o beijasse, mas não conseguia evitar e parar no meio de uma peça. Tinha de tocá-la até o fim.

Ele terminou-a com um floreio.

— Isso foi... — Ian cortou o elogio dela segurando a nuca de Beth com a mão em concha e tomando sua boca em um beijo intenso.

Beth sentiu o sabor do conhaque, a queimação de seu bigode. Ele enlaçou os dedos pelo cabelo na base do pescoço dela, as pontas de seus dedos encontrando-se com a pele sensível.

Ele a beijava como um amante, como se ela fosse sua cortesã. Ela imaginava damas extremamente sensuais e reluzentes derretendo como se fossem gelo em uma calçada quente quando Ian as tocava. Ele espalhava beijos nas têmporas de Beth, suaves como penas. O hálito dele estava quente, e ela sentia seu corpo se soltando, fluindo como água.

— Eu não deveria permitir que você fizesse isso — ela sussurrou.

— Por que não?

— Porque creio que você poderia partir o meu coração.

Ele tracejou em volta dos lábios dela com os dedos, delineando a clivagem de seu lábio superior e a plenitude de seu lábio inferior. Ele mantinha o olhar focado nos lábios dela, enquanto as mãos grandes moviam-se em direção a sua coxa.

— Você está molhada? — sussurrou Ian, com os dentes no lóbulo da orelha dela.

— Sim. — Ela tentou engolir em seco. — Se quer mesmo saber, estou bem molhada, muito molhada.

— Que bom. — Com a língua, ele circulava a concha da orelha dela. — Você entende dessas coisas. Porque precisa estar molhada...

— Meu marido me explicou isso na nossa noite de núpcias. Ele achava que a ignorância de tais fatos por parte da mulher era a causa de muita dor desnecessária.

— Um vigário incomum.

— Oh, Thomas era um tanto quanto radical. Um espinho no flanco de seu bispo, com todas as suas visões modernas.

— Eu gostaria de explicar ainda mais — sussurrou Ian. — Em algum lugar mais privado do que aqui.

— Piedade! — Beth riu um pouco. — Felizmente não sou uma dama delicada e protegida. Se fosse, eu estaria no chão, desmaiada, com as criadas de Isabella tentando me abanar.

Os olhos dele chisparam.

— O que eu falo a deixa com raiva?

— Não, mas nunca fale coisas assim em uma sala de estar cheia de damas e bela porcelana chinesa, imploro que não faça isso. Seria uma confusão e tanto.

Ele sentiu o cheiro dos cabelos dela.

— Nunca estive com uma dama antes. Desconheço as regras.

— Felizmente, não sou um tipo comum de mulher. A sra. Barrington deu o seu melhor para mudar minha condição, mas nunca conseguiu, ainda bem.

— Por que ela ia querer mudá-la?

Beth ficou quente.

— Milorde, creio que seja o homem mais adulador que conheço.

Ian fez uma pausa, e não dava para ler e interpretar sua expressão.

— Eu declaro verdades. Você é perfeita como é. Quero vê-la nua, e desejo beijar sua vulva.

O calor no local que ele citara ardia em chamas.

— E, como sempre, não sei se saio correndo ou se fico e me banho em sua atenção.

— Eu sei responder a isso. — Ele passou os fortes dedos em torno da cintura dela. — Fique. — Sua mão estava pesada e quente, e ele tracejava um círculo na parte interna do braço dela.

— Devo confessar que seu modo direto de falar é revigorante depois das acrobacias que tenho que desempenhar para ficar à altura dos amigos de Isabella.

— Fale para os cavalheiros amigos de Isabella ficarem longe de você. Não quero que a toquem.

Ele desceu e fechou bem os dedos, e ela olhou de relance, incisivamente, para a mão grande ainda introduzida sob suas saias.

— Só você pode me tocar?

Ele assentiu, juntando as sobrancelhas.

— Sim.

— Não creio que eu me importe com isso — disse ela, baixinho.

— Que bom.

Ele colocou-a com destreza em seu colo, já que a anquinha sob o vestido não permitia que ela se sentasse bem junto ao corpo dele. Coisas decepcionantes, essas estruturas das saias.

A roseta azul no seio dela esmagava o colete de Ian, e ele colocou a mão em concha sob o traseiro Beth, que não reclamou e não ficou ofegante com tal liberdade.

Inclusive, ela queria mais liberdades com ele. Queria soltar-lhe os botões da calça e colocar a mão dentro dela. Desejava lidar com as camadas de roupa até que pudesse acariciar o órgão intumescido, senti-lo junto à sua mão. Não importava que estivessem sentados na sala de visitas frontal da casa de Isabella, não importava que as cortinas estivessem escancaradas, abertas para a movimentada rua de Paris.

— Sou uma mulher perversa, bem perversa — murmurou ela. — Beije-me de novo.

Sem dizer nenhuma palavra, ele rapidamente inclinou os lábios sobre os dela. Sua língua fisgava a dela e ele pressionava os dedos nos cantos dos lábios de Beth, abrindo-os ainda mais.

Aqueles não eram beijos de um homem que estava flertando. Eram beijos de um homem que queria ir para a cama com ela... maldita hora e malditas circunstâncias. Todas as suas partes que o tocavam pulsavam.

— Deveríamos parar — disse ela, em um sussurro.

— Por quê?

Beth não conseguia pensar em um motivo. *Eu sou uma dama viúva, bem passada da idade da inocência. Por que não deveria beijar um belo homem em uma sala de visitas? Um pouco de prazer carnal não vai me fazer nada mal.*

Ela serpenteava sua mão lasciva entre as coxas dele, deparando-se com a rigidez em sua calça.

— Hummm. — Um dos cantos de sua boca ergueu-se. — Quer tocar nele?

Sim, por favor, disse a dama perversa.

— Consigo ouvir a porcelana partindo-se agora.

— O quê? — Ele franziu o cenho.

— Não importa. Você é um selvagem e um patife, e eu amo cada segundo disso.

— Eu não a entendo.

Ela segurou o rosto dele com as mãos em concha.

— Não vem ao caso. Sinto muito por ter falado.

Os lábios dela pareciam esfolados, inchados dos beijos dele. Ela beijou a curva do lábio inferior dele, sentindo os cantos de sua boca como ele tinha feito com ela. Ian buscava a língua de Beth, tocando-a com a sua antes de começar a lamber cada centímetro.

Ele quer que eu o receba de bom grado na minha cama e não fique envergonhada.

Era um mundo que ela desconhecia, mundo esse que vira apenas de relance através de cortinas semicerradas por trás das quais mulheres ornamentadas com diamantes sorriam para cavalheiros envoltos em fumaça de charutos. Tantas casas, tão quentes por dentro, e aquela era a primeira vez que ela havia sido convidada a entrar em uma.

A porta abriu-se repentinamente com um ruído forte, e Isabella entrou a passos de passeio na sala, vestindo um robe de seda azul. Beth tentou pular para longe de Ian, mas ele a estava abraçando com muita força. Ela acabou ficando meio sentada, meio deslizando do joelho dele.

Isabella espiou os arredores, com cara de sono.

— Ian, querido, o que está fazendo aqui tocando Gilbert e Sullivan a essa hora da madrugada? Achei que estivesse tendo um pesadelo.

Beth, por fim, ficou em pé, com o rosto ardente.

— Perdão, Isabella. Nós não pretendíamos acordá-la.

Isabella arregalou os olhos.

— Entendi. Eu que peço *seu* perdão por interrompê-los.

Graças a Deus pelos espartilhos, pensou Beth, distraída. Seus mamilos eram pequenos pontos rígidos junto ao tecido, mas a densa estrutura das barbatanas escondia isso.

Ian não se ergueu. Ele apoiou um dos cotovelos no piano e ficou analisando as filigranas de gesso atrás de Isabella.

— Ficará para o café da manhã, Ian? — perguntou-lhe Isabella. — Tentarei ficar de olhos abertos por tempo suficiente para me juntar a vocês.

Ele balançou a cabeça.

— Vim entregar uma mensagem a Beth.

— Veio? — indagou-lhe Beth. Que ridícula, em momento algum ela havia pensado em perguntar por que ele havia aparecido de repente na sala de estar de Isabella.

— Uma mensagem de Mac. — Ian continuou com o olhar fixo do outro lado da sala. — Ele disse que estará preparado para dar início a suas lições de desenho dentro de três dias. Ele quer terminar a pintura em que vem trabalhando primeiro.

Isabella respondeu antes que Beth pudesse falar:

— É mesmo? Meu marido sempre foi tão bom em fazer duas coisas ao mesmo tempo. — O tom de voz dela era tenso.

— A modelo é Cybele — foi a resposta de Ian. — Mac não quer que Beth fique lá enquanto Cybele estiver.

A dor passou como um lampejo pelos olhos de Isabella.

— Ele nunca se importou com tais coisas comigo.

Ian não respondeu; Beth não conseguiu evitar e perguntou:

— Essa tal de Cybele é tão terrível assim?

— Ela é uma rameira desbocada — disse Isabella. — Mac apresentou-me para ela, para meu choque, logo que nos casamos. Ele adorava me chocar. Tornou-se a razão de ser dele.

Ian tinha virado a cabeça para olhar fixamente pela janela, como se a conversa não mais o interessasse. O deleite de Isabella evaporou-se, e seu rosto parecia rígido de cansaço.

— Ah, bem, Ian, se não vai ficar para o café da manhã, vou voltar a me arrastar para a cama. Bom dia para vocês.

Ela saiu de mansinho, deixando a porta aberta atrás de si.

Beth ficou observando-a ir embora, não gostando de como Isabella parecia infeliz.

— Você *pode* ficar para o café da manhã? — ela perguntou a Ian.

Ele balançou a cabeça em negativa e ficou de pé... será que ele lamentava ir embora ou estava feliz com isso?

— Mac está me esperando no estúdio. Ele fica preocupado se não apareço.

— Seus irmãos gostam de cuidar de você. — Beth sentiu uma pontada no coração. Ela havia crescido sozinha, sem irmãos nem irmãs, e nenhum amigo ou amiga em quem pudesse confiar.

— Eles têm medo.

— De quê?

Ian manteve o olhar contemplando o lado de fora da janela, como se não a tivesse ouvido.

— Eu quero vê-la de novo.

Uma centena de recusas educadas que a sra. Barrington havia incutido em sua mente atravessaram sua cabeça por um instante e saíram de novo.

— Sim, eu gostaria de vê-lo de novo também.

— Enviarei uma mensagem a você pelo Curry.

— Sempre diligente é o seu sr. Curry.

Ele não estava ouvindo o que ela dizia.

— A soprano — disse ele.

Beth piscou.

— Como assim? — Ela lembrou-se do artigo do jornal que a havia incomodado tanto no dia em que conhecera Mac. — Ah. Aquela soprano.

— Eu pedi que Cameron fingisse estar brigando comigo por causa dela. Eu queria que as pessoas se focassem na soprano e se esquecessem de você. Ele ficou feliz em atender ao meu pedido. Ele gostou de fazer isso.

As pessoas deviam ter visto Beth entrar no camarote dos Mackenzie, talvez tivessem visto Ian escapar com ela até a carruagem de Cameron. Ele havia criado uma discussão pública com Cameron para desviar a atenção de Beth em relação aos Mackenzie, famosos por seus casos amorosos sórdidos.

— Que pena — falou Beth, a voz fraca. — Foi uma história tão bem-feita.

— Não foi o que aconteceu.

— Me dei conta disso. Estou sobrepujada.

— Por que isso a deixaria sobrepujada?

— Meu querido Lorde Ian, a companhia paga é a última pessoa que pensam em poupar das fofocas. Ela é sem graça e esmaecida... culpa dela mesma, claro, que ninguém queira se casar com ela.

— Quem diabos lhe disse isso?

— A prezada sra. Barrington, embora ela não tenha usado exatamente essas palavras. Eu deveria ser recatada e esquecível, disse ela, cujas intenções eram as melhores. Entenda que ela estava tentando me proteger.

— Não. — Ele fitou-a, com o olhar pousado em um cacho sobre sua orelha. — Não entendo.

— Tudo bem. Não precisa entender.

Ian ficou silencioso novamente, perdido em pensamentos. Então ele olhou-a abruptamente, apertou-a junto a si e pressionou um beijo rápido em sua boca.

Antes que Beth pudesse ficar ofegante, ele colocou o corpo dela de lado e saiu a passos largos da sala. Beth permaneceu parada, com os lábios ardendo, até que a fria corrente de ar provocada pelo bater forte da porta frontal anunciou que ele se fora.

— Querida, que adorável — disse Isabella, naquela noite, estirando o braço de Beth enquanto sua criada deslizava uma luva por ele. — Você e Ian. — Os olhos verdes dela dançavam, mas sombras maculavam seu rosto. — Fico tão contente.

— Não há nada de adorável em relação a isso — respondeu Beth. — Estou sendo horrivelmente escandalosa.

Isabella voltou a ela um sorriso de quem sabia das coisas.

— O que quer que você diga, esperarei avidamente por mais notícias.

— Você não tem um baile para ir, Isabella?

Isabella beijou as bochechas de Beth, banhando-a com perfume.

— Tem certeza de que não se importa de que eu saia correndo, minha querida? Odeio deixá-la sozinha.

— Não, não. Vá e divirta-se. Estou meio cansada esta noite e não me importo em ter um tempo para fazer uma pausa e pensar em tudo que vem acontecendo.

Beth desejava uma noite tranquila, sem sentir o escrutínio de Paris, até mesmo com a proteção de Isabella, que sabia bem o que era "completamente sozinha", e havia apresentado Beth por lá com entusiasmo. Isabella captou a deixa de que Beth era uma herdeira misteriosa da Inglaterra, que parecia se dar bem com artistas, escritores e os poetas que acorriam a Isabella.

Naquela noite, Beth estava disposta a deixar de lado o glamour. Escreveria sobre seu dia no diário, e depois se retiraria e se deixaria levar por fantasias em relação a Ian Mackenzie, algo que ela não deveria fazer, mas pouco se importava com isso.

Assim que Isabella se foi, Beth pediu que o mordomo lhe servisse uma sopa fria em seus aposentos. Então ela pegou uma pena e voltou-se para seu diário.

Havia começado a escrever um relato de suas aventuras em Paris, algo sobre o que fazia rápidas anotações sempre que tinha algum tempo para tal. Enquanto mastigava o resto de torta de carne, ela virava as páginas do diário em branco no fim do caderno.

Ela escreveu:

> *Não estou certa sobre como ele me faz me sentir. As mãos dele são grandes e firmes, e eu queria demais que ele pressionasse meus seios com as palmas. Eu queria sentir o calor das mãos desnudas junto a meus mamilos. Meu corpo gritava, pedindo por aquilo, mas eu recusei ceder aos desejos, sabendo que seria impossível naquele momento e local.*

Jennifer Ashley

Isso quer dizer que eu gostaria que ele fizesse essas coisas em um outro momento e local?

Eu quero desabotoar meu vestido para ele. Quero que ele desate a parte rígida de meu espartilho e os tire de meu corpo. Quero que ele me toque como não sou tocada há anos. Anseio por isso.

E não penso nele como o Lorde Ian Mackenzie, aristocrático irmão de um duque e bem acima de mim e impossível em termos de status social: não penso nele como o Louco Mackenzie, um excêntrico que as pessoas ficam encarando e sobre quem ficam sussurrando.

Para mim, ele é simplesmente Ian.

— Senhora! — berrou Katie, da entrada.

Beth deu um pulo e fechou seu caderno com tudo.

— Pelo amor de Deus, Katie, você me assustou. Algum problema?

— O lacaio disse que um cavalheiro fez uma visita aqui para vê-la.

Beth ergueu-se. Sua saia prendeu-se em uma colher, que foi retinindo pelo chão.

— Quem? Lorde Ian?

— Se fosse ele, eu teria dito isso imediatamente, não diria? Não, Henri disse que é um agente policial.

Beth ergueu as sobrancelhas.

— A polícia? Por que um policial deveria querer me ver?

— Não sei, senhora. Diz ele que é um inspetor ou algo do gênero, e ele é inglês, não francês. Eu juro que nunca roubei coisa alguma desde que a senhora me pegou fazendo isso quando eu tinha quinze anos. Nadinha.

— Não seja ridícula. — Beth pegou a colher com a mão trêmula. —

Não creio que roubar laranjas em Covent Garden há dez anos faria com que um inspetor a perseguisse até Paris essa noite.

— Espero que esteja certa — disse Katie, com um tom sombrio.

Beth trancafiou seu caderno na caixa de joias e colocou a chave desta no bolso antes de descer a escadaria. O lacaio francês curvou-se em reverência a ela enquanto abria a porta, e Beth agradeceu no idioma dele.

Um homem que trajava um terno preto desbotado virou-se da lareira quando ela entrou.

— Sra. Ackerley?

Ele era alto, embora não tão alto quanto Ian. Seus cabelos estavam lustrados e puxados para trás, não caindo em sua testa, e seus olhos eram cor de avelã. Tinha uns trinta e poucos anos e era quase bonito, embora o bigode exuberante não ocultasse o largo sorriso em sua boca.

Beth parou logo que cruzou o limiar da porta.

— Sim? Minha dama de companhia me disse que o senhor é da polícia.

— Meu nome é Fellows. Passei por aqui para fazer-lhe umas perguntas, se não se importar.

Ele estendeu a ela um cartão cor de marfim que já estivera em melhor estado. *Lloyd Fellows, Inspetor, Scotland Yard, Londres.*

— Certo. — Beth devolveu o cartão a ele, não gostando da sensação deste em sua mão.

— Posso me sentar, sra. Ackerley? Não há necessidade para que a senhora se sinta desconfortável.

Ele fez um gesto, apontando para ela uma poltrona luxuosa, e Beth empoleirou-se na ponta desta. O inspetor Fellows pegou a cadeira dura da escrivaninha e virou-a, parecendo totalmente sereno.

— Não me demorarei, então a senhora pode dispensar a costumeira oferta educada de chá. Eu vim perguntar-lhe há quanto tempo a senhora conhece Lorde Ian Mackenzie.

— Lorde Ian? — Beth ficou alarmada, surpresa.

— O irmão caçula do duque de Kilmorgan, cunhado da dama que é a dona desta casa.

O tom de voz dele era brutal e sarcástico, porém, a expressão em seus olhos era... estranha.

— Sim, eu de fato sei quem ele é, inspetor.

— Acredito que o tenha conhecido em Londres, não?

— Por que isso é da sua conta? Eu o conheci em Londres, e conheci o irmão e a cunhada dele aqui em Paris. Não creio que isso seja contra a lei.

— Hoje a senhora conversou com Lorde Ian aqui, nesta casa.

O coração dela bateu mais acelerado.

— O senhor vem nos observando? — Ela pensou nas cortinas escancaradas na janela daquela mesma sala, e nela empoleirada no joelho de Ian, beijando-o loucamente.

Fellows inclinou-se para a frente, e não dava para ler sua expressão.

— Eu não vim até aqui para acusá-la de nada, sra. Ackerley. A natureza da minha visita é um aviso.

— Contra o quê? Falando do cunhado da minha amiga na casa dela?

— Misturar-se com companhias erradas poderia ser sua ruína, senhora. Guarde minhas palavras.

Beth mexeu-se, irritada.

— Por favor, seja direto, sr. Fellows. Está ficando tarde, e eu gostaria de me retirar para os meus aposentos.

— Não precisa ser desdenhosa. Ajo aqui em nome do seu interesse, senhora. Diga-me, leu sobre o assassinato em uma pensão perto de St. Paul, Covent Garden, cerca de uma semana atrás?

Beth franziu o cenho e balançou a cabeça em negativa.

— Há uma semana eu estava ocupada viajando. Não devo ter ficado sabendo dessa história.

— Ela não era uma mulher importante, então os jornais ingleses não deram muita atenção; os franceses, nenhuma. — Ele esfregou a mão no bigode. — A senhora fala fluentemente o francês, não?

— Parece-me que o senhor sabe muito sobre mim. — Os modos dele e sua arrogância, na sala de estar de Isabella, irritavam-na. — Meu pai era francês, então, sim, eu falo o idioma muito bem. Um dos motivos pelos quais decidi visitar Paris, se quer saber.

Fellows sacou um pequeno caderno de seu bolso e virou as páginas com um suave farfalhar.

— Seu pai se chamava Gervais Villiers, visconde Theriault. — Ele olhou de relance para ela. — O engraçado é que a *Sûreté*, organização civil policial, particularmente ligada a detetives, não tem nenhum registro de tal pessoa já ter vivido na França.

A pulsação de Beth acelerou.

— Ele deixou Paris há muito tempo. Algo a ver com a revolução de 1848, creio eu.

— Nada a ver com isso, senhora. Gervais *Villiers* jamais existiu, Por outro lado, Gervais *Fournier* era procurado por pequenos roubos, fraudes e por contos do vigário. Ele fugiu para a Inglaterra e nunca se ouviu falar dele de novo. — Fellows virou mais uma página. — Creio que tanto eu quanto a senhora sabemos o que aconteceu com ele, sra. Ackerley.

Beth não disse nada. Ela não tinha como negar a verdade sobre seu pai, mas não tinha nenhum desejo de ficar histérica na frente do sr. Fellows.

— O que é que tudo isso tem a ver com Lorde Ian Mackenzie?

— Chegarei lá. — Fellows consultou o caderno de novo. — Tenho aqui a informação de que sua mãe uma vez foi presa por prostituição. Está certo isso?

Beth ficou ruborizada.

— Ela estava desesperada, inspetor. Meu pai havia acabado de morrer e nós estávamos passando fome. Ainda bem que ela era muito ruim nisso, e a primeira abordagem que fez foi a um policial-detetive em trajes civis.

— De fato, parece que o magistrado ficou tão tocado com as súplicas dela por misericórdia que a deixou ir. Ela prometeu ser uma boa moça e nunca mais fazer isso.

— E nunca fez. Por favor, o senhor pode não ficar falando da minha mãe, inspetor. Deixe-a descansar em paz. Ela estava fazendo o melhor possível em circunstâncias difíceis.

— Não, a sra. Villiers não foi sortuda como a senhora — disse Fellows. — A senhora vem tendo uma sorte incomum. Casou-se com um cavalheiro respeitável que cuidou da senhora. Depois se tornou a acompanhante de uma rica senhora idosa, tão obsequiosa com ela a ponto de ela deixar-lhe toda a fortuna que tinha ao morrer. Agora é a hóspede de aristocratas ingleses em Paris. Que elevação e tanto na sua visita desde o abrigo, não?

— Não que a minha vida seja da sua conta — disse ela, rispidamente. — Mas por que isso seria do interesse de um detetive-inspetor?

— Em si, não é. Mas assassinato, isso é.

Todos os membros do corpo de Beth ficaram rígidos, como os de um animal que sabia estar sendo caçado.

— Eu não matei ninguém, sr. Fellows — ela falou, tentando sorrir. — Se está sugerindo que ajudei a sra. Barrington a ir para o túmulo, não fiz isso. Ela era idosa e doente, e eu gostava muito dela, e não fazia a mínima ideia de que ela pretendia deixar tudo que era dela para mim.

— Eu sei. Verifiquei isso.

— Bem, isso não é uma misericórdia? Confesso, inspetor, que não consigo imaginar o que o senhor está tentando me dizer.

— Trouxe à tona os assuntos de sua mãe e de seu pai porque quero falar francamente com a senhora sobre assuntos que poderiam levar uma dama a desmaiar. Estou estabelecendo que seja uma mulher do mundo, e que provavelmente não vai desmaiar com o que tenho a lhe dizer.

Beth fixou um olhar gélido nele.

— Tenha certeza de que não sou propensa a desmaiar. Eu poderia fazer com que os lacaios o jogassem para fora daqui, sim, mas desmaiar, não.

Fellows ergueu a mão.

— Por favor, tenha paciência comigo, senhora. A mulher assassinada em St. Paul, no Covent Garden, chamava-se Lily Martin.

Beth olhou, inexpressiva, para ele.

— Não conheço ninguém chamada Lily Martin.

— Há cinco anos, ela trabalhava em um bordel em High Holborn.

Ele ficou esperando, cheio de expectativa, mas Beth balançou a cabeça em negativa novamente.

— O senhor está me perguntando se a minha mãe a conhecia?

— De forma alguma. A senhora se lembra de que houve um assassinato de uma cortesã há cinco anos nesta mesma casa em High Holborn?

— Houve?

— De fato, sim. Os detalhes não são bonitos. Uma jovem chamada Sally Tate, uma das moças, foi encontrada morta em sua cama, certa manhã, apunhalada no coração, e depois teve seu sangue quente deliberadamente espalhado no papel de parede e na cabeceira da cama.

Beth sentiu um nó na garganta.

— Que horror!

Fellows sentou-se para a frente, na ponta da cadeira agora.

— Eu sei... eu *sei*... que foi Lorde Ian Mackenzie que a assassinou.

Beth sentiu como se não houvesse chão sob seus pés. Ela tentou forçar-se a respirar, mas seus pulmões não funcionavam, e a sala começou a ficar fora de foco para ela.

— Oras, sra. Ackerley, a senhora me prometeu que não desmaiaria.

Ela deparou-se com Fellows a seu lado, com a mão em seu cotovelo. Beth arfava para tentar respirar.

— Isso é um absurdo! — A voz dela falhava. — Se Lorde Ian tivesse cometido um assassinato, os jornais estariam repletos de histórias a respeito disso. A sra. Barrington não teria deixado esse tipo de acontecimento passar.

Fellows balançou a cabeça.

— Em momento algum ele foi acusado, nunca foi preso. Ninguém teve permissão de falar nenhuma palavra sobre isso para os jornalistas. — Ele retornou a sua cadeira, e seu rosto traía impaciência e frustração. — Mas eu sei que foi ele. Ele estava lá naquela noite. Pela manhã, Lorde Ian havia desaparecido, não sendo encontrado em lugar nenhum. Acabou que ele tinha partido para a Escócia, fora do meu alcance.

Beth tentou se sair bem dessa.

— Então é possível que ele tenha saído de lá antes de o crime acontecer.

— Os criados dele tentaram me dizer que ele havia voltado para casa antes das duas da manhã, e que partira para a Escócia em um trem logo cedo. Eles estavam mentindo. Sei plenamente disso, embora o irmão dele, o duque, tenha feito seu melhor para me impedir de descobrir o que Ian realmente fez. Eu queria prender Ian, mas não tinha nenhuma evidência ou prova para agradar ao meu senhor, e os Mackenzie são poderosos e detêm posições elevadas na sociedade. A falecida mãe deles era amiga pessoal da rainha. O duque tinha importância junto ao Ministério do Interior, e fez com que meus superiores me tirassem do caso. O nome de Ian jamais foi mencionado... nem nos jornais, nem nos corredores da Scotland Yard. Em outras palavras, ele safou-se dessa.

Luzes giravam nas bordas da visão de Beth, enquanto ela se levantava e se afastava de Fellows. Ela pensou em Ian, seu olhar contemplativo, rápido e tremeluzente, seus intensos olhos dourados, seu beijo firme, a pressão de suas mãos.

Passou por sua cabeça que esta era a segunda vez que um homem a havia avisado sobre um outro cavalheiro. Porém, quando Ian havia lhe contado sobre Mather, ela havia acreditado com facilidade nele, ao passo que desejava negar tudo o que o inspetor Fellows dissera sobre Ian.

— O senhor tem de estar errado — foi o que ela disse. — Ian nunca faria uma coisa dessas.

— A senhora diz isso tendo conhecido Ian por apenas uma semana? Observo a família Mackenzie há anos. Sei do que são capazes.

— Já vi minha cota de homens violentos nesta vida, inspetor, e Ian Mackenzie não é um deles.

Beth havia crescido em meio a homens que resolviam seus problemas com punhos cerrados, inclusive seu próprio pai, que podia ser perfeitamente charmoso quando sóbrio, mas, uma vez que houvesse gin dentro dele, transformava-se em um monstro.

Fellows não parecia convencido.

— A moça, Lily, que morreu em Covent Garden, trabalhava naquela casa de High Holborn cinco anos atrás. Depois do assassinato, ela desapareceu, e eu não consegui encontrá-la por nada desse mundo. Acabou que ela havia se mudado para a pensão em Covent Garden, e um protetor estava pagando a ela uma boa quantia para que vivesse sozinha e se mantivesse calada. A responsável pela casa falou que um cavalheiro costumava visitá-la à noite de tempos em tempos, bem depois de escurecer. Mas uma testemunha viu um homem visitar a casa na noite em que Lily teve uma tesoura enfiada em seu peito, e tal homem era Lorde Ian Mackenzie.

O chão parecia oscilante sob os pés de Beth uma vez mais; no entanto, ela manteve a cabeça erguida.

— Sua especulação não é prova. E se a testemunha tivesse uma visão ruim?

— Ora, ora, sra. Ackerley. A senhora deve admitir que Lorde Ian é bem reconhecível.

Isso Beth não podia negar. Ela também sabia que policiais eram capazes de levar as pessoas a acreditarem que tinham visto aquilo que os policiais queriam.

— Não consigo pensar no motivo pelo qual o senhor veio até aqui esta noite para me contar essa história — disse ela, em um tom gélido.

— Por dois motivos. Um deles é para avisá-la de que está fazendo amizade com um assassino. A segunda é para pedir-lhe que observe Lorde Ian e que me passe quaisquer informações que achar serem relevantes. Ele matou essas duas moças, e pretendo provar isso.

Beth ficou encarando-o.

— O senhor deseja que eu espione o cunhado da mulher que virou minha amiga? Em uma família que até agora só demonstrou bondade para comigo?

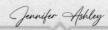

— Estou lhe pedindo que me ajude a pegar um assassino a sangue-frio.

— Não sou empregada pela Scotland Yard nem pela polícia francesa, inspetor. Arrume outra pessoa para fazer seu trabalho sujo.

Fellows balançou a cabeça, fingindo estar triste.

— Lamento por essa atitude sua, sra. Ackerley. Caso se recuse a me ajudar, farei com que seja cúmplice quando eu pegar Lorde Ian.

— Tenho um advogado. sr. Fellows. Talvez o senhor deva falar com ele. Vou lhe dar o endereço dele em Londres.

Fellows sorriu.

— Gosto que a senhora não aceite pressões e provocações levianamente. Porém, considere o seguinte: tenho certeza de que não gostaria que suas novas amigas da alta sociedade descobrissem sem querer que a senhora é uma fraude. Filha de um trambiqueiro e de uma prostituta, cavando seu caminho para parasitar o seio da aristocracia. Ora, ora. — Ele clicou a língua.

— Também não aceito chantagens levianamente. Tomarei seu aviso como uma preocupação pela minha segurança e não falaremos mais do assunto.

— Só para que entendamos um ao outro, sra. Ackerley.

— O senhor pode ir embora agora — disse Beth, em tons congelantes que teriam deixado a sra. Barrington orgulhosa dela. — E nós não temos entendimento algum um com o outro.

Fellows se recusava a parecer intimidado. Na verdade, ele deu a ela um sorriso alegre enquanto pegava seu chapéu e se dirigia para a porta da sala de visitas.

— Se mudar de ideia, vou ficar no hotel da Gare du Nord. Boa noite.

Fellows abriu dramaticamente as portas de correr, apenas para se encontrarem de frente para a parede que era Ian Mackenzie. Antes que Beth pudesse dizer uma palavra, Ian pegou Fellows pela garganta e o empurrou de volta para dentro da sala.

A LOUCURA DE LORDE *Ian Mackenzie*

Jennifer Ashley

Capítulo Seis

A fúria fez Ian enxergar vermelho. Embora visse Beth, com seus cabelos com os mesmos cachos brilhantes, complexos como naquela manhã, Fellows, em seu terno preto, amassado pelo uso, e os olhos azuis de Beth cheios de tristeza.

Fellows havia contado a ela. Maldito fosse, ele dissera tudo a Beth.

O inspetor agarrou as mãos de Ian.

— Avançar abruptamente sobre um policial é uma afronta.

— Tudo em relação a você é uma afronta. — Ian empurrou o homem para longe. — Saia.

— Ian.

A voz de Beth fez com que ele se virasse. Ela estava ali, parada, em pé, como uma flor, frágil e vulnerável, a única cor em um mundo cinza.

Ele desejara deixar Beth à parte dos negócios sórdidos em High Holborn e de tudo o que havia lutado para ocultar pelos últimos cinco anos. Beth não havia sido contaminada por nada daquilo, era inocente.

Fellows havia arruinado tudo. O maldito homem arruinava tudo o que tocava. Ian não queria que Beth olhasse para ele e se perguntasse o que outros faziam... se Ian havia enfiado uma faca no corpo quente de uma cortesã, depois espalhado o sangue dela pelas paredes. Ele queria que Beth continuasse olhando para ele com suave fascinação, que abrisse seu pequeno sorriso quando fizesse alguma piada ou brincadeira que Ian não acompanhasse.

Às vezes, Ian se perguntava se ele havia, em sua fúria, matado Sally. Em sua confusão mental, às vezes ele não se lembrava das coisas. Porém, também se lembrava de algo que tinha visto naquela noite, coisas que nunca havia revelado a ninguém, nem mesmo para Hart.

Fellows passou o dedo pelo colarinho, o rosto vermelho de raiva. Ian esperava ter machucado o homem. O propósito da vida de Fellows era tornar pública sua opinião contra Hart, contra Ian, contra qualquer Mackenzie. Fellows havia incomodado tanto Hart e Ian que acabara sendo removido do caso de High Holborn havia cinco anos e fora avisado de que arriscaria seu emprego caso persistisse no assunto.

Agora Fellows estava de volta. O que significava que ele sabia de algo novo.

Ian pensou em Lily Martin, que jazia na sala onde ele a havia encontrado uma semana atrás, com sua tesoura de costura atravessando o coração. Ele lembrou-se da raiva que havia sentido, e da tristeza. Ele pretendia protegê-la e fracassara.

— Saia — ele repetiu para Fellows. — Você não é bem-vindo aqui.

— Esta casa foi alugada por Lady Isabella Mackenzie — disse Fellows. — E ninguém me avisou para não falar com a sra. Ackerley. Ela não é uma Mackenzie.

Ian passou os olhos pelo rosto cheio de autossatisfação de Fellows.

— A sra. Ackerley está sob a minha proteção.

— Sua proteção? — Fellows abriu um sorriso malicioso. — Bela forma de colocar as coisas.

— Certamente não gosto do que o senhor está querendo dizer com *isso* — interrompeu Beth. — Por favor, vá embora, inspetor. O senhor já disse o que precisava dizer, e eu ficaria grata se fosse embora.

Fellows fez uma reverência, mas seus olhos cintilavam.

— É claro, sra. Ackerley. Tenha uma boa noite.

Ian não ficou satisfeito em ficar observando enquanto Fellows saía da sala de visitas — ele seguiu Fellows até o vestíbulo e instruiu o lacaio para que não o deixasse retornar ali sob circunstância alguma. Ian ficou em pé na entrada, observando até que Fellows desceu pela rua movimentada, assoviando.

Ele voltou-se para trás, e deparou-se com Beth atrás de si. Ela cheirava a flores, com um suave perfume prendendo-se à sua pele. Seu rosto estava ruborizado, suas bochechas, úmidas, sua respiração, rápida.

Maldição! Seu sorriso se fora, seu cenho estava franzido. Ian sentia dificuldade em interpretar as expressões das pessoas, mas a preocupação e a incerteza de Beth gritavam para ele. Que maldição seria se ela houvesse acreditado em Fellows...

Ian pegou no cotovelo de Beth e guiou-a de volta pela escadaria acima até a sala de visitas. Ele bateu as portas atrás de si, e Beth foi andando para longe dele, cruzando os braços com força sobre o peito.

— Não acredite nele — disse, com a voz chiada. — Ele vem incomodando Hart há anos. Não mantenha contato com ele.

— É um pouco tarde para isso. — Beth não fez nenhum movimento para sentar-se, porém, não ficou também andando de um lado para o outro. Ela ficou em pé, parada, imóvel, exceto pelos polegares que se moviam inquietos em seus cotovelos.

— Receio que o bom inspetor tenha conhecimento de muitos segredos.

— Ele sabe bem menos do que acha que sabe. Ele odeia a minha família e fará de tudo para desacreditá-la.

— Por que diabos ele faria uma coisa dessas?

— Não sei. Eu nunca soube de fato.

Ian passou as mãos pelos cabelos, com sua fúria cheia de frustração fervendo e vindo à tona. Ele odiava aquela fúria, a mesma que havia enfurecido seu pai e que havia feito com que o jovem Ian merecesse apanhar muito.

Essa fúria erguia-se nele quando ele desejava explicar as coisas, mas não conseguia encontrar as palavras, quando não conseguia entender a falta de sentido no que todos a seu redor balbuciavam. Como uma criança, ele havia feito a única coisa que podia: descontar neles com os punhos cerrados e gritando até que os dois lacaios tinham de tentar contê-lo. Os gritos só paravam quando Hart chegava. O pequeno Ian idolatrava Hart Mackenzie, dez anos mais velho do que ele.

Ian tinha idade suficiente para controlar seus impulsos, mas a fúria ainda vinha, e ele lutava com esse demônio todos os dias. Ele havia lutado com ele na noite em que Sally Tate havia sido assassinada.

— Eu não quero que você faça parte disso — repetiu ele.

Beth ficou simplesmente encarando-o. Seus olhos eram tão azuis, seus lábios, exuberantes e vermelhos. Ele queria beijá-la naquele momento até que ela se esquecesse por completo de Fellows e de suas revelações, até que aquela expressão nos olhos dela não estivesse mais lá.

Ian desejava-a sob seu corpo, seu calor de encontro a ela, queria ouvir seu arquejo quando ele se encaixasse dentro dela. Precisava do esquecimento de unir-se a ela até que ambos houvessem se dissolvido na paixão. Ele a desejava como seu refúgio desde que a vira sentada próximo a Lyndon Mather na Casa de Ópera de Covent Garden.

Ele a havia tirado de Mather ao trair os segredos do homem. Mather estava certo ao dizer que Ian a havia roubado dele, e Ian não estava nem aí para isso. Mas agora Beth conhecia os segredos de Ian, e estava com medo.

— Deveria ser simples o suficiente estabelecer que você não cometeu nenhum dos crimes — estava dizendo ela. — Com certeza seu cocheiro, seu valete e vários outros podem confirmar onde você estava no momento do crime.

Ela achava que era assim tão, tão simples...

Ian foi até ela e segurou sua bochecha em concha, amando a pele macia como uma pétala sob a palma de sua mão.

— Eu não quero que você saiba dessas coisas. É vulgar e sujo. Maculará você.

Ele não sabia ao certo tudo o que Fellows dissera a ela, embora pudesse imaginar. No entanto, Fellows havia escavado apenas a parte mais rasa do incidente. A realidade envolvia quilômetros e quilômetros de segredos profundos, tão repulsivos que poderiam arruinar a todos eles.

Beth ficou à espera, na expectativa de que ele acertasse as coisas com uma frase ou duas, para confortá-la. Ian não podia fazer nada disso, porque sabia da cruel verdade. Sua maldita memória não ficava borrada,

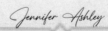

não deixava sumir o que ele havia visto, o que havia feito. Ambas as damas estavam envolvidas, e elas duas haviam morrido.

E quanto a Beth?

— Não — disse ele, incisivo.

— Ian.

O sussurro dela cortou-o no coração. Ian soltou-a, a fúria trêmula sendo jorrada mais uma vez para a superfície.

— Você não deveria ter nenhuma ligação com os Mackenzie — falou ele em um tom rude. — Nós quebramos tudo que tocamos.

— Ian, eu acredito em você.

Os dedos dela cerraram-se na manga da roupa dele e seguraram seu braço com força. Ela desejava que ele se atrevesse a olhar em seus olhos, mas era impossível.

Beth falou rapidamente.

— Você receia que Fellows tenha me virado contra você. Ele não conseguiu. Obviamente ele tem obsessão por vocês. Ele mesmo disse que não tinha prova alguma, e que nunca houve substância para fazer uma acusação formal contra você.

Isso era em parte verdade, mas seria assim tão simples?

— Deixe isso para lá — disse ele, irritado. — Esqueça isso.

Ian gostaria que *ele mesmo* fosse capaz de esquecer, mas ele não se esquecia de nada em sua vida. Os eventos eram tão vívidos para ele quanto estar ali sentado ao piano com ela naquela manhã. Tão vívidos quanto todos os "experimentos" que o médico charlatão havia realizado nele no manicômio particular.

— Você não está entendendo. — Beth soltou a manga da roupa dele apenas para fechar a mão em seu braço. — Nós somos amigos, Ian. E eu levo amizades a sério... Deus sabe que tive poucos amigos e amigas na minha vida.

Amigos. Ian não achava que algum dia ouviria essa palavra sendo aplicada a ele. Ele tivera irmãos, ninguém mais. Cortesãs gostavam dele — e muito —, mas Ian não tinha ilusão alguma de que não gostariam dele se não lhes desse tanto dinheiro.

O olhar de Beth era contemplativo e intenso.

— O que eu quero dizer é que não vou sair correndo só porque o inspetor Fellows apareceu e fez acusações.

Ela ainda queria que ele limpasse seu nome, declarasse sua inocência a plenos pulmões. Ian tinha dificuldade com mentiras, não entendendo o ponto delas, mas também sabia que a verdade era complicada.

— Eu não vi Sally Tate morrer — disse ele, com o olhar fixo no batente da porta. — E não enfiei a tesoura em Lily.

— Como você sabia que foi uma tesoura?

Ele voltou rapidamente o olhar para o rosto de Beth, observando enquanto os olhos dela ficavam aguçados.

— Eu a vi naquela noite, fui visitá-la e ela estava morta.

Beth engoliu em seco em sua garganta esbelta.

— Você não reportou isso à polícia?

— Não. Deixei-a e peguei o trem para Dover.

— O inspetor Fellows disse que uma testemunha o viu ir até a casa.

— Não notei ninguém por lá, mas nem olhei. Eu tinha de pegar o trem, e não queria criar uma conexão entre mim, Lily e High Holborn.

— O inspetor fez isso de qualquer forma.

A fúria de Ian começou a aumentar de novo.

— Sei disso. Tentei protegê-la dele. Falhei com ela.

— Um salteador ou um ladrão pode tê-la matado. Isso não pode ser sua culpa.

Lily não havia lutado. Ela conhecia e confiava em quem quer que tivesse enfiado a tesoura fundo em seu peito. Suas próprias observações e as de Curry confirmavam isso.

— Não consegui protegê-la. Não posso proteger você.

O sorrisinho dela voltou a seus lábios.

— Você não precisa me proteger.

Senhor, será que aquela mulher poderia ser ainda mais inocente? Agora, Beth estava associada aos Mackenzie, o que a marcava aos olhos do mundo.

— Fellows usará você para chegar até nós. É assim que ele age.

— Ele usa Isabella?

— Ele tentou. Mas falhou.

Fellows havia achado que Isabella odiaria tudo relacionado aos Mackenzie, uma vez que havia Mac. Presumiu que ela lhe contaria todos os segredos deles, mas o inspetor estava tão errado... Isabella era filha de um conde, de puro sangue azul, e se recusava até mesmo a falar com um mero policial. Sua lealdade permanecia com a família de Mac.

— Então, aí está — disse Beth. — Ele fracassará comigo também.

— Caso se junte a nós, você se arrependerá disso.

— Eu lhe disse que é tarde demais para isso. Vim a conhecer bem Isabella e sei que ela não falaria de você com tamanho carinho caso achasse que você fosse capaz de cometer um assassinato.

Era verdade que Isabella mantinha afeto por Ian, Hart e Cam, sabia-se lá Deus por quê. Ian havia gostado de Isabella de imediato, quando Mac a havia apresentado a ele no dia em que fugiram para casar-se. Ela era incrivelmente inocente, mas tinha mergulhado no mundo masculino deles com desenvoltura.

— Isabella acredita em nós.

O toque de Beth ficou mais suave.

— Se ela acredita em vocês, eu também acredito.

Ian sentiu sua fúria vermelha diminuir e o desespero ser aliviado. Beth acreditava nele. Ela era tola por isso, mas o fato de acreditar nele realmente abria as passagens fechadas nos espaços vazios dentro dele.

— Você acreditaria na palavra de um louco? — ele quis saber.

— Você não é louco.

— Fui colocado em um manicômio por um motivo. Não consegui convencer a comissão de que eu era um homem mentalmente são.

Ela sorriu.

— Uma das paroquianas de meu marido acreditava piamente que era a rainha Vitória. Ela trajava bombazina preta e broches de luto e falava constantemente sobre seu pobre falecido Albert. Não consigo acreditar que você seja tão excêntrico quanto ela.

Ian voltou-se para longe dela, forçando-a a soltar o braço dele.

— Logo que me liberaram do manicômio, não fui capaz de falar nada por meses.

Ele ouviu-a parar atrás dele.

— Oh...

— Eu não tinha me esquecido de como falar... simplesmente não queria falar. Não sabia que agir assim deixava meus irmãos angustiados até que eles me falaram. Não consigo captar insinuações dos outros. Uma pessoa tem de ser direta comigo.

Ela abriu um sorriso trêmulo para ele.

— É por isso que você não ri das minhas piadas. Achei que tivesse perdido meu jeito com elas.

— Eu aprendo o que fazer observando os outros, como aplaudir na ópera quando o restante do público começa. É como aprender um idioma estrangeiro. E não consigo acompanhar uma conversa quando estou com muita gente.

— Foi por isso que não falou muito quando foi até o camarote de Mather em Covent Garden?

— Conversas de um para um são muito mais fáceis. — Ele declarou um fato. Conseguia se focar no que uma pessoa estava dizendo, mas tentar seguir diversas contribuições de várias pessoas em uma conversa levava à confusão. Quando jovem, ele tinha sido punido por não responder à mesa ou não se juntar a uma discussão. *Amuado*, era como seu pai o havia rotulado. *Olhe para mim quando estou falando com você, menino.*

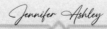

Beth estava com os olhos apertados.

— Meu querido Ian, então somos farinha do mesmo saco. A sra. Barrington teve de me ensinar como me comportar na sociedade do zero, e eu ainda não entendo todas as regras. Por exemplo, sabe que é considerado vulgar comer sorvete com uma colher? Deve-se usar um garfo, o que me parece um tanto quanto ridículo. O mais difícil é deixar um pouco de comida no prato, para não parecer afoita demais com a comida. Passei tantos dias com fome na minha juventude que considero isso além de desconcertante.

Ian permitiu que as palavras dela o banhassem sem se dar ao trabalho de acompanhá-las. Ele gostava da voz dela, macia e suave, como o fluxo da montanha em que ele pescava, nos campos selvagens da Escócia.

— Você me chama de *Ian* agora — ele declarou.

Ela piscou.

— É mesmo?

— Você me chamou pelo meu primeiro nome cinco vezes desde que cheguei.

— Viu? Realmente nos considero amigos.

Amigos. Ele queria muito mais do que isso.

Beth olhou para ele de relance sob os cílios.

— Ian, tenho algo que venho querendo lhe perguntar...

Ele ficou na espera, mas ela deu um passo para trás, brincando com o anel de prata em sua mão esquerda. Ele conhecia joias o suficiente para saber que o anel era barato, e que a única pedra nele era o mais mero fragmento. Era o presente de alguém pobre, mas Beth o mantinha com carinho. Ela havia devolvido o anel de diamantes de Mather sem hesitar, mas aquele era precioso para ela.

— Ian, fico pensando se talvez...

Ian concentrou sua atenção nas palavras dela com dificuldade. Preferia ouvir a voz leve dela, observar o subir e descer dos seios, estudar os movimentos dos lábios.

— Já que você parece gostar de mim um pouco... — disse ela — ... me pergunto se estaria interessado... em ter um caso comigo.

As últimas palavras de Beth saíram numa enxurrada, e a atenção de Ian voltou-se rapidamente para ela.

— Ter relações carnais, quero dizer — prosseguiu Beth. — Ocasionalmente, quando ambos concordarem com isso.

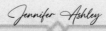

Capítulo Sete

O prazer borbulhava em meio à tensão de Ian.

— Relações carnais — ele repetiu.

— Sim — ela confirmou, com timidez na voz. — Caso esteja interessado.

Caso eu esteja interessado?

— Você quer dizer irmos para a cama — disse ele, direto.

Ela ficou ainda mais profundamente ruborizada, seus dedos torcendo o anel sem parar.

— Sim, é exatamente a isso que me refiro. Não como uma amante, entende? Mas sim duas pessoas desfrutando... este lado da vida. Nós gostamos um do outro o suficiente, e eu não me vejo me casando de novo. Mather me deixou assustada e afastou o casamento de meus pensamentos, minha Nossa Senhora! Mas, talvez, possamos ter... uma aventura enquanto estivermos em Paris. Estou tagarelando, eu sei, não consigo evitar.

Será que ela sabia o quanto era bela? Suas bochechas eram de um vermelho-fogo; seu olhar, tanto desafiador quanto incerto.

Ele ficou contemplando os olhos dela por um momento transitório e respondeu:

— Sim.

Beth soltou o ar que se transformou em uma risada trêmula.

— Obrigada por não partir com repulsa.

Repulsa? Que homem poderia ficar com repulsa de uma dama com os olhos como os dela, que havia acabado de falar, gaguejando, que desejava ser uma espécie de amante dele?

Ian deu um passo para trás para ter uma visão plena dela. Beth trajava um vestido simples de um tecido fino malva, de sobressaia plissada e de saia com leves rufos. Uma fileira de botões na forma de amoras subia em marcha em seu corpete até o queixo. O maldito colarinho era alto demais, fechando-a, em vez de expor seu adorável pescoço.

— Vamos começar agora — disse ele.

Ela deu um pulo.

— Agorinha?

— Antes que você mude de ideia.

Beth pressionou os dedos na boca, como se estivesse tentando se impedir de sorrir.

— Muito bem, o que tem em mente?

— Desabotoar seu vestido. — Ele chegou perto dela e tocou no botão bem no meio do pescoço. Ele queria tirá-lo entre seus dentes e ver se realmente tinha sabor de amoras. — Até aqui.

— Só isso?

— Por ora.

Ela voltou a ele um olhar surpreso, mas começou a soltar seus botões. Seu pescoço pálido podia ser visto, o meio da parte da frente dele, úmido com o suor. Era uma bela garganta a dela, longa e esguia, imaculada.

Ian deslizou as mãos em volta da cintura dela. Beth ergueu o olhar, com os lábios abertos, mas ele não a beijou. Com gentileza, ele abriu-lhe a saia, depois se inclinou e beijou-a no pescoço.

— Ian.

— Shhhh.

Ele lambeu o meio de sua garganta, e depois puxou a pele macia entre seus dentes.

— O que você está fazendo?

— Dando-lhe uma mordida de amor.

— Uma... amor...

Ian mordeu-a, e Beth inalou o ar com força. Ele o sugava, mantendo a ação terna. Sentiu o sal na pele dela, sua pulsação palpitante entre os lábios.

Fique nua para mim, ele queria dizer. Ele desejava ver sua Beth com as saias levantadas, os dedos dela desatando a cinta das *pantalettes*. Ele queria puxá-la para baixo, de modo que pudesse ver o triângulo de pelos reluzindo de umidade. Sua ereção dura já latejava.

Ele se perguntava se os mamilos dela teriam o mesmo sabor do pescoço. Ele queria desabotoar o corpete e tirar o maldito espartilho, para então se banquetear nos seios dela. Desejava abrir a boca sobre um deles e agarrar o outro com a mão.

Vá devagar com ela. Saboreie isso.

Ian ergueu a mão. Ele deixou que seu olhar roçasse no dela, captando um lampejo de azul antes de baixá-lo para a segurança de seus lábios de novo.

Lábios muito beijáveis. A parte inferior levemente curvada, como se ela quisesse sorrir; a parte superior sempre levemente arqueada. Os olhos dela estavam semicerrados, seus cabelos bagunçados uma marca escura em sua garganta, onde ele a havia sugado.

— Sua vez agora — disse ele.

Ian tirou a sobrecasaca, puxou e tirou a gravata e abriu o colarinho. Beth observava-o atentamente enquanto ele desnudava o pescoço.

Ela aproximava-se, hesitante, mantendo fixo o olhar que lhe contemplava o pescoço. Os cachos faziam cócegas no queixo dele enquanto ela se inclinava sobre seu corpo, as mãos cerradas em punhos descansando nos ombros do homem.

Seus lábios tocavam a garganta dele, cálida e firme. Então ele sentiu a minúscula picada dos dentes dela.

Ian não conseguiu conter seu gemido quando ela pegou uma dobra de sua pele. A leve dor enquanto ela começava a sugá-lo fez com que ele quisesse gozar. Deitá-la no chão, abrir suas pernas, colocar sua semente dentro dela. Nunca mais, desde seus dezessete anos de idade, quando ficara animado com as atenções de uma criada de bochechas rosadas ele tinha chegado tão perto de perder o controle.

Ele queria abrir a camisa toda e fazer Beth colocar a boca em seus mamilos. Então ele permitiria que ela ficasse de joelhos para tomá-lo em sua boca habilidosa e praticar mordidas de amor ali.

Ter relações carnais, ela dissera, em seu tom doce de voz. *Ocasionalmente, quando ambos concordarmos com isso.*

Ah, sim, haveria muitas ocasiões, e ele se certificaria de que sempre concordassem.

Beth afastou-se um pouco e ergueu o olhar para ele, seus olhos azuis o suficiente para partir o coração de Ian.

— Está certo assim?

Ele não conseguia mais falar, as palavras saíam murmuradas e sem sentido. Ele tomou a boca de Beth em um beijo selvagem e apertou o corpo dela junto ao seu.

Tantas ocasiões, todos os dias, em qualquer lugar que fosse. A mente dele rodopiava com as possibilidades. Ele gostava de jogos, e aquele era um do qual ele nunca se cansaria.

Foi necessário empregar toda a sua força para pressioná-la para longe. Se ele não pusesse um fim naquilo agora, ele a teria ali no chão, ou, talvez, a teria montada nele com as pernas abertas na conveniente cadeira com espaldar reto.

Dos dois jeitos. Ele a tomaria a noite toda e não se cansaria.

Beijou a testa dela, não ouvindo nada do que ela estivesse dizendo. Ele desejava ter o charme de Mac, para que pudesse encontrar as palavras certas, para propor outro encontro amoroso, para continuarem a brincar. Em vez disso, Ian segurou com as mãos em concha o rosto dela e deu-lhe outro beijo na boca.

— Perguntei se você mandaria outra mensagem através do muito útil Curry? — disse ela.

— Sim. — Como era fácil estar com ela, quando ela respondia às perguntas para que ele não precisasse fazê-lo. — Boa ideia.

Ele pegou de volta o casaco, enfiando o colarinho e a gravata no bolso, e virou-se para um último olhar.

Beth ergueu-se, ereta, no meio da sala, onde ele a havia encontrado assim que entrara tempestuosamente. Agora o vestido estava semiaberto até a garganta, expondo a marca fraca e vermelha que ele havia deixado em sua pele. Os cílios dela estavam pesados, seus lábios, inchados com os beijos. Ela era a coisa mais bela que ele já tinha visto em sua vida.

— Boa noite — ela sussurrou.

Ele forçou-se a se virar e empurrou e abriu as portas, ignorando o lacaio e Katie, que, de repente, vinha correndo pelo corredor. Ele apanhou o chapéu, as luvas e o cachecol pendurados em ganchos no vestíbulo e saiu estrondosamente da casa antes que cedesse à tentação e lá permanecesse.

Logo faria os arranjos para que nunca tivesse de partir. Ele se casaria com ela por um motivo muito básico: para tê-la com ele todas as noites, todos os dias, todas as tardes e em todos os momentos entre uma fase do dia e outra. Ele desceu o boulevard, com algo em si acordando e libertando-se.

A noite havia ficado nevoenta, o que apenas acentuava a capacidade de Ian de ouvir as passadas que viraram e o seguiram enquanto ele avançava pela avenida.

Era impossível dormir. Beth ficou andando de um lado para outro em seu quarto até altas horas da noite, envolta em uma camisola. Ela se via incapaz de voltar a seu diário ou a ir para a cama dormir. Os eventos estavam muito recentes para que escrevesse sobre eles, e, a qualquer momento que tentava, sua mão trêmula espalhava tinta por toda parte nas páginas do diário.

Ela manteve a camisola fechada até a garganta, embora, com bastante frequência, parasse na frente do espelho e a abrisse. A marca vermelha deixada por Ian destacava-se de forma gritante em sua pele, quase um hematoma, embora não chegasse a tanto. Algumas das meninas da vida que tinham vindo trabalhar no abrigo tinham marcas como a dela. E haviam rido de Beth quando esta lhes perguntava sobre as marcas, preocupada.

Beth pressionou a mão em sua mordida de amor. Não tinha a mínima ideia de qual motivo levaria alguém a fazer algo do gênero. Agora ela se lembrava do cálido frisson em suas veias quando o hálito dele tocava seu pescoço e, ao sentir os dentes dele ali, o latejar de seu sexo. Os cabelos dele lhe tocavam o queixo, quentes, macios e cheirando a sabão.

Ela ouviu Isabella chegar em casa e esperava que sua amiga não fosse entrar correndo para uma conversa assim tarde na noite. Beth tinha vindo a gostar de Isabella, mas sabia que não seria capaz de esconder sua agitação, sua animação. Isabella faria com que Beth se abrisse com a mesma facilidade com que se partia um ovo.

Isabella estava calada, o que não era característico dela, enquanto descia o corredor e logo fechou a porta. Através da parede, Beth ouviu a voz baixa de sua criada, preparando Isabella para ela ir dormir. Então a criada saiu, e tudo ficou em silêncio.

Beth ainda não conseguia se aquietar. Seu corpo estava tenso, ela estava com raiva de si mesma por não completar o que havia começado com Ian. Ela temera que ele fosse rir com a sugestão de que tivessem um caso... ela havia dividido a cama com um homem e conhecia o orgasmo, mas Ian Mackenzie era a própria definição de prazer. Algo completamente diferente.

Ele tinha dado a ela seu meio-sorriso, seu olhar havia se encontrado com o dela pelo mais breve instante, para então responder "sim". Ele não tinha ficado entretido, entediado, indiferente, envergonhado. O sorriso havia feito o coração dela pegar fogo.

Quando Beth se virou para atravessar seu quarto, agitada, mais uma vez, ouviu um som abafado através das paredes. Som este que ela conhecia, pois o ouvia com frequência, vindo de si mesma, depois da morte de Thomas. Havia ficado deitada sozinha chorando em seu quarto vazio na casa da sra. Barrington.

Puxando o penhoar ao seu redor, Beth foi correndo até o quarto de Isabella. Como, ao bater na porta, não teve resposta alguma, ela a empurrou e entrou.

As luzes a gás tinham sido acesas bem fracas, e um amarelo fraco tomava o aposento. Depressivo. Beth aumentou a luz, o que revelou Isabella em uma *chaise longue*, com a cabeça entre as mãos. Os longos cabelos dela caíam por suas costas como uma cortina escarlate, e ela chorava, em meio a soluços engasgados que faziam subir e descer seu peito.

Beth deslizou para o lado dela, com a mão nos cabelos acetinados de Isabella.

— Minha querida, o que houve?

Isabella ergueu desajeitada a cabeça. Seu rosto estava manchado e cheio de lágrimas.

— Vá embora.

— Não. — Beth ergueu um cacho de cabelos da bochecha de Isabella. — Já chorei sozinha assim antes, e é uma coisa terrível.

Isabella olhou para ela com seus radiantes olhos verdes antes de jogar os braços em volta do pescoço de Beth, que a abraçou forte, bem perto de si, fazendo carinho em seus cabelos.

— Mac estava no baile esta noite — contou Isabella, em meio aos soluços.

— Minha nossa.

— A condessa convidou a nós dois para ver o que aconteceria quando nos víssemos. A vadia.

Beth concordou.

— O que aconteceu?

Isabella ergueu a cabeça.

— Ele me ignorou por completo. Fingiu que não me viu, e eu fingi que não o vi. — Ela exalou um som de angústia. — Mas, oh, Beth, eu o amo tanto...

— Eu sei, minha querida.

— Eu quero odiá-lo. Gostaria de ser capaz de odiá-lo. Esforço-me tanto para isso, mas não consigo. Geralmente ajo com valentia em relação ao assunto. Mas... quando o vi nessa noite...

Balançou-a um pouco, como se faz com um bebê.

— Eu sei.

— Não tem como você saber. Seu marido morreu, mas não é a mesma coisa. Você sabe que ele a amava, e ele sempre está em seu coração. Porém, sempre que vejo Mac, a faca é girada intensamente. Ele me amou antes, antes de tudo dar errado.

A última palavra saiu longa em um soluço. Beth manteve-a perto de si, descansando a bochecha junto aos cabelos de Isabella. O coração de Beth doía. Ela tinha visto a tensão nos olhos de Isabella e a dura fadiga nos olhos de Mac. Não era da conta dela, mas Beth gostaria de acertar as coisas entre eles.

Isabella ergueu a cabeça mais uma vez e limpou os olhos.

— Quero lhe mostrar uma coisa.

— Depois, Isabella. Você deveria descansar.

— Não. Eu quero que você entenda.

Isabella levantou-se, empurrando os cabelos para trás, e foi andando devagar e silenciosamente até seu guarda-roupas. Ela o abriu e tirou dali uma pequena imagem, envolta em tecido. Isabella levou-a até a cama, a dispôs com reverência sobre o colchão e tirou o envoltório.

Beth ficou sem fôlego. A pintura mostrava Isabella sentada na beirada de uma cama, tombada de lado. Um lençol deslizava de forma provocadora pelo ombro dela, deixando desnudo um dos seios perfeitos, e uma espiral de pelo podia ser vista no ponto de união entre suas coxas. Isabella não estava olhando para o pintor, seus cabelos vermelhos presos em um coque solto na nuca.

Apesar do tema, uma mulher acabando de se levantar da cama de seu amante, o retrato não era, de forma alguma, lascivo ou indecoroso. As cores abrandadas, muito elegantemente suaves, com os cabelos de Isabella e um maço de rosas radiantes amarelas eram as únicas cores vívidas.

Era o retrato de uma mulher amada, pintada por um homem que considerava sua esposa sua amante. Também era, se Beth fosse fazer algum julgamento, uma pintura incrivelmente boa. A luz, as sombras, a composição, as cores... tanto havia sido captado em uma pequena tela. O pintor havia assinado no canto com um floreio: *Mac Mackenzie.*

— Está vendo? — falou Isabella, baixinho. — Ele é realmente um gênio.

Beth pressionou as mãos uma na outra.

— Isso é totalmente belo.

— Ele fez essa pintura na manhã depois que nos casamos. Ele fez o desenho aqui mesmo, no quarto, e depois o pintou em seu estúdio. Ele disse que isso era um desleixo, mas também que não conseguia se conter.

— Você está certa, Isabella. Ele realmente a amava.

Lágrimas silenciosas deslizavam pelas bochechas de Isabella.

— Você deveria ter me visto no meu baile de debutante. Eu era uma tola completa, e ele era o homem mais exuberante que eu já tinha visto. Ele nem mesmo tinha sido convidado para o baile; só entrou lá, por causa de uma aposta. Ele me fez dançar com ele, disse que eu tinha medo demais de fazê-lo. Ele me provocou e zombou de mim até que eu queria estrangulá-lo. Ele sabia disso, maldito. Ele brincou comigo como se eu fosse um peixe, sabendo que tudo o que ele tinha de fazer era me pegar em sua rede. — Ela soltou um suspiro. — E ele conseguiu. Casei-me com ele naquela mesma noite.

Beth analisou a pintura uma vez mais. Mac poderia ter começado a noite como gracejo, mas havia acabado bem diferente. A pintura era uma obra de um homem inspirado, toda cheia de ternura e cores suaves. A obra de um homem apaixonado.

— Obrigada por me mostrar a pintura — disse Beth.

Isabella sorriu.

— Você precisa entender como são as coisas com os Mackenzie. Estou muito feliz por você ter chamado a atenção de Ian, mas posso ter lhe feito um desserviço, minha querida. Amar um Mackenzie pode dilacerá-la. Tome cuidado, querida.

O coração de Beth latejava. Ela soube, ao olhar mais uma vez para a bela mulher pintada com amor por Mac Mackenzie que já era tarde demais para cautela.

Beth não viu Ian por uma semana depois de seu encontro. Ela ficou esperando a mensagem prometida para o próximo encontro amoroso, mas nada veio. Ela tentava não ficar alarmada a cada vez que a campainha tocava lá embaixo, todas as vezes que ouvia um lacaio ou uma criada indo às pressas aos seus aposentos. Ela tentou não sentir a pontada de decepção enquanto os dias passavam sem que ela recebesse uma palavra de Ian.

Poderia haver uma centena de motivos para ele não a ter procurado, ela dizia a si mesma, sendo o principal que Ian tinha de cuidar de negócios. Isabella explicou que Hart fazia Ian ler correspondências e tratados políticos para ele e assim gravá-los na memória e, depois, alertar Hart em relação às frases específicas que Hart havia lhe dito para procurar.

Ian também tinha grandes habilidades matemáticas e ficava de olho nos investimentos de todos os irmãos Mackenzie. Como um trapaceiro que conhecia todas as cartas na mesa, Ian seguia os altos e baixos dos mercados com uma precisão sobrenatural. Nos dez anos desde que Ian havia deixado o manicômio particular, ele havia duplicado a já grande fortuna dos Mackenzie.

— Eu não ficaria nem um pouco surpresa se fosse esse o motivo para Hart ter liberado Ian do manicômio — disse Isabella, enquanto fazia sua explicação. — Isso é um pouco injusto de minha parte, mas Hart de fato usa demais o incrível cérebro de Ian. Não é de se admirar que Ian tenha dores de cabeças.

Beth sentiu-se indignada em nome de Ian. Talvez ele gostasse de trabalhar para o irmão, embora nunca tivesse mencionado nada do tipo. Porém, isso explicaria sua ausência durante a semana.

No sábado, Isabella levou Beth a outro baile turbulento, este em uma casa suntuosa de uma duquesa. Beth dançou com cavalheiros que olhavam para ela com olhos de predadores. Se ela fosse uma presunçosa jovem, poderia acreditar que estavam encantados com ela, mas sabia que não era esse o caso. Muitos dos amigos boêmios de Isabella viviam gastando muito mais do que tinham, e uma viúva com uma polpuda conta bancária era exatamente do que precisavam. *Camponeses franceses fingindo terem qualidades,* teria dito a sra. Barrington com uma fungada. Ela desaprovava a nação inteira da França, perdoando-a apenas de leve por ter produzido Beth.

Beth abanou-se em um canto depois de uma rigorosa valsa com um cavalheiro. Ele ficava falando sobre o custo de manter uma carruagem e criados decentes. *Mas isso é necessário, minha cara, ou a pessoa passa por sem classe.* Os doces nadas que uma dama queria ouvir.

Um servo poupou-a da conversa ao trazer um bilhete para ela. Beth pediu licença para o perdulário cavalheiro e desdobrou o papel.

> *Preciso vê-la com o máximo de urgência.*
> *No topo da casa, primeira porta.*
> *Ian*

A pulsação de Beth deu um salto. Ela amassou o bilhete, colocou-o dentro do bolso, saiu apressada pela casa e subiu a escadaria espiralada. No topo, deparou-se com uma porta em recesso com borda dourada. Ela abriu-a e se viu de frente para um pequeno aposento no meio do qual estava Ian Mackenzie. Ele olhava com cara feia para um relógio de bolso que tinha na mão e não ergueu o olhar quando ela entrou.

— Ian — disse ela, tentando recuperar o fôlego. — O que foi? Qual é o problema?

Ian fechou seu relógio com um clique e enfiou-o em seu colete.

— Feche a porta. Não temos muito tempo.

Jennifer Ashley

Capítulo Oito

Beth fechou a porta e ficou em pé com as costas grudadas nela.

— Tempo para quê? Você está bem?

— Vem aqui.

Beth ergueu as saias de cetim de seu vestido de baile e seguiu delicadamente na direção dele. Com delicadeza, pois seus pés já estavam inchados nos sapatos apertados demais, e a subida de quatro andares havia deixado Beth estremecida.

Ian segurou-a pela mão e puxou-a pelos últimos degraus. Ela foi parar junto ao corpo rígido dele, e os braços fortes a envolveram.

— O quê?

Ele interrompeu as palavras dela com a boca. Sua língua acariciava a dela, atiçando brasas que não tinham sido bem apagadas desde seu último encontro. Aquele homem sabia beijar.

Foi com dificuldade que Beth se afastou dele.

— Se não temos muito tempo, talvez seria melhor você me dizer qual é o problema, não?

— Do que você está falando?

— O bilhete. — Ela pegou-o do bolso. — Você não o enviou?

Ian olhou de relance uma vez para o bilhete, e seus olhos cor de âmbar encontraram os dela por um instante.

— Enviei.

— Por quê?

— Para que você viesse até mim.

— Está me dizendo que me convocou a vir até aqui, falando que era muito urgente, só para me beijar?

— Sim. Para darmos continuidade ao nosso caso.

— Aqui. *Agora?*

— Por que não?

Ele curvou-se para beijá-la novamente, e ela tentou afastar-se. Seu salto ficou preso no carpete, e ele a segurou nos braços.

Ian sorriu. Era um sorriso selvagem, o sorriso de um predador que havia capturado sua presa. O coração dela, que pulsava como uma trovoada, disse-lhe que não fazia muita diferença.

— Essa é a casa de outra pessoa — ela tentou argumentar.

— Sim. — O tom de voz dele dizia: *E daí?*

Beth havia imaginado ambos conduzindo seu caso no quarto dela, em segredo, depois que ela houvesse se certificado de que todos estivessem fora da casa. Seria clandestino e escondido... não que ela soubesse muito sobre casos amorosos.

— Alguém poderia entrar — disse ela. — E aqui não tem cama.

Ian riu baixinho. Ela nunca o havia ouvido rir antes, mas gostou: todo suave, gutural e sombrio.

Ian cruzou o aposento para virar uma chave na fechadura e depois a enlaçou com os braços por trás.

— Nós não precisamos de uma cama.

— Nenhuma dessas cadeiras me parece confortável.

Ele colocou o nariz sob os cabelos dela.

— Você não está acostumada com isso.

— Confesso que este é o meu primeiro caso.

Ele beijou o pescoço dela enquanto deslizava as mãos para cima por sua cintura bem cingida até os seios. Beth cerrou os olhos e inclinou-se nas palmas quentes das mãos dele.

— Você está certo — ela sussurrou. — Não estou nem um pouco

acostumada a isso tudo. O que você deseja fazer?

— Tocar em você — respondeu ele ao pé do ouvido dela. — Conhecê-la. Fazer com que me toque.

O coração de Beth deu um salto.

— Você disse que não tínhamos muito tempo.

— Não.

— Então, o que eu faço?

Ian lambeu o pescoço dela, desnudo pelo vestido de decote baixo.

— Puxe a saia para cima.

Será que ele esperava que ela fizesse aquilo em pé? Beth não estava bem certa de que daria certo, especialmente não com seu espartilho chegando à altura dos quadris. *Porcarias de roupas de baixo.*

Ian pegou as saias dela e começou a empurrá-las para cima. Beth curvou os dedos no tecido e o ajudou. Era uma tarefa e tanto, e Beth refletiu que, se soubesse que ele havia planejado aquilo, teria vestido menos anáguas.

Mas queria que a linha de seu vestido tivesse uma boa aparência, criatura vaidosa que ela era. Pelo menos naquele vestido feito para dançar, ela tinha conseguido deixar a anquinha de fora.

Enquanto ela erguia as saias apanhadas em suas mãos, Ian puxou uma cadeira com espaldar curvo na frente dela e sentou-se. Isso fez com que o rosto dele ficasse no nível das *pantalettes*. Ela trajava uma nova, de seda cor de marfim, bem fina, adornada com adoráveis flores bordadas. Beth nunca tivera tais roupas de baixo frívolas e femininas na vida, mas Isabella havia insistido que Beth as comprasse.

Ian desatou as fitas das *pantalettes*. Com as mãos cheias de saias, Beth mal conseguia impedi-lo, mas ela de fato deixou escapar um gritinho quando ele lhe puxou as calçolas para baixo. Pela suavização dos olhos dele, Beth concluiu que ele podia ver tudo.

Ele a tocou no redemoinho de pelos entre as pernas. Uma fisgada quente deixou todo o corpo dela ruborizado, e ela soltou um som suave.

— Bela — murmurou ele.

Beth mal conseguia respirar.

— Fico feliz por não o desapontar.

— Você nunca seria capaz de me desapontar.

Ele soava severo, como se levasse as palavras superficiais dela a sério. Ele inclinou-se para a frente e tocou os lábios no nó que estava ficando totalmente intumescido.

— Você está molhada para mim. — O hálito de Ian roçava onde nenhum homem deveria fazê-lo na sala de visitas de alguma outra pessoa. — Tão molhada.

Ele passou a língua ali e sentiu seu sabor.

Eu vou cair morta aqui mesmo.

A sra. Barrington a encontraria nos portões do céu e daria uma risada boba. *É isso que acontece quando se cede à excitação, minha querida,* ela diria.

Porém, se Beth morresse por ceder à excitação, será que a porta dos céus até mesmo se abriria para ela?

Sinto muito, São Pedro, mas eu não tinha sentido a carícia de um homem em muito, muito tempo. O senhor tirou o meu Thomas de mim; eu não poderia ter algum prazer carnal para compensar por isso?

Ian pegou o calcanhar direito dela e ergueu-o para livrá-la das *pantalettes*, que caíram no chão. Plantou os pés na cadeira, próximo à coxa dela. Beth abriu as pernas. Ian deslizou as mãos em volta do traseiro dela, inclinou-se para a frente e pressionou a língua em sua fenda.

Ela queria gritar. Aquilo tinha ido longe *demais.* Ela havia, em segredo, lamentado pelas mulheres que consideravam ir para a cama com seus maridos como se fosse um fardo, pois ela sabia que alegria poderia ser. Mas saber disso tinha um outro lado — ela sabia do que sentiria falta durante todos os anos em que passaria sozinha. A língua talentosa de Ian libertou-a por fim.

A posição com o pé dela na cadeira permitiu que ele a abrisse tanto quanto ele quisesse. E ele parecia gostar disso. Seus polegares massageavam-na enquanto sua língua sondava suas profundezas. Ele estava certo: ela estava molhada, e Ian sorvia cada gota.

Ian torturou-a por um bom tempo, sorvendo-a até que ela não conseguisse mais conter seus gritos. Beth sentiu os quadris girando, suas mãos prendendo-se em volta das saias. Um soluço irrompeu dela, o êxtase feminino que lhe havia sido negado por tanto tempo. Lágrimas escorriam por sua face.

Ian foi para trás e ergueu o rosto, queimando-a com o olhar. Ela sentiu-se cair, mas Ian pegou-a e puxou-a para seu colo, na segurança de seus braços fortes.

— Machuquei você?

Beth enterrou o rosto no ombro cheiroso dele.

— Não, foi maravilhoso.

— Você está chorando.

Beth ergueu a cabeça.

— Porque eu nunca pensei que fosse sentir tamanho êxtase novamente. — Ela levou a mão à bochecha dele, tentou voltar o olhar dele para si, mas não conseguia fazer com que ele olhasse para ela. — Obrigada.

Ele assentiu uma vez, e depois, seu sorriso selvagem estava de volta.

— Você gostaria de sentir tamanho êxtase de novo?

Beth pressionou os lábios, mas seu sorriso não foi contido.

— Sim, por favor — disse ela.

Ian colocou-a com cuidado na cadeira, e depois deslizou de joelhos na frente dela. Ele afastou-lhe as penas e depois se inclinou para baixo e mostrou a ela que tinha feito apenas metade do que era capaz de fazer com sua boca bem-dotada.

— Ora, aonde você foi, querida? — Isabella puxou Beth consigo em meio a um rodopio de saias brilhantes no salão de baile. — Você está com uma expressão... O que andou fazendo? — Seu tom era desaprovador.

Beth avistou Ian no vestíbulo ladeado de mármore fora do salão de baile e sentiu suas bochechas ruborizarem. Isabella viu seu olhar e ficou ofegante em deleite.

—Você estava beijando Ian, não estava? Minha querida, que maravilha!

Beth não respondeu. Se falasse, poderia soltar as chamas de dentro para fora. *Essa sou eu, Beth Ackerley? Vestida de cetim e reluzindo com diamantes, tendo um caso com o mais libertino dos homens em Paris?*

Ela pensou em seus dias de fome na infância, nas ruas cheias de fuligem e nas crianças magras, nos homens bêbados, nas mulheres desesperadas e exaustas. Nunca tinha sonhado que sua vida pudesse mudar de forma tão dramática.

Ian fez uma pausa para falar com outro cavalheiro, depois se virou e foi com ele, caminhando de volta pelo corredor escuro. É claro que ele não entraria no salão de baile. Ian odiava multidões.

Beth engoliu sua pontada de decepção. Não poderia esperar que ele dançasse. Ou seria parte dela o que ele havia lhe dito, que ele não era capaz de entregar seu coração? Beth: ainda mais tola.

Ela manteve a conversa leve com Isabella e suas amigas, mas sua atenção ficou sendo desviada para o corredor externo. Em momento algum Ian reapareceu.

A neblina estava se formando quando Beth e Isabella saíram da casa bem mais tarde. Enquanto elas cruzavam o pequeno espaço de pavimento até a carruagem que esperava por Isabella, Beth viu um homem na sombra entre os postes de luz. Ele afastou-se quando seus olhares se encontraram, e a luz do poste, por um breve instante, reluziu em seu espesso e exuberante bigode.

* * *

— Sra. Ackerley.

Beth virou-se bruscamente na manhã seguinte em sua caminhada pelos Jardins das Tulherias. Os destroços queimados do Palácio das Tulherias erguiam-se sobre o parque, um lembrete da violência naquele belo local.

Katie caminhava ao lado dela, carrancuda porque Beth havia insistido em sair cedo depois de terem ficado fora até tão tarde da noite. Isabella permanecia na cama, dormindo profundamente, mas Beth sentia-se enérgica e inquieta.

— Damas *elegantes* nunca se levantam antes do meio-dia — grunhiu Katie, baixinho. — Achei que agora fôssemos elegantes também.

— Fique quieta, Katie — Beth falou. Ela disse para Katie seguir na frente e esperar pelo homem alto vestido de preto que ia buscá-la.

— Bem? — perguntou ela quando Katie não a podia ouvir. — Sei que o senhor anda me seguindo, inspetor. Por favor, me diga por quê.

— Apenas fazendo o meu dever.

O vento soprava vindo do rio, trazendo consigo a fedentina bolorenta da água e o som dos sinos de Notre Dame.

— A Scotland Yard sabe que o senhor está em Paris? — ela perguntou ao inspetor. — Analisando assassinatos que o senhor está proibido de investigar?

— Tirei licença. Estou em férias em Paris.

— Então tiro disso que o senhor não prenderá ninguém.

Fellows balançou a cabeça em negativa, com dureza nos olhos cor de avelã.

— Se houver algum motivo para prender alguém, seguirei os devidos canais. Informarei a *Sûreté* e os ajudarei de qualquer forma que eu possa.

Beth voltou a ele um olhar frio.

— Eu já lhe disse que não espionarei meus amigos.

— Não vim novamente para sugerir isso.

— Pois sabe que é inútil?

— Porque percebi que a senhora é íntegra, sra. Ackerley. O que é surpreendente, considerando seu passado.

— O senhor já demonstrou sua opinião. Minha mãe teve uma boa criação, apesar de seu casamento infeliz, lembre-se disso, por favor.

— Sim, eu fiz investigações e descobri um senhor de terras no interior de Surrey chamado Hilton Yardley. Muito respeitável, muito inglês. Morreu de desgosto quando sua filha se casou com um francesinho de origens dúbias.

— Não, ele faleceu de problemas no fígado quatro anos depois — retrucou Beth. — Sem sombra de dúvida, o senhor dirá que isso aconteceu por causa do choque de ver a filha dele casar-se com meu pai.

— Dúvida alguma — foi a resposta seca de Fellows.

Beth virou-se e saiu andando para longe, a um passo largo e enfaticamente brusco, mas Fellows teve facilidade em acompanhar o ritmo dela.

— Abordei-a por outro motivo. sra. Ackerley.

— Não estou interessada, inspetor.

— Ficará.

Beth parou de forma tão abrupta que suas saias oscilaram. Ela segurou o para-sol com firmeza e banhou-o com um olhar de ódio.

— Muito bem, o que foi?

Ele olhou para ela de cima a baixo, com um olhar libertino e muito insultante. Seu bigode tremia.

— Sra. Ackerley, quero que a senhora se case comigo.

Capítulo Nove

Beth ficou encarando o inspetor Fellows até se dar conta de que não se tratava de uma piada.

— Como?

— Case-se comigo, sra. Ackerley — repetiu Fellows. — Sou um homem respeitável, com um emprego e renda, embora eu saiba que a senhora não mais precisa se preocupar com dinheiro. Mas a senhora se encontra em uma situação delicada demais, são águas profundas, é para o seu próprio bem.

— E o senhor teme que eu me afogue?

Fellows segurou o cotovelo dela. Os dedos dele eram fortes, como os de Ian.

— Os Mackenzie a hipnotizarão e a enterrarão. Veja o que fizeram com Lady Isabella. Ela era uma inocente debutante, e agora não é recebida por sua própria família. A senhora tem uma posição social inferior à dela, e, uma vez que tenha perdido a consideração pública, não lhe restará nada. Não importa todo o seu dinheiro.

As palavras de Fellows reverberavam sinceridade, mas havia algo além disso, uma vigilância que ela não conseguia bem situar.

— Essa é a melhor oferta que a senhora tem — disse ele. — Tenho visto gigolôs aqui correndo atrás da senhora, arfando por sua fortuna. Eles haverão de arruiná-la. Eu não me importo nem um pouco com seu dinheiro... continuarei feliz sendo detetive, e seguirei em frente abrindo meu caminho na Scotland Yard.

Beth segurou com força o para-sol até que os nós de seus dedos começaram a doer.

— O senhor me deixa pasmada. Por que deveria se preocupar tanto com a minha reputação?

Uma raiva genuína ardia nos olhos cor de avelã dele.

— Porque os Mackenzie destroem tudo o que tocam. Qualquer dama que se aproxime daquela família vem a sofrer pesares. Eu gostaria, pelo menos, de salvar uma.

— Uma? — disse ela em um tom pungente. — Houve outras?

— A senhora não conhece as histórias?

Os olhos de Fellows reluziam. Estava óbvio que ele queria contar a ela as histórias, e Beth se sentia amaldiçoada por desejar saber delas.

Ela analisou a triste ruína do palácio, que os parisienses já haviam começado a trazer abaixo. Limpando o passado, livrando-o dos fantasmas.

— Diga-me, por favor, inspetor — ela comentou. — O senhor falará de qualquer forma.

— Estou me referindo às esposas de Hart e Cameron Mackenzie. Hart casou-se com uma moça frágil, filha de um marquês. Isso foi depois de uma outra jovem romper com ele... acordou a tempo, muito provavelmente, ficou sensata. Mas a pobre moça com quem Sua Graça, o duque, se casou ficava aterrorizada com ele, de acordo com todos. Ele a trancafiou naquela grande casa na Escócia e nunca a deixava sair. Ela morreu tentando dar a ele o herdeiro que ele tanto queria. Dizem que ele levou cinco minutos enterrando-a no mausoléu da família, e depois voltou para sua casa cheia de mulheres da vida.

— O senhor está muito certo desta informação.

— Tenho minhas fontes. Agora o duque não fala sobre a esposa, e recusa que mencionem o nome dela.

— Talvez ele se sinta abalado pelo pesar.

Fellows soltou uma bufada.

— Improvável. A senhora proibiu a todos, a todos os tipos de pessoas, de falarem o nome de seu esposo quando ele faleceu, sra. Ackerley?

— Não. — Ela lembrou-se do vazio de sua vida depois que Thomas se

foi. — Você está certo. Eu não queria que as pessoas se esquecessem dele. Eu queria o nome dele sendo mencionado por toda parte. Thomas Ackerley era um bom homem.

— Está vendo? A esposa de Lorde Cameron faleceu de forma igualmente trágica, embora fosse uma mulher muito mais animada. Ela era uma brasa com a qual a própria família não conseguia lidar. Depois que tiveram seu filho, ela ficou louca com uma faca, tentou matar o bebê e Lorde Cameron. Ninguém sabe o que se passou naquele aposento, mas, quando Lorde Cameron saiu, seu rosto estava cortado, e sua esposa, morta no chão.

Beth esquivou-se dele.

— Que horror! — Ela havia visto a cicatriz no rosto de Cameron, um talho profundo na têmpora.

— Sim — concordou Fellows. — Se eles tivessem deixado aquelas damas em paz, elas estariam vivas hoje.

— Alguma delas era amiga sua? — perguntou-lhe Beth. — Está perseguindo a família deles para vingar as mortes delas?

Fellows parecia surpreso.

— Não, não cheguei a conhecê-las. As damas de que estamos falando estavam bem acima da minha classe.

— Mas alguém que o senhor conhece foi magoado ou ferido pelos Mackenzie.

A expressão dele dizia que ela estava certa,

— Eles machucaram e magoaram tantas pessoas, que duvido que até mesmo se lembrariam disso.

— E, por causa desse deslize, qualquer que seja ele, o senhor quer culpar Ian pelo assassinato em High Holborn.

Fellows esticou a mão e segurou no cotovelo de Beth.

— Ian matou-a, Sra. Ackerley. Marque bem minhas palavras. Ele jamais deveria ter sido liberado neste mundo... ele é completamente louco, e pretendo provar. Farei de tudo para provar que ele assassinou Sally Tate e Lily Martin, e haverei de trancafiá-lo para sempre. Ele merece esse fim.

O rosto dele estava vermelho com a fúria, e sua boca tremia. A raiva era tão profunda, nutrida por anos, e, de repente, Beth tinha sido consumida pela curiosidade. O que diabos poderia a família dos Mackenzie ter feito para que um inspetor da polícia ficasse tão determinado a destruí-los?

Ela ouviu gritos e olhou ao seu redor, deparando-se com a figura corpulenta de Ian Mackenzie correndo em direção a eles. Estava com uma bengala nas mãos e fúria a cada passo que dava. O vento carregou o chapéu de Ian para o chão ao mesmo tempo em que ele agarrou Fellows e o jogou-o para longe de Beth.

— Eu disse para você ficar longe dela.

— Ian, não.

Da última vez, Ian havia chacoalhado o homem e o empurrara para fora da casa. Dessa vez, as fortes mãos de Ian fecharam-se na garganta dele e não queriam soltá-lo.

— Deixe-a em paz ou vou matar você.

— Estou tentando salvá-la de você, seu imundo!

Ian rugiu sua fúria tão intensa que Beth recuou um passo.

— *Ian.* — Mac Mackenzie cruzou o gramado correndo rapidamente e agarrou os braços do irmão. — Curry, ajude-me, droga!

Um homem esguio e ágil envolveu as mãos em torno do imenso braço de Ian, mas era como um cachorrinho tentando derrubar uma árvore. Mac estava gritando ao ouvido de Ian, mas este o ignorava.

Uma multidão começou a se reunir por ali. Parisienses de classe alta que tinham saído para seus passeios matinais, babás com suas crianças, mendigos, todos se moviam mais para perto para verem o louco inglês brigando no meio do parque.

Mac soltava palavrões enquanto forçava as mãos de Ian a soltarem-se do pescoço de Fellows, que caiu de joelhos, e depois se arrastou e ficou de pé novamente, com a calça suja de grama molhada. Sua garganta estava vermelha, seu colarinho, rasgado.

— Eu vou pegar você — rosnou Fellows. — Pelo amor de Deus, farei com que cante para o algoz antes que saiba onde está. — Espuma saía de seus lábios. — Destruirei você e colocarei meu calcanhar na face de seu irmão quando ele implorar por misericórdia.

— *Vá se foder!* — gritou Ian.

Beth pressionou as mãos no rosto. Katie ficou com o olhar fixo, boquiaberta, enquanto Curry e Mac envolviam os braços em torno da cintura de Ian e o arrastavam para longe de Fellows.

O rosto de Ian estava púrpuro, as lágrimas marcando suas bochechas. Ele tossiu quando Curry o acertou com um punho cerrado no esterno.

— Tem que parar com isso, senhor — disse rapidamente Cury. — O senhor tem de parar ou não vai mais conseguir respirar o doce ar novamente. Voltará para aquele buraco infernal, e nunca mais verá seus irmãos. O que é pior é que ficarei lá preso com o senhor.

Ian voltou a tossir, mas ainda lutava, como um animal que não entendia por que tinha sido pego. Mac deu um passo, ficando na frente de Ian, e segurou seu rosto.

— Ian, olhe para mim.

Ian tentou se puxar para longe dele, fazer qualquer coisa que não fosse olhar nos olhos do irmão.

— Olhe para mim, maldito!

Ele girou a cabeça de Ian, forçando o irmão a abrir as pálpebras até, que, por fim, os olhos de Mac e de Ian se encontraram.

Ian parou. Ele ficou ofegando, tentando buscar ar, com lágrimas brilhando em sua face, mas ainda estava parado, mesmerizado, olhando nos olhos de Mac.

O aperto de Mac nele ficou mais suave, e Beth viu que os olhos de Mac ficaram marejados.

— Pronto. Você está bem.

A mão dele na bochecha de Ian mudou para um carinho, então Mac se inclinou e deu um beijo na testa de Ian.

A respiração de Ian estava rouca e audível. Ele baixou o olhar e desviou-o pelo parque, não vendo ninguém.

Curry ainda o segurava pelos braços. Ian balançou-se e livrou-se deles, depois virou de costas e ficou com o olhar fixo na carruagem que havia parado na alameda.

Seu cocheiro estava em pé no chão, segurando os cavalos e parecendo agitado. Beth imaginava que Ian e Mac tinham ido até ali de carruagem, e Ian havia pulado dela quando vira Beth com Fellows.

Ela se deu conta de que tanto Mac quanto Ian trajavam vestes formais, e Ian estava com o mesmo terno da noite anterior. Não haviam acordado cedo; estavam retornando das folias noturnas.

Ian em momento algum olhou para Beth. Curry recuperou o chapéu do chão, tirou a poeira dele e foi andando a passos largos até Ian.

Mac voltou-se para Fellows, e seus olhos eram como cobre frio.

— Volte para Londres. Se eu o vir novamente, acabarei com você, até que não consiga mais ficar de pé.

Fellows estava respirando com dificuldade, esfregando a garganta, mas não se sentia acovardado.

— Você pode esconder Lorde Ian por trás do duque o quanto quiser, mas, no fim das contas, eu vou pegá-lo. Isso o aterroriza, não?

Mac rosnou. Beth visualizou mais um surto de violência naquele calmo e ensolarado parque e, com um passo, pôs-se entre eles.

— Faça o que Mac está dizendo — ela implorou a Fellows. — Já não causou problemas demais?

Fellows voltou seus duros olhos cor de avelã para ela.

— Um último aviso, sra. Ackerley. Não se jogue neste bando deles. Se o fizer, não terei piedade.

— Você não a ouviu? — disse Katie, com as mãos nos quadris. — Vá embora ou chamarei a polícia para o senhor. Não seria engraçado, motivo de risada? Um detetive da Scotland Yard preso pelos policiais franceses?

Mac colocou a mão no ombro de Katie e empurrou-a na direção de Beth.

— Leve sua senhora para casa e faça com que ela fique por lá. Diga à minha... Diga a *ela*... que precisa cuidar melhor da sra. Ackerley.

Katie abriu a boca para falar rispidamente com ele, mas o olhar de Mac a aquietou.

— Ele está certo, sra. A — disse Katie, em um tom meigo. — É melhor irmos para casa.

Beth deu um último olhar para as costas de Ian, que se afastava, e então voltou seu olhar fixo para o alto Mac.

— Sinto muito — pediu ela, com um aperto na garganta.

Mac não disse nada. Beth ignorou Fellows e deixou Katie virá-la em direção à alameda que dava para a Rue de Rivoli. Beth sentia os olhos de Mac nela o tempo todo; mas, quando olhou de relance para trás, Ian havia entrado na carruagem e estava sentado lá, com a cabeça virada para o outro lado. Em momento algum ele olhou para ela, e Beth foi embora andando com Katie, com o brilho do jardim borrado por suas lágrimas.

— Eu a perdi, não? — perguntou Ian, irritado.

Mac sentou-se ao lado dele na carruagem, fazendo um estrondo, e ele mesmo bateu a porta.

— Você nunca a teve, Ian.

Ian permitiu que o torpor familiar o banhasse enquanto a carruagem começava a sair do lugar. Ele esfregou a têmpora. A fúria o havia deixado com dor de cabeça.

Maldito fosse o demônio que habitava dentro dele. Ver Fellows esticar a mão e tocar em Beth... e, pior, Beth não fazendo nada para impedi-lo... havia liberado a fera. Tudo que ele havia desejado era envolver as mãos na garganta de Fellows e chacoalhá-lo. Exatamente como seu pai...

Mac soltou um suspiro, cortando a lembrança de Ian.

— Nós somos Mackenzie. Não temos finais felizes.

Ian limpou os olhos com o dorso da mão e não respondeu.

Mac ficou observando-o por um instante.

— Sinto muito. Eu deveria ter mandado o infeliz fazer as malas no minuto em que chegou a Paris.

Ian sentou-se relaxado, incapaz de falar, mas seus pensamentos rodopiavam em sua mente, com as palavras saindo aos tropeços, até que ele teve de ficar mudo. Ele olhou pela janela, mas, em vez de passar os olhos pelas ruas, ele via Beth refletida no vidro, e suas mãos eram linhas brancas em seu belo rosto.

— Eu sinto muito — repetiu Mac, cansado. — Maldito seja isso tudo, Ian, eu sinto muito.

Ainda agarrando o braço de Ian, Mac pousou a cabeça no ombro do irmão. Ian sentiu o tormento de Mac, mas não conseguia se mexer nem dizer uma palavra que pudesse oferecer-lhe conforto.

O estúdio de Mac não era o que Beth esperava. Ele havia alugado um apartamento com aparência de desleixado na área de Montmartre, com dois quartos no primeiro andar, e um estúdio no andar superior da casa. Algo bem distante do lugar onde um rico aristocrata inglês moraria.

Um homem com compleição de pugilista, com cabelos cor de ferro e olhos castanhos duros abriu a porta. Beth recuou um passo, alarmada, segurando sua bolsa junto ao peito. Esse era um tipo de homem com quem se deparar em uma luta livre ou em um briga de bar, não atendendo a portas em Paris.

Mas, não, ele parecia ser o valete de Mac. Isabella havia lhe dito que os quatro irmãos haviam escolhido valetes não convencionais das ruas, assim poupando-os tempo e despesas nas agências. Curry tinha sido um batedor de carteiras; Bellamy, um boxeador; o valete de Cameron, um romani; e o valete de Hart era um banqueiro londrino que havia caído em desgraça.

O sorriso desdenhoso deixou o rosto de brutamontes de Bellamy quando Beth lhe disse quem era. Parecendo quase educado, ele conduziu-a até o andar de cima por três lances de escada, até a porta do topo.

O estúdio ocupava o andar inteiro, com suas imensas claraboias deixando entrar ali o céu cinzento de Paris. A vista, por outro lado, era de

tirar o fôlego. Beth via todos dos telhados abaixo da colina íngreme até os campos planos de Paris e as colinas decoradas pelas nuvens ao longe.

Mac estava empoleirado em uma escada na frente de uma imensa tela de lona, com os cabelos cobertos por um lenço vermelho, que fazia com que parecesse um cigano. Ele segurava um longo pincel de pintura na mão e olhava com o rosto franzido e desolado para a tela. Com tinta manchando suas mãos, seu rosto, o jaleco de pintor e o chão ao seu redor.

Na tela de quase dois metros e meio que tinha na frente dele, as silhuetas de um pilar e uma robusta mulher nua haviam sido esboçadas, inacabadas. Mac estava se concentrando nas dobras de um pano que mal cobria as partes íntimas da mulher, mas a modelo ficava se mexendo.

— Continue parada. Não consegue?

A modelo viu Beth e parou de contorcer-se. Mac olhou de relance por cima do ombro, e também ficou imóvel.

Ian saiu das sombras. Seus cabelos estavam bagunçados, como se ele tivesse ficado passando as mãos por ele, talvez massageando uma de suas têmporas, como fazia com frequência. Seu olhar voltou-se contemplativo e rápido para Beth, e depois, deliberadamente, ele voltou-se para olhar pela janela.

Beth pigarreou.

— O porteiro no seu hotel disse que você viria até aqui — ela falou para Ian.

Ele não se virou.

— Cybele — disse Mac, irritado —, vá até lá embaixo e peça para Bellamy lhe dar chá.

Cybele soltou um gritinho e pronunciou-se em um sotaque pesado:

— Não chegarei perto de Bellamy. Ele me assusta demais. O jeito como ele olha para mim... parece que ele deseja fechar as mãos em volta do meu pescoço.

— Não consigo imaginar por quê — murmurou Mac, mas Beth entrou na conversa.

— Está tudo bem. Não importa. Só vim até aqui para pedir desculpas. A vocês dois.

— Por que diabos você teria de pedir desculpas? — indagou Mac. — A culpa é de Fellows, homem maldito. Disseram para ele ficar longe de nós.

Beth foi andando até a janela, cerrando a mão enluvada na alça de sua bolsa. Ela ergueu o olhar para Ian refletido no espelho, com o rosto completamente imóvel.

— Você estava muito certo, Ian — disse ela, baixinho. — Eu deveria ter dispensado o inspetor com uma pulga atrás de sua orelha. Não fiz isso porque estava curiosa em relação a coisas que não me dizem respeito. A sra. Barrington sempre disse que a curiosidade era o pecado que me tomava, e ela tinha razão. Não cabia a mim me intrometer na história da vida de sua família, e, por isso, eu faço um profundo pedido de desculpas.

— Muito bonito — falou Cybele, com um sorriso de desdém.

Mac deu um pulo do degrau da escada onde estava sentado, jogou um vestido para Cybele, pegou-a pela orelha e puxou-a consigo para fora do aposento. Cybele soltou um gritinho agudo e xingamentos em francês. A batida da porta fez tremerem as paredes, e tudo ficou silencioso.

Beth analisou a pintura inacabada enquanto se recompunha. A mulher pintada contemplava a tigela de água que tinha a seus pés. Trechos ainda úmidos sugeriam que ela havia acabado de sair dela. Ela segurava uma echarpe fina pelas costas, como se estivesse se secando.

Era uma pintura sensual, como aquela que Isabella havia lhe mostrado, mas Beth entendeu a diferença de imediato. A mulher nessa pintura era uma coisa, uma curva de carne colorida. Não era mais uma pessoa do que a bacia de banho a seus pés ou o pilar atrás dela.

A mulher na pintura de Isabella era ela mesma. Mac havia pintado sua *esposa,* todas as pinceladas adoravelmente colocadas no lugar, todas as sombras cuidadosamente dispostas. Qualquer mulher poderia ter sido modelo para aquela pintura de uma banhista. Apenas Isabella poderia ter sido a mulher em sua pintura.

Beth virou-se do cinzel e ficou face a face com a figura sólida e ereta de Ian.

— Eu trouxe um presente para você.

Ele ainda não se mexeu. Beth abriu sua bolsa e tirou dali uma caixinha.

— Vi isso enquanto estava fazendo compras com Isabella. Queria que você o tivesse.

Ian continuou com o olhar fixo, levemente desviado dela, com a forma de seus amplos ombros refletida na janela encardida.

Beth colocou a caixa no peitoril da janela e virou-se para ir embora. Se ele não queria falar com ela, não havia nada que ela pudesse fazer.

Ian pressionou a mão junto ao painel da janela, ainda sem olhar para ela.

— Como você pode dizer que a culpa é sua?

Beth deixou pender a saia que vinha segurando em sua preparação para ir embora.

— Porque, se eu tivesse me recusado a falar com o inspetor Fellows ontem no parque, você nunca o teria visto. Eu deveria tê-lo enxotado quando ele veio até a casa de Isabella e começou com aquelas acusações, mas sou curiosa demais, o que não acaba sendo bom nem para mim. Nas duas vezes, eu queria ouvir o que ele tinha a dizer.

Por fim, Ian virou o rosto para ela, mantendo a mão na janela.

— Não me proteja. Todos eles tentam fazer isso.

Beth foi até ele.

— Como seria possível que eu o protegesse? Foi errado da minha parte bisbilhotar; mas, por fim, admito que queria falar com Fellows para descobrir tudo sobre você. Até mesmo as mentiras dele.

— Não são mentiras. Nós estávamos lá.

— Então a interpretação de Fellows da verdade.

Uma das mãos de Ian cerrou-se em punho no peitoril da janela.

— Conte-me o que ele disse a você. Tudo.

O olhar contemplativo dele pousou na boca de Beth enquanto ele esperava pelas palavras dela.

Ela contou a Ian o que Fellows havia lhe dito, inclusive a abrupta proposta de casamento. Beth manteve as especulações de Fellows sobre seu próprio pai para si, algo que ela teria de explicar a Ian um dia, mas não agora.

Quando Beth chegou à proposta, Ian virou-se para a janela de novo.

— Você aceitou?

— Lógico que não. Por que diabos eu ia querer me casar com o inspetor Fellows?

— Porque ele a arruinará caso você não faça isso.

— Deixe-o tentar. — O olhar de Beth estava cheio de ódio. — Não sou uma flor de estufa para ser mantida abrigada; eu sei uma coisa ou outra sobre o mundo. Minha recém-adquirida fortuna e a aprovação da sra. Barrington fizeram muito pela minha reputação. Não sou mais a menina do abrigo, nem mesmo a pobre viúva do vigário. Os ricos se safam de muita coisa. É repulsivo, para falar a verdade.

Ela se deu conta, quando ficou sem fôlego, de que Ian não havia registrado nenhuma palavra do que ela dissera.

— Perdão. Eu falo rápido demais às vezes, especialmente quando estou irritada. A sra. Barrington comentava isso com frequência.

— E por que diabos você sempre menciona a sra. Barrington em todas as conversas?

Beth piscou. Ele estava falando mais como ele mesmo agora.

— Não sei. Imagino que seja grande a influência dela sobre mim. E suas opiniões. Muitas, muitas opiniões.

Ian não respondeu. Esticou a mão para o peitoril da janela e pegou o pacote, trabalhando com o papel do embrulho com seus fortes dedos. Ele abriu uma caixa de madeira e fitou dentro dela, e então ergueu um broche dourado plano incrustado com arabescos estilizados.

— Para sua lapela — explicou Beth. — Tenho certeza de que você tem dezenas deles, mas achei bonito.

Ian continuou a fitá-lo, como se nunca tivesse visto algo do gênero.

— Mandei gravar, no verso.

Ian virou o broche, seus olhos faiscando ao ler a inscrição sobre a qual Beth ficara ponderado por tanto tempo na loja.

Para Ian, Em amizade. B.

— Coloque em mim — disse ele.

Beth deslizou o broche através da caxemira, com a mão trêmula. O corpo dele era rígido sob seu casaco, e ela permitiu que seus dedos ficassem por um instante no peito dele.

— Você me perdoa? — ela quis saber.

— Não.

O coração dela bateu mais acelerado.

— Imagino que eu não deveria esperar demais.

— Não há nada a ser perdoado.

Ian pegou na mão dela com força.

— Achei que você fosse embora de Paris depois que me viu no parque.

— Não é possível que eu faça isso. Seu irmão não me deu as aulas de desenho ainda.

Uma linha apareceu entre as sobrancelhas dele. Beth acrescentou às pressas:

— Eu estava brincando.

O cenho dele ficou ainda mais franzido.

— Por que você ficou?

— Eu queria me certificar de que você estivesse bem.

O olhar contemplativo de Ian passou pelo dela.

— Você viu.

Beth lembrou-se do rosto quase púrpura dele, de seus xingamentos roucos, de suas mãos cerradas em punhos, de seu irmão e de Curry arrastando-o para longe.

— Eu não tenho ataques como aquele a maior parte do tempo. Mas, quando o vi encostando em você, minha Beth, isso ergueu-se como um fogo. Assustei você.

— De fato, você me assustou. — Mas não da forma como ele pretendia ao dizer isso. O pai de Beth tinha sido propenso a surtos de violência quando estava bêbado. Ela corria dele e se escondia atrás de qualquer coisa que fosse capaz de ocultar seu pequeno corpo até que ele tivesse saído de casa, batendo a porta com força.

Com Ian, ela não quis fugir. Ela não tinha nenhuma dúvida de que ele poderia ter machucado Fellows, mas não temia ser machucada por Ian. Ela sabia que ele não faria uma coisa dessas. Ela havia sentido mais medo de que ele fosse machucar a si mesmo ou que um policial que estivesse de passagem decidisse prendê-lo.

Beth pousou a bochecha no rígido tecido na frente da camisa dele.

— Você me disse para não o proteger, mas eu não quero que nada lhe aconteça.

— Não quero que você minta por mim. — A voz de Ian retumbava sob os ouvidos dela. Jogando uma sobra sobre as fortes batidas do coração dele. — Hart mente por mim. Mac e Cam mentem; Curry mente.

— Parece uma conjugação verbal. Eu minto; você mente; ele, ela, isso mente...

Ian ficou em silêncio, e então ergueu o olhar.

— Eu sou uma pessoa muito verdadeira, Ian. Eu juro.

Ele passou o dorso de seus dedos pelas bochechas dela para abaixo.

Beth sentiu uma necessidade insana de continuar falando.

— Aquelas nuvens estão densas. Pode ser que chova.

— Que bom. Então ficará muito escuro para pintar, e Mac mandará aquela maldita moça ir para casa.

— Ele não é amante dela, é? — Beth colocou os dedos sobre os lábios. — Minha nossa, não consigo parar de fazer perguntas. Você não tem de responder.

— Ela não é amante dele.

— Que bom. — Beth ficou hesitante. — *Nós* somos amantes?

— No broche está escrito: "em amizade".

— Apenas porque fiquei com vergonha diante do dono da loja para mandar gravar "para o meu amor". Além disso, Isabella estava parada bem ao meu lado.

Ian ficou em silêncio por um bom tempo, olhando para ela e, ao mesmo tempo, evitando seu olhar fixo e contemplativo. Ela viu os olhos dele oscilarem de um lado para o outro, em momento algum querendo se focar.

— Eu lhe disse que sou incapaz de me apaixonar. Mas isso aconteceu com você.

O coração dela batia forte.

— Aconteceu?

— Com seu marido.

Tantas pessoas queriam conversar sobre Thomas Ackerley.

— De fato, me apaixonei. Eu o amei muito.

— Como era isso? — As palavras dele saíram tão lentas que ela mal as conseguiu ouvir. — Explique para mim como é a sensação de amar, Beth. Eu quero entender.

Jennifer Ashley

Capítulo Dez

Ele ficou esperando, com os olhos dourados ardendo, que ela explicasse os mistérios do mundo para ele.

— É a coisa mais divina que se pode imaginar — ela tentou.

— Não quero ouvir sobre divindade. Quero ouvir sobre carne e osso. Amor é como desejo?

— Algumas pessoas acham que sim.

— Mas você, não.

O suor escorria pelas costas de Beth abaixo, apesar de as nuvens aliviarem o calor solar. O problema com as perguntas de Ian Mackenzie era que elas eram irrespondíveis. E, ainda assim, Beth deveria saber como respondê-las: todo mundo deveria. Mas não conseguiam. Porque as pessoas simplesmente *sabiam*. Todos, menos Ian.

— Desejo faz parte disso — disse ela, devagar. — O amor por um outro corpo, mas, além disso, o amor por seu coração e por sua mente, e por todas as coisas boas que a pessoa faz, não importando o quão absurdas sejam. Seu mundo fica iluminado quando a pessoa amada entra em um ambiente, fica turvo quando parte de novo. Queremos estar com a pessoa amada, para que possamos vê-la, tocar nela e ouvir sua voz, mas desejamos a felicidade dessa pessoa também. É egoísta, mas não totalmente.

— Eu consigo sentir desejo e querer. Eu acho você bela e quero você.

Ela se sentiu aquecida.

— Devo dizer que você faz muito bem para o meu orgulho, mas quando você não deseja uma mulher, não sente nada por ela.

— Nadinha.

O peito de Beth subiu e desceu com um suspiro.

— E é por isso, Ian Mackenzie, que você disse que partirá o meu coração.

O olhar dele vagou para fora da janela, para a Paris marcada pelas nuvens.

— Querer não é o suficiente? Um desejo tão forte que a pessoa faz de tudo para realizá-lo?

— É adorável no momento, mas, a longo prazo, creio que não.

— No manicômio, eu aprendi a levar as coisas no curto prazo.

Ela imaginava um Ian mais jovem, magro e ainda não crescido em seu corpo masculino, desnorteado e solitário. O menino perdido fazia com que ela se lembrasse da menina que ela mesma se vira abandonada com quinze anos de idade, com predadores à espreita e pelos arredores, esperando que ela se tornasse vítima deles. Até mesmo agora, com um nome e uma fortuna respeitáveis, Beth nunca se sentia totalmente segura.

— Eu também admito que aprendi a levar as coisas no curto prazo — disse ela.

— Você sente o querer. — Ian tomou os dedos dela entre os seus, pressionando as palmas das mãos deles juntas. — Você o sentiu na casa da duquesa.

O rosto dela ficou quente.

— É claro que senti. Você tinha a mim naquela sala de estar com minhas saias erguidas até as orelhas. Como eu poderia não o sentir?

— Quer sentir de novo?

A excitação sussurrava através dela.

— Se eu fosse uma dama, claro que protestaria, dizendo que não queria me sentir daquele jeito novamente. Mas, na verdade, eu quero. E muito.

— Que bom, pois eu quero ver o seu corpo.

Beth engoliu em seco.

— Você já viu uma boa parte dele.

Ele voltou para ela um sorriso sombrio.

— E foi ótimo. Desejo ver o restante. Agorinha mesmo.

Beth voltou rapidamente um olhar de relance para a porta.

— Mac poderia retornar a qualquer minuto.

— Ele ficará longe até que tenhamos ido embora.

— Como é que você sabe disso?

— Conheço Mac.

— A janela...

— Alta demais para que alguém veja aqui dentro.

Beth tinha de admitir que ele havia respondido a suas mais básicas objeções. Ela sabia que deveria ter outras, mas não conseguia se lembrar delas naquele exato momento.

— E se eu decidir que seria melhor eu ir embora correndo?

— Então nós esperaremos.

Beth ficou hesitante, suas pernas parecendo água, de tão moles, mas, ao mesmo tempo, ela sabia que nada a induziria a deixar aquele aposento, a não ser que estivesse pegando fogo. Literalmente — e muito.

— Precisarei de ajuda com os botões — comentou ela.

As roupas de Beth foram saindo, camada após camada, como um envoltório complicado, para revelar a simples beleza. Um por um, seus trajes caíam pelo sofá do estúdio, em uma camada multicolorida: um corpete de um azul intenso e a sobressaia da mesma cor, uma saia de um azul mais claro, o tecido leve para o verão. Duas anáguas de seda, ambas brancas, então a cobertura de seu espartilho, até que, por fim, o próprio Ian soltou os cordões do espartilho de linho.

A ereção de Ian latejava, e ele sabia que não ficaria feliz até que a visse completamente nua. Ele desatou os laços da *pantalette* e depois soltou a chemise. As vestimentas de seda flutuavam graciosamente até o chão, e Beth pisava para fora delas, desnuda para ele. Ela estendeu os braços para ele, mas Ian deu um passo para longe, e Beth parou, confusa.

Os cabelos dela estavam bagunçados pela remoção das roupas, pequenos cachos caindo da massa de cachos no topo da cabeça. Seus braços eram macios e roliços, assim como suas coxas, e sua cintura, marcada por anos de uso de um espartilho.

A partir da cintura, seus quadris alargavam-se até suas nádegas macias e firmes. Ele tinha visto o V de pelos escuros dela quando erguera suas saias naquela sala dourada, mas estavam ainda mais belos agora, tocados pela luz do dia.

Sob o próximo escrutínio dele, ela ficou ruborizada e cruzou os braços sobre os seios.

Ian recostou-se junto ao espaldar de uma cadeira e banhou-se na beleza dela.

— Você não precisa se esconder de mim.

Beth ficou hesitante, e então deu uma leve risada e girou, com os braços estirados. Ela era tão bela, com seus cachos por todos os lados, o sorriso em sua boca, seus olhos azuis lampejando sob a luz do sol que se esvaía. As nuvens ficavam mais espessas, e a chuva começara a cair, mas nada disso atenuava o brilho dentro do aposento.

Beth riu de novo.

— Como a vida é estranha! — disse ela. — Em um instante, sou uma dama de companhia sem um xelim, e no próximo, sou uma boêmia rica em Paris. Em um instante, um burro de carga; no seguinte, comprando presentes para meu amante.

As palavras dela deslizavam sobre ele como água. Ele se lembrava de cada uma delas na ordem precisa, mas jamais as viria a entender melhor do que as compreendia agora.

Beth pegou o pano que Cybele havia deixado cair e girou-o em torno de si. As dobras diáfanas pegavam em suas coxas e em seus seios, não a escondendo nem um pouco que fosse. Ela girava e girava, rindo.

Ian apanhou o tecido quando ela girou mais perto dele, e usou-o para arrastá-la para junto de si. Ela caiu aos tropeções nos braços dele, ainda rindo. O primeiro beijo dele fez com que ela abrisse os lábios, pondo fim à risada, enquanto ela se derretia para ele.

Beth o havia visto em seu pior, e, ainda assim, fora até ali naquele dia, balindo um pedido de desculpas e entregando a ele um presente. Ele captou o brilho do broche de ouro em seu peito, e seu coração aqueceu-se.

Outras partes dele estavam bem quentes também. Ele ergueu-a junto a si, amando o corpo desnudo e flexível em seus braços. Se ela fosse uma cortesã, Ian já a teria curvado sobre a cadeira e a teria tomado sem mais delongas. Porém, embora o marido de Beth pudesse ter ensinado a ela os prazeres da cama, ela nada sabia da rude fornicação das cortesãs. Ela sorriu para ele em perfeita fé, uma flor que acabava de se abrir.

A confiança frágil de Beth estava nas mãos de Ian. Ele dissera aos rosnados que não queria ser protegido, mas o instinto de proteger *Beth* era forte. Ela era tão sozinha no mundo, tão vulnerável, e nem mesmo se dava conta disso.

Ian esfregou as mãos sobre o corpo cálido dela, querendo juntá-la a si e não a deixar partir. Só de pensar de algo acontecer a ela, de outros homens exigindo coisas dela, fazia com que seus pensamentos entrassem em um turbilhão de frenesi.

— Beije-me — disse ele.

Beth sorriu na boca de Ian. Ela envolveu seus braços em torno dele, o tecido diáfano vindo em volta do pescoço.

Beth tinha o sabor de mel quente, uma doçura incrível. Algo profundo dentro dele respondia a isso. Ian reconhecia o querer, mas era mais do que isso.

Ele deslizou o amplo joelho entre os dela, persuadindo-a a ir para a frente enquanto ele a beijava. Ele a estimulava com as mãos em suas nádegas, até que ela, confiante, montou na coxa dele.

Ian relaxou um pouco sua pegada nela, deixando-a deslizar sobre sua coxa dura como pedra. Beth parecia surpresa, e então, um som suave escapou de seus lábios.

Ian manteve as mãos levemente soltas nas coxas dela, embalando-a junto a sua perna rígida, ensinando-a a provocar prazer em si mesma.

O cheiro doce e excitante dela o cercava. Ele beijou-a, e depois a deixou sozinha para desfrutar a estranha sensação do tecido junto a sua fenda.

Beth chiava, indo para a frente e para trás, com sua respiração ficando mais rápida, as bochechas rosadas e úmidas com o suor. Ela deu-se conta de que nunca havia sentido prazer antes. Aquilo tudo era novidade para ela, surpreendente, um deleite.

Ela deitou a cabeça para trás e cerrou os olhos. Fios de cabelo caíam por seu pescoço, e seus lábios abriam-se com o desejo.

— Ian — ela sussurrou. — Como você sabe tão bem o que eu desejo?

Ele sabia, pois o corpo dela comunicava. Ele gostava de uma mulher erguendo-se sob seu toque, como Beth fazia naquele momento, seus olhos suavizando-se em deleite. As mulheres ficavam mais belas do que nunca quando cediam ao prazer. Ele adorava o cheiro dela, seu sabor, o som de seus suspiros ofegantes, a calidez dos corpos deles sob suas mãos.

Isso queria dizer que Ian podia ficar no estúdio de Mac, em pé, completamente vestido, e levar Beth à loucura com o prazer. Ele gostava do poder que isso lhe conferia, e da alegria de observar os olhos de Beth aumentarem e de ouvir seus ofegos transformarem-se em frenesis de deleite.

Ian pegou um cacho da testa dela entre os lábios. Ele a queria de todas as formas possíveis, mas estava desfrutando lentamente de prolongar a sedução, dar a ela um gosto por vez, observá-la aprendendo a querê-lo.

Em uma noite, ele a teria. Até então, Beth o quereria tanto que poderia fazer aquilo para sempre. Por sua própria admissão, Ian não compreendia o amor, mas sabia que ter Beth em sua vida era algo melhor que valia a pena lutar. Ela dissera não da primeira vez em que ele a pedira em casamento; ela havia explicado a ele em sua maneira sensata que não tinha inclinação para o casamento, mas Ian faria com que ela mudasse de ideia. Ian Mackenzie havia aprendido a ser bom em conseguir o que realmente queria.

Os gritos de Beth ecoavam junto ao alto teto do estúdio. Ela agarrou o rosto dele entre as mãos e beijou-o, intensamente.

— Obrigada, Ian — ela sussurrava.

Ian afundou os dedos no traseiro dela e retribuiu o beijo, sentindo-lhe o sabor enquanto o orgasmo dela desvanecia. Ela havia lhe agradecido na minúscula sala de estar da duquesa; ainda assim, era ela quem acalmava a fera dentro dele. Ele é quem deveria agradecer a ela por lhe trazer essa paz, mesmo que fosse por uns poucos e preciosos momentos.

Beth escreveu em seu diário alguns dias depois:

> Eu me tornei uma mulher realmente perversa. Eu me vejo esperando ansiosamente, todos os dias, por qual safadeza eu e Ian podemos fazer juntos.
>
> Ontem, ele acompanhou a mim e a Isabella até o Drouant's, aquele novo restaurante da moda aonde todos vão ver quem está lá e com quem. Ian não fala muito quando está acompanhado e nunca se importa que eu e Isabella fofoquemos como loucas... para dizer a verdade, Isabella me conta tudo sobre as pessoas que ela vê, e eu aspiro as notícias com uma animação excessiva.
>
> Ian segurou a minha mão sob a mesa durante toda a refeição. Isabella sabia disso... é claro que ela sabia. Ela me parece bem encantada com as atenções que Ian me dá. Porém, se ela soubesse como Ian segurava a minha mão, talvez não ficasse tão animada.
>
> Ian é incapaz de fazer algo tão simples quanto segurar a mão de uma mulher. Ele move seu polegar, subindo com ele pelo meu pulso e sob a minha luva, encontrando pontos que fazem disparar um calor selvagem por todo o meu corpo. Ele acaricia a parte interna da minha palma com dedos macios, e então faz traços com seus dedos pelos meus, e me segura com força, como se

estivesse me ensinando que o lugar da minha mão é ali, com a dele.

Calmamente, ele come seu meunière, ou qualquer que seja a preparação exótica que Isabella insistiu que experimentássemos, e não diz nenhuma palavra.

Eu e Ian somos amantes... para mim, como é estranho escrever esta palavra. E, ainda assim, ainda não consumamos nosso caso, não da forma como no casamento, na cama. Eu tinha pensado, no estúdio de Mac, que ele retiraria suas roupas e que nos uniríamos no sofá. Mas não o fez. Ele não tirou nadinha, nem mesmo afrouxou o colarinho, enquanto eu estava completamente deitada junto a ele. Bem decepcionante.

Contudo, minha pele desnuda, junto ao tecido do casaco dele era uma estranha, mas agradável sensação. Nunca pensei em mim mesma como tão depravada, mas isso me fez sentir selvagem e lasciva. Eu teria feito qualquer coisa naquele aposento, qualquer coisa que ele quisesse, porém, com gentileza, ele sugeriu que eu me vestisse e fosse embora antes que Isabella ficasse preocupada, pensando em onde eu estaria.

Fiz o que ele disse, mas a forma como ele me beijou antes de eu partir era uma promessa de mais aventuras posteriores. E... Minha nossa... que aventura tive hoje...

Beth fez uma pausa em sua escrita para ouvir a chuva batendo nas janelas. Paris recebera uma série de tempestades de verão, chuva e vento, rajadas infinitas pela cidade. Isso havia arruinado a caminhada matinal de Beth e impediu que ela e Isabella fossem passear olhando as lojas.

Ian dissera que ele levaria a mim e Isabella de carruagem ao parque hoje, e ele chegou no horário marcado. Isabella deu uma olhada no céu cinza-ardósia e foi incisiva na sua recusa a ir. Ela disse que, se desejássemos ar fresco tanto assim, Ian e eu poderíamos ir sem ela. Ian não parecia se importar se ela ia ou não, então eu me vi subindo na carruagem sozinha com ele.

Será que Isabella ficou um pouquinho desanimada demais com o tempo? Será que ela também prontamente pressionou a testa com a mão e declarou que estava começando a ficar com enxaqueca? Parece que ela quer que eu seja imprópria... talvez para encorajar Ian a me pedir em casamento?

Mas eu e Ian éramos pessoas adultas... ele tinha vinte e sete anos, foi o que me disse Isabella, o que o torna dois anos mais jovem do que eu. Não sou nenhuma debutante virginal me protegendo por trás das saias da mamãe, e ele não é nenhum vilão sinistro. Somos simplesmente uma viúva e um solteirão da mesma idade aproveitando a companhia um do outro.

Quando a carruagem começou a se mover pelos arredores do parque em disparada, eu, audaz, disse a Ian o quanto tinha gostado da sensação de ter as roupas dele junto ao meu corpo no estúdio de Mac. Ele abriu aquele cálido sorriso, aquele sorriso dele que me faz derreter, e disse que, se eu tinha gostado daquele tipo de sensação, poderia puxar para baixo minha calçola e então ficar ali sentada com o traseiro desnudo no colo dele.

Só de pensar, fiquei excitada instantaneamente,

e Ian sabia disso, maldito homem! Creio que ele se deleite em me colocar nesse estado.

Não obedeci, pois poderia imaginar o cocheiro sofrendo um acidente e eu saindo correndo em direção a um lugar seguro com minha calçola de renda nos tornozelos. Paris é um lugar mais permissivo do que Londres, mas creio que nem mesmo aqui eu conseguiria superar isso.

Ian sorriu com os meus temores e me disse que quase sermos pegos fazia parte da diversão. Repliquei mencionando que ele já tinha visto bastante da minha pele desnuda enquanto eu não tinha visto nem um pouquinho da dele.

Então ele me perguntou que parte eu tinha em mente.

É claro que eu queria vê-lo por completo. A sensação dos músculos rígidos sob os ternos dele sugeria um corpo bem torneado: só de pensar em ver qualquer parte dele me faz pulsar com excitação.

Infelizmente, estávamos em uma carruagem em movimento, e Ian retirando todas as roupas, e depois recomeçando a vesti-las, bem, isso não teria sido prático. Ele me disse que eu poderia ver qualquer parte que eu quisesse, mas que teria de abrir aquela parte da roupa dele por mim mesma.

Que criatura depravada que eu sou, estiquei a mão para desabotoar a calça dele.

Ian sentou-se, relaxado, e permitiu que eu fizesse isso, cerrando os olhos, que pareciam pequenas fendas, como de um gato, douradas. Ele estirou as pernas, mas se recusou a me ajudar. Eu me sentia vexada com isso, pois as roupas dos homens são umas coisas desgraçadas. Não sei como eles conseguem usar aquilo. Eu tive de desabotoar e desamarrar e mexer em várias partes de tecido até que finalmente me deparei com o que procurava. Ian estava tremendo na hora em que terminei, rindo, creio eu.

Por fim, suas roupas se abriram, e eu consegui revelar aquela parte da anatomia masculina que é a causa de muita perversidade. Fico satisfeita em dizer que não senti vergonha nem timidez nenhuma enquanto fechava a mão em volta do membro dele e o puxava para a frente.

Ian também não precisava se sentir envergonhado. Ele tem uma forma perfeita. Seu membro é macio e escuro, muito quente ao toque dentro da carruagem fresca. Acaba com uma ponta larga, como se fosse uma capa com uma minúscula fenda no meio. Acariciei a fenda dele com o dedo, e Ian deixou escapar um som de fome.

Dando-me conta de que ele estava gostando disso, movi meu polegar sobre a ponta, em movimentos circulares, até que ele gemeu mais uma vez. Brinquei com ele assim, desfrutando meu poder. Variei minhas técnicas, agarrando seu membro e acariciando-o, com as pontas dos dedos, para cima e para baixo, ou fazendo cócegas do meu jeito em torno da glande.

Ian levou a mão ao rosto e envolveu-me, apertado, com seu outro braço. Pousei minha bochecha no peito dele e continuei com minha brincadeira no membro fascinante.

Depois de um tempo, eu queria mais. A carruagem estava se movendo suavemente, então deslizei do meu assento e me coloquei de joelhos. Analisei-o um pouco enquanto estava na altura do meu olhar, desfrutando observar todas as outras partes dele. Então eu me inclinei para a frente e tomei-o na minha boca.

Ian deu um pulo como se eu o tivesse picado. Eu temia que o tivesse machucado; mas, quando tentei recuar, ele enlaçou os dedos nos meus cabelos e puxou-me para junto de si novamente.

Eu nunca tinha sentido o sabor do membro de um homem antes, e o lambi, avaliando como era. Deparei-me com o sabor levemente salgado, porém, misterioso, diferente de seus lábios.

Especulei se eu poderia deixar uma mordida de amor ali, e, quando comecei a tentar, ele gemeu alto. Ele afastou ainda mais as pernas uma da outra enquanto eu fazia minha parte, e flexionou os pés em suas botas. Ouvi-o sussurrar meu nome, mas minha boca estava muito cheia dele.

Eu não consegui deixar exatamente uma mordida de amor ali, embora tentasse por muito tempo. Quando, por fim, desisti, levei minha boca de volta ao eixo de seu membro, como se pretendesse engoli-lo por completo.

Só de pensar nisso, fiquei excitada. Eu queria devorá-lo. Eu não entendia o querer, mas empurrei minha boca o mais longe até onde ele podia aguentar.

Sei que ele gostou, pois envolveu suas pernas na minha cintura, e os sons que saíam de sua boca soavam incoerentes, fazendo com que ele se erguesse de seu assento. Eu me sentia feliz por poder atormentá-lo daquele jeito, tal como ele havia feito comigo. Agora eu sabia como lhe dar tamanho prazer, de modo que ele não conseguisse ficar parado.

Enfiei a mão entre as pernas estiradas dele para me deparar com a firmeza de seus testículos, e me entretive movendo-as com gentileza na palma da minha mão. Senti-o estremecer, e então, de súbito, ele soltou um gemido alto e encheu minha boca com sua semente.

Fiquei surpresa e quase me afastei à força, mas meu coração batia acelerado, e decidi que queria ficar onde estava. O sabor de Ian era levemente pungente, nada ruim. Deslizei a língua em volta da minha boca, e engoli-o, feliz por manter uma parte dele comigo.

Ian arrastou-me para cima no assento sem se dar ao trabalho de fechar sua calça. Ele me beijou com intensidade, apesar do que eu tinha acabado de fazer, como se quisesse sentir o sabor que permanecia nos meus lábios.

Ele olhou para mim e não disse nada, mas sua pegada no meu rosto ficou mais suave. Vi seu olhar me contemplando, tentando encontrar-se com o meu, e fracassando todas as vezes.

Por fim, ele soltou um leve rosnado e me pegou em seus braços, acariciando e beijando meus cabelos até que a carruagem diminuiu a velocidade mais uma vez, na frente da casa de Isabella.

Ian recusou-se a entrar, o que eu entendia, embora ele tivesse fechado a calça novamente, é claro. Eu esperava que ele me desse alguma forma de adeus, uma despedida, que me deixasse saber quando poderíamos nos encontrar de novo, e dar *continuidade a nosso lascivo entretenimento, mas ele permaneceu em silêncio. Mas Ian respirava com dificuldade, e eu acreditava que ele não tivera tempo para recompor-se.*

Isabella cumprimentou-me sem o mais leve traço da dor de cabeça que ela havia fingido antes de eu sair. Na verdade, a jovem ludibriadora subiu as escadas correndo e vestiu-se para ir a um salão de beleza, mesmo que a chuva ainda não tivesse aliviado nem um pouquinho.

Recusei-me a ir com ela, pois Ian não nos acompanharia, e eu não conseguia imaginar nenhum deleite que pudesse se igualar ao que eu havia vivenciado na carruagem fechada dele naquele dia molhado.

O quarto do hotel estava quente e parecia apertado, apesar da janela totalmente aberta para permitir a entrada da brisa de verão. Na suíte havia um ventilador de teto que girava preguiçosamente acima, propelido por ar comprimido. Porém, ele se movia aos trancos e barrancos e não fazia nada para circular o ainda parado ar italiano.

— Há outro, Vossa Graça.

O esguio valete do duque de Kilmorgan dispôs um jornal sobre o volume de papéis na escrivaninha do duque. Hart deu uma passada de olhos na página em que Wilfred havia dobrado o jornal para ele, mas a história relevante era óbvia. Um jornal da sociedade exibia a foto de Ian Mackenzie ao longo de um esboço de uma adorável jovem com cabelos escuros em um teatro cheio. Ao lado da jovem, a cunhada dele, Isabella, reluzia. Letras gritantes, com muitos pontos de exclamação, eram um alarde em francês pela página:

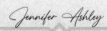

> *Um novo amor para o irmão de um duque? A misteriosa herdeira inglesa, sra. A——, acompanha Lady I—— M—— e seu cunhado a uma produção de La Bonne Femme, a mais recente e mais escandalosa comédia musical a estrear em Paris. Travessa, travessa, a sra. A——.*

— Quem diabos é essa mulher? — grunhiu Hart.

Ele nunca havia ouvido falar dela, nunca a tinha visto antes.

— Lorde Ian é bem rico, Vossa Graça — comentou Wilfred, em uma voz esganiçada. — Talvez ela esteja buscando duplicar seu investimento.

— Não acho graça nisso, Wilfred. — Hart curvou a caneta em sua mão até que o delgado instrumento de escrita estalou. Tinta espalhou-se pelo jornal.

— É claro que não, Vossa Graça.

— Maldição, qual é o papel de Isabella nisso?

— O senhor acha que tem dedos dela nisso, Vossa Graça?

— Não só os dedos, ambas as mãos. Maldição.

— Isso é um perigo? — Quando Hart ergueu o olhar repleto de ódio para Wilfred, o homem ficou ruborizado. — Quero dizer, senhor, se a dama gosta desta sra. Ackerley, se ela a aprova, talvez esteja tudo bem, não? Se seu irmão, o lorde, desfruta a companhia da mulher... bem, ele está chegando à idade em que deveria pensar em aquietar-se.

Hart ficou observando-o com firmeza no olhar, até que Wilfred foi se esvaecendo.

— Você trabalha para mim há dez anos, Wilfred. Conhece Ian, e sabe do que ele é capaz.

— Sei sim, Vossa Graça.

— Isabella não tem ciência de determinados fatos. Nem você.

— Sim, Vossa Graça.

— Acredite em mim quando digo que Ian deve se manter longe dessa mulher, quem quer que ela seja. — Hart analisou o desenho, o rosto belo e redondo da mulher, e os cachos escuros no topo de sua cabeça. Ela parecia inocente e inofensiva, mas Hart sabia melhor que ninguém como aparência podia ser enganadora. Esta era a quinta vez em que um jornal parisiense havia optado por imprimir uma fofoca sobre Ian e aquela tal de sra. Ackerley. — Quaisquer que sejam os motivos dela, não podem ser bons.

— Não, Vossa Graça.

— Prepare uma valise e deixe-a à minha espera o tempo todo, Wilfred. Quero poder sair a qualquer momento, se necessário.

— É claro, Vossa Graça. Devo me livrar do jornal?

— Ainda não. — Hart colocou a mão no tabloide. — Não ainda.

Wilfred curvou-se em reverência e o deixou. Hart analisou a imagem novamente, notando a forma como Ian estava meio que virado para olhar para a sra. Ackerley. A interpretação de um artista, sim, mas era provável que ele não tivesse errado o ponto. A sra. Ackerley devia, àquela altura, conhecer a história de Ian, suas excentricidades, suas dores de cabeça, seus pesadelos. Bem, conhecer os pesadelos dele dependeria de se ela já dera um jeito de ir para a cama com ele.

Hart cerrou as mãos em punhos e pousou-as no jornal. Ian nem mesmo deveria estar em Paris. Ele deveria permanecer em Londres e retornar para a Escócia quando Hart finalizasse seus negócios no continente. Não houvera nenhuma menção a uma visita de Ian a Mac ou Isabella em Paris.

— Eu não sei quem você é — falou Hart, tracejando o esboço da risonha sra. Ackerley. — Mas a senhora deu um passo longe demais.

Hart lentamente amassou a página em suas mãos, e então a dilacerou em longas e irregulares faixas.

Na semana entre o passeio interessante de Ian e Beth na carruagem e seu planejado encontro seguinte com ela, ele não viu nada do inspetor Fellows. Fez Curry procurar o homem, mas este também não conseguiu encontrá-lo.

— Deve ter voltado correndo para casa — foi a declaração de Curry —, com o rabinho entre as pernas.

Ian não achava isso. O inspetor Fellows era sagaz e esperto, e não sairia correndo porque havia sido ameaçado por Ian. Se era verdade que ele havia retornado a Londres, seria por um motivo muito bom. Ian gostaria de saber o que o homem estava planejando.

Isabella pediu que Ian acompanhasse a ela e Beth em uma saída na quarta-feira, e, embora uma outra tempestade de verão tivesse vindo para ensopar Paris, Isabella ainda insistia em ir.

— É um antro de iniquidade, querida — disse Isabella a Beth, enquanto eles três desciam na frente de uma casa de aparência comum nas margens de Montmartre. — Você vai adorar.

Ian tinha estado lá antes com Mac, porém, entrar na casa era muito mais satisfatório de braços dados com Beth. Naquela noite, ela trajava tafetá vermelho-escuro, e rosetas em seu seio. Tudo que ela vestia reluzia e sussurrava de alguma forma.

Ele manteve a mão dela apertada na dobra do cotovelo, não a deixando ir quando ela tentava puxar e soltar-se. Ele estava feliz por Isabella ter tido a sabedoria de lhe pedir que as escoltasse, pois de forma alguma permitiria que Beth entrasse naquele lugar sozinha.

— Antro de iniquidade? — quis saber Beth, espiando pelos arredores da loja empoeirada e escura em que tinham entrado. — Creio que alguém esteja de brincadeira com você.

Isabella riu.

— Por aqui, querida. É um segredo mortal.

Isabella conduziu o caminho em meio à loja até uma porta sem marcas nos fundos. Luz, ruídos e o cheiro pungente de fumaça de charuto e perfume vertiam ao subirem uma escadaria acarpetada.

Não assim tão secreta, pensou Ian, enquanto permitia que Beth descesse as escadas antes dele. A polícia parisiense estava bem ciente da existência daquele antro ilegal de apostas e jogos de azar, mas aceitava dinheiro para fingir olhos cegos e ouvidos moucos. Os opulentos parisienses achavam que estavam se safando de algo, animados como crianças travessas.

A escadaria deixou-os em um palácio reluzente. O aposento percorria a extensão de diversas casas lá em cima, e candelabros de cristal estavam dispostos no teto. Um exuberante carpete vermelho cobria o chão, e as paredes eram ladeadas com imbuia. As pessoas pairavam em torno de mesas, conversando, rindo, gritando, gemendo. O clicar de dados, o estalar de cartas e o giro de uma roleta flutuavam acima de tudo isso.

Pessoas demais pressionavam Ian pelos arredores. Ele não gostava disso. Elas o esmagavam, ficavam olhando-o fixamente, conversavam todas ao mesmo tempo até que ele não conseguia ouvir o que estavam dizendo. Sentia a necessidade de sair correndo em ziguezague, como se fosse uma vinha insidiosa, e olhava pelos arredores em busca de refúgio, pelo recanto mais próximo.

— Ian? — Beth ergueu o olhar de relance para ele, com um fraco perfume prendendo-se a ela.

Os cachos no topo da cabeça de Beth estavam no nível do nariz dele. Ian poderia enterrar o rosto ali e beijá-la. Ele não tinha de sair correndo.

A mão dele apertou-se na dela.

— Não gosto de multidões — ele falou.

— Eu sei. Devemos ir embora?

— Ainda não — pronunciou-se Isabella.

Ela olhou de volta para eles, com brilho nos olhos, e parou na frente de uma mesa de roleta. O remate de latão da roda da roleta reluzia enquanto girava, com as ripas de madeira da base belamente incrustradas. Pilhas de fichas estavam em cima de números sobre o topo da mesa de baeta verde.

Ian ficou observando a bola passando rapidamente ao redor da roda, na direção oposta em que a roda girava. As rodas de roletas eram calibradas com precisão, flutuando em suas bases, a coisa mais próxima de uma máquina em movimento perpétuo. Ian queria apanhar a bola e começar a fazer a roda girar novamente, para contar quantas vezes a bola conseguia deslizar em torno da circunferência antes que a fricção entrasse em ação.

A roda parou. Ian ficou com o olhar fixo e atento, prevendo quantas voltas faltavam antes que a bola caísse. Ele previa quinze ou vinte.

A bola dançou pela dupla fileira de *slots* antes de, por fim, parar.

— *Rouge quinze* — anunciou a dama parcialmente vestida atrás dela. Vermelho, quinze.

Seguiram-se gemidos e suspiros. A crupiê puxou fichas em sua própria direção, e mãos esticaram-se para seus ganhos ou deixaram-nas se mexerem apenas.

— Amo roleta. — Isabella soltou um suspiro. — É banida na França, mas conseguimos encontrar se soubermos onde as procurar. Evita o aborrecimento de viajar até Monte Carlo. Dê-me seu dinheiro, vou trocá-lo por marcadores para você.

Beth olhou com ares de questionamento para Ian. Ele assentiu. O aperto da garganta dele havia se aliviado, e ele respirava com mais facilidade.

Isabella entregou a Beth os marcadores, e ela esticou a mão para colocar vários deles em um dos números.

— Não ali — apressou-se a dizer Ian.

— Faz diferença? — Diamantes reluziam no pulso enluvado de Beth enquanto a mão dela ficava parada.

Ian tomou os marcadores dela e colocou-o nas linhas entre quatro números.

— Números ímpares são melhores aqui.

Beth parecia em dúvida, mas tirou a mão e levou-a até a beirada da mesa. A crupiê girou a roleta, com os músculos mexendo-se em seus ombros desnudos.

A roleta girou, e todos os olhares estavam fixos nela. A bola girou em seu movimento hipnotizante, até que clicou suavemente em sua ranhura.

— *Noir dix-neuf.* — Preto, dezenove.

Beth deu umas batidinhas na mesa, frustrada, enquanto a crupiê levava suas fichas.

— O mesmo de novo — disse Ian.

— Mas eu perdi.

— O mesmo de novo.

— Eu realmente espero que você saiba o que está fazendo, Ian.

Ela, com obediência, colocou seu marcador no mesmo lugar. A roleta girou, a bola caiu.

— *Rouge vingt et un.* — Vermelho, vinte e um.

Beth soltou um gritinho agudo e fez um pulinho da vitória. A crupiê empurrou uma pilha de fichas para cima do número de Beth.

— Ganhei. Que agradável. Devo fazer isso de novo?

Ian estirou a mão grande e pegou os ganhos de Beth para ela.

— A roleta é um jogo de tolos. Venha comigo.

Isabella abriu um largo sorriso para eles, esticando a mão para colocar seu marcador onde antes estivera o de Beth.

— É um tanto quanto divertido, não é? Você tem tanta sorte, minha querida. Eu sabia que teria.

Ela riu e girou de volta para a mesa.

Ian manteve a mão de Beth na sua enquanto eles seguiam para uma longa mesa onde um homem corpulento chacoalhava um copo de dados. Apostadores de todas as partes da mesa gritavam, encorajando-o, e o rosto do homem brilhava com o suor. A dama vestida de forma extravagante ao lado dele pendurou-se no seu braço e dava pulinhos, animada.

— Ela arruinará a jogada dele — sibilou Beth.

— É possível que ela faça isso, se for empregada pela casa — murmurou Ian em resposta.

— Isso não é trapacear?

Ele deu de ombros.

— É o risco que se corre vindo a lugares como este.

— Isabella parecia tão entusiasmada.

— Ela gosta de perigo. — Afinal de contas, havia se casado com Mac.

— Devo fazer uma aposta? — quis saber Beth.

Os riscos tinham tantas possibilidades, tantas combinações diferentes quanto aquelas que os dados podiam produzir. Predizer qual sairia ou esperar por uma jogada precisa parecia algo fútil para Ian. As pessoas achavam aquele risco excitante, o que o deixava pasmado.

Os olhos de Beth cintilavam enquanto ela observava o próprio cavalheiro nervoso para jogar.

— Em qual devo colocar?

Ian esfregou a testa com o polegar, os números fluindo em seu cérebro em uma precisão matemática.

— Aqui, e aqui — disse ele, apontando para os quadrados na mesa.

Por fim, o homem jogou os dados, estabelecendo o número que ele tinha de acertar, um dez. Então, jogou de novo. Todos grunhiram quando o dado mostrou o número doze.

— Perdi — falou, desapontada, Beth.

— Você ganhou. — Ian recuperou as fichas. — Você apostou que ele excederia a jogada anterior.

— Eu fiz isso? — Beth olhou para as fichas, e depois voltou a olhar para a mesa. Suas bochechas estavam cor-de-rosa, seus lábios brilhavam, vermelhos. — Acho que eu não deveria apostar se não faço ideia daquilo em que estou apostando.

— Você é uma mulher rica. — Ian colocou as fichas nas mãos dela. — Tem dinheiro para perder.

— Não ficarei rica por muito tempo se ficar apostando em jogos de azar e roleta. O que teria acontecido se você não estivesse aqui?

— Se eu não estivesse aqui, você não teria vindo.

— Não?

Ela ergueu as sobrancelhas para ele, como se fossem asas de pomba cruzando seu rosto. Ian queria inclinar-se e beijar as sobrancelhas dela, ali, no meio da multidão. Beth, sua amada, sua amante. Ele queria que todo mundo soubesse que ela pertencia a ele.

— Ian?

Ela havia lhe feito uma pergunta.

— Humm?

— Eu disse: como você sabe que eu não teria vindo até aqui sem você?

Ian pegou-a pelo cotovelo e guiou-a até uma parte menos lotada da sala.

— Eu não teria permitido que você viesse.

— É mesmo? Você teria me seguido por aí, como o inspetor Fellows?

— Este é um lugar perigoso — disse ele, em um tom sombrio. — Isabella entende isso. Você, não.

O peito de Beth inflou-se.

— Você é muito protetor. — Ela inclinou-se para sussurrar-lhe. — Achei que houvéssemos concordado que nossas *relações* fossem entre duas pessoas que desfrutassem este lado da vida. Nada além disso.

Ian não se lembrava de ter concordado com isso. Ela dissera: *Nós gostamos um do outro o suficiente, e eu não me vejo me casando de novo.* Ian não havia respondido, e ele não responderia agora.

Ter um caso amoroso com ela nunca seria o suficiente. Ele queria mais do que brincar com ela no estúdio de Mac, a bênção de tê-la fazendo sexo oral nele na carruagem. Ele queria tudo aquilo repetidas vezes, o júbilo dela para sempre — não Beth como sua cortesã, não um caso de amor que terminaria quando ele deixasse Paris. Ele queria Beth para sempre.

O problema residia em como fazer isso. Beth não desejava casar-se, ela disse. O noivado dela com a cobra do Mather a havia deixado tímida, e ela já havia recusado a oferta de Ian uma vez. Ele teria de pensar em um jeito, mas a tarefa não o incomodava. Ian era bom em focar sua atenção em um problema, até que ele o houvesse resolvido, até a exclusão de todo o resto.

Um esguio rapaz jovem com espessos cabelos loiros deu um passo e se pôs na frente dele, e os pensamentos de Ian desfizeram-se em fragmentos.

— Achei que fosse você. — Os olhos do homem ficaram iluminados, e ele esticou a mão. — Ian Mackenzie, que surpresa! Como está, meu velho? Eu não o vejo desde que eles o tiraram da prisão.

Beth analisava o jovem rapaz com interesse. Cerca de trinta anos de idade, voz de quem tinha boa criação, mãos delgadas, unhas manicuradas. O homem continuava a estender a mão, com um amplo sorriso no rosto.

— Prazer.

Ian ficou hesitante e então pegou a mão que o homem estendia, como se estivesse se lembrando da resposta apropriada.

Um homem de pele mais escura agigantou-se atrás do primeiro e olhou para Ian com desgosto.

— Quem é este, Arden?

O homem esguio riu.

— Este é Lorde Ian Mackenzie. Seja simpático com ele, velho camarada. Uma vez ele salvou a minha vida.

O outro homem não pareceu tranquilizado. Arden soltou a mão de Ian e deu-lhe um tapinha de leve no braço, cumprimentando-o.

— Você parece estranhamente bem, Mackenzie. Quanto tempo se passou, dez anos?

— Dez anos — concordou Ian. — E dois meses.

Arden irrompeu em uma gargalhada.

— Ele sempre tem de ser preciso. Tão preciso, muito preciso. Eles me soltaram também. Meu pai morreu uns anos depois que você deixou o nosso feliz lar, e meu odioso irmão foi em seguida. Ele ficou bêbado como um lorde e afogou-se no banho, graças a Deus. Eu não culparia a esposa dele se ela o tivesse mantido debaixo da água.

Beth escondeu um ofego, mas Ian assentiu.

— Fico contente com isso.

— Não tão contente quanto eu, aposto. Então lá estava eu, único herdeiro da imensa fortuna de meu pai. O bom doutor Edwards estava esfregando suas mãos gananciosas, mas minha irmã conseguiu que revertessem minha licença de loucura, abençoada seja ela até suas sapatilhas enfeitadas de rosetas. Eu e ela fugimos dos climas mórbidos da Inglaterra e agora moramos em uma casa um tanto quanto cheia de correntes de ar no interior da França. Este é o Graves. Ele mora lá também.

O homem de cabelos escuros, Graves, assentiu, tenso. Arden deu uma risada estrondosa.

— Ele é tão ciumento quanto uma galinha com seus pintinhos; não ligue para ele. Esta é sua esposa?

— Esta é a sra. Ackerley — corrigiu Ian.

— Uma amiga — apressou-se a dizer Beth, estendendo a mão.

Arden parecia tão impressionado, como se tivesse sido apresentado à rainha.

— Muito bem, prazer em conhecê-la, sra. Ackerley. Lorde Ian é um bom homem, e nunca o esquecerei. — Suas palavras soavam superficiais, mas os olhos dele brilhavam com a emoção. Ele olhou de relance para seu amigo, que olhava feio para eles, e riu. — Não se preocupe, Graves. Sou todo seu. Vamos?

Graves virou-se de imediato, mas Arden permaneceu onde estava por mais um instante.

— Foi excelente ver você de novo, Mackenzie. Se algum dia estiver perto de Fontainebleau, procure por nós. — Ele acenou, abriu um sorriso final e radiante, desviou-se e foi embora. — Sim, estou indo, Graves. Pare por um momento, pare.

Ian ficou observando-os, inexpressivo.

— Os jogos de cartas são muito mais lucrativos — ele disse à Beth. — Ensinarei você a jogá-los.

— Ian Mackenzie. — Beth estabeleceu-se onde estava enquanto Ian tentava conduzi-la para longe dali. — O que ele quis dizer com isso de que você salvou a vida dele? Você não pode simplesmente se fechar sem me contar a história.

— Eu não salvei a vida dele.

— *Ian.*

Ela saiu andando até uma alcova vazia onde cadeiras haviam sido dispostas para jogadores cansados. Ela caiu em uma delas e cruzou os braços.

— Eu me recuso a me mover até que você tenha me contado a história.

Ian sentou-se ao lado dela, e a expressão em seus olhos dourados era impossível de ser interpretada.

— Arden esteve no manicômio comigo.

— Isso eu entendi. Ele não me parece louco.

Desgosto perpassou a face de Ian.

— O pai dele o internou lá, queria que os médicos o curassem de sua aflição de qualquer forma que fosse possível.

Beth olhou de relance para onde Arden estava conversando com Graves, perto da mesa dos jogos de azar. Eles estavam com as cabeças juntas, o nariz de Arden quase na bochecha de Graves. Este agarrava com uma das mãos enluvadas o cotovelo de Arden, mas então suavizou a pegada e levou a mão às costas dele.

— O sr. Arden prefere a companhia de cavalheiros — concluiu Beth.

— Sim, ele é um anormal.

Beth analisou os dois homens com interesse. Ela havia conhecido homens nas periferias que se vendiam a homens com certas perversões, mas nunca tinha visto dois homens obviamente apaixonados um pelo outro. Pelo menos, nenhum que admitisse isso, ela corrigiu-se. Tais coisas nunca duravam muito nas árduas vizinhanças do East End.

— Então o pai dele o mandou para um manicômio — disse ela. — Que horror.

— Arden não deveria ter ficado lá. Foi difícil para ele.

— Ele é inflexível quando diz que você salvou a vida dele.

— Ele quer dizer que recebi uma punição no lugar dele.

Beth arrastou sua atenção de Arden e Graves para Ian.

— Punição?

— Ele foi pego com um livro de desenhos eróticos. Homens com homens. Eu me lembro de como ele ficou aterrorizado. Eu disse que era meu.

Beth ficou boquiaberta.

— Foi muito valente da sua parte. Por que eles acreditariam nisso?

— Meu irmão, Cam, costumava "contrabandear" para mim livros eróticos. Eu disse aos assistentes que este estava no último lote que Cam havia me trazido.

— Pensamento rápido. — Beth estreitou os olhos. — Espere um instante, você me disse que não sabia mentir.

Distraído, Ian acariciou com o polegar o dorso da mão dela.

— Tenho dificuldades em dizer coisas que não são verdadeiras. Deixei que eles fizessem perguntas e assenti para aquilo em que eu queria que eles acreditassem.

Ela não conseguiu evitar e sorriu.

— Diabo dissimulado.

— Eles mandaram Arden embora e me obrigaram a fazer o tratamento.

O sorriso no rosto dela morreu.

— Que tipo de tratamento?

— Primeiramente, um banho de gelo. Para embotar o calor das perversões, foi o que eles disseram. Depois, choques elétricos. — Ele girou a ponta do dedo sobre sua têmpora. — Muitos deles.

Beth teve uma visão repentina do jovem Ian de pernas e braços longos sentado em água com gelo, de olhos cerrados, com os lábios azuis, tremendo. E então estirado em uma cama, preso a uma máquina infernal que ela havia visto uma vez em um desenho em um diário, com bobinas e fios presos a travões.

As maravilhas da medicina moderna, era o que a legenda dizia. *Pacientes tratados com novos e melhorados métodos de corrente elétrica.*

Essas imagens haviam enviado ondas de choque pelo corpo de Ian enquanto ele tentava não gritar. Talvez isso explicasse por que ele sempre massageava as têmporas, porque tinha propensão a dores de cabeça.

Beth apertou as mãos dele entre os dedos, com os olhos cheios de lágrimas.

— Ah, Ian, não consigo pensar em você desse jeito.

— Isso foi há muito tempo.

Ela olhou para Arden, desta vez, com raiva.

— Que covarde. Por que diabos ele permitiu que você fizesse isso por ele?

— Arden era frágil. O tratamento poderia tê-lo matado. Eu era forte o suficiente para aguentá-lo.

Ela apertou a mão dele ainda com mais força.

— Ainda não foi certo o que fizeram com você. É horrível.

Ian acariciou as pontas dos dedos dela.

— Eu conseguia aguentar. Estava acostumado com aquilo.

Ela ouvia os ecos dos gritos de Ian em sua cabeça. Beth pressionou a testa nas mãos dele, com o coração sentindo uma dor lancinante. As mãos de Ian eram grandes, os tendões rígidos sob suas luvas de couro de cabrito. Sim, ele era forte. Nos Jardins das Tulherias, tinha sido necessário que tanto Mac quanto Curry o puxassem para longe de Fellows.

Isso não queria dizer que outros poderiam tentar romper tal força, tentar derrotá-lo. Os médicos naquele manicômio horrendo haviam feito isso, tinham tentado derrotar Ian. E agora era Fellows que estava tentando.

Eu estou me apaixonando por você, ela queria dizer com as mãos deles entrelaçadas. *Você acharia isso muito ruim?*

Ian ficou em silêncio, mas ela sentiu a atenção dele se desviar. O corpo dele ficou tenso; ele virou a cabeça. Ela ergueu o olhar.

Ian fixou o olhar do outro lado da sala, para a porta que admitira sua entrada. Ele levantou-se devagar, como um animal sentindo perigo. A porta abriu-se com tudo, e berros e gritos preencheram a sala.

— Que inferno! — disse Ian.

Ele puxou Beth desajeitadamente para que ela ficasse em pé e começou a arrastá-la na direção do fundo da sala. Beth ergueu o pescoço para ver o que estava acontecendo enquanto Ian a propelia em uma passada rápida até os fundos do cassino. As pessoas corriam por toda parte, e as crupiês mexiam-se para apanhar dinheiro e coisas e enfiarem-nos em seus espartilhos.

— Espere. — Beth agarrou a manga da roupa dele. — Não podemos deixar Isabella.

— Mac está aqui. Ele cuidará dela.

Beth fez uma varredura na sala e viu o grande corpo de Mac abrindo caminho em meio às pessoas que se mexiam como se fossem enxames. A cabeça de cabelos vermelhos de Isabella parou quando Mac agarrou-a pelo braço.

— Por que você não disse a ela que ele vinha?

— Ele me fez prometer não contar.

— Mac queria cuidar dela, não? — As esperanças de Beth cresceram. — Ele veio para protegê-la.

— Sim. Aqui é perigoso.

— Você disse isso. É uma incursão policial, não? Engraçado que tenham escolhido esta, de todas as noites.

— Não é engraçado. Foi Fellows.

— Sim, eu imaginei...

Beth foi parando de falar enquanto Ian a empurrava para o lado de uma cortina preta. Puxou e abriu uma porta que se mesclava com o painel, e empurrou Beth por uma estreita escadaria que fedia a fumaça de charuto.

A escada dava para um corredor dos fundos lúgubre e para uma porta bamba com acesso a um pátio minúsculo. O pátio era um breu e imundo, e torrentes de chuva caíam sobre eles.

— É uma pena que nossos impermeáveis tenham ficado para trás — disse Beth, tremendo. — Suponho que a polícia não seria educada o suficiente para devolvê-los, certo?

Ian não respondeu. Ele a puxou por um portão aberto e correu com ela por um beco, seu braço firmemente ao redor da cintura de Beth.

Um relâmpago brilhou no alto, iluminando por um instante o beco molhado e cheio de lixo e as paredes sem portas e janelas de ambos os lados. Beth viu movimento na entrada do beco, e Ian a levou por outra passagem ainda mais escura.

— Essa era a saída. — Os dentes dela tiritavam.

— Fellows e a *Sûreté* a terão bloqueado.

— Espero que você saiba para onde está indo.

— Eu sei.

Beth ficou em silêncio novamente. Era típico de Ian memorizar o labirinto de vielas de Montmartre. Ela se perguntou se ele os tinha explorado ou simplesmente olhado no mapa.

— Fellows é uma pedra no nosso sapato, não é? — Beth disse sob a chuva forte. — Maldito homem. Este era meu melhor vestido.

O beco estreito terminava em outra rua, mas Beth não sabia dizer onde eles estavam. As ruas tortuosas de Montmartre corriam para todos os lados. Ian segurou Beth próximo de si enquanto eles corriam pela rua, encharcados de chuva. Um trovão ribombou acima, e o relâmpago clareou tudo muito perto deles.

Ian sabia que estavam no lado oposto da cidade em relação ao estúdio precário de Mac. Fellows procuraria por eles por lá, de qualquer forma. Beth estava tremendo, ensopadíssima. Ele tinha de tirá-la da chuva.

A palavra *Pension* chamou a atenção de Ian enquanto eles passaram correndo por uma casa. Ele pegou na maçaneta de uma porta empoeirada de vidro e empurrou-a para entrarem.

— *Monsieur.* — Um homem com cabelos escorridos olhou para Ian e Beth de cima a baixo, avaliou suas finas vestimentas e endireitou os ombros. Em uma torrente de francês, ele lhes ofereceu o melhor quarto da pensão, que ele tentava dizer que era soberbo.

Ian empilhou moedas de ouro na mão do homem e exigiu o quarto e um banho quente para a dama. A trovoada embalava a casa enquanto eles subiam as escadas às pressas.

A pensão não tinha luzes a gás, e uma criada apressou-se a acender velas por todo o pequeno quarto, com pontinhos amarelos na escuridão. Beth ficou parada perto do minúsculo fogão, esfregando os braços.

Ela estava tremendo demais, pensou Ian. Com uma ordem brusca, ele lembrou a criada do banho, e, logo, dois homens entraram carregando uma grande banheira. Ian tirou o casaco enquanto a criada e uma jovem menina enchiam-na com água fumegante.

Quando todos tinham partido, Ian virou Beth e começou a desabotoar seu corpete ensopado. Água da chuva escorria do rosto de Beth, enquanto Ian arrancava o corpete e soltava as saias.

Despi-la era um prazer, até mesmo quando ele estava preocupado em aquecê-la. Ela tentava ajudá-lo a tirar as anáguas e a anquinha, depois o espartilho e a chemise, mas os dedos de Beth tremiam demais.

Ian apoiou um joelho só no chão para soltar a calçola dela e deslizou-a por suas pernas. As meias saíram em amontoadas pilhas de seda molhada no chão.

Ele passou a mão pelas pernas frias dela, sobre seu quadril, e foi subindo pelas laterais do corpo. De pé, ele cercou os seios dela com as mãos em concha, e então se curvou e a beijou. A boca de Ian movia-se na de Beth, e ele traçava círculos com os polegares sobre os mamilos dela, provocando-a até ficarem rígidos.

A chuva borrifava na janela descoberta, cobrindo o vidro com uma camada de água. Relâmpagos lampejavam do lado de fora, seguidos por uma trovoada atordoante.

Ian ergueu Beth, ainda a beijando, e abaixou-a, posicionando-a dentro da banheira fumegante. Beth cerrou os olhos, aliviada, enquanto era engolfada pela água cálida. Ian tirou o colete e o colarinho, depois, a camisa, deixando todas as peças de suas roupas caírem em pilhas de tecido molhado.

Beth abriu os olhos enquanto ele tirava aos chutes as botas e saía de sua calça. Ele esfregou em sua pele desnuda uma toalha que a criada havia deixado, e depois entrou na ponta da banheira, deslizando os pés, um em cada lado dos dela.

A água quente cobria suas panturrilhas, a pungência de seu calor sendo acalmada. Quando criança, ele não gostava de banhos quentes... chorava, pois a água o queimava, até mesmo quando estava apenas moderadamente cálida. Seu pai nunca acreditara nele e gritava com o lacaio para que mergulhasse Ian na água e que não se falasse mais nisso.

— Não há espaço suficiente aqui para nós dois.

Beth abriu um preguiçoso sorriso para Ian, com os olhos azuis em fendas, como de um gato.

— Eu só preciso aquecer os pés.

Ian secou com a toalha seus cabelos molhados, e Beth recostou-se junto à extremidade curvada de cobre para observá-lo. Ele tinha mandado uma mensagem para que Curry levasse roupas limpas para eles, mas não de imediato. Nenhum dos pobres infelizes daquela casa precisava sair correndo até lá fora na tempestade.

— Este hotel é um tanto quanto desleixado — murmurou Beth. Ela fazia pequenas figuras do número oito na água com as mãos, observando as ondas espalharem-se. — Não é o tipo de hotel em que damas e cavalheiros respeitáveis ficam.

— Isso importa?

Para Ian, um quarto era muito como qualquer outro.

— Na verdade, não. É só mais uma perversão em uma noite cheia delas. Eu nunca soube que gostaria tanto disso. Obrigada por mostrar isso a mim.

Ela o contemplava com os olhos e pousou firmemente na ereção dele. Aquele órgão estava apontado e duro para ela, e como ela poderia evitar isso?

Beth era bela. Seus braços e pernas eram brancos em contraste com o fundo cor de cobre da banheira, e seus mamilos estavam duros com o frio e o desejo. Mechas de cabelos escuros flutuavam em torno dos ombros dela, e o entrelaçamento dos pelos entre as coxas de Beth estavam ainda mais escuros.

A tempestade era uma fúria imensa por Montmartre, como se fosse fogo de canhão. Ninguém, nem mesmo Curry, sabia onde eles estavam. Naquela noite, Beth pertencia a Ian.

A vida dele era ditada por outras pessoas... eventos e conversas por ele passavam como redemoinhos, antes mesmo que ele os pudesse acompanhar... outros decidiam se ele viveria em um manicômio ou fora dele, se iria para Roma ou esperaria em Londres. Os eventos fluíam e eram tecidos, e, contanto que não interferissem em seus interesses, como, por exemplo, encontrar cerâmica Ming difícil de se achar, ele deixava que as coisas fossem assim.

Agora Beth havia desembarcado no rápido fluxo de sua vida, e ela havia ali ficado, presa, como uma rocha. Todo o resto passava como vento por ele. Beth permanecia.

Ele precisava que ela permanecesse com ele para sempre.

Ian curvou-se e fez com que ela ficasse de pé. O corpo dela estava escorregadio, deslizando de um belo modo junto ao dele.

— Você ainda está com frio — comentou ela.

— Você me aquecerá.

Ele apanhou outra toalha da pilha e envolveu Beth com ela, antes que ela começasse a tremer de novo. O calor do corpo dela era melhor do que fogo, melhor do que toda a água quente do mundo.

Ian ergueu-a, saiu com cuidado da banheira, e carregou-a até a cama estreita perto do fogão. A criada havia colocado ali tijolos quentes enrolados em pano sob as gastas, porém limpas, roupas de cama.

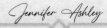

Ian deitou Beth na cama aquecida. Ela ergueu o olhar para ele, nem um pouco preocupada enquanto Ian deixava cair sua toalha e estirava-se ao lado dela. Ele puxou as cobertas sobre eles dois, formando assim um casulo aquecido sobre eles. O calor dos tijolos e do corpo de Beth permeavam a cama, afastando o frio.

Beth envolveu Ian com os braços enquanto ele se virava e se posicionava de lado para ficar face a face com ela.

— Que indecência vai me ensinar agora? — Ela sorriu.

Ele ainda não entendia.

— Nessa noite, sem jogos.

— Ah. — Ela pareceu desapontada.

Ian alisou os cabelos úmidos dela, tirando-os de seu rosto, e inclinou-se, para que ficasse parcialmente sobre ela, mas não de todo. A respiração de Beth tocava a boca de Ian, com um aroma agradável e doce.

— Prometa-me — ele falou.

— Prometer o quê?

— Prometa-me que me dirá para parar.

Ela arqueou as sobrancelhas e olhou para ele.

— Tudo vai depender do que você começar a fazer.

Beth ainda achava que ele estava brincando. *Não me deixe machucá-la.*

— Prometa-me.

— Tudo bem — ela concordou, ainda sorrindo.

Ian cerrou os olhos de Beth com delicadeza, roçou beijos por seu nariz e por seus lábios. Ela moveu a boca, sua língua apressando-se a sair para pegar a dele, mas ele se afastou.

— Eu quero você — sussurrou ela. Um rubor espalhou-se por sua face. — Mas faz muito, muito tempo. Talvez eu não consiga.

Ian esticou a mão entre as pernas dela e afundou os dedos no sexo molhado.

— Você conseguirá.

— Como sabe?

Ela fingia ter tanta experiência, mas dividir uma cama com um marido sedado e fazer sexo intenso com um amante eram duas coisas diferentes. Uma era dever, a outra... selvageria. Possivelmente seu marido havia tornado o dever prazeroso, mas o que Ian desejava não era uma esposa fazendo seu dever, deitada de costas para o marido.

Ele queria mostrar a Beth todas as nuances do prazer, desde os mais incrivelmente gentis até os insanos e brutos. Ele desejava que caíssem na cama depois, com hematomas e exauridos, ambos saciados. Ele queria tudo com ela, e não queria que fosse calma.

— Permita-me — sussurrou Ian, junto à boca de Beth, enquanto deslizava os dedos para dentro dela.

Ele estava preparado havia semanas. Deslizou seu joelho entre os dela, permitindo que a ponta de seu membro lhe abrisse o sexo.

Beth gemeu profundamente.

— Por favor, Ian...

— Por favor, é para eu parar? — murmurou ele, tomado pela excitação.

— Não.

Ele sorriu nos lábios dela.

— Por favor o quê? O que você quer que eu faça?

— Você sabe.

— Não sou bom com indiretas, dicas, pistas. Você tem de ser direta comigo.

— Você está me provocando agora.

Ian lambeu a boca de Beth.

— Você gosta de ser provocada. Gosta de entrar sorrateiramente em quartos privados comigo e de puxar suas saias para cima quando lhe digo para fazer isso.

— Isso é o que você quer dizer com provocação?

— Você gosta de felação e de cunilíngua.

— Gosto mesmo, verdade seja dita. Nunca tinha feito isso antes.

— Não? — murmurou ele. — Pensei que você fosse uma mulher do mundo.

— Achei que fui meio desajeitada nisso.

— Você foi bela. Você está bela agora.

Ela mordeu o lábio, deixando-o vermelho e provocador. Tímida Beth, corando enquanto estava deitada, desnuda, sob ele. Ela sempre o fazia rir muito.

— Por favor, Ian — sussurrou ela. — Quero você dentro de mim.

O corpo inteiro de Ian ficou rígido.

— Sim.

Ele era grande demais. Fazia nove anos desde que um homem a havia penetrado, e ela estava muito apertada. Não conseguiria aguentar.

Ian gemeu baixinho enquanto empurrava seu membro totalmente para dentro dela. Ele inspirou fundo, com seu peito pressionando o dela. Ele não a olhava e virou a cabeça. Beth fixou diretamente o olhar em sua têmpora e em seus cabelos molhados pela chuva, grudados na cabeça.

— Estou machucando você? — ele quis saber.

— Não.

— Que bom. — Ele estocou de uma vez. — *Que bom.*

Beth apertou os olhos enquanto ele estocava de novo. Ele penetrava-a com seu membro grosso tão a fundo que ela achou que fosse ser dilacerada.

E a sensação era *boa*.

— Ian — ela gemeu. — Sou perversa. Sou uma mulher perversa e pecadora e não quero que você jamais pare.

Ian não respondeu. Movia-se lentamente dentro dela, com seu membro grosso, forte. *Mais fundo, mais rápido. Por favor.*

Ela embalava os quadris para acompanhar o movimento dele. Ian apoiava-se em uma das mãos enquanto, com o punho cerrado da outra mão, tomava os cabelos dela. Ele fazia cócegas nela com as pontas dos próprio cabelo, ao longo dos seios, e os mamilos ultrassensíveis erguiam-se e ficavam rígidos.

Ele abaixou-se e beijou uma aréola, provocando a ponta, colocando-a na boca. Ela observava Ian brincando ali com os dentes, a língua girando sobre seu mamilo, sua pele rosa erguendo-se dentro da boca daquele homem. Ele cerrou os olhos, como se estivesse saboreando algum prato exuberante, e seus cílios eram pontos suaves nas bochechas dela.

Beth sentiu uma dor gostosa quando se uniram. A fricção em suas pétalas há tempos intocadas, um fogo que a levava a desejar abrir ainda mais as pernas, o que ela fez, deslizando os pés nas cobertas, arqueando os quadris para cima.

— Está sentindo isso? — quis saber Ian.

Uma dezena de respostas passaram pela cabeça dela, mas Beth apenas falou, ofegando:

— Sim.

— Seu sexo está apertado, minha Beth. Está me apertando tão forte. — Ele abriu um sorriso ao dizer isso, feroz e bruto.

Nenhum homem jamais havia falado de forma impudica com ela. Moças da vida já haviam lhe falado esse tipo de coisa, mas Beth nunca havia nem sonhado que ouviria esse tipo de coisa quente ao ouvido, falado por um belo homem.

— Aperte-me um pouco mais, querida — murmurou ele. — Senti-la é extremamente bom.

— Bom — repetiu Beth. Ela apertou os músculos, e ele gemeu.

Sentir *Ian* era uma delícia. A grossura do membro dele e sua dureza, e os movimentos dentro dela. Ela tentava lhe dizer isso, falar coisas impudicas em resposta, mas não conseguia formar palavras.

— Eu queria você em Covent Garden — ele confessou. — Eu quis você em mim de pernas bem abertas, no escuro, enquanto eu a penetrava.

— No teatro?

— Lá mesmo, no bendito do camarote, com a ópera em ação. Eu a tomaria, a faria minha. — Ele colocou a mão no pescoço de Beth, sobre o local onde ele havia lhe deixado uma mordida de amor. — Marquei você.

Beth abriu um sorriso.

— Você também. — Ela tocou no pescoço dele. — Eu marquei *você*.

Ele entrelaçou com firmeza os dedos nos dela e pressionou a mão de Beth na cama.

— Seja minha.

— Não há ninguém com quem me disputar no momento.

— Sempre minha. Sempre, Beth. — Estocadas pontuavam as palavras que ele proferia.

Sempre. O corpo dela mexia-se abruptamente, seguindo o ritmo dele, e a cama rangia. Tratava-se de uma cama sólida, de mogno espesso, feita para aguentar homens como Ian fazendo amor com suas mulheres.

Ela era sua amante. Beth sorriu pelo deleite de tudo aquilo. Decididamente irrespeitável era estar com Ian, e ela se sentia mais livre do que nunca na vida. Sob ele, ela podia estirar suas asas.

Beth riu de novo. Ela estava estirando-se o máximo quando conseguia, se abrindo. Os olhos de Ian estavam cerrados, seu rosto, contorcido com o prazer. As estocadas aceleraram-se, seus quadris mexiam-se com violência, como se aquele fosse o último acasalamento que ele fosse ter na vida.

Ele afundou-a no colchão, com o corpo pesado no dela, o suor pingando na sua pele. A chuva caía em fluxo junto às janelas, e um trovejar engolfou o repentino grito de êxtase de Beth.

Ian gritou, não esperando pelo trovão. Um relâmpago irrompeu, banhando o quarto de branco. A luz delineava o corpo de Ian, sua face marcante, fazendo arder seus cabelos vermelhos.

Naquele momento, ele abriu os olhos, como se sóis gêmeos pudessem ser vistos, e permitiu que seu olhar contemplativo encontrasse diretamente o de Beth.

Capítulo Doze

Beth parou de respirar. Pela primeira vez, desde que ela o conhecera, o olhar contemplativo de Ian conectou-se por completo com o seu.

Os olhos dele eram dourados, como ela sabia, mas o que ela desconhecia era que suas pupilas negras tinham um aro verde. Seu corpo diminuía o ritmo enquanto ela o analisava, como se olhar para ela prendesse toda a sua atenção. Ele não piscava, não se movia, apenas permitia que seu olhar pousasse no dela.

Ela tocou na face dele, maravilhada.

— Ian.

Ian ficou alarmado e virou a cabeça, e, quando olhou de volta, seus olhos voltaram-se para o lado, não indo de encontro aos dela.

O coração de Beth ficou destroçado.

— Por favor, não desvie o olhar de mim.

Ian cerrou os olhos e curvou-se para beijá-la.

— Por que você não olha para mim? — ela quis saber. — Qual é o problema comigo?

Ele abriu-os de novo, mas seus olhos não encontraram os dela.

— Problema algum. Você é perfeita.

— Então... por quê?

— Não sei explicar. Não me peça para explicar.

— Eu sinto muito — disse ela, sussurrando. Beth acariciou os cabelos de Ian enquanto lágrimas escorriam de seus olhos.

— Não chore. — Ele deu um beijo na bochecha molhada dela. — Este é um momento de alegria.

— Eu sei.

Ele ainda estava dentro dela, espesso e bruto, afastando maravilhosamente suas pernas.

Não anseie pelo que não pode ter, ela se censurou. *Obtenha prazer com o que puder.* Tais pensamentos faziam com que ela aguentasse seus piores dias.

Beth desejava tudo de Ian, corpo e alma, mesmo quando sabia que não seria possível. Ele estava dando-lhe o que era capaz de dar: prazer corporal e alegria momentânea. Ela havia pedido para que tivessem um caso puramente carnal. A culpa era dela mesma.

— Ian, você é tão ruim para mim — ela disse.

Ele abriu-lhe um meio-sorriso.

— Eu sou o Mackenzie louco.

Beth pressionou o rosto dele entre as mãos, com a raiva subitamente aumentando.

— Esta é a explicação das outras pessoas, pois não o entendem.

Ele desviou o olhar.

— Você é sempre bondosa comigo.

— Isso não é bondade. É a verdade.

— Shhhh. — Ian beijou-a. — Muitas palavras.

Beth concordou com ele. Ian beijou-a novamente, ocupando a boca de Beth com algo muito mais prazeroso.

Ele começou a mover-se dentro dela de novo. O corpo de Ian estava quente e tenso, e os ruídos que ele emitia deixavam-na muito mais excitada do que ela achava que poderia se sentir.

Isso é puro êxtase, a mente de Beth lhe sussurrava, enquanto ele a levava a ondas supremas de prazer. Ela ficou sob o corpo dele, contorcendo-se e arqueando-se junto aos seus quadris. Ela se movia e gemia até que as ondas puras de prazer diminuíram, e Ian sobre o corpo dela, ambos se fundindo em uma ligação de calor.

A trovoada era um estrondo acima deles, e Beth acordou com um pulo. Ian estava deitado ao lado dela, apoiado em um dos cotovelos, observando-a dormir.

— Bom dia — murmurou ela.

Ian abriu um sorriso lento. Ela não conseguia saber se ele tinha ou não dormido, mas ele não parecia nem um pouco cansado.

— Achei que a tempestade teria terminado a essa hora — disse ela. — Que horas são?

— Não sei. Cedo.

Beth fez uma careta.

— Isabella ficará preocupada.

— Ela sabe que cuidarei de você.

— E pode ser que ela esteja com Mac. — Beth abriu um grande sorriso para ele. — Talvez ele tenha ido para casa com ela.

O olhar de Ian lhe dizia que ele discordava.

— Esta noite foi a primeira vez que ele falou com ela em três anos.

— Isso é bom, não?

— Ele ficou com raiva quando eu lhe contei que ela queria ir ao cassino. Não acho que a reunião deles será agradável.

— Você é pessimista, Ian. Isabella vem sendo uma querida amiga para mim, e eu quero vê-la feliz de novo.

— Ela optou por deixar Mac — ressaltou Ian.

— Eu sei, mas ela se arrepende.

O corpo de Ian era como uma parede cálida, e seu toque, incrivelmente gentil.

— Quando estavam casados, ou eles eram selvagemente felizes ou brigavam como cão e gato. Não havia meio-termo.

— Imagino que esse nível de drama seja cansativo.

Beth era capaz de imaginar-se com uma felicidade delirante com Ian, tão feliz a ponto de não conseguir aguentar. Ela via também que poderia ser completamente infeliz. Seu coração decerto jamais dera tantos pulos durante sua vida como depois que ela havia conhecido Ian Mackenzie.

Ian acariciou seus cabelos, e Beth cerrou os olhos. Que adorável permanecer ali para sempre, naquela bolha de contentamento, flutuando para longe em uma calma felicidade.

— Eu deveria ir para casa. — Ela não pretendia que sua voz soasse tão triste.

— Curry buscará mais roupas para você antes que parta. As suas estão arruinadas.

— Curry até mesmo sabe onde estamos?

— Não.

Então ninguém sabia onde eles estavam, pensou Beth. Ela e Ian estavam completamente a sós. Seu coração ficou apertado com o júbilo.

— Ele ficará preocupado, não? — perguntou ela em um murmúrio.

— Ele está acostumado com os meus desaparecimentos. Eu sempre reapareço. Ele sabe disso.

Beth analisou-o.

— Por que você desaparece?

— Às vezes fica demais para mim. Tentar seguir o que as pessoas dizem, tentar me lembrar do que deveria fazer para que as pessoas achem que eu sou normal. Às vezes as regras ficam pesadas demais. Então parto.

Beth tracejou seu braço musculoso com a ponta do dedo.

— Aonde você vai?

— Na maioria das vezes, para áreas silvestres nos arredores de Kilmorgan. É um lugar amplo, e posso me perder por lá por um bom tempo. Você gostará de lá.

Ela ignorou o comentário.

— E quanto às outras vezes?

— Casas de cortesãs. Contanto que eu pague, elas me deixam em paz. Não tenho que pensar em conversas por lá.

Beth havia se acostumado com a franqueza de Ian, mas não significava que ela queria ouvi-lo falar sobre estar com outras mulheres. Ela imaginava que cortesãs ficavam felizes em serem os santuários de Ian sempre que ele quisesse. Ele era rico, tinha o corpo de um deus, além de um charme devastador, especialmente quando sorria. Até mesmo o olhar dele de esguelha lhe conferia uma qualidade travessa. Se ela fosse uma cortesã, daria a Ian um tratamento especial.

— Para algum outro lugar?

— Às vezes eu pego um trem para um lugar aonde nunca fui antes, ou alugo um cavalo e sigo cavalgando até o interior. Para encontrar algum lugar onde possa ficar sozinho.

— Sua família deve ficar louca de preocupação.

Ian apoiou-se em seu braço e passou o dedo pelos seios de Beth.

— No começo, eles ficavam. Hart nunca queria me deixar longe de sua vista.

— Mas eventualmente ele deixava, é óbvio.

— Ele costumava ficar furioso quando eu ia embora. Ameaçava me trancafiar no manicômio de novo.

A ira de Beth foi atiçada.

— Sua Graça, o duque, me parece um tremendo de um valentão.

Ian ergueu um dos cantos da boca.

— Ele percebeu que eu iria de qualquer forma. Curry ficou do meu lado. Mandou Hart se foder.

Beth arregalou os olhos.

— E Curry ainda está vivo depois disso?

— Como você pode ver, sim.

— Que bom para o Curry.

— Hart fica preocupado.

Beth franziu o cenho.

— Ele deixou você sair do manicômio e fez com que revertessem seu termo de lunático. Por quê? Para que você pudesse ajudá-lo a ganhar em altos negócios financeiros?

— Eu não ligo muito para o motivo. Só me importo que ele o fez.

Subitamente, Beth ficou bastante enraivecida com Hart.

— Não é justo. Ele não deveria usá-lo.

— Eu não ligo.

— Mas...

Ian colocou os dedos nos lábios dela.

— Não sou um criado. Ajudo quando posso, mas tomo algo para mim mesmo.

— Como quando você desaparece por dias seguidos.

— Hart poderia ter me deixado apodrecer naquele manicômio. Eu estaria lá agora, se não fosse por ele. Não me importo em ler os tratados dele e mexer em suas ações, se isso for o necessário para retribuir a ele pelo que me fez.

Beth entrelaçou seus dedos nos dele.

— Imagino que eu consiga ser grata a ele por tirar você de lá, pelo menos.

Ian fez carinho nas partes internas dos dedos dela, sem dar ouvidos ao que ela dizia. A calidez dele a envolveu como se fosse um cobertor, e a respiração ardia enquanto ele beijava a linha de seus cabelos.

— Fale-me sobre seu marido — murmurou ele.

— Thomas? — *Agora?* — Por quê?

— Você o amava desesperadamente. Como era a sensação?

Beth ficou deitada, em silêncio, lembrando.

— Quando ele faleceu, achei que eu fosse morrer também.

— Você não o conhecia havia muito tempo.

— Isso não importava. Quando se ama, especialmente com todo o coração, o amor chega tão rápido que não dá tempo de resistir.

— E então ele morreu — disse Ian. — E você nunca mais conseguirá amar alguém tão profundamente de novo.

— Eu não sei.

Mentirosa. Beth sabia que estava cometendo a estupidez de apaixonar-se por Ian, e não fazia a mínima ideia de como impedir que isso acontecesse. *Qual é o problema comigo?*

Ela respondeu a sua própria pergunta quando Ian de repente lhe deu um beijo agressivo, punitivo. A tensão que ela estava sentindo dissolveu-se, e ela, feliz, deslizou os braços em volta dele, abraçando-o bem perto de si.

Ian deixou claro que não queria mais conversar. Ele empurrou as pernas dela, abrindo-as com sua forte mão, e penetrou-a novamente, sem falar nada.

A sra. Barrington diria que apenas uma mulher muito libertina permitiria que um homem a penetrasse sem protestar. Beth embalou-se para trás nos travesseiros e abriu bem as coxas, feliz em violar as desaprovações da sra. Barrington de todas as formas.

Beth dormiu novamente. Quando acordou, a janela era um quadrado embotado cor de cinza. Ian estava parado, em pé, olhando para fora.

A chuva ainda caía fortemente, mas a trovoada havia cessado. Ian estava nu, e apoiava uma das mãos na parede, com seu glorioso traseiro meio que voltado para ela.

Na luz lúgubre que brincava com seus potentes músculos, ele lembrava Beth das perfeitas esculturas masculinas que ela havia visto no Louvre. No entanto, aquelas esculturas eram de mármore e alabastro; Ian era como bronze vivo.

Quando ela se mexeu, Ian colocou um dedo nos lábios dela.

— Há alguém aí fora? — sussurrou ela, alarmada. Eles estavam no segundo andar na frente da pensão, no melhor quarto, o que lhes havia sido garantido pelo senhorio. Mas as janelas não tinham cortinas, e Beth sentia-se extremamente exposta.

— O inspetor Fellows está observando a casa — disse Ian. — Ele trouxe consigo alguns policiais.

Beth puxou as cobertas até o queixo.

— Minha nossa, que embaraçoso.

— Acho que é pior do que isso.

— Como pode ser pior? Eles não podem nos prender por passarmos a noite em uma pensão, podem? Minha nossa, se comportamento lascivo for ilegal, eles terão de prender metade da população de Paris.

Os tabloides ficariam sabendo disso. Eles sempre conseguiam, de alguma forma, saber dessas coisas, e a história seria vazada desde o Canal até Londres. *Herdeira inglesa vai ao tribunal francês por fornicar em um questionável hotel parisiense, depois de jogar no maléfico e ilegal jogo de roleta.*

Uma batida suave à porta levou-a a sentar-se direito.

— Sou eu, senhor — soou uma voz com sotaque londrino do outro lado. Curry. O peito de Beth subiu e desceu em um suspiro de alívio.

Ian não se deu ao trabalho de cobrir-se quando o deixou entrar no quarto. Curry não prestou atenção no estado de nudez de Ian, e dispôs as roupas que havia levado no espaldar de uma cadeira. Calmamente, ele desafivelou uma mala de couro e tirou dali uma navalha, um copo para Ian se barbear e uma escova.

— Há água quente neste lugar incivilizado, senhor?

— Toque o sino para chamar a criada. Você trouxe as coisas da sra. Ackerley?

— Fiz isso, sim. — Curry mantinha seu olhar focado em Ian, fingindo não a ver encolhendo-se na cama. — A dama de companhia dela queria vir, mas a convenci de que não seria prudente.

Ian apenas assentiu. Ele vestiu a ceroula que Curry lhe entregou, ocultando sua adorável anatomia, e sentou-se para ser barbeado. Ele

178

Jennifer Ashley

poderia estar no luxuoso Hotel Langham em Londres, levantando-se depois de uma noite de prazer.

Beth notou, chocada, que Curry já havia feito isso antes. Ele parecia confortável com a rotina de entrar sorrateiramente pelos fundos para levar roupas limpas a Ian e barbeá-lo depois de ele haver passado a noite com uma mulher.

Beth abraçou os joelhos. É m*inha própria culpa idiota se estou sendo ciumenta.*

— Eles o viram? — Ian perguntou a Curry.

Curry respondeu enquanto o homem afiava a navalha com a tira de couro.

— Não, eu vim pelo beco dos fundos até a cozinha. Os funcionários estão todos calados e mantendo segredo. Não querem a polícia aqui mais do que nós.

— Isso é absurdo demais! — disse Beth. — Por que Fellows está perseguindo você desse jeito? E a mim?

— Esse é o jeito dele — respondeu Ian.

Não foi bem uma resposta satisfatória, mas Ian fechou a boca e inclinou a cabeça para trás, enquanto Curry terminava de afiar a navalha. A criada da noite anterior entrou furtiva e silenciosamente no quarto, trazendo consigo um jarro de água fumegante, e Curry disse a ela, em um francês ruim, que ela deveria vestir Beth.

A moça fez uma reverência e, enquanto Ian e Curry olhavam para o outro lado, a criada amarrava os laços das roupas de Beth que Curry pegara com Isabella.

O rosto da criada brilhava, cheio de animação.

— Ele deve ser muito rico, madame — ela falou, baixinho.

Beth não corrigiu o que a moça presumiu, de que Ian era seu cliente protetor. Na noite anterior, Beth havia achado divertido que o senhorio, os criados e as criadas haviam suposto que ela fosse a mulher que Ian bancava, embora isso não parecesse divertido agora.

— Imagino que devamos fugir pelos fundos também — disse ela a Ian. — O sr. Fellows está ficando um chato de galocha.

— Não sairemos ainda — revelou Ian.

— Que bom, pois ainda está chovendo horrores. — Beth olhou de relance para as janelas. — Realmente espero que o inspetor e todos os amigos dele da *Sûreté* estejam ensopados com a chuva torrencial.

Ian inclinou de leve a cabeça para trás, com o rosto coberto de espuma.

— Você mandou buscar? — perguntou ele a Curry.

— Fiz como me pediu, milorde. Agora, pare de falar, para que eu não abra um talho no senhor.

Ian ficou em silêncio, e Curry passou a navalha por seu pescoço acima. Beth sentou-se na cama em que havia desfrutado a noite e desejava comer alguma coisa.

A criada foi de um lado para o outro e chacoalhou as roupas que Beth havia usado na noite anterior, dispondo-as perto da lareira para que secassem. Curry barbeava Ian em silêncio, sendo o único som o raspar da navalha pela pele de Ian e o som dos passos da criada.

Ian parecia não estar com pressa. Quando Curry terminou de barbeá-lo, ele pediu que a criada lhe trouxesse um jornal e café, e um chá para Beth. Logo depois que a criada voltou com as coisas que lhe haviam sido solicitadas, uma outra pessoa bateu à porta. Curry segurou a navalha com firmeza enquanto a atendia.

Mac estava parado no limiar. Ele entrou no quarto, e Curry rapidamente fechou a porta em seguida.

— Fellows está parecendo uma ratazana afogada. Não se preocupe, Ian. Cuidei da situação.

— Que bondade da sua parte vir nos buscar — comentou Beth, tentando não soar impaciente. — Como está Isabella?

Mac estava inexpressivo.

— Como diabos eu deveria saber?

— Você a levou até a casa dela na noite passada.

Jennifer Ashley

Mac virou uma cadeira de madeira e sentou-se nela com as pernas abertas, a parte da frente para trás.

— Coloquei-a dentro da carruagem dela e paguei ao cocheiro para garantir que ela chegasse em casa e não saísse de novo.

Beth franziu o cenho para ele.

— Você não foi com ela?

— Não, não fui.

Muito vexatório da parte dele.

— Ela me mostrou a pintura que você fez dela.

— Mostrou mesmo? Aquela coisa insignificante? — disse Mac, de um jeito casual, mas ficou tenso.

— Não é uma coisa insignificante. É bela. Ela fica em êxtase com aquela pintura... obviamente, ou poderia não a ter mostrado a mim. Ela me disse que a leva para toda parte.

— Sem dúvida tentando encontrar o ponto perfeito para lançá-la ao mar.

— É claro que não.

Mac cerrou as mãos com força na cadeira a ponto de Beth temer que ele fosse estilhaçar a madeira.

— Podemos não falar sobre esse assunto?

— Como preferir. — Beth franziu o cenho, mas deixou o assunto de lado.

Na hora em que Curry havia finalmente vestido Ian por completo, e Beth havia tomado uma xícara de chá, alguma outra pessoa bateu à porta.

Mac apressou-se a abri-la, mas saiu de fininho para o corredor, sem deixar que Beth visse quem era. Ela ouviu uma troca de palavras rápida em francês, e então Mac retornou com seu valete pugilista, Bellamy, e um homem vestindo uma longa sotaina preta cheia de botões e um rosário.

— Minha nossa! — disse Beth. — Teremos uma festa à fantasia? Quanta gente mais para sairmos de fininho pelos fundos.

Ian virou-se para ela.

— Vamos sair pela porta da frente. Pouco me importo com o maldito Fellows.

— Achei que você tivesse dito que ele estava preparado para nos prender.

— Por que ele faria isso? — A voz de Ian tornou-se dura, e ele olhou de relance para Beth com uma expressão que ela não entendeu. — Ele não tem motivo algum para prender um homem por passar a noite em uma pensão com sua esposa.

Beth parou.

— Mas eu não sou sua...

Ela absorveu a presença do sacerdote, a expressão de Mac e o rosto inocentemente inexpressivo de Curry.

— Ah, não — disse ela, com o coração afundando no peito. — Ah, Ian, não.

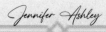

Capítulo Treze

Todos eles a encararam. Curry, divertindo-se; o padre, com o cenho franzido de preocupação; Bellamy, embaraçado; Mac, impaciente. Apenas Ian permanecia inexpressivo. Ele poderia ser um homem à espera de que alguém lhe dissesse se havia ou não ovos para o café da manhã.

— Por que diabos não? — perguntou Mac a ela. — Ian gosta de você, vocês se dão bem, e ele precisa de uma esposa.

Beth apertou uma das mãos na outra.

— Sim, mas talvez eu não precise de um marido.

— De um marido é exatamente do que você precisa — grunhiu Mac. — Isso impedirá que você e minha esposa saiam correndo de cassinos ilegais.

— Mac. — A voz de Ian soava tranquila. — Conversarei com Beth sozinho.

Mac passou as mãos pelos cabelos castanho-avermelhados.

— Desculpe-me — ele pediu a Beth. — Estou um pouco nervoso. Case-se com ele. Nós precisamos de pelo menos uma pessoa sensata nesta família.

Sem esperar pela resposta dela, ele levou o sacerdote, a criada, Bellamy e Curry para fora do quarto e fechou a porta.

A chuva batia nas janelas, o som granuloso no silêncio. Ela estava ciente do olhar contemplativo de Ian abrindo um buraco em sua cabeça; mas, pelo menos desta vez, ela não conseguia olhar para ele.

— Estou determinada a não me casar. — Beth bem que tentou parecer determinada como dizia, mas falhou. — Decidi viver com uma viúva rica, viajando, apreciando a vida, ajudando outras pessoas.

As palavras dela soavam frágeis, até mesmo para si.

— Assim que você for minha esposa, Fellows não poderá tocá-la — disse Ian, como se não tivesse ouvido nada do que ela dissera. — Os superiores dele falaram para que ficasse longe da minha família e, quando você se casar comigo, será minha família também. Ele não poderá prender nem atormentar você. Tanto a minha proteção quanto a de Hart serão estendidas a você.

— Isso não o impediu de incomodá-lo, impediu?

— Ele não terá permissão para pisar em Kilmorgan, além do que, Hart causará problemas para ele, caso tente abordá-la em qual outro lugar. Juro isso a você.

— Você não disse que Hart estava em Roma? E se a proteção dele não se estender a mim?

— Ele fará isso. Ele odeia Fellows e fará qualquer coisa para frustrar os planos dele.

— Mas...

A imprevisibilidade disso tirou todo o fôlego dela, que buscava argumentos. Encontrou um.

— Ian, há uma coisa que você *não* sabe sobre mim. Meu pai nunca foi um aristocrata francês. Ele dizia às pessoas na Inglaterra que era um visconde, e elas acreditavam. Ele conseguia imitar os modos da nobreza muito bem, para falar a verdade. Mas era de uma família pobre como qualquer outra das pocilgas do East End.

O olhar de Ian desviou-se dela.

— Eu sei disso. Ele era um homem que vivia de contos do vigário e fugia de ser preso em Paris.

Beth ficou sem fôlego.

— Você sabe?

— Quando decido ficar sabendo de algo sobre alguém, fico sabendo de tudo.

A garganta dela ficou apertada.

— Seus irmãos sabem?

— Não vejo motivo algum para contar a eles.

— E, ainda assim, você quer se casar comigo?

— Sim, por que não?

— Porque não sou o tipo de mulher com quem o filho de um duque deveria se casar — ela quase gritou. — Meu histórico é sórdido... eu era um pouco mais do que uma criada. Eu arruinaria você.

Ian ergueu os ombros, como quem não se importava com isso, de um jeito típico dele.

— Todo mundo acredita que você seja filha de um aristocrata, o que será o suficiente para os ingleses conservadores.

— Mas isso é mentira.

— Eu e você sabemos da verdade, e as pessoas que preferem a ficção ficarão satisfeitas.

— Ian, você fará de mim uma vigarista, tanto quanto o meu pai. Não sou melhor do que ele era.

— Você é melhor, sim. Mil vezes melhor.

— Mas, se alguém descobrir... Ian, poderia ser horrível. Jornais...

Ele não estava dando ouvidos a ela.

— Nós não nos enquadramos nos padrões da sociedade, você e eu — disse ele. — Somos ambos esquisitos com quem ninguém sabe o que fazer, porém, juntos, somos adequados um para o outro. — Ian pegou na mão dela, pressionou sua palma na dele e depois entrelaçou os dedos nos dela. — Somos adequados um para o outro.

Ele estava dizendo, *Estamos à deriva e ninguém nos quer, não nossos verdadeiros eus. Poderíamos muito bem ficarmos à deriva juntos.*

Não, *Por favor, case-se comigo, Beth. Eu amo você.*

Ian dissera a ela naquela primeira noite, no teatro, que ele nunca seria capaz de amá-la. Ela não poderia esperar que isso acontecesse.

Por outro lado, como ressaltou Mac, eles se davam bem. Beth havia aprendido a não ficar alarmada com as falas abruptas dele, a não ficar ofendida quando parecia que ele não tinha ouvido nenhuma palavra do que ela dissera.

— O sacerdote é católico — disse ela, em uma voz fraca. — Eu sou da Igreja Anglicana.

— O casamento terá validade jurídica. Mac cuidou disso. Nós podemos ter outra cerimônia quando retornarmos à Escócia.

— Escócia — repetiu ela. — Não Inglaterra.

— Vamos para Kilmorgan. Agora você será parte de lá.

— Só pare de tentar fazer com que eu me sinta melhor, Ian.

Ele franziu o cenho, pois sempre entendia as palavras dela literalmente.

Beth continuou falando:

— Uma dama gosta de ser cortejada um pouco antes de ser lançada em um casamento. Gosta que lhe ofereçam um anel de diamante e coisas assim.

Ian apertou mais a mão dela.

— Comprarei o maior anel que você já viu na vida, coberto de safiras, para combinar com os seus olhos.

O coração de Beth parou de bater por um instante. O olhar dele era tão intenso, até mesmo quando não conseguia olhar diretamente nos olhos dela.

Ela lembrou-se dos momentos sem fôlego, quando ele olhara intensamente para ela enquanto faziam amor. Os olhos dele estavam tão belos, fixos nos dela como se ela fosse a única pessoa no mundo. A única que importava.

O que ela daria para ser olhada por ele daquele jeito de novo?

Tudo o que tinha.

— Maldito Ian Mackenzie — ela sussurrou.

Alguém bateu à porta, e Curry enfiou a cabeça ali para ver quem era.

— A chuva abrandou e o bom inspetor está ficando impaciente.

— Beth — disse Ian, com uma forte pegada nela.

Beth cerrou os olhos. Ela se segurava nas mãos de Ian, como se ele fosse a única coisa entre ela e o afogamento.

— Está bem, está bem — cedeu ela, com a voz tão trêmula quanto seu corpo. — É melhor fazermos isso logo, antes que o inspetor entre aqui com todo seu batalhão.

E assim eles se casaram. Os olhos de Beth estavam de um azul de partir o coração enquanto ela repetia os votos. Depois, o casamento foi selado pelo sacerdote, testemunhado por Curry, Mac e Bellamy. Ian colocou no dedo de Beth uma aliança simples que ele havia instruído Curry a trazer, uma provisória até que pudesse comprar a aliança larga de safiras. Quando a beijou, sentiu o sabor quente que permanecia ali, tanto do amor que tinham feito quanto do nervosismo dela.

Eles saíram juntos, com Ian segurando uma sombrinha sobre ele e Beth. Enfaticamente, Ian ignorou Fellows e a multidão da polícia de Paris, assim como os jornalistas que esperavam do outro lado da rua.

A carruagem de Ian veio para a frente quando eles apareceram, bloqueando a vista de Fellows. A passos largos, o homem deu a volta na carruagem mesmo assim, enquanto Ian estava ajudando Beth a embarcar.

Os olhos de Fellows tinham uma expressão sombria; seu bigode estava ensopado da chuva. Sua posição carregava a furiosa exaustão de um homem que estivera à espreita de sua presa a noite toda, que agora estava escapando dele furtivamente.

— Ian Mackenzie — disse ele, em um tom pesado. — Meus amigos na *Sûreté* vieram até aqui para prendê-lo por sequestrar a sra. Beth Ackerley e mantê-la como sua refém nesta estalagem.

Beth olhou para fora da carruagem, um refúgio cálido e iluminado da chuva.

— Ah, não seja tão ridículo, inspetor. Ele não me raptou.

— Tenho testemunhas que o viram arrastando a senhora para fora daquele antro de jogos de azar e trazendo-a à força para cá.

Ian vagarosamente arrumou a sombrinha de Beth, chacoalhou-a e colocou-a dentro da carruagem.

— A sra. Beth Ackerley não está mais aqui — falou ele, focando-se na pensão que haviam acabado de deixar. — Lady Ian Mackenzie, sim.

Ele virou-se e subiu na carruagem antes que Fellows pudesse começar a balbuciar alguma coisa. Mac saiu da pensão, com um largo sorriso no rosto, seguido de Curry com uma valise, e Bellamy, com uma cesta de vinho e pão que Ian havia comprado do hoteleiro.

— Você perdeu dessa vez, Fellows — disse Mac, dando uns tapinhas em um dos ombros ensopados do inspetor. — Que você tenha mais sorte da próxima vez.

Ele subiu na carruagem e sentou-se bruscamente em frente a Beth e Ian, abrindo um grande sorriso para ambos. Bellamy subiu na parte dianteira com o cocheiro, mas Curry entrou correndo na cabine e bateu a porta na cara de Fellows.

Os olhos do inspetor estavam duros como ágatas, e Ian sabia que ele havia impedido que o homem levasse a cabo seus planos apenas brevemente. A batalha tinha sido vencida, mas a guerra seguiria.

Partiram imediatamente para a Escócia. Beth teve apenas algumas horas para fazer as malas e despedir-se de Isabella, pois Ian, de repente, estava com uma pressa arrebatadora.

— Ah, querida, estou tão feliz! — Lágrimas umedeciam os cílios de Isabella enquanto ela dava um abraço apertado em Beth. — Eu sempre quis ter uma irmã, e você é a melhor em que posso pensar. — Ela segurou Beth à distância de um braço. — Faça-o feliz. Ian merece ser feliz, mais do que qualquer um deles.

— Tentarei — prometeu Beth.

As covinhas de Isabella estavam visíveis.

— Quando eu me mudar de volta para Londres, você virá ficar comigo, e nos divertiremos muito.

Beth segurou forte nas mãos de Isabella.

— Tem certeza de que não virá conosco agora? Vou sentir sua falta.

— Vou sentir sua falta também, minha querida, mas, não. Você e Ian precisam ficar sozinhos, juntos, e Kilmorgan... — Ela cortou a fala, com uma expressão de dor nos olhos. — São memórias demais para mim. Ainda não.

Elas abraçaram-se mais uma vez. Beth não tinha se dado conta do quanto havia vindo a gostar de Isabella, a jovem mulher de coração aberto que havia tomado Beth sob suas asas e mostrado a ela um mundo novo e surpreendente.

Isabella abraçou Ian também, demonstrando o quanto estava feliz por ele.

Por fim, Ian e Beth seguiram caminho até a estação de trem, acompanhados de Curry e Katie, além de outra carruagem cheia de caixas e sacolas. Beth rapidamente aprendeu o quanto os aristocratas subestimavam as coisas, quando Ian a guiou para o interior do compartimento da primeira classe e deixou que Curry cuidasse das bagagens, das passagens e de Katie.

Apesar de todas as afirmações de que Ian não se encaixava em lugar nenhum, ele ainda era um lorde, irmão de um duque, rico e altivo o bastante para ignorar os minúsculos detalhes da vida. Tinha pessoas para cuidar de tais detalhes para ele.

A voz da sra. Barrington na cabeça de Beth havia ficado mais tênue nos últimos dias, e Beth a ouvia apenas fracamente agora. *Você conseguiu se sair melhor do que o esperado, minha mocinha. Cuide-se para não criar dificuldades onde não há.*

Ela se perguntava o que Thomas teria dito, e viu que a voz dele tinha partido por completo. Lágrimas borravam a enfadonha estação que passava deslizando pelas janelas enquanto o trem começava a se mover.

Ian não tinha nem mesmo se dado ao trabalho de se perguntar se Curry havia conseguido entrar no trem antes de eles partirem. Beth comparou esta partida com a sua própria da estação Victoria. O arfante e idoso mordomo da sra. Barrington tentando ajudar, mas derrubando tudo que pegava, Katie convencida de que a bagagem deles seria roubada e nunca mais vista, e a criada que Beth havia contratado tendo ataques histéricos em relação a "partes estrangeiras" e saindo correndo no último minuto.

É claro que Curry não tinha tido nenhum desses problemas. Ele apareceu calmamente à porta do compartimento deles enquanto passavam por Paris de trem para lhes dizer que havia pedido chá e entregado as passagens, e perguntou se eles queriam mais alguma coisa. Muito eficiente, muito calmo, como se seu senhor não tivesse acabado de se casar às pressas e não houvesse uma jornada de centenas de quilômetros pela frente, ainda por cima.

Beth também descobriu, enquanto deixavam Paris para trás e arrastavam-se pela França ensopada pela chuva, o quão inquieto Ian conseguia ficar. Depois de apenas meia hora em seu compartimento privado, Ian saiu para vagar pelo trem, indo para cima e para baixo. Quando chegaram ao porto de Calais e embarcaram para a Inglaterra, ele ficou andando de um lado para o outro no convés acima, enquanto Beth dormia sozinha na cabine privada deles dois.

Por fim, durante a viagem de Dover até a estação Victoria, Beth ergueu os pés quando Ian se levantou mais uma vez para sair do compartimento.

— Algum problema? — ela quis saber. — Por que você não quer se sentar?

— Eu não gosto de ficar confinado. — Ian abriu a porta que dava para o corredor enquanto falava, com finas gotas de suor em seu lábio superior.

— Você não tem esse problema com coches.

— Eu posso fazer com que coches parem sempre que eu quiser. Não posso sair de um trem ou barco sempre que me apetecer.

— Verdade. — Ela tocou em seu próprio lábio. — Talvez nós possamos encontrar alguma coisa para fazer com que você pare de pensar nisso.

Abruptamente, Ian fechou a porta.

— Eu também saio porque ficar sem tocar em você é muito difícil.

— Nós ficaremos no trem por umas poucas horas — continuou dizendo Beth. — E eu tenho certeza de que Curry garantirá que não sejamos perturbados.

Ian puxou para baixo as cortinas e virou-se para ela.

— No que você tinha pensado?

Beth não tinha pensado que eles conseguiriam fazer muita coisa em um pequeno comboio de trem, mas Ian provou ser bem engenhoso. Ela se viu seminua, com as pernas envoltas nele, enquanto ele se ajoelhava na frente dela. Naquela posição, estavam cara a cara, e Beth analisava os olhos dele, na esperança de que ele olhasse plenamente para ela de novo; porém, desta vez, quando chegou ao clímax, Ian cerrou os olhos e virou a cabeça.

Apenas alguns minutos depois disso, Beth estava vestida novamente e acomodada em seu assento, sem fôlego, enquanto Ian saía para caminhar de um lado para o outro no trem.

Quando Beth havia dividido uma cama com Thomas, eles tinham sido menos exuberantes e mais convencionais; mas, no fim, haviam trocado beijos calmos e sussurros de *Eu te amo.* Agora, Ian vagava pelo trem, e Beth estava ali, sentada, sozinha, observando o interior verde da Inglaterra passar rapidamente pela janela. Ela ouviu o eco da declaração pragmática de Ian de semanas atrás: *Eu não esperaria amor de você. Não consigo retribuir se me amar.*

As bagagens chegaram à estação intactas; mas, quando entraram em um elegante coche, alugado por Curry, foram levados em direção a Strand, em vez da estação Euston.

— Vamos fazer uma parada em Londres? — perguntou Beth, surpresa.

Ian respondeu com um breve aceno de cabeça. Beth espiou pela janela para a sombria e chuvosa Londres, mais sombria e mais embotada agora que ela havia visto os amplos boulevards e parques de Paris.

— Sua casa fica perto daqui?

— Minha moradia em Londres foi desmontada, embalada e enviada para a Escócia enquanto eu estava na França.

— Onde ficaremos, então?

— Vamos visitar um negociante.

O esclarecimento da declaração veio a Beth quando Ian a conduziu para o interior de uma estreita loja na Strand, repleta, de cima a baixo, de curiosidades orientais.

— Ah, você vai comprar mais porcelana Ming — disse ela. — Um vaso?

— Tigela. Não sei nada sobre vasos Ming.

— Não são meio que a mesma coisa?

O olhar dele dizia que ela estava louca, então Beth fechou a boca e ficou em silêncio.

O negociante de arte, um homem corpulento, com cabelos de um amarelo embotado, e um bigode caído, tentou fazer com que Ian se interessasse por um vaso que custava dez vezes o preço da pequena e um tanto quanto lascada tigela que Ian havia pedido para ver, mas ele ignorou as manobras do homem.

Beth observava, fascinada, enquanto Ian segurava a tigela entre as pontas dos dedos e a examinava minuciosa e detalhadamente. Ele não perdia nenhum detalhe, nada, nem uma rachadura, nenhuma anomalia. Sentia o cheiro da tigela, tocava-a com a língua, fechava os olhos e pousava a tigela em suas bochechas.

— Seiscentos guinéus — ofereceu ele.

O negociante corpulento parecia surpreso.

— Pelo amor de Deus, homem, o senhor ficará arruinado. Eu ia pedir trezentos, tenho que ser honesto. Está lascada.

— É rara — disse Ian. — Vale seiscentos.

— Muito bem. — O negociante de arte abriu um sorriso. — Seiscentos, então. É muito favorável para mim. O senhor não gostaria de apreciar o restante da minha coleção?

Ian dispôs com reverência a tigela na bolsa de veludo que o negociante colocara sobre o balcão.

— Não tenho tempo. Esta noite levarei minha esposa para a Escócia.

— Ah. — O negociante de arte, de bom coração, olhou para Beth com um interesse renovado. — Perdoe-me, milady. Não havia me dado conta disso. Meus parabéns.

— Foi tudo um tanto quanto repentino — disse Beth, com a voz fraca.

O negociante ergueu as sobrancelhas e olhou de relance para Ian, que havia voltado a colocar as amplas pontas de seus dedos, com amor, na tigela.

— Eu me sinto grato pelo senhor ter tomado um tempo para fazer uma parada aqui e olhar o que tenho a oferecer.

— Tivemos sorte em encontrá-lo — comentou Beth. — E a tigela, ainda por cima, aqui.

O negociante parecia surpreso.

— Não foi sorte, milady. Lorde Ian enviou-me uma mensagem de Paris e me disse para guardá-la para ele.

— Ah. — O rosto de Beth ficou quente. — Sim, é claro que ele fez isso.

Beth estivera constantemente com Ian desde o casamento apressado, exceto quando ele andava de um lado para o outro nos trens e no barco. O muito eficiente Curry devia ter enviado a mensagem de alguma estação ao longo do caminho. Mais detalhes com os quais Ian não teria que se preocupar.

O assistente do negociante embrulhou a tigela sob o olhar observador de Ian, que disse que seu assistente comercial viria com o dinheiro, e o negociante de arte curvou-se em reverência.

— Claro que sim, milorde. Parabéns de novo, milady.

O assistente segurou a porta para eles, mas, antes que pudessem dar dois passos, Lyndon Mather pôs os pés para fora de um coche na frente deles. O belo homem loiro parou abruptamente e assumiu um peculiar tom de verde.

Beth estava com a mão na dobra do cotovelo de Ian, que a puxou de forma abrupta para junto de si, a ponto de ela "cair" na lateral do corpo dele.

Mather desferiu um olhar de ódio para a caixa que Ian tinha sob o braço.

— Maldição, homem, isto é a minha tigela?

— O preço teria sido alto demais para você. — Esta foi a réplica de Ian.

A LOUCURA DE LORDE *Ian Mackenzie*

Mather ficou boquiaberto, com o olhar fixo em Beth, que desejava muito pular impetuosamente para dentro do cabriolé mais próximo e fugir dali. Em vez disso, ela ergueu o queixo, mantendo-se firme onde estava.

— Sra. Ackerley — saudou Mather, com um tom rígido. — Cuide de sua reputação. As pessoas podem dizer que a senhora é amante dele.

Por *pessoas*, Mather provavelmente se referia a ele mesmo.

Antes que Beth pudesse responder, Ian disse, em uma voz calma:

— Beth é minha esposa.

— Não! — O rosto de Mather começou a ficar roxo. — Oh, seu maldito! Processarei vocês dois. Violação de contrato e tudo o mais.

Beth imaginou a humilhação na corte, advogados perscrutando seu passado, revelando que horrível casamento desajustado era o seu com Ian.

— Você veio vender — declarou Ian, interrompendo Mather.

— Hein? — Mather cerrou os punhos. — O que você quer dizer com isso?

— O proprietário da loja disse que estava esperando uma tigela chegar, assim como esperava a saída de uma. Você queria trocar a sua por esta.

— E daí? Esta é uma loja de colecionadores.

— Deixe-me vê-la.

A hesitação de Mather era quase cômica. Ele abriu e fechou a boca algumas vezes, mas Beth viu a ganância e o desespero tomarem o lugar de sua indignação. Mather estalou os dedos e seu criado entregou a ele uma bolsa da carruagem.

Ian fez um gesto desajeitado com a cabeça indicando a loja, e todos voltaram a entrar lá.

O proprietário parecia surpreso ao vê-los retornarem, mas mandou seu assistente ir buscar outro quadrado de veludo preto, e Mather tirou a tigela da bolsa.

Aquela era diferente, com botões de camélias vermelhas dançando pelo exterior. Não estava tão lascada quanto a outra, e o brilho reluzia sob a luz da lamparina.

Ian ergueu-a, examinando-a tão cuidadosamente quanto havia feito com a primeira.

— Vale mil e duzentos — ele anunciou.

A boca de Mather formou um perfeito "O".

— Sim — balbuciou ele. — É claro que vale.

Beth engoliu em seco. Se havia entendido direito, Mather estivera prestes a trocar uma tigela que valia mil e duzentos guinéus por uma da metade do valor. Não era de se admirar que Ian caçoasse dele. Beth não tinha nenhuma dúvida de que a avaliação de Ian estava correta.

— Eu a comprarei de você — declarou Ian, que assentiu para o proprietário. — O senhor lidará com a venda?

— Ian — sussurrou Beth. — Esta não é uma quantia muito alta de dinheiro?

Ele não apresentou nenhuma resposta. Beth pressionou os lábios e observava enquanto Ian friamente fazia uma transação de mil e duzentos guinéus, com mais cem guinéus para o proprietário, por não fazer nada além de ficar parado, em pé, perto deles. Beth havia levado uma vida frugal por tanto tempo que ver alguém que desconhecia o significado da frugalidade a deixava abalada. Ian nem mesmo derramou uma gota de suor que fosse.

Porém, Mather suava, deu para notar quando ele segurou apertado a nota de Ian. Sem dúvida, ele iria correndo ao banco imediatamente.

Ian deixou a loja sem desejar que Mather tivesse um bom dia, e ajudou Beth a entrar na carruagem. Curry entrou com as duas caixas nas mãos com um largo sorriso de orelha a orelha.

— Bem, essa foi uma aventura e tanto — disse Beth. — Você acabou de dar a Lyndon Mather mil e duzentos guinéus.

— Eu queria a tigela.

— Como diabos você ao menos sabia que a primeira tigela estava lá? Ou que Mather estava trazendo a outra. Você ficou semanas em Paris!

Ian olhou pela janela.

A LOUCURA DE LORDE *Ian Mackenzie*

— Eu tenho um homem em Londres que fica de olho em peças para mim. Ele me enviou uma mensagem na noite em que fomos ao cassino dizendo que havia uma tigela na qual Lyndon Mather estava de olho.

Beth ficou encarando-o, sentindo sua vida espiralar e fugir de controle.

— Isso queria dizer que você teria deixado Paris na manhã seguinte, estivesse casado ou não comigo.

Ian olhou para ela por um breve momento, depois voltou seu olhar contemplativo para as ruas pelas quais passavam.

— Eu teria trazido você comigo de qualquer forma. Não a teria deixado sozinha. Casar-me com você foi a melhor maneira de frustrar os planos de Fellows.

— Entendi. — Ela sentiu frio. — Frustrar os planos de Mather foi um bônus, não foi?

— Eu pretendo frustrá-lo e tirar tudo dele.

Beth analisou-o, com seu firme perfil virado para o outro lado, sua mão grande pousada tranquilamente na caixa que ele tinha a seu lado.

— Não sou uma tigela de porcelana, Ian — disse ela, baixinho.

Ele olhou para ela com o cenho franzido.

— Está brincando?

— Você não queria que Mather ficasse com as tigelas, e não queria que ele ficasse comigo.

Ian encarou-a por um instante. Então se inclinou na direção dela, subitamente feroz.

— Quando a vi, eu sabia que tinha de tirá-la dele. Ele não fazia nenhuma ideia do seu valor, assim como não consegue saber o preço das malditas tigelas. Ele é um filisteu.

— Eu acho que me sinto bem pouco melhor.

O olhar de Ian voltou a vagar e contemplar o exterior da janela, como se a conversa tivesse acabado. Ela analisou o largo peito dele, suas longas pernas que preenchiam a carruagem. Seus pensamentos vagaram para como era a sensação de ter as pernas dele estiradas ao lado das suas na cama.

— Imagino que será bom ficar umas noites em Londres — falou ela. — Eu terei de comprar coisas para a Escócia... imagino que o tempo lá seja um pouco mais frio do que aqui.

— Não vamos ficar umas noites em Londres. Vamos pegar o trem e ir embora. Curry já cuidou das passagens.

Beth piscou.

— Achei que, quando você disse "fazer uma parada em Londres", queria dizer ficarmos uma ou duas noites aqui. E não chegar e sair logo em seguida.

— Precisamos ir para Kilmorgan.

— Entendi. — Um nó frio se formou no peito dela. — O que faremos assim que chegarmos em Kilmorgan?

— Esperar.

— Esperar pelo quê?

— Pelo tempo passar.

Beth ficou imóvel, mas não houve sequência para tais palavras.

— Você me deixa louca, Ian.

Ele não disse nada.

— Bem. — Beth sentou-se direito no assento, a rigidez em seu corpo espiralando. — Posso ver que será um tipo de casamento diferente daquele com o qual estava acostumada.

— Você ficará em segurança. O nome Mackenzie a protegerá. É por isso que Mac não se divorciará de Isabella... para que ela possa continuar com dinheiro e segurança.

Beth pensou na sorridente e sociável Isabella e na dor nos olhos dela.

— Que atencioso da parte dele.

— Eu nunca a arruinarei.

— Nem mesmo se eu tiver de me comunicar com você por meio de bilhetes através de Curry?

Ele baixou as sobrancelhas, e Beth pegou na mão dele.

— Não importa, eu estava brincando daquela vez. Eu nunca peguei um trem noturno para a Escócia... bem, nunca peguei nenhum trem para a Escócia. Será uma nova aventura. Fico me perguntando... será que as camas nele serão tão interessantes quanto as do compartimento de Dover?

Pela manhã, chegaram a Glasgow, e então o trem seguiu em frente, até Edimburgo. Nessa cidade, Beth olhou ao seu redor com olhos famintos. A cidade estava banhada em neblina, porém, apesar disso, não lhe faltava beleza.

Ela mal teve tempo para absorver a vista do castelo na colina e a avenida que ficava entre o castelo e o palácio antes de ter de apressar-se e entrar correndo, com olhos avermelhados, em outro trem que seguia trepidando lentamente em direção ao norte.

Por fim, muitos quilômetros e incontáveis horas desde que haviam saído de Paris, o trem parou em uma pequena estação em uma planície ondulada e vazia. Uma cadeia de montanhas erguia-se como uma muralha para o norte e para o oeste, com o ar fresco fluindo dela até mesmo naquela altura do verão.

Ian voltou de seu andar de um lado para o outro pelo corredor do trem a tempo de tirar Beth de lá. A placa anunciava que haviam chegado a Kilmorgan Halt, porém, além disso, a plataforma estava vazia. Havia uma diminuta guarita da estação além da plataforma, e o mestre da estação corria de volta até ela depois de ter acenado com a bandeira para que o trem seguisse em frente.

Ian pegou Beth pelo braço e guiou-a pelos degraus abaixo, passando pela guarita da estação, até a pequena via adiante desta. Um coche esperava por eles lá, uma carruagem luxuosa com a cobertura recolhida, de modo a deixar expostos os assentos de veludo cor de ameixa. Os cavalos eram baios de iguais habilidades, e as fivelas de seus arreios reluziam. O cocheiro, que trajava um libré vermelho com uma cauda de raposa no chapéu, desceu de

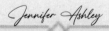

sua cabine em um pulo e jogou as rédeas para um menino que subiu para assumir o lugar dele.

— O senhor chegou, milorde — disse o cocheiro, com um pesado sotaque escocês. — Milady.

Ele abriu a porta, e Ian fez com que Beth entrasse logo. Ela ajeitou-se, ficando maravilhada com o luxo de tal veículo ali no ermo fim de mundo.

No entanto, Kilmorgan pertencia a um duque, um dos mais eminentes duques britânicos. Em ordem de precedência, que ela havia aprendido com Isabella, o duque de Kilmorgan ficava atrás somente do duque de Norfolk e do arcebispo de Canterbury. Não era de se admirar então que a carruagem que os conduziu até a propriedade do duque fosse a mais suntuosa que ela já havia visto na vida.

— Imagino que Curry tenha cuidado disso também — disse ela a Ian, enquanto o cocheiro subia novamente em sua cabine.

— Temos telégrafo até mesmo aqui em Kilmorgan — respondeu-lhe Ian, em um tom sério.

Beth riu.

— Você fez uma piada, Ian Mackenzie.

Ele não respondeu. Seguiram por um vilarejo de casas caiadas de branco, um inevitável pub, e um longo e baixo edifício que poderia ser uma escola ou uma câmara de representantes locais ou ambos. Uma igreja de pedra, com um novo telhado e um pináculo erguia-se um pouco distante do vilarejo, com um caminho íngreme que os conduzia até lá.

Adiante do vilarejo, o terreno tinha uma descida e dava para um vale arborizado, e a carruagem passava aos baques sobre uma ponte que cruzava um riacho de correnteza veloz. Subindo nas colinas mais uma vez, o terreno ondulava em ondas verdes e púrpuras, até as montanhas de cumes pontudos no fundo. As colinas estavam cobertas de neblina, mas o sol brilhava na tarde suave.

A carruagem virou da estrada do interior para uma ampla e reta alameda ladeada de árvores. Beth sentou-se direito e inspirou o ar puro. O ritmo que Ian havia mantido desde Paris a havia deixado exaurida. Agora, naquele local plácido, com canções de pássaros acima deles, pelo menos, por fim, ela poderia descansar.

O cocheiro virou por um amplo portão que dava para uma via que levava a um parque aberto. O portão da casa era pequeno e quadrado, com uma bandeira esvoaçando acima dele: dois leões e um urso no fundo. A alameda descia em uma ladeira, em uma larga curva em direção à casa que se espalhava pelos fundos da colina.

Beth se ergueu parcialmente em seu assento, pressionando o peito com as mãos.

— Ah, meu Santo Deus!

O lugar era imenso. O edifício erguia-se em quatro andares de altura, com minúsculas janelas em meio a cúpulas redondas sob o vasto telhado. Alas irregulares iam para a esquerda e para a direita a partir do retângulo central da casa, como braços tentando abraçar todo o vale. Janelas reluziam em meio à monstruosidade do edifício, pontuado aqui e ali por portas e varandas.

Aquela era a maior casa que ela já havia visto, comparável somente ao Louvre, que ela havia acabado de deixar, em Paris. No entanto, esse não era um palácio remoto para o qual nunca havia sido convidada. Era Kilmorgan. Seu novo lar.

O cocheiro apontou para a mansão com seu chicote.

— Construída logo antes dos tempos do príncipe Charles Edward Stuart, milady. O duque da época não queria mais castelos com correntes de ar. Empregou o vilarejo todo e os trabalhadores por quilômetros ao redor daqui. Os malditos ingleses atearam fogo ao lugar depois da Batalha de Culloden, mas o duque, ele reconstruiu o lugar, e o filho dele fez o mesmo depois. Nada segura um Mackenzie.

O orgulho na voz dele era inconfundível. O rapaz que estava ao seu lado abriu um largo sorriso.

— Ele também é do clã Mackenzie — disse o menino. — Ele quer o crédito para si, como se estivesse presente quando tudo isso aconteceu.

— Cale a boca, rapaz — grunhiu o cocheiro.

Ian não disse nada, apenas ajustou o chapéu sobre os olhos, como se quisesse cochilar. A inquietude que o havia mantido errante nos trens havia desaparecido.

Beth agarrou-se com força às bordas do assento e olhou fixo, de boca seca, enquanto se aproximavam da casa. Ela reconhecia os elementos palladianos da arquitetura: as janelas ovais cingidas por arabescos, os frontões triangulares arqueados, a localização simétrica de cada uma das janelas e portas por toda a imensa fachada. Gerações posteriores haviam adicionado outros elementos, como a balaustrada que circundava a via de acesso de mármore, o moderno cordão de campainha ao lado da porta da frente.

Não que Beth tivesse de tocar a campainha para entrar. Enquanto Ian a ajudava a descer, segurando em sua mão, as portas duplas abriam-se e revelavam um alto e imponente mordomo e cerca de vinte criados e criadas esperando no saguão de piso marmóreo. Todos os criados eram escoceses, de cabelos vermelhos e ossatura larga, e sorriam com imenso prazer enquanto Ian conduzia Beth porta adentro.

Ian não a apresentou, porém, em uníssono, todas as criadas e todos os homens curvaram-se em reverência a ela. O efeito disso foi maculado por cinco cães de tamanhos diversos e de cores diferentes que entraram com tudo pelo saguão e foram diretamente até Ian.

Não acostumada com cachorros, Beth recuou, mas riu enquanto eles se empinavam para cima de Ian, enterrando-o sob suas patas e rabos que não paravam de se mexer. A expressão de Ian ficou relaxada, e ele sorriu. E, para o espanto dela, ele olhava diretamente para eles.

— Como estão vocês, meus lindos meninos? — ele lhes perguntou.

O mordomo ignorou, como se as boas-vindas aos caninos fosse algo bem comum.

— Milady. — Ele curvou-se em reverência. — Caso eu possa me pronunciar em nome de todos os empregados daqui, estamos muito contentes ao vê-la chegar.

Pelos sorrisos que eles abriam, radiantes, para ela, os empregados obviamente concordavam com o mordomo. Ninguém tinha ficado assim tão feliz em ver Beth Ackerley antes.

Lady Ian Mackenzie, ela se corrigiu. Beth soube, desde o primeiro instante em que se encontrou com Ian Mackenzie, que sua vida ficaria mesclada com a dele. Ela sentia essa ligação crescer, envolvendo-a.

— Morag a conduzirá até seus aposentos, milady — continuou a dizer o mordomo. Ele era alto e de ossatura larga, como o restante deles, com seu cabelo de um loiro-avermelhado que estava ficando grisalho. — Temos um banho preparado para a senhora, e a cama está feita, para que possa descansar depois de sua longa jornada. — Ele fez uma reverência para Ian. — Vossa Senhoria, Sua Graça está esperando pelo senhor na sala de estar do andar inferior. Ele pediu para vê-lo assim que o senhor chegasse.

Beth dera dois passos, acompanhada pela radiante Morag, mas ela parou abruptamente, alarmada.

— Sua Graça?

— O duque de Kilmorgan, milady — falou, com paciência, o mordomo.

Beth olhou em pânico para Ian.

— Achei que ele estivesse em Roma.

— Não, ele está aqui.

— Mas você me disse... Espere, Curry recebeu um telegrama? Por que você não me avisou?

Ian balançou a cabeça, com seus cabelos vermelho-escuros espalhando-se por seu colarinho.

— Eu não sabia disso até cruzarmos o portão. A bandeira estava para cima. A bandeira ducal sempre está erguida quando Hart está em casa.

— Ah, é claro que sim. Por que não pensei nisso?

Ian estendeu a mão.

— Venha comigo. Ele vai querer conhecer você.

Ian, como de costume, não traiu seus pensamentos, mas Beth sentia que ele não estava totalmente feliz com a virada nos eventos. Apesar da calma na carruagem, agora ele estava tenso, bem tenso, como quando andava de um lado para o outro no trem.

Os dedos da própria Beth ficaram gélidos quando ela os deslizou para a mão mais cálida de Ian.

— Muito bem. Imagino que seria melhor acabarmos com isso logo.

Ian abriu o mais fraco dos sorrisos para ela, então segurou com mais força em sua mão, e a levou pelas entranhas da casa adentro. Todos os cinco cachorros os acompanhavam, e suas unhas estalavam alto no chão de ardósia.

Jennifer Ashley

Capítulo Quatorze

Hart Mackenzie, duque de Kilmorgan, ao mesmo tempo, parecia-se com seus irmãos e não se parecia nem um pouco com eles.

Estava sentado atrás de uma escrivaninha longa e com entalhes ornamentados, perto da lareira, como bem condizia com o restante da sala. Ele escrevia com grande intensidade e não ergueu o olhar quando a porta se fechou atrás de Ian.

A vasta sala de estar na qual Beth e Ian esperavam pela atenção de Sua Graça parecia ser um lugar onde antes havia três aposentos, com as paredes agora removidas. O pé-direito do aposento era mais elevado do que seria de se esperar, e o teto era coberto de afrescos de deuses e deusas se divertindo.

As paredes também estavam cobertas por pinturas, que variavam de imagens da casa de Kilmorgan em diversos estágios a retratos de damas e cavalheiros, alguns com roupas escocesas, alguns em quaisquer roupas formais que estivessem na moda na época deles. Dava para ter uma aula de história sobre vestimentas, refletiu Beth, meramente estudando os retratos daquela sala.

Ian havia fechado a porta nos focinhos dos cinco cães, e eles pareciam resignados, como se soubessem que nunca lhes seria permitida a entrada naquele grandioso santuário.

Hart ia fazer com que Ian e Beth ficassem lá parados como estudantes à espera de serem vestidos para irem às aulas, pensou Beth, com irritação.

— Vossa Graça — disse ela.

O duque ergueu um olhar aguçado. Seus olhos reluziam com o mesmo tom dos olhos de Ian, mas perfuravam Beth pela sala... olhos de um falcão.

Ian não disse nada, apenas retribuiu o olhar dele sem se encolher diante da presença do irmão. A pena de Hart caiu de forma barulhenta no estojo e ele se levantou.

Ele era alto, como todos os Mackenzie, mas o tom de seus cabelos era de um vermelho mais escuro, acastanhado. Hart tinha os ombros largos dos Mackenzie, uma estrutura corporal potente, e um rosto quadrado. Ele trajava um kilt formal, nas cores dos Mackenzie, verde e azul, com um fio branco e vermelho. Seu casaco escuro caía-lhe bem como se fosse uma segunda pele, provavelmente feito sob medida para ele, pelos melhores alfaiates de Edimburgo.

Ainda assim, não era uma imagem refletida em espelho dos irmãos que ela já havia conhecido. O rosto de Mac carregava o brilho de um artista obcecado. O rosto de Cameron era mais pesado, mais bruto, completo com a cicatriz. Ele parecia um rufião.

Era a mesma coisa com Hart, mas a calma confiança era exalada em ondas de seus olhos. Este era um homem que não tinha dúvidas de que o mais leve de seus comandos seria realizado. Não era arrogância, mas sim fria certeza.

Hart subjugava cada uma das coisas naquela sala, com exceção de Ian. As ondas da orgulhosa confiança de Hart pareciam partir-se e fluir ao redor de Ian sem que este sentisse o menor efeito.

Por fim, Hart desviou o olhar cortante como uma faca de Beth e voltou-o para Ian.

— Não havia nenhuma outra maneira?

Eles falavam como se estivessem no meio de uma conversa. Ian assentiu.

— Fellows teria encontrado algum meio de usá-la. Ou a teria transformado em uma desculpa para me prender.

— O homem é um porco. — Hart retornou o olhar fixo para Beth. — Ela foi dama de companhia de uma dama, não? Por que Isabella se tornou amiga dela?

Beth recuou e afastou-se de Ian, estendendo a mão para Hart.

— Estou muito bem, muito obrigada por perguntar. A viagem foi cansativa, mas sem grandes eventos. Sem problemas nas linhas, e sem bombas fenianas[3] em nenhuma das estações.

Hart desferiu uma cara feia para Ian.

— Ela gosta de piadas — disse Ian.

— É mesmo? — foi a resposta de Hart, com a voz fria.

— Também gosto de chocolate, e daquela sobremesa inglesa de framboesa. — Beth curvou a mão que fora ignorada na lateral de seu corpo. — No momento, eu gostaria de tomar um copo de água e de ir para uma cama macia.

Hart falou diretamente com ela, para variar.

— Não me lembro de tê-la mandado chamar, sra. Ackerley. A senhora estaria neste exato momento reclinando em uma cama macia lá em cima com a criada.

O coração de Beth martelava seu peito.

— A única pessoa que já permiti na vida que *mandasse me chamar*, Vossa Graça, foi a sra. Barrington, e isso porque ela me pagava um salário.

As sobrancelhas de Hart juntaram-se de um jeito feroz, e Ian disse:

— Deixe-a em paz, Hart.

Hart voltou a Ian um rápido olhar de relance, e depois retornou seu escrutínio para Beth. O olhar dele dizia que Hart não sabia o que pensar de Beth nem o que ela era para Ian.

Beth também não estava muito certa do que ela era para Ian, mas viu que Hart não gostava de não entender. Ele queria imediatamente resumi-la e lhe dar um rótulo — provavelmente o que ele havia feito antes que ela até mesmo chegasse, e ter de reavaliá-la o deixava irritado.

Hart falou friamente:

---

3   Os fenianos (Fenians, no original) eram membros de um movimento de meados do século XIX, cujo intuito era garantir a independência da Irlanda da Grã-Bretanha. (N. E.)

— Agora que ficou claro que a senhora é uma mulher independente, será que nos deixaria a sós por um momento? Eu gostaria de conversar sozinho com Ian.

Um homem destinado e determinado a fazer com que as coisas fossem de seu jeito. Sempre. Beth abriu os lábios para dizer um educado "É claro", mas Ian pronunciou-se novamente.

— Não.

O olhar de falcão de Hart voltou-se para ele.

— O quê?

— Quero cuidar para que Beth suba e se acomode. Podemos conversar na ceia.

— Nós temos criadas para ajudá-la.

— Eu quero ajudá-la.

Hart desistiu, mas Beth podia ver que isso o deixara irritado.

— O sino toca às sete e quarenta e cinco e a refeição é servida às oito. Nós usamos trajes formais, sra. Ackerley. Não se atrase.

Beth deslizou a mão pela de Ian, tentando ocultar seu nervosismo.

— Por favor, me chame de Beth — disse ela. — Não sou mais a sra. Ackerley e me tornei, para nosso assombro mútuo, sua irmã.

Hart ficou paralisado. Ian ergueu as sobrancelhas para ele, depois se virou e conduziu Beth para fora da sala. Enquanto saíam dali, cercados pelos cães, Beth voltou de relance um olhar para Ian, mas ele estava com o maior sorriso no rosto que ela já tinha visto.

Ela era uma mulher maravilhosa, incrível. O coração de Ian ficava aquecido enquanto Beth surgia de seu toucador em um vestido de seda azul-escura. O corpete deixava seu colo parcialmente desnudo, perfeito para o colar de diamantes que ele tinha acabado de dar a ela. Beth ergueu um olhar sereno para Ian, enquanto ele oferecia o braço para acompanhá-la até a sala de jantar.

O colar pertencera à mãe dele. Ian lembrava-se de como seu pai se orgulhava da beleza dela, lembrava-se dos ataques de fúria de ciúme de seu pai quando algum outro homem até mesmo olhava para ela. Ele tinha incontroláveis ataques de fúria, com terríveis consequências.

Qualquer outra mulher teria cedido quando Hart voltou seu notório olhar fixo para Beth. A própria esposa de Hart havia desmaiado em mais de uma ocasião quando ele havia olhado assim para ela. Não Beth. Ela havia ficado ereta e plena e dissera ao duque o que pensava dele.

Ian havia desejado rir até que as pinturas de seus ilustres ancestrais rissem junto com ele. Hart precisava às vezes de um chute no traseiro e, se Beth queria fazer isso, Ian deixaria que o fizesse.

Hart estava calado quando entraram na sala de jantar e, enfaticamente, permaneceu em pé até que Ian arrumou um assento para Beth. Hart pegou a cadeira à cabeceira da mesa, e Ian e Beth sentaram-se em frente um ao outro, a uma pouca distância do anfitrião.

Se Hart não estivesse lá, Ian teria mandado que servissem a sopa na pequena sala de jantar em sua própria ala da casa. Ele e Beth poderiam ter se sentado um ao lado do outro e teriam se banhado na privacidade.

Ele havia desejado passar mais tempo no toucador e ajudá-la a se vestir para o jantar, mas Curry havia chegado e insistiu em banhar e barbear Ian e deixá-lo arrumado. O kilt de Ian estava no braço de Curry.

Quando Ian e Beth se retirassem naquela noite, Ian dispensaria os criados e as criadas mais do que solícitos, e ele mesmo tiraria as roupas dela. Ele estava determinado a dormir em seus braços e também a acordar neles.

— Você me ouviu? — perguntou-lhe, incisivo, Hart.

Ian dissecava o linguado em seu prato e repassava mentalmente as palavras despejadas por Hart enquanto seu foco estava em Beth.

— O tratado cuja minuta você fez em Roma. Você quer que eu o leia e que o tenha na minha memória. Farei isso depois do jantar.

— Há muitos tratados com nações estrangeiras armazenados na mente de Ian? — Beth quis saber. Sua voz era inocente, mas seus olhos azuis dançavam.

Hart olhou para ela com dureza.

— Tratados são lidos de forma um pouco diferente assim que os membros do comitê os têm em mão, mas Ian se lembrará de todas as palavras do original.

Beth piscou para Ian.

— Tenho certeza de que essa é uma conversa fascinante para a hora do chá.

Ian não conseguiu resistir e abriu um largo sorriso. Ele não tinha visto Hart assim tão irritado havia um bom tempo.

Hart banhou Ian com um olhar fixo e cheio de frieza, mas Beth, despreocupada, o ignorou.

— Suas tigelas sobreviveram à jornada intactas? — ela perguntou a Ian.

A pulsação de Ian acelerou-se quando ele se lembrou do fresco roçar da porcelana em seus dedos, da satisfação.

— Eu as desembrulhei e coloquei-as em seus devidos lugares. Ficaram bem lá.

Hart os interrompeu.

— Você comprou mais tigelas?

Beth assentiu depois de um instante ao ver que Ian havia permanecido em silêncio.

— Ambas são bem adoráveis. Uma delas é uma tigela branca com um quê de azul e flores entrelaçadas. A outra tem flores vermelhas e uma porcelana mais fina. O banho e a fineza de alta qualidade da porcelana indicam que é possível que seja porcelana da época imperial. Acertei?

— Exatamente — disse Ian.

— Encontrei um livro em Paris — contou ela, com um sorriso atrevido.

Ian olhou para ela e esqueceu-se de tudo o mais na sala. Ela estava ciente do olhar fixo de Hart, mas apenas de esguelha, como se um inseto estivesse zumbindo quase perto dos ouvidos dele.

Como Beth sempre sabia de que palavras ele necessitava e precisamente quando as dizer? Nem mesmo Curry o antecipava daquele jeito.

Ela estava absorvendo tudo, a sala exuberante, a longa mesa, a reluzente louça de prata. As pinturas dos homens do clã Mackenzie, as terras dos Mackenzie e os cães dos Mackenzie, assim como os lacaios de luvas brancas à espera deles.

— Fiquei surpreso por você não estar com nenhum tocador de gaita de foles — disse ela a Hart. — Imaginei que seríamos escoltados ao jantar ao som pelo zumbido tedioso de gaitas de foles.

Hart desferiu a Beth um olhar depreciativo.

— Nós não temos gaitas de foles tocando dentro de casa. É alto demais.

— Nosso pai costumava fazer isso — comentou Ian. — O que me deixava com avassaladoras dores de cabeças.

— Daí que foi banido — foi a réplica de Hart. — Não somos uma família escocesa que segue tudo ao pé da letra em termos de tradições, com todos portando *claymores*[4] e ansiando pelos dias de Charles Edward Stuart e do auge dos clãs. A rainha pode erguer um castelo em Balmoral e vestir xadrez, mas isso não a torna escocesa.

— O que torna alguém escocês?

— O coração — disse o duque de Kilmorgan. — Ter nascido escocês e permanecer sendo parte do clã por dentro.

— Gostar de mingau de aveia não faz mal a ninguém — respondeu Ian.

Ele havia falado sério, esperando apenas fazer com que Hart parasse de ficar falando sobre o que significava ser escocês, mas gostou da recompensa que foi o sorriso de Beth. Embora Hart conseguisse falar sem nenhum traço de sotaque escocês, recebera sua educação em Cambridge, na Inglaterra, e tinha um lugar na Câmara dos Lordes, tinha ideias firmes em relação à Escócia, e o que desejava realizar por seu país. Era capaz de ficar explanando tais assuntos por horas a fio.

---

4   Tradicional espada longa escocesa. (N. T.)

Hart voltou para Ian um horrível cenho franzido e fixou sua atenção na comida. Beth sorriu mais uma vez para Ian, o que levou a imaginação dele a ficar dançando.

Prosseguiram com a refeição em silêncio, com apenas o som dos cliques da prata na porcelana. Beth ficava bela à luz de velas, com seus diamantes cintilando tanto quanto seus olhos.

Quando por fim se levantaram, Hart resmungou alguma coisa sobre seu bendito tratado.

— Tudo bem — apressou-se a dizer Beth. — Eu adoraria dar uma volta no jardim antes de ir para a cama. Deixarei vocês dois a sós para cuidarem disso, certo?

Ian levou-a até a porta do terraço. Os cães vieram em uma corrida brusca até os pés deles, abanando o rabo. Ian preferiria que Beth se juntasse a ele na sala de bilhar, com a imaginação plena e cheias de coisas que ele poderia ensinar a ela sobre o jogo. Porém, se ela queria caminhar, ele não a impediria de fazê-lo. O jardim poderia ser tão divertido quanto.

Beth fez pressão no braço de Ian antes que ele pudesse formar as palavras, e desapareceu pela porta dos fundos. Os cinco cães perambulavam de um lado para o outro na frente dela, enquanto ela seguia pelo passadio.

Ian pegou o tratado de Hart e entrou com ele na sala de bilhar, na esperança de que a bendita coisa fosse curta.

— Você é uma mulher muito esperta.

Beth virou-se ao ouvir a voz de Hart. Ela havia caminhado, escoltada pelos cães, descendo um caminho bem-cuidado que dava para uma fonte que soltava alegremente borrifos de água em uma tigela de mármore. Bastante luz permanecia no céu, embora já fosse nove e meia da noite. Beth nunca tinha estado tão ao norte antes, e entendia que o sol mal descia sob o horizonte durante os meses de verão.

Ela havia passado algum tempo distinguindo que cão era qual. Ruby e Ben eram os cães de caça. Achilles era o perdigueiro preto com uma pata branca; McNab era o spaniel de pelos longos; Fergus, o minúsculo terrier.

Hart parou perto da fonte, com a ponta de seu charuto reluzindo cor de laranja enquanto ele inalava a fumaça. Os cães foram com tudo para cima dele, movendo os rabos com fúria. Quando ele não apresentou resposta alguma ao comportamento dos animais, eles saíram e foram explorar o jardim.

— Não me considero especialmente esperta. — Beth havia achado que a noite estava cálida, porém, agora, ela gostaria de ter levado um xale. — E receio que nunca tenha terminado a escola.

— Pare com a petulância. Obviamente você enganou Mac e Isabella, mas eu não sou tão ingênuo.

— E quanto a Ian? Você está dizendo que o enganei?

— Não fez isso? — A voz de Hart estava mortalmente baixa.

— Eu me lembro de ter dito a Ian de forma bem direta que não tinha interesse algum em me casar novamente. E então, lá estava eu, assinando uma licença e repetindo que eu ficaria com ele até que a morte nos separasse. Creio que foi Ian que enganou *a mim.*

— Ian é... — A voz de Hart se partiu, e ele afastou-se para encarar o céu de múltiplas cores.

— O quê? Um louco?

— Não. — Aquela palavra era dura. — Ele é... vulnerável.

— Ele é teimoso e inteligente e faz exatamente aquilo que lhe apetece.

Hart fixou-a com seu olhar.

— Você o conhece, o quê? Há umas poucas semanas? Viu que Ian é rico e insano, e não conseguiu resistir a pegar um alvo assim tão fácil.

Beth ficou enfurecida.

— Se tivesse prestado mais atenção, teria se dado conta de que eu mesma já tenho minha própria fortuna. Uma bem polpuda. Não preciso da fortuna de Ian.

— Sim, a senhora herdou cem mil libras e uma casa em Belgrave Square de uma viúva reclusa chamada sra. Barrington. Muito admirável. Porém, Ian vale dez vezes isso e, quando você se deu conta, não perdeu tempo em se livrar de Lyndon Mather e perseguir Ian até chegar ao altar.

Beth cerrou as mãos em punhos.

— Não, eu fui para Paris, e Ian foi atrás de *mim*.

— Muito bom estratagema para bajular e suavizar Isabella. Ela tem um coração mole demais, o que é ruim para ela, e tenho certeza de que ela achou que seria um bom estratagema empurrar vocês dois um para cima do outro para que ficassem juntos. Mac também pensou isso. Não consigo imaginar o que deu nele.

— *Bajular e suavizar?* Eu não faço essas coisas. Não saberia como fazer esse tipo de coisa. Nem sei mesmo ao certo o que isso quer dizer.

— Conheço seu histórico, sra. Ackerley. Sei que seu pai era um patife mentiroso e que sua mãe caiu na armadilha dele. A loucura dela levou-a direto ao abrigo. Tenho certeza de que a senhora aprendeu muita coisa por lá.

O rosto de Beth ardia.

— Céus, tanta gente perscrutando o meu passado. O senhor deveria ter perguntado a Curry. Parece que ele tem um dossiê e tanto a meu respeito.

Hart deixou cair seu charuto e esmagou-o até apagá-lo com o salto. Ele inclinou-se para perto de Beth e falou em uma voz baixa, com seu hálito marcado pela fumaça de aroma adocicado.

— Não permitirei que uma caçadora de fortunas arruíne meu irmão, nem que essa seja a última coisa que eu faça na minha vida.

— Eu lhe garanto, Vossa Graça, que nunca cacei uma fortuna na minha vida.

— Não zombe de mim. Anularei o casamento de vocês. Eu posso fazer isso, e a senhora irá embora. Nunca terá acontecido.

Beth invocou a coragem para olhar direto nos olhos dourados de Hart.

— Não consegue ao menos considerar que me apaixonei por ele?

Estou profunda, dramática e tolamente apaixonada.

— Não.

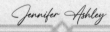

— Por que não?

Hart inspirou, mas não disse nada. Um músculo contorcia-se em seu maxilar.

— Entendi — falou Beth, baixinho. — Vossa Graça acredita que ele seja louco, e não acha que nenhuma mulher poderia amar alguém assim.

— Ian é louco. A comissão de lunáticos provou isso. Eu estava lá. Eu vi.

— Então por que não o deixou no manicômio se acha que ele é insano?

— Porque eu sabia o que faziam com ele. — À luz do crepúsculo gentil, o poderoso duque de Kilmorgan pareceu subitamente assombrado. — Eu vi o que aqueles malditos médicos desqualificados faziam. Se ele já não estivesse louco quando entrou lá, o lugar teria dado conta de fazê-lo.

— Os banhos de gelo — disse Beth. — Os choques elétricos.

— Até mesmo pior que isso. Pelo amor de Deus, quando ele tinha doze anos, faziam com que se curvasse com o traseiro desnudo para cima, em sua cama, todas as noites, para que pudessem atá-lo. Para aquietar seus sonhos, era o que diziam. Meu pai não fez nada a respeito. Eu *não podia* fazer nada; eu não tinha o poder. No dia em que meu pai caiu do cavalo e quebrou o maldito pescoço, fui até o manicômio e tirei Ian de lá.

Beth encolheu-se diante da veemência dele, mas, ao mesmo tempo, com o coração aquecido.

— E Ian é grato por Vossa Graça ter feito isso. Muito grato.

— Ian não conseguia nem mesmo falar. Ele não erguia o olhar quando falávamos com ele nem respondia a perguntas que lhe eram feitas. Era como se seu corpo estivesse lá, mas sua mente estivesse longe, distante.

— Eu o vi fazer isso.

— Ele fez isso por três meses. Então, um dia, quando estávamos tomando o desjejum, Ian ergueu o olhar e perguntou a Curry se havia torrada. — Hart encolheu-se e desviou o olhar, mas não antes de Beth ver seus olhos marejados. — Como se não houvesse nada de errado, como se fosse a coisa mais natural do mundo pedir torrada a Curry.

A brisa da tarde desvanecente agitava-se no ar e puxava os cachos da testa de Beth. Ela estava observando um dos mais eminentes duques do reino piscar para livrar-se das lágrimas.

— Mandarei chamar meu advogado pela manhã — disse ele abruptamente. — Encontraremos uma maneira de anular o casamento. A senhora não ficará arruinada.

— Sei que não acredita em mim, mas eu nunca magoaria Ian.

— Tem razão. Não acredito na senhora.

O vento ficou mais fresco, espalhando gotas também frescas da fonte sobre o rosto de Beth. Hart deu meia-volta para voltar a passos largos para a casa, mas Ian estava ali parado, como uma muralha sólida.

— Eu disse que era para você deixá-la em paz — ele falou, baixinho, em tom calmo.

As costas de Hart ficaram rígidas.

— Ian, ela não é de confiança.

Ian deu um passo mais para perto de Hart. Embora ele mantivesse os olhos desviados, não havia como não notar a fúria em sua posição corporal e em sua voz.

— Ela é minha esposa e está sob a minha proteção. Só permitirei que você faça qualquer coisa contra este casamento se me declarar lunático novamente.

Hart ficou ruborizado, de um vermelho embotado.

— Ian, dê-me ouvidos...

— Eu a quero como minha esposa, e ela permanecerá sendo minha esposa. — A voz de Ian ficou um tom mais suave. — Agora ela é uma Mackenzie. Trate-a como tal.

Hart ficou encarando Ian, depois fez o mesmo com Beth, que tentou manter o queixo erguido, mas seu coração acelerou-se, e a premência de sair correndo daquele olhar predador era forte.

Era estranho que, quando Ian havia informado a Beth que eles iam se casar, ela tivesse discutido com ele. Agora que Hart parecia sombriamente determinado a separá-los, ela sabia que faria qualquer coisa para permanecer casada.

— Eu sou esposa de Ian porque essa foi minha escolha — ela proferiu. — Quer moremos em uma imensa mansão, ou em uma minúscula pensão, não me faz diferença.

— Ou em uma casa paroquial? — foi a contrarresposta de Hart, fazendo cara feia.

— Uma casa paroquial em um bairro degradado me servia muito bem, Sua Graça.

— Havia ratos nela — disse Ian.

Beth olhou surpresa para ele. As anotações de Curry deviam ser bem completas mesmo.

— De fato, havia uma família deles — confirmou ela. — Nabucodonosor e sua esposa, além dos três filhos. Sadraque, Mesaque e Abede-Nego.

Os dois homens ficaram meramente encarando-a, o duplo olhar enervante, mesmo que o de Ian não a tocasse por completo.

— Era nossa piadinha, entende? — ela balbuciou. — Dar-lhes nomes tornava mais fácil suportar o fato de que havia ratos na casa.

— Não há nenhum rato aqui — declarou Ian. — Você nunca mais terá de se preocupar com ratos de novo.

— Não de quatro patas, de qualquer forma — continuou a falar Beth. — O inspetor Fellows me lembra um pouco o Mesaque... os olhos dele reluzia e o nariz ficava se contorcendo quando ele colocava os olhos em um pedaço de queijo especialmente saboroso.

Ian franziu o cenho, e Hart claramente não a entendia.

— Embora eu imagine que haja cobras aqui — disse ela, não contendo a língua. — Aqui é o interior, afinal de contas. E camundongos do campo, além de outras criaturas. Devo confessar que não estou acostumada com o interior. Minha mãe nasceu no interior, mas eu morei em Londres desde muito cedo e saí da metrópole apenas quando a sra. Barrington achou que era adequado partir e fingir que gostava do mar.

Ian semicerrou os olhos, assumindo a expressão que fazia quando havia parado de dar ouvidos. Ela sabia que ele não a estava escutando, mas havia uma semana que ele tinha conseguido chegar até uma frase em particular que a martelara.

Foi com esforço que ela fechou a boca. Hart olhava para ela como se fosse trazer uma comissão para análise de lunáticos no dia seguinte, para interrogá-la.

Ian saiu de seu transe e estendeu a mão para Beth.

— Amanhã eu lhe mostrarei tudo em relação a Kilmorgan. Esta noite nós dormiremos em nossa câmara.

— Nós temos uma câmara?

— Curry arrumou-a enquanto estávamos ceando.

— O dez vezes engenhoso Curry. O que faríamos sem ele?

Hart voltou um olhar aguçado para Beth, como se ela tivesse dito algo relevante. Ian deslizou o braço em volta da cintura dela e virou-a para levá-la até a casa. Seu calor cortou a frieza na noite e bloqueou-a do vento.

Um porto seguro. No turbilhão de sua vida, ela havia conhecido poucos. Agora Ian puxava-a para perto dele, protegendo-a, mas Beth sentia o gume do olhar de Hart em suas costas em todo o caminho de volta para a casa.

A casa engolia Beth. Ian conduziu-a acima da vasta e ornamentada escadaria, cada vez adentrando mais sua bocarra.

Havia muitos retratos nas paredes da escadaria do saguão, obscurecendo o papel de parede atrás deles. Beth vislumbrou as assinaturas enquanto Ian subia correndo com ela as escadas: Stubbs, Ramsay, Reynolds. Umas poucas pinturas de cavalos e cães tinham sido feitas por Mac Mackenzie. Dominando o primeiro patamar, havia um retrato do atual duque, Hart, com seus olhos tão dourados e terríveis quanto em pessoa.

No segundo patamar pendia o retrato de um homem mais velho que tinha um olhar feio tão arrogante quanto o de Hart. Ele agarrava com ferocidade uma dobra do xadrez dos Mackenzie, e tinha uma barba completa, bigode e costeletas.

Beth o havia notado quando desceram às pressas para o jantar, mas, nesse momento, ela parou.

— Quem é ele?

Ian nem mesmo olhou de relance que fosse para a pintura.

— Nosso pai.

— Ah, ele é bem... peludo.

— Por este motivo é que todos nós gostamos de nos barbear para ficarmos sem pelo algum.

Beth franziu o cenho para o homem que havia causado tanta dor a Ian.

— Se ele era assim tão horrível, por que tem um lugar de destaque? Esconda-o no sótão e livre-se dele.

— É a tradição. O duque atual no primeiro patamar, no segundo, o duque anterior. Nosso avô fica ali em cima. — Ele apontou para o topo do próximo lance de escadas. — Nosso bisavô depois dele, e assim por diante. Hart não vai quebrar as regras.

— Então, a cada vez que você sobe, duques de Kilmorgan olham feio para você a cada virada.

Ian conduziu-a para cima, em direção ao avô Mackenzie.

— Este é um dos motivos pelos quais nós temos as nossas próprias casas. Em Kilmorgan, eu tenho um conjunto de dez aposentos, mas vamos querer mais privacidade.

— Um conjunto de dez aposentos? — perguntou-lhe Beth, com a voz fraca. — Isso é tudo?

— Cada um de nós tem uma ala da casa. Se convidarmos hóspedes, nós os colocamos em nossa ala e cuidamos deles.

— Vocês têm hóspedes com frequência?

— Não. — Ian conduziu Beth de volta para o toucador no qual ela havia se trocado para o jantar. Ela havia pensado que o pequeno aposento era grande, mas Ian agora mostrou a ela que, do outro lado, havia um dormitório do tamanho de todo o andar inferior da casa da sra. Barrington. — Você é a minha primeira.

Beth voltou o olhar para o alto teto, a imensa cama, as três janelas com profundos assentos nelas.

— Se a pessoa precisa se casar para receber um convite, não estou surpresa que você não tenha tido mais hóspedes.

O olhar contemplativo dourado de Ian varria-a e voltava para a cama.

— Você está brincando de novo?

— Sim. Não se incomode comigo.

— Eu nunca me incomodo com você.

O coração de Beth batia forte no peito.

— Este é seu quarto de dormir?

— Este é nosso quarto de dormir.

Ela foi vagando, nervosa, até a cabeceira de nogueira altamente entalhada.

— Eu tinha ouvido dizer que todos os casais aristocratas tinham quartos separados. A sra. Barrington desaprovava. Dizia que se trata de um frívolo desperdício de espaço e dinheiro.

Ian abriu a porta.

— O *boudoir* aqui é seu, mas você dormirá comigo.

Beth espiou ao redor de Ian para dentro de um quarto elegante, com cadeiras que pareciam confortáveis e um profundo assento na janela.

— Minha nossa! Imagino que me servirá bem.

— Curry ajudará você a deixá-lo adequado a seu gosto. É só dizer a ele o que quer e ele cuidará disso.

— Estou começando a achar que Curry é mágico.

Beth esperou que ele respondesse, mas Ian não disse nada, seu olhar remoto de novo.

— Eu acho que você está assumindo um risco horrível — falou ela. — Li em algum lugar que dividir um dormitório com uma mulher é perigoso, pois ela exala fumaças tóxicas quando dorme. Puro palavrório, disse a sra. Barrington, quando comentei isso com ela. O sr. Barrington dormiu ao lado dela por trinta anos e nunca, nem mesmo uma vez, ficou doente.

Ian deslizou os braços em torno dela, a calidez de seu corpo distraindo-a de todos os outros pensamentos.

— Médicos incompetentes dirão qualquer coisa para atrair dinheiro para suas pesquisas.

— Foi isso que fizeram no manicômio?

— Eles tentaram todos os tipos de experimentos para curar a minha loucura. Nunca vi onde qualquer um deles funcionasse.

— Isso foi cruel.

— Eles achavam que estavam ajudando.

Beth colocou os punhos cerrados nos braços dele.

— Não esteja assim tão disposto a perdoar por tudo aquilo. Seu pai o trancafiou longe daqui, e aquelas pessoas o torturaram em nome da ciência. Odeio-os por isso. Eu gostaria de ir até aquele manicômio e dar a seu médico, quem quer que ele seja, um sermão em relação ao que penso de tudo.

Ian colocou os dedos nos lábios dela.

— Eu não quero que você faça parte disso.

— Assim como não quer que eu faça parte do assassinato de High Holborn.

A frieza foi se insinuando no olhar cálido dele.

— Isso não tem nada a ver com você. Eu quero você... separada dessas coisas. Quero me lembrar apenas disso, não das coisas do meu passado.

— Você tem o desejo de criar memórias diferentes — disse ela, achando que entendia.

— Minha memória é boa até demais. Não consigo apagar coisas dela. Quero me lembrar de você sozinha aqui comigo, ou naquela pensão em Paris. Você e eu, não Fellows, nem Mather, nem meu irmão, nem High Holborn...

As palavras morreram enquanto ele começava a esfregar a têmpora, com a frustração reluzindo em seus olhos. Beth colocou a mão sobre a dele.

— Não pense nisso.

— Fica se repetindo na minha mente, como uma melodia que não quer parar.

Beth esfregou a têmpora dele com suavidade, com os dedos duros sob os dela.

Ele puxou-a para perto de si.

— Você estar comigo faz com que as memórias parem. É como as tigelas Ming... quando toco nelas e as sinto, tudo para. Nada mais importa. Com você, é o mesmo. Por isso eu a trouxe aqui, para mantê-la comigo, onde você, por favor, pode fazer... tudo... parar.

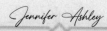

Capítulo Quinze

Beth ficou encarando-o, com seus olhos azuis marejados.

— Diga-me como fazer isso.

Ele pegou a face dela entre suas mãos, seu belo rosto que tinha se destacado em meio ao clamor na cabeça dele na Casa de Ópera de Covent Garden. Ela havia sido a única coisa real para ele no camarote de Lyndon Mather; todo o restante tinha sido errado e cheio de sombras.

— Permaneça comigo.

— Nós estamos casados — sussurrou ela. — É claro que permanecerei.

— Você poderia decidir me deixar. — Ele inclinou a testa junto à dela, lembrando-se do horrível dia em que tinha ido até a casa de Mac e se deparado com a carta de despedida que Isabella havia escrito. Ian nunca havia se esquecido da devastação de Mac quando se deu conta de que Isabella se fora.

— Não farei isso.

— Prometa para mim.

— Eu prometi. Realmente juro que não vou deixá-lo.

A voz dela ressoava com sinceridade, seus olhos largos e adoráveis. Ele beijou seus lábios para que ela não parasse de lhe dizer mentiras reconfortantes. Isabella havia amado Mac desesperadamente e, ainda assim, ela o havia deixado.

— Permaneça comigo — ele repetiu.

Ela assentiu, unindo-se ao beijo dele. Ian puxou o corpo de Beth para junto do seu, com os dedos indo de encontro aos botões do corpete dela. A garganta dela ficou exposta, e ele se inclinou para baixo e beijou-a. Ela exalou um ruído baixo, e ele sugou-lhe a pele, marcando-a ainda mais uma vez.

Ele sentia as mãos de Beth abrindo as roupas dele, atravessando as camadas de tecido para encontrá-lo. Ela tocou a boca em seu peito, logo abaixo da garganta, e ele inspirou com vigor. O aroma dos cabelos de Beth preenchia as narinas dele, levando-o levemente à loucura.

Ian puxou-a para cima, para junto de si e beijou-a, abrindo seus lábios, pressionando os polegares nos cantos da boca de sua amada. Ela era sua esposa, e ele a queria. Agora e para sempre.

Rapidamente, ele desabotoou o restante do corpete e depois desatou o espatilho em leves puxões, até removê-lo por completo, e depois soltou a chemise, segurando-lhe os seios desnudos enquanto eles saíam da vestimenta. Ela arqueou para trás enquanto ele a beijava novamente, pressionando seus mamilos nas palmas das mãos.

Desenlaçar e baixar as saias, as anáguas e a anquinha levou algum tempo, e ele ficou impaciente, rasgando o tecido enquanto ela soltava gritinhos agudos de protesto. Ele ergueu-a e carregou-a até a cama, depois puxou e tirou as roupas dele, com a mesma impaciência. Ele subiu na cama com Beth, não se dando ao trabalho de tirar as roupas de cama. Quando ela começou a falar, ele silenciou-a com um beijo profundo.

Ele empurrou as pernas dela, abrindo-as, e penetrou-a, encontrando-a bem molhada para ele. Beth ergueu os quadris e foi de encontro a ele, estocada por estocada, já acostumada ao que era a melhor sensação para si. Ele cavalgou nela rapidamente, e então devagar, com os braços apoiados em cada lado do seu corpo. Ele beijou-a com lábios inchados, deixou mordidas de amor em seu pescoço, lambendo sua pele suada.

Assim que o frenesi inicial tinha acabado, ele ficou mais gentil, mais brincalhão. Deixou que os cabelos longos dela caíssem sobre seu corpo, fazendo carinho neles, pegando-os com as mãos em punho cerrado, beijando-os.

Ele beijou-a e amou-a em pleno silêncio. Nada mais existia além daquele quarto iluminado pelo crepúsculo com Beth debaixo dele... nem Hart, nem Fellows, nem os assassinatos.

Sentia que ela estava tentando fazer com que ele olhasse direto nos olhos dela, mas ele a evadia. Se Ian olhasse diretamente para ela, ele se perderia, e não queria se distrair da realidade física das estocadas.

Ele fez amor com ela até o sol estar brilhando, com a curta noite ficando para trás. Ela abriu um sorriso sonolento enquanto ele se retirava de dentro dela pela última vez, e beijou-a, antes de cair na cama ao seu lado.

Ele deslizou o braço em volta de seu abdômen, e se aconchegou junto às costas dela. Ian deslizou o braço pelo traseiro simétrico que se encaixava belamente junto a seus quadris, dando-lhe ideias para a próxima rodada de amor.

Olhou para sua mão grande e forte, que cobria a cintura esguia dela, seu braço moreno junto à pele branca de Beth. Ian a manteria em segurança consigo ali, tão segura que ela nunca, jamais, desejaria ir embora.

Quando Beth acordou, deparou-se com as cobertas puxadas ao seu redor, e Ian ainda com ela. Antes que pudesse fazer perguntas sobre o café da manhã, o sorriso dele assumiu um ar predador. Ele pressionou as costas dela nos travesseiros, e fez amor com ela de novo, rápido e intenso, até que ela ficou sem fôlego.

— Deveríamos nos levantar agora — sussurrou ela quando ele deitou, imóvel, mais uma vez, em cima dela, ociosamente beijando seu pescoço.

— Por quê?

— Seu irmão não está nos esperando para o desjejum?

— Falei para Curry servir nosso desjejum aqui.

Beth fez carinho na bochecha de Ian.

— Eu certamente espero que você pague a Curry um alto salário.

— Ele não reclama.

— Ele ficou com você no manicômio?

— Cameron mandou-o para lá, para que cuidasse de mim, quando eu tinha quinze anos. Cam decidiu que eu precisava de alguém para me barbear e cuidar das minhas roupas. Ele estava certo. Eu vivia imundo, desorientado e bagunçado.

Curry entrou naquele instante, trazendo uma bandeja pesada, com prata e porcelana. Ian não se levantou, mas certificou-se de que Beth estivesse coberta enquanto Curry puxava uma mesa para perto da cama e colocava a bandeja em cima dela.

Como havia feito em Paris, Curry fingiu que não conseguia ver Beth enquanto arrumava o café da manhã e servia um chá de aroma agradável em xícaras que esperavam por isso. Ele tinha até mesmo levado jornais, tanto de Londres quanto de Edimburgo, que ele havia dobrado ao lado dos pratos. Também colocou ali algumas cartas.

Beth sentia-se como uma dama entregue ao prazer, refestelando-se na cama enquanto um criado lhe servia comida e bebida. A sra. Barrington nunca tomava café da manhã na cama, nem mesmo em seus últimos dias, cheios de fragilidade.

Curry deixou-os, com um rápido sorriso para Ian, e este decidiu que preferia alimentar Beth na cama em vez de fazer com que se levantassem e se sentassem à mesa.

Ele era um tanto quanto bom nisso, dando a ela pedacinhos de pão com manteiga e alimentando-a com ovos de um garfo. Ela tentava tirar o garfo dele, e começava a rir quando ele se recusava a entregá-lo.

Ian sorria também e deixou que Beth lhe desse de comer. Ele gostava dela com as pernas abertas, montada em seu colo, enquanto fazia isso.

O dia inteiro foi assim. Ian fazendo amor com ela, depois os dois relaxando na cama, lendo os jornais, enquanto Curry lhes levava as refeições e bebidas e recolhia o que havia sobrado.

— Eu gosto de ser uma dama aristocrata — disse Beth, conforme a tarde se esvaía. — Ainda estou me acostumando a não ter de me levantar assim que surge a aurora e servir outra pessoa.

— Meus criados servirão você agora.

— Eles parecem bem contentes em fazer isso. — As criadas de cabelos vermelhos que haviam entrado para dispor a lareira e arrumar o quarto haviam aberto amplos sorrisos quando Beth as agradeceu por seus

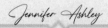

serviços. Sorrisos felizes e ensolarados, e não sorrisos cheios de escárnio.

— Elas gostam de você — comentou Ian.

— Elas não sabem de nada em relação a mim. Eu poderia ser uma megera e dar broncas nelas o tempo todo do dia e da noite.

— Você faria uma coisa dessas?

— É claro que não, mas como elas haveriam de saber disso? A menos que Curry tenha lido meu dossiê para elas.

— Elas confiam na opinião de Curry.

— Parece-me que todos confiam na opinião dele.

— A família dele vem servindo os Mackenzie desde sempre. Eles mesmos são do clã Mackenzie e sempre trabalharam em nossa terra. Lutaram ao nosso lado e cuidaram de nós por gerações.

— Há muita coisa com o que devo me acostumar.

Ian não disse nada, distraindo-a da conversa ao deslizar as mãos sob seus seios e beijá-la.

Posteriormente, naquela tarde, Ian levou-a para sua sala de coleções.

Beth teve a sensação de estar sendo conduzida para dentro de um santuário. Estantes rasas com frentes de vidro tinham sido construídas em volta das paredes da imensa sala, e mais estantes protegidas com vidro percorriam o meio dela. Tigelas Ming de todos os tipos e cores repousavam em pequenos pedestais nas prateleiras, todas etiquetadas com o ano aproximado da peça, seu criador, e outros detalhes. Algumas das estantes estavam vazias, à espera de a coleção aumentar.

— Parece um museu. — Beth vagava maravilhada pela sala. — Onde estão aquelas que você comprou em Londres?

As prateleiras todas pareciam iguais para ela, mas Ian foi caminhando inequivocamente até uma delas e extraiu dali a tigela pintada de vermelho que ele havia comprado de Mather.

Ela achava todas as tigelas belas, mas não tinha muita certeza do que havia nelas para fazer Ian querer ter uma centena. E ele as mantinha com tanto carinho. Ian recolocou a peça no lugar, foi andando até uma outra

A LOUCURA DE LORDE *Ian Mackenzie*

estante e tirou dali outra tigela. Esta tinha um quê de verde jade e três dragões de um cinza-esverdeado em volta, do lado de fora.

Beth uniu as mãos.

— Que adorável!

— É sua.

Ela ficou imóvel.

— O quê?

Ele desviou o olhar, embora suas mãos estivessem firmes, segurando a tigela.

— Estou dando-a a você. Um presente de casamento.

Beth ficou encarando a tigela, uma frágil peça do passado, tal era o delicado objeto na mão grande de Ian, em seus dedos brutos.

— Tem certeza disso?

— Claro que tenho. — O cenho franzido dele estava de volta. — Você não a quer?

— É claro que a quero! — apressou-se a dizer Beth. Ela estendeu as mãos para pegá-la. — Estou honrada.

O cenho franzido de Ian desapareceu, e foi substituído por um leve torcer de seus lábios.

— É melhor do que um coche novo, cavalos e uma dezena de vestidos?

— Do que você está falando? É cem vezes melhor!

— É apenas uma tigela.

— Ela é especial para você, e a deu para mim. — Beth pegou-a com cautela, e sorriu para os dragões que perseguiam um ao outro em uma eterna determinação. — É o melhor presente do mundo.

Ian tomou-a com gentileza de volta de Beth e recolocou a tigela em seu lugar. Fazia sentido; ali ela permaneceria em segurança e sem quebrar.

Porém, o beijo que Ian lhe deu depois era tudo, menos sensato. Era malicioso e machucava, e ela não fazia a mínima ideia do motivo pelo qual ele sorria tão triunfante.

— Cam está aqui.

Ian viu seu irmão pela janela afora na manhã seguinte enquanto abotoava a camisa que tinha acabado de vestir. Atrás dele, Curry preparava o restante das roupas de Ian, enquanto Beth, parecendo bela envolta em um robe de seda vermelha, bebia seu chá matinal sentada a uma pequena mesa.

Ian e Beth estavam ali havia três dias, e tinham passado todos esses três dias nos aposentos de Ian, fazendo amor. Haviam feito algumas incursões pela casa ou pelo jardim para que ele pudesse mostrá-los a Beth, porém, na maior parte do tempo, tinham permanecido no quarto. Ian sabia que teriam de deixar sua ala em algum momento e retornar a Hart e ao mundo real, mas ele jamais se esqueceria da alegria daquele casulo. Quando os tempos ficassem ruins, e ele não tinha nenhuma dúvida de que ficariam, poderia se lembrar desse momento.

Cameron havia trazido uma nova potranca, de cerca de um ano de idade, e Ian desceu com Beth para cumprimentar a ambos.

Cam estava observando tirarem o animal de sua carroça especial quando se aproximaram. Ele xingava os encarregados sonoramente, e eles entraram, de modo que o próprio Cam fez o trabalho.

— Nunca vi um cavalo em sua própria carroça antes — disse Beth, enquanto a espirituosa potranca surgia. — Sendo puxada, em vez de puxar.

A conformação da potranca era delicada, as beiradas de suas narinas cor-de-rosa, aguçadas. Ela era uma baia, e sua crina e seu rabo negros fluíam em quedas de marta-zibelina. A potranca virou-se e voltou um olho castanho cheio de interesse para Beth.

— Ela não é uma égua de carroça — explicou Cameron, cuja voz rouca estava ainda mais grave devido à poeira da estrada. — Ela é uma beldade refinada e ganhará dezenas de corridas. Não é, amor? Depois dará à luz mais cavalos de corrida. — Com carinho, Cameron acariciou o focinho dela.

— Por que não se casa com ela, pai? — perguntou Daniel, reclinando-se na carroça. — Ele veio cantarolando baixinho para o bendito animal por todo o caminho. Repulsivo.

Cameron ignorou o filho e foi até Beth. Ele inclinou-se para beijar a bochecha de Beth, depois deu um tapinha no ombro de Ian, com os cheiros de cavalo e suor grudados nele.

— Seja bem-vinda à família, Beth. Estapeie meu filho quando ele for rude. Ele não tem bons modos.

— Isso é porque foi o senhor quem me criou, pai.

— Está tudo bem? — perguntou Cameron de modo casual em relação a Ian.

Ele se perguntava como Hart havia lidado com a notícia.

— Ele vai acabar aceitando — falou Ian.

— Não vimos muito Hart nos últimos dias — comentou Beth.

— Ah, não? Vocês estão se escondendo dele, não é?

— Não, nós... — Beth interrompeu o que estava falando e assumiu um tom brilhante de vermelho. Cam olhou dela para Ian, que não conseguia parar de exibir seu largo sorriso, e então Cam caiu na gargalhada. A risada de Cameron poderia ressoar até os céus. Irritada, a potranca mexeu a cabeça de modo desajeitado para trás.

— Do que você está rindo? — quis saber Daniel, franzindo o cenho. — Ah, querem dizer que passaram o tempo todo na cama. Que bom para você, Ian. Eu terei um priminho ou uma priminha em breve, não?

— Pestinha — grunhiu Cameron, de bom humor. — Não se diz esse tipo de coisas para uma dama.

— Mas não há problemas em rir delas? — foi a resposta de Daniel.

— Está vendo o que quero dizer? — falou Cameron para Beth. — Ele tem uma boca suja e impertinente, e é tudo culpa minha. Ignore-o. Você já a levou para cavalgar, Ian? Arrumou um bom cavalo para ela?

Beth ficou com o rosto pálido.

— Ah, eu não cavalgo.

Os três Mackenzie a encararam.

— Você não cavalga? — perguntou-lhe Daniel, chocado.

Beth deslizou a mão para junto da de Ian.

— Não havia muita oportunidade para cavalgar pelo Rotten Row sendo a esposa de um vigário pobre. E a sra. Barrington já estava bem idosa para cavalgar. De fato, aluguei uma charrete com um pônei em Paris.

Tanto Cameron quanto Daniel desferiram olhares de pena para ela.

— Você tem sorte — disse Cam. — A compensação por se casar com um Mackenzie é que seu cunhado é o melhor mestre cavalariço nas Ilhas Britânicas. Vou escolher um cavalo para você e começarei a lhe dar aulas amanhã.

Beth apertou com mais força os dedos de Ian.

— Um cavalo plácido e idoso, por favor. E, de fato, não preciso cavalgar. Estou feliz usando meus próprios dois pés.

— Diga a ela, Ian.

Beth voltou-se para ele, de olhos arregalados. Ian esqueceu-se da conversa e não se importava muito se Beth cavalgava com maestria ou se continuava no chão. Ele só queria envolvê-la com os braços, abraçá-la e dar continuidade ao que estavam fazendo antes de serem interrompidos por Cameron. Ele curvou-se e beijou-a.

— Não permitirei que a machuque ou magoe — ele falou.

— Que reconfortante — foi a fraca resposta de Beth.

O cavalo que Cameron escolheu para ela não era exatamente um cavalo idoso, mas era uma égua gentil que havia deixado seus dias esportivos para trás. Era bem maior do que o doce e pequeno pônei que Beth havia imaginado, sendo maior ainda do que Cameron, suas patas parecendo pratos.

— Ela é parcialmente uma égua de tração — disse Cameron. — Eu as crio assim às vezes para que pulem e tenham vigor. Ela é um docinho. É só montar nela.

A sela parecia do tamanho de uma toalhinha de crochê nas grandes costas do animal. Tinha apenas um estribo e um encaixe para segurar a perna direita de Beth.

— Por que damas não podem cavalgar como os homens? — reclamou ela enquanto Cameron a ajeitava no animal.

Ela desequilibrou-se e soltou um gritinho estridente como se fosse cair do outro lado... para ser pega nos braços de Ian.

— Com um cavalo entre suas pernas? — Os olhos dourados de Cameron ficaram arregalados, enquanto ele tocava a boca como uma dama idosa e chocada. — Com que tipo de mulher você se casou, Ian?

— Uma mulher prática — disse Beth. Ela brigou com a saia de seu novo traje de montaria e agitou-se para chegar ao estribo.

A mão forte de Ian apoiava as costas dela como se fosse uma rocha. Cameron agarrou o tornozelo de Beth e pressionou o pé dela no estribo.

— Pronto. Preparada?

— Ah, claro. Vamos para o Derby. — Ela esticou a mão para pegar as rédeas, mas Cameron não as entregou.

— Nada de rédeas hoje. Eu a conduzo.

Beth olhou para ele, aterrorizada. Ian estava do outro lado, com sua imensidão reconfortante, mas ela estava sentada a uma altura de fazer parar o coração, bem acima dele.

— Cairei sem as rédeas — ela protestou. — Não?

— Você não conseguirá seguir em frente arrastando o rosto do cavalo — explicou Ian. — Você se equilibra.

— Algo em que nunca fui boa.

— Você será boa nisso agora — disse Cameron.

Sem mais delongas, Cameron deixou que a égua partisse em uma caminhada lenta. Imediatamente, Beth deslizou e desceu pelo lado direito do animal, mas Ian a pegou e a empurrou de volta para a sela. Ele estava com um sorriso bem grande no rosto. Rindo de sua pobre esposa.

Os empregados do estábulo e muitos dos empregados da mansão

gravitavam ali fora para observá-la. Fingiam passar pelo trecho de parque no caminho para algum outro lugar da propriedade ou descaradamente ficavam pendurados na cerca que separava o parque e o pátio do estábulo. Davam conselhos à nova dama ou a aplaudiam quando ela conseguia permanecer no lugar quando a égua começava a trotar.

Por volta do fim da aula, Beth havia pelo menos aprendido a equilibrar-se na sela e a usar as pernas para apoiar-se. Os empregados da casa saudaram-na quando Ian a desceu da égua.

O cálido encorajamento era um brutal contraste com a frieza da sala de jantar naquela noite. Hart ficara sentado em um frígio silêncio. Os lacaios que haviam gritado por Beth com o entusiasmo de escoceses agora pareciam desanimados e repreendidos.

As pernas de Beth doíam, com seus músculos não acostumados a tal exercício. Quando ela caiu na cadeira da sala de jantar que Ian puxou, ela deu um pulinho para cima novamente, soltando um gritinho.

As mãos fortes de Ian fecharam-se ao redor dela.

— Você está bem?

— Perfeitamente bem. — Ela mordeu o lábio. — Creio que Cameron precise achar para mim um cavalo mais brando.

Ian abriu um largo sorriso, e depois caiu na gargalhada. Sua risada era cálida e aveludada, tão ótima que ela fez uma pausa para absorvê-la.

Beth sorriu para ele, e fez um espetáculo de cautela para sentar-se.

— Você pode parar de rir de mim, Ian Mackenzie. Foi apenas a minha primeira aula.

Ele inclinou-se na direção dela.

— Você já se sabe sentar bem, minha Beth.

— Devo entender isso como você se referindo à forma como me sento em um cavalo?

Ian beijou-lhe a bochecha e foi até a própria cadeira, ainda sorrindo. Ele limpou os olhos com o dorso da mão e sentou-se.

— Beth gosta de piadas — disse ele, sem olhar para os outros.

Beth sentiu a gelidez do olhar fixo e rígido de Hart. Daniel estava boquiaberto, surpreso, e Cameron estava sentado muito imóvel. Alguma coisa havia acontecido, e Beth não sabia ao certo o que era.

O restante da refeição foi tenso, embora Ian não notasse. Ele comeu com calma, indiferente a tudo. De vez em quando, erguia o olhar para Beth, com o sorriso caloroso, e, uma vez, quando os outros não estavam olhando, ele curvou a língua para ela. Beth ficou da cor da beterraba, e baixou o olhar fixo para o prato.

Quando, por fim, os lacaios limparam a mesa da última parte da refeição, Hart levantou-se e jogou na mesa seu guardanapo.

— Ian, eu preciso de você — disse ele, e saiu da sala.

Cameron estendeu a mão para pegar o umidor no aparador. Daniel juntou-se a ele, e nenhum dos dois agiu com surpresa com a abrupta partida de Hart. Quando Ian foi até eles, Beth deixou sua cadeira em um pulo e foi correndo para fora da sala.

— Beth... — Ela ouviu Ian falar, e então estava já no saguão abaixo, dentro da sala de estudos privada de Hart, que girou no meio do aposento.

— Ian não é seu criado — reclamou Beth, explosiva.

Hart prendeu-a no lugar com seu olhar de falcão.

— Que diabos?

— Você convoca Ian da mesma maneira que faz com um lacaio para cuidar de suas botas.

Um músculo contorceu-se no maxilar dele.

— Sra. Ackerley, mal faz uma semana que a senhora está nesta família. Ian e eu marcamos compromissos e chegamos a um entendimento muito tempo antes da senhora aparecer no horizonte.

— Ele é seu irmão, não seu secretário.

— Não teste a minha paciência.

— Você o ama. Por que não demonstra isso para ele?

Hart foi até ela, e agarrou-a pelos ombros. Ele era abominavelmente forte.

— Sra. Ackerley...

— Meu *nome* é Beth.

A porta abriu-se com um barulho forte, e Ian entrou ali como uma tormenta. Ele pegou Hart e empurrou-o para longe de Beth.

— Não toque nela.

Hart chacoalhou o irmão para longe de si.

— Qual é o problema com você?

— Beth, fique longe dele.

O coração de Beth batia estrondosamente em seu peito.

— Ian, eu sinto muito. Eu só estava...

Ian girou a cabeça para ela, mas não conseguia olhar para Beth.

— Agora!

Beth ficou em pé ali, parada, atordoada por mais um instante, e depois saiu correndo da sala.

Cameron parecia alarmado quando ela passou por ele no saguão, e então disse: "Que inferno!", e foi marchando até o escritório de Hart. O bater forte da porta ressoou como um trovão pela passagem abaixo.

Beth chegou até a escadaria principal antes de entrar em colapso, com os pulmões ardendo. Ela mal conseguia respirar, a porcaria de seu espartilho estava apertado demais.

Alguém bateu à porta ao lado dela.

— A senhora está bem, tia Beth? Quer um drinque ou alguma coisa?

Ela queria rir histericamente do "Tia Beth", mas se recompôs e se conteve.

— Sim, obrigada, Daniel, um drinque seria adorável.

— Ei! — gritou Daniel sobre os corrimões. — Angus. Traga o bendito uísque.

O robusto lacaio que vinha passando pelo saguão deu meia-volta e retornou para a sala de jantar.

— Eles são sempre assim? — perguntou-lhe Beth, respirando com cautela.

— Sempre pulando uns nos pescoços dos outros? Ah, sim. Sempre gritando em relação a alguma coisa. Você se acostuma.

— Será que me acostumo?

— Você terá de se acostumar, não? Mas eles têm andado infelizes.

Beth piscou para afastar as lágrimas de seus olhos.

— E quanto a você? É infeliz?

Daniel moveu seus ombros magrelos, em sinal de resignação.

— Você está dizendo isso porque minha mãe tentou matar a mim e ao meu pai e depois tirou a própria vida? Eu nunca a conheci, e meu pai tinha feito o melhor que podia.

A aceitação pragmática dele da violência de sua mãe fazia com que o coração de Beth se contorcesse em seu peito. Tinha acontecido a mesma coisa em East End. Meninas de dez anos de idade, cujas mães prostitutas tinham levado surras de seus homens, davam de ombros e diziam, em um tom rígido: "Ela era uma prostituta. O que ela poderia esperar?".

Não estando ciente da pena que ela sentia dele, Daniel pegou o copo de cristal ornamentado que Angus havia levado e colocou-a na mão de Beth. Ela sorveu um gole da bebida, o suave sabor do uísque curvando-se com prazer em sua língua. *Damas não bebem bebidas alcoólicas,* ela ouvia a sra. Barrington dizer. Isso a despeito da garrafa secreta de conhaque que ficava guardada na mesinha de cabeceira da dama.

— Diga-me uma coisa, Daniel — falou Beth, cansada. — Na sala de jantar, quando Ian riu para mim, vocês todos ficaram encarando o teto como se este fosse cair. Por quê?

Rugas formaram-se na testa de Daniel.

— Por quê? Porque Ian riu. Não creio que nenhum de nós tinha jamais ouvido o tio Ian rir alto antes. Pelo menos, não desde que ele foi tirado do manicômio.

Beth foi tendo progressos em suas aulas de montaria; no final da semana, conseguia cavalgar sem ajuda, contanto que Cameron ou Ian cavalgassem ao lado dela. Ela aprendera a usar as pernas para guiar o cavalo e não se agitar nem agarrar as rédeas para manter o equilíbrio.

A dor muscular começou a ficar mais fraca, conforme seus músculos se acostumaram com o exercício. No começo da segunda semana de aulas, ela podia subir na cama apenas com um suave gemido de dor. Ian provou-se incrivelmente capaz de tirar a dureza do corpo dela com massagens.

Beth acabou gostando da velha égua em que ela cavalgava. A égua tinha um nome de pedigree quilométrico, mas seu apelido entre os rapazes do estábulo era Emmie. Enquanto Beth e Emmie caminhavam vagorosamente pelas vastas terras de Kilmorgan, Ian e Cameron corriam ou faziam com que seus cavalos pulassem cercas. Ian cavalgava com excelência, mas Cameron parecia ter se tornado parte de seu cavalo. Quando não estava dando aulas de montaria a Beth, ele trabalhava no treinamento da potranca que havia trazido, deixando-a correr em uma longa corda que ele mantinha em suas competentes mãos.

— É o dom dele — disse Ian a Beth enquanto o observavam certa manhã. — Ele consegue fazer qualquer coisa com cavalos. Eles o amam.

Com as pessoas, Cameron era duro, e, com frequência, rude, e a linguagem que ele usava era de baixo calão. A princípio, ele pedia desculpas a Beth, porém, depois de um tempo, ele se esquecia de fazer isso. Beth lembrava-se do que Isabella havia lhe contado. Que os Mackenzie haviam vivido como solteirões por tanto tempo, que não pensavam em suavizar seus modos quando estavam cercados de damas. Beth, acostumada com os durões de East End, decidiu que conseguia tolerar aquele tipo de coisa. Como ela dissera ao inspetor Fellows, não era nenhuma erva daninha murcha.

Ela aprendera a dar valor às conversas de Ian, como aquela em relação a Cameron, pois ela nunca o via muito fora da cama. Durante as duas semanas seguintes, ele ficou trancado com Hart, ou os dois saíam cavalgando sozinhos, e ninguém via para onde iam.

Cameron prosseguia com as aulas de Beth sem dar indícios de que havia algo fora do comum. Beth tentou perguntar a Ian uma vez o que ele e Hart estavam fazendo, e a resposta de Ian foi lacônica: "Negócios", antes de olhar para o nada ao longe.

Ela ficava enlouquecida por não entender, mas odiava ficar cutucando e espionando. Hart estava certo; ela mal conhecia Ian, e talvez fosse o que eles sempre faziam.

Não posso esperar que eles mudem a vida inteira deles por mim, ela se repreendeu. Uma outra parte dela respondia: *Mas ele é meu marido...*

As coisas continuaram assim, até uma manhã em que Cameron a levou para cavalgar além do parque, subindo as colinas.

Era um belo dia, com uma suave brisa de verão, que dançava em meio às árvores. Trechos de neve permaneciam nos mais altos picos das montanhas, e o sol, em momento algum, era quente o suficiente para derretê-la.

— Há um edifício ornamental no bosque ali — disse Cameron, cavalgando ao lado dela. Seu próprio cavalo era um brilhante garanhão negro. Os rapazes do estábulo tinham medo do animal, mas ele obedecia Cam sem transtornos. — Meu pai construiu o edifício para minha mãe. Não havia ruínas de castelos nas Terras Altas da Escócia, então ele decidiu construir um falso.

Os irmãos nunca falavam muito de sua mãe, nem de seu pai, a propósito. O retrato de seu pai de barba cerrada olhava feio para ela todos os dias do topo da escadaria no segundo andar, mas ela nunca tinha visto um retrato da mãe deles. Deu uma cutucada em Emmie para que fosse mais rápida, interessada.

Atrás dela, o cavalo de Cameron tropeçou. Beth virou, alarmada, e deparou-se com Cameron já descido de sua montaria e examinando com ansiedade a pata do garanhão.

— Ele está machucado? — ela falou com Cameron, que estava de costas, com suas costas largas.

— Não, está tudo bem com ele. Ele perdeu uma das ferraduras, não foi, velho rapaz? — Ele deu uns tapinhas no pescoço do cavalo. — Suba até a edificação. Emmie conhece o caminho.

Beth engoliu em seco, nunca tendo se aventurado a cavalgar sozinha, mas decidiu que tinha de fazer isso em algum momento. Ele cutucou Emmie para que seguisse em frente, e a velha égua foi caminhando pelo caminho acima em direção à mais alta colina.

O dia tinha ficado quente, o ar sufocante em meio às árvores. Beth limpou o rosto enquanto cavalgava, na esperança de que a edificação contivesse uma brisa mais fresca.

Não tardou para que o visse, um edifício pitoresco de pedra com musgo nele. As laterais planas tinham minúsculas janelas e tijolos que caíam, em ruínas, feitos com arte. Contudo, ela conseguia ver por que o edifício ornamental havia sido construído naquele lugar específico. A vista era de tirar o fôlego. Dobras e mais dobras de terra iam desaparecendo em direção ao plano mar cinzento ao longe. Um riacho jorrava em um desfiladeiro que descia da borda frontal da edificação.

— Tem certeza de que Fellows não tem nada de novo? — A voz de Hart soou, vinda do edifício, e Beth ficou paralisada.

— Eu disse — foi a resposta de Ian.

— Você não disse nada que fosse útil. Temos de falar sobre isso. Por que não me contou sobre Lily Martin?

— Eu queria mantê-la em segurança. — Seguiu-se um silêncio. — Eu não a ajudei de forma alguma.

Lily Martin era o nome da mulher morta em Covent Garden, lembrou-se Beth, da noite em que Ian havia partido para Paris. Fellows estava convencido de que Ian a havia matado.

— Por que você não me contou? — repetiu Hart.

— Para mantê-la em segurança — respondeu Ian com ênfase.

— De Fellows?

— Em parte.

— De quem quer que tenha matado Sally Tate? — perguntou-lhe Hart em um tom aguçado.

Seguiu-se um outro momento de silêncio, enquanto o riacho gargalhava feliz lá embaixo, ao longe.

— Ian, você sabe? — A voz de Hart ficou mais baixa, desprovida de emoção.

— Eu sei o que eu vi.

— Que foi...? — quis saber Hart, impaciente.

— Sangue. Ela estava coberta de sangue. Tentei limpá-lo das paredes, na roupa de cama. Era como tinta...

— Ian. Concentre-se em mim.

Ian perdeu-se na fala, com as palavras esvanecendo-se.

— Eu sei o que eu vi — ele disse, baixinho.

— Mas Fellows sabe disso?

Ian fez uma pausa mais uma vez e, quando falou, sua voz estava mais firme.

— Não.

— Então por que ele quer Beth?

— Eu não sei. Mas ele a quer, e não vou permitir que a tenha.

— Muito nobre da sua parte. — A voz de Hart soava seca.

— Se ela está casada com você, seu nome a protege também. A família do duque de Kilmorgan não será incomodada por Lloyd Fellows.

— Eu me lembro.

— Ele tentou fazê-la me espionar — continuou a dizer Ian.

A voz de Hart ficou aguda.

— Ele fez isso?

— Beth recusou-se a falar. — Sua voz soava satisfeita. — Ela o dispensou. Minha Beth não tem medo dele.

— Você tem certeza de que ela recusou a oferta dele?

— Eu estava lá, mas, em todo caso... — Uma outra pausa, e Beth prendeu a respiração.

— Em todo caso? — disse Hart.

— Uma esposa não pode testemunhar em corte contra o marido, pode?

Hart ficou em silêncio por um instante.

— Peço desculpas, Ian. Às vezes, eu me esqueço de como você é inteligente.

Ian não respondeu. Hart prosseguiu:

— Você está certo, Ian. É melhor que ela esteja do nosso lado. Porém, no instante em que ela o fizer infeliz, o casamento será anulado. Ela pode ser mantida quieta por uma grande soma em dinheiro. Todo mundo tem seu preço.

A respiração de Beth doía, e o mundo parecia ondular ao seu redor. Ela virou-se e, às cegas, cutucou Emmie para que seguisse em frente, grata pelo fato de que os cascos da égua faziam um som baixo nas folhas úmidas.

Ela sentiu uma pontada de náusea. Agarrou-se à crina castanho-avermelhada de Emmie, permitindo que a égua encontrasse seu caminho para casa. Beth mal se lembrava da cavalgada até chegar a Kilmorgan. Ela sabia apenas que, de repente, estava diante dela, a longa mansão que se estendia no vale, com suas janelas reluzentes como olhos que a observavam.

Cameron não podia ser visto em lugar nenhum, provavelmente absorto com a ferradura perdida de seu garanhão, e isso não era problema para Beth. Um cavalariço alto e de cabelos vermelhos apareceu e tomou as rédeas de Emmie, e Beth ouviu-se agradecendo a ele com educação. Os cães vieram correndo para receber a atenção dela, mas ela não conseguiu fazer carinho neles, e eles se viraram e voltaram aos trotes para os estábulos.

De alguma forma, Beth conseguiu entrar na casa e subiu até sua câmara, que ela dividia com Ian. Ela fechou a porta na cara da criada que havia se apressado para ajudá-la, e, entorpecida, tirou suas roupas e ficou de chemise, e deitou-se na cama.

Era fim de tarde, e o sol brilhava pelas janelas com toda sua força. Beth ficou lá deitada, imóvel, o braço sobre o abdômen, e a ausência do espartilho por fim permitiu que respirasse. Algumas lágrimas escorriam por seu rosto, e depois secaram, deixando seus olhos ardendo. Ela achava que podia ouvir o eco da gargalhada zombeteira da sra. Barrington.

Beth ficou deitada até que ouviu Ian chegando. Então, ela fechou os olhos, não querendo olhar para ele.

Capítulo Dezesseis

Beth ficou deitada nas sombras do dossel, com seus cabelos escuros emaranhados no travesseiro. O olhar de Ian tracejava as cobras formadas pelos cabelos dela, linhas de seda castanha em meio à roupa de cama. Seis fios estavam retos, sete entrelaçavam-se com eles em ângulos estranhos, e mais três estavam sobre sua clara chemise. Ele gostou do padrão e ficou estudando-o por um tempo.

A bainha da chemise de Beth tinha se contorcido e expunha suas panturrilhas, agora com músculos, devido a suas aulas de montaria. Ele esticou a mão e tocou em sua pele, e depois ficou alarmado quando viu que estava úmida e fria.

— Beth, você está doente?

As pálpebras de Beth tremularam, mas ela não olhou para ele.

— Não.

Ian parou, com uma minúscula dor de cabeça traçando seus fios por seu cérebro. Ele sempre teve dificuldade em decifrar o que outra pessoa estava sentindo, mas a angústia de Beth penetrava até mesmo na neblina que se formara em seu cérebro.

— Você caiu? — Ele sentou-se na cama ao lado dela. — Ficou assustada? Conte-me o que houve.

Beth sentou-se direito na cama, com seus belos cabelos caindo por seus robustos seios.

— Ian, por favor, explique para mim o que aconteceu naquela noite em High Holborn.

Ele começou a balançar a cabeça antes de ela haver terminado de falar. Tantas pessoas queriam discutir esse assunto: Fellows, Hart, Beth. Hart havia perguntado novamente naquela tarde o que Ian havia feito, havia bisbilhotado e aberto uma caixa na memória de Ian que ele desejava manter trancafiada para sempre.

Não me faça ver... Os dedos de Beth apertavam os dele.

— Por favor. Eu preciso saber.

— Não precisa.

— Preciso sim. Preciso entender.

— Deixe isso para lá. — As palavras dele soavam duras na quietude.
— Eu quero que você olhe para mim como fez logo que me conheceu, antes de saber disso.

— Como posso fazer isso? Como posso não saber? Sou sua esposa. — Ela soltou a mão dele. — Você nunca ia me contar, não é? Até que Fellows abriu a boca? Por quanto tempo você me manteria em silêncio?

— Por tanto tempo quanto me fosse possível.

— Você confia em mim tão pouco assim?

Ian desviou o olhar, com sua atenção captada pela distinta sombra de folhas junto à persiana da janela.

— Com relação a esse assunto, eu não confio em ninguém.

— Com a exceção de Hart.

— Especialmente Hart. — As palavras dele eram lúgubres.

— Você acha que eu contaria a alguém o que você me dissesse?

Ele voltou rapidamente o olhar para ela e depois o desviou, mas não antes de ver os olhos de Beth cheios de lágrimas não derramadas.

— Fellows pediu que você fizesse isso.

— E você acredita que eu faria uma coisa dessas? Eu conheço você. Mas Fellows não pode me colocar no banco de testemunhas, não é? Uma esposa não é considerada uma testemunha crível contra seu marido. Ouvi você explicando isso a Hart.

O coração de Ian ficou acelerado, e sua mente repassava todas as palavras que ele havia trocado com Hart no edifício ornamental. Ela estava lá, deveria estar de passagem, cavalgando, mas ela parara para ouvi-los.

— Onde estava Cam? Ele estava com você? Ele nos ouviu?

Beth arregalou os olhos.

— Não, o cavalo dele perdeu uma ferradura. Eu ouvi, ninguém mais. Ouvi você falando sobre o sangue dela. Ouvi você dizer a Hart que se casou comigo para impedir que Fellows me usasse contra você. Isso é verdade? — Ela soltou uma risada curta, como um balido. — É claro que é verdade. Você não sabe mentir.

Ele fora avassalado por lembranças, hediondas e vívidas. Voltar a entrar no quarto e ver o corpo branco de Sally junto aos lençóis, a surpresa no rosto dela, o sangue ensopando seus braços e suas pernas, seus cabelos tingidos formando cobras pelos travesseiros em padrões similares aos de Beth.

— Eu não consegui ajudá-la. Fracassei com ela.

Ele havia fracassado com Lily Martin também, a dama que tinha visto no saguão com terror no olhar. Ela havia visto. Ela sabia. Ela não poderia ter permissão para contar ao policial. Ele havia escondido Lily durante cinco anos, mas, no final, ela acabara morrendo.

E agora, Beth. Se ela soubesse, correria perigo também.

— Ajude-me a entender — suplicou Beth. — Conte-me por que você sente tanto medo, por que faria isso comigo.

— Eu deveria saber. Eu deveria ter impedido.

— Impedido o quê? Saber do quê?

Ian cerrou as mãos nos ombros de Beth até que ela se encolheu. Então, deliberadamente, ele soltou-a e ficou parado, em pé.

— Pare de me fazer perguntas.

— Ian, eu sou sua esposa. Juro que não sairei correndo até o inspetor Fellows para contar a ele tudo o que sei. Eu disse isso a você no dia em que ele me encheu de perguntas.

— Eu não me importo nem um pouco com o maldito inspetor Fellows.

Ela riu, e ele não conseguiu entender o que ela achava engraçado.

— Ainda assim, você se casou comigo para impedi-lo de me atormentar para descobrir todos os seus segredos. Por que outro motivo você se casaria com uma viúva ingênua e um tanto quanto velha?

Ele não fazia a mínima ideia do que ela estava falando.

— Eu me casei com você para mantê-la a salvo dele. Para manter idiotas como Mather longe de você. O nome de Hart protege esta família, assim, eu fiz de você parte dela, uma Mackenzie. Ninguém põe as mãos nos Mackenzie.

— Porque o poderoso duque de Kilmorgan tem influências no Ministério do Interior Britânico?

— Sim.

Os olhos dela eram muito azuis. As lágrimas os deixavam ainda mais azuis, como a centáurea, um azul de tirar o fôlego. A dor de cabeça parecia facadas nas têmporas de Ian, e ele a esfregava.

— Eu quero ajudar você a descobrir o que aconteceu — falou Beth. — Ajudá-lo a deixar o assunto para lá e ficar em paz.

Ah, meu Deus!

— Não, não, não. Deixe isso para lá.

— Como posso deixar para lá? Isso o está dilacerando; está me dilacerando. Se você me contar, se pensarmos no assunto, talvez possamos chegar à conclusão do que aconteceu.

Ian afastou-se bruscamente.

— Esta não é uma bendita história de detetives.

Ela mordeu o lábio, dentes brancos no vermelho, e o desejo dele ergueu-se rapidamente, o que era uma inconveniência. Porém, se fizesse amor com ela, ele a cavalgaria até que ela não conseguisse respirar, ela pararia de lhe fazer perguntas, pararia de pensar, pararia de olhar para ele.

— Eu morava no East End — ela estava dizendo, e sua voz flutuava e passava por ele. — Eu conhecia moças da vida, e elas não tinham ressentimentos em relação a mim... pelo menos, não a maioria delas. É possível que alguma conhecesse Sally Tate, soubesse quem a seguiu e a matou, talvez em um acesso ciumento de fúria...

Por fim, Ian focou-se nas palavras dela. Ele segurou-a pelos pulsos.

— Não! — Ele fixou o olhar no dela... tão azuis, tão belos, como os céus no auge do verão...

Ele cerrou os olhos com tudo.

— Fique fora disso. Deixe-nos fora disso. Por que você acha que Lily Martin morreu?

Silêncio. Por fim, Ian abriu os olhos e deparou-se com Beth imóvel à sua frente, com os lábios levemente abertos. Seus seios sobressaíam-se sob a chemise, macios, brancos e convidativos ao toque dele.

— Ela morreu porque sabia demais — disse Ian. — Eu não consegui salvá-la. Não quero encontrar você daquele jeito também.

Beth arregalou os olhos.

— Você acha que ele vai atacar de novo, então?

A respiração de Ian fazia doer seus pulmões. Ele afastou-se dela, desajeitado, até que as unhas marcaram as palmas de suas mãos.

— Mas que diabos, deixe isso para lá! Não tem nada a ver com você.

— Você fez de mim sua esposa. Tem tudo a ver comigo.

— E, como minha esposa, você tem de me obedecer.

Beth colocou as mãos nos quadris, erguendo as sobrancelhas.

— Você não sabe muito sobre casamentos, não é?

— Não sei de nada em relação a isso.

— Tem a ver com dividir fardos. É a esposa ajudando o marido, o marido ajudando a esposa...

— Pelo amor de Deus. — Ian virou-se abruptamente para o outro lado, incapaz de permanecer em pé, parado. — Eu não sou seu Thomas, seu vigário. Nunca serei ele. Você nunca olhará para mim da forma como olhava para ele.

Ela ficou encarando-o, com o rosto branco.

— O que você quer dizer com isso?

Ele virou-se de volta para ela.

— Você olha para mim como se eu fosse o Louco Mackenzie. Isso fica em segundo plano na sua mente o tempo todo. — Ele deu uns tapinhas de leve na lateral da cabeça dela. — Você nunca consegue se esquecer da minha loucura, e sente pena de mim por isso.

Beth piscou algumas vezes, mas permaneceu em silêncio. Sua Beth, que era capaz de falar sobre tudo e qualquer coisa, tivera suas palavras roubadas.

Porque Ian tinha falado a verdade. Ela era loucamente apaixonada por seu primeiro marido. Ian entendia o amor, mesmo sendo incapaz de senti-lo. Ele tinha visto seus irmãos devastados pelo amor e pelo pesar, e sabia que o mesmo havia acontecido com Beth.

— Eu nunca lhe darei o que ele lhe deu. — O peito de Ian doía. — Você o amava, e eu sei que isso jamais pode acontecer entre nós.

— Você está errado — ela disse em um sussurro. — Eu amo você, Ian.

Ele pressionou os punhos cerrados em seu esterno.

— Não há nada aqui para se amar. Nada. Eu *sou* insano. Meu pai sabia disso. Hart sabe disso. Você não consegue cuidar de mim como uma enfermeira e me trazer de volta à saúde. Eu tenho as fúrias que meu pai tinha, e nunca se sabe ao certo o que farei... — Ele interrompeu sua fala, a dor de cabeça martelando-o. Ele esfregou a têmpora com fúria, com raiva da dor.

— Ian.

O restante do corpo dele desejava Beth; ele não conseguia entender por que a raiva o continha. Queria pôr um fim àquela discussão estúpida e abrir as pernas dela na cama.

A respiração agitada de Beth fazia com que seus seios se erguessem alto, e seus cabelos desgarravam-se, espalhando-se por seus ombros. Se ele cavalgasse nela, ela pararia de falar sobre assassinato e amor. Seria apenas dele.

Ela não é uma prostituta, algo sussurrava na mente dele. *Ela não é algo a ser usado. Ela é Beth.*

Ian agarrou-a pelos ombros e arrastou-a para cima, para junto de si, colocando sua boca na dela. Ele forçou os lábios dela a se abrirem; o beijo, agressivo, brutal. Os punhos cerrados de Beth no seu peito abrandaram-se, mas ela estava tremendo.

Faminto, ele tomou a boca de Beth, querendo puxá-la para dentro de si, ou ele colocar-se dentro dela. Se pudesse fazer parte dela, tudo ficaria bem. Ele ficaria bem. O horror que ele mantinha em segredo iria embora.

Exceto que ele sabia que isso não aconteceria. Sua maldita memória manteria tudo fresco, como se tivesse acontecido no dia anterior. E Beth ainda olharia para ele como se ele fosse alguém patético em uma sarjeta do East End.

O calor o escaldava como o banho de sua infância. Ninguém tinha acreditado nele quando ele gritava, estridente, afirmando que queimava... eles forçavam-no a entrar na água escaldante, e ele gritava até machucar a garganta, a voz partida.

Ian empurrou Beth para longe de si. Ela ergueu um olhar contemplativo para ele, com os lábios inchados e vermelhos, escancarados.

Ele saiu andando para longe dela.

O mundo tornou-se muito específico, o padrão no tapete apontando, quase, mas não exatamente, para a porta. Era angustiante mover os pés em direção à porta, mas ele tinha de sair da sala, e deixar a fúria e a dor.

Ele viu Curry no corredor, que sem dúvida tinha subido às pressas ao ouvir os gritos. Todos se preocupavam com ele: Curry, Beth, Hart, Cam... tão protetores, cercando-o, confinando-o, seus carcereiros. Ele passou por Curry sem dizer nenhuma palavra, e saiu andando.

— Aonde vai, senhor? — Curry chamou-o pelas costas, mas Ian não respondeu.

Ele desceu pelo saguão, colocando os pés precisamente alinhados com a beirada do carpete. No patamar, fez uma curva fechada e seguiu a linha da escadaria para baixo.

Curry arfava atrás dele.

— Eu simplesmente vou com o senhor, então.

Ian ignorou-o. Ele caminhava, cruzando o piso de mármore preto e branco sob seus pés, pisando apenas nos brancos, e saiu pela porta até o jardim.

Andando, andando, até o lar do caseiro, e lá dentro, até a caixa que continha um par de pistolas e as armas de fogo para atirar em faisões. Ele sabia onde estava a chave e já havia pegado duas pistolas antes que Curry, com seus passos mais curtos, conseguisse alcançá-lo.

— Senhor.

— Carregue-as para mim.

Curry ergueu as mãos.

— Não.

Ian virou-se. Ele mesmo encontrou as balas, enfiou a caixa delas dentro do bolso e saiu andando.

No caminho de Ian no jardim, um jovem assistente de jardineiro ergueu-se da roseira que estava podando, encarando Ian, boquiaberto. Ian agarrou-o pelo ombro e puxou-o consigo adiante.

O jovem homem deixou cair suas tesouras de poda, obediente, ao lado de Ian. Curry veio até eles, arfando.

— Deixe isso — disse ele, irritado, ao jardineiro. — Você, volte ao trabalho.

Ian não fazia a mínima ideia de com quem Curry estava falando. Ele manteve sua pegada firme no braço do jardineiro mais jovem. Era um rapaz magrelo, forte como aço.

Na extremidade do jardim, Ian entregou uma pistola vazia para o jardineiro. Ele retirou a caixa de balas de onde estava e abriu-a, empurrando-a para a mão aberta do homem.

As balas reluziam, com seus revestimentos de cobre captando a luz do sol. Ian admirava suas formas perfeitas, afuniladas no topo, arredondadas na parte inferior, como se encaixavam precisamente na câmara do revólver.

— Carregue aquele — ele falou para o jardineiro.

O menino começou a obedecê-lo, e seus dedos tremiam muito.

— Pare! — disse Curry em tom de comando. — Não faça isso para ele.

Ian guiou os dedos do jovem rapaz para que colocasse a bala na câmara do revólver. Os revólveres eram Webleys, carregados empurrando o tambor da arma para a frente, mexendo na dobradiça.

— Cuidado — falou Ian. — Não se machuque.

— Abaixe a pistola, rapaz, ou você enfrentará problemas.

O jovem lançou um olhar aterrorizado para Curry.

— Faça o que estou dizendo — insistiu Ian.

O jovem engoliu em seco.

— Sim, milorde.

Ian clicou e reuniu as partes do revólver, mirou para baixo com o cano, e atirou em uma pequena rocha que estava apoiada em uma outra a cerca de quinze metros de distância. Disparou seguidas vezes até que sua pistola clicou e ele deparou-se com sua câmara vazia, sem mais balas.

Em seguida, empurrou a pistola para o jardineiro e pegou a segunda.

— Recarregue aquela — ordenou ele, e mirou para baixo com a arma de fogo que lhe fora recém-entregue.

Ian atirou mais seis vezes, transformando em pedacinhos ambas as rochas. Ele pegou a primeira arma e centralizou-a em outra rocha, enquanto o jovem carregava a segunda mais uma vez.

Fracamente, Ian ouviu Curry gritando com ele, depois, com o jardineiro, mas não conseguia discernir as palavras. Ouvia outros atrás de si. Cam. Hart.

Seu mundo estreitava-se para o aço azul do cano da pistola, as minúsculas explosões de rochas a curta distância, o ruído estourado enquanto ele apertava o gatilho. Ele sentia a coronha sólida da arma de fogo junto à palma de sua mão, apertava bem os olhos ao sentir o cheiro acre da pólvora queimada, alternando seu peso entre os pés para aguentar o tranco.

Ele disparou, entregou a pistola, disparou mais uma vez, várias vezes. Suas mãos doíam, seus olhos lacrimejavam, e ele continuava atirando.

— Senhor! — berrou Curry. — Pare, pelo amor de Deus.

Ian mirou, e deu um pinote, e ele o endireitou, atirando mais uma vez.

Mãos pesadas agarraram seu ombro. A voz de Hart, rugindo de fúria. Ian chacoalhou-se, livrou-se dele e continuou disparando.

Disparar, mão na pistola, agarrar a segunda pistola, mirar, disparar.

— Ian.

O tom cálido de Beth flutuava até ele, e sua mão tranquila pousava na dele. O mundo voltava a ele rapidamente.

Estava mais escuro agora, o crepúsculo havia tomado conta do brilho da tarde. O auxiliar de jardineiro chorava e soluçava ao lado dele, deixando cair a pistola vazia e pressionando o rosto com as mãos.

Os braços de Ian doíam. Lentamente, ele descerrou a pistola que Curry tirou com calma de sua mão e deparou-se com suas palmas cheias de bolhas e em carne viva.

Beth tocou na face dele.

— Ian.

Ele amava a forma como ela dizia seu nome. Ela pronunciava de modo gentil, sua voz sempre suave, acariciadora.

Hart surgiu agigantando-se atrás dela, mas Ian dissolveu-se em Beth. Ele envolveu-a com seus braços pela cintura e enterrou o rosto no pescoço dela.

— Quando ele voltar e descobrir que a senhora se foi, quem ele vai esganar? — baliu Curry. — Eu, serei eu.

Beth entregou a Katie sua valise e ajustou suas luvas.

— Você me disse que, quando ele desaparece assim, com frequência é por dias a fio. Estarei de volta antes disso.

O olhar obstinado de Curry dizia que ele não acreditava nisso.

Ian havia dormido com Beth, feito amor com ela na última noite, antes de Curry ter colocado bandagens nas mãos feridas dele, porém, quando Beth tinha acordado, Ian havia partido, não apenas de seu quarto, mas da casa e do parque ao redor. Nenhum dos cavalos estava faltando: ninguém o tinha visto ir embora.

Hart estava lívido e demandava uma busca. Cameron e Curry haviam-no persuadido a deixar Ian em paz. Ele voltaria quando estivesse preparado para voltar. Não era o que ele fazia sempre? Pelo olhar de Hart, ele culpava Beth por isso.

— Você está se saindo bem, milady — Katie sussurrou para ela enquanto subiam na carruagem. — Sempre pensei que ele fosse um doido.

— Eu não vou deixá-lo — Beth disse em um tom pungente, alto o bastante para que o cocheiro ouvisse. — Vou simplesmente cuidar de negócios em Londres.

Katie olhou de relance para o cocheiro e piscou para Beth.

— A senhora está certa, milady.

Beth fechou a boca rapidamente enquanto o cocheiro começava a colocar os cavalos em marcha. Ela sentiu uma pontada. Sentiria falta de Kilmorgan.

A jornada até a estação ferroviária provou-se simples e sem nada digno de nota. Enquanto o cocheiro erguia as valises, o filho de Cameron, Daniel, de repente saiu da parte traseira da carruagem, onde estivera agachado.

— Leve-me com você — ele deixou escapar.

Beth ainda não tinha tomado uma decisão em relação a Daniel. Definitivamente ele era um Mackenzie, com seus cabelos de um castanho-avermelhado e seus olhos dourados, mas a forma de sua face era diferente. Seu queixo e seus olhos eram mais suaves, tornando-o mais belo do que endurecido. A mãe dele tinha sido uma beldade famosa, segundo Curry, celebrada em seus dias.

Típico do nosso Lorde Cameron casar-se com uma mulher selvagem como ela, dissera Curry. *Qualquer coisa para irritar o pai.*

A tentativa de Daniel de imitar Cameron de todas as formas emocionava o coração de Beth. Ele desejava a atenção e a aprovação de Cameron. Beth podia ver isso, e nem sempre Cameron correspondia aos anseios do menino.

— Não tenho certeza se seu pai ficaria feliz com isso — tentou argumentar Beth.

O rosto de Daniel assumiu ares de tristeza.

— Por favor? Será deprimente aqui com Ian desaparecido, Hart mordendo e arrancando as cabeças de todo mundo, e papai grunhindo como uma tempestade de trovoadas. Com você fora, eles ficarão até mesmo pior.

Daniel ficaria no meio, sentiu Beth. Ele se exasperaria e se rebelaria, o que faria com que tanto Hart quanto Cameron fossem mais duros com ele.

— Muito bem — disse Beth. — Você por acaso não fez uma mala, fez?

— Nem fiz, mas tenho roupas na casa de papai em Londres. — Daniel correu alguns passos e fez uma pirueta. — Serei um bom menino. Eu juro.

— A senhora está louca? — sibilou Katie enquanto Beth se voltava para a janela onde se compravam passagens. — Por que motivos ia querer se ocupar daquele encrenqueiro?

— Ele será útil, e sinto pena dele.

Katie revirou os olhos.

— Ele é um tremendo de um incômodo, aquele menino. O pai dele precisa lhe dar uns tapas no traseiro.

— Ser pai é complicado.

— Ah, é? Você já foi mãe?

Beth escondeu a rápida dor que sentiu em seu coração.

— Não, mas conheci muitos pais e mães. — Ela sorriu para o mestre da estação enquanto ele vinha até o balcão.

O chefe da estação colocou a passagem de Daniel na conta de Kilmorgan, parecendo levemente surpreso que Beth pedisse passagens em vez de enviar um criado ou uma criada para fazê-lo. A ideia de uma dama comprar qualquer coisa para si parecia encher todo mundo de horror.

— Eu também gostaria de mandar um telegrama — falou ela em um tom brusco, e depois esperou enquanto o chefe da estação pegava lápis e papel.

— Para quem, milady?

— Inspetor Fellows — ela respondeu. — Na Scotland Yard, em Londres.

Jennifer Ashley

Capítulo Dezessete

Estar sozinho não mais o aquietava.

Ian observava a água escorrendo no fundo do desfiladeiro, com as botas lamacentas, a bainha de seu kilt úmida do fluxo de água do riacho que a borrifava.

Em algum momento de sua vida, pescar no desfiladeiro de Abernathy com nada além do vento, do céu e da água teria parecido a perfeição para ele.

Não estava estritamente sozinho. O velho Geordie pescava em uma rocha não longe dele, com sua vara de pescar silenciosamente pendendo da mão envelhecida. Havia muito tempo, Geordie tinha sido um empregado do pai de Ian, mas havia se aposentado e levava uma existência reclusa na montanha, a quilômetros de qualquer lugar. Sua cabana era minúscula e decrépita, e Geordie era antissocial demais para contratar alguém para ajudá-lo a manter o lugar.

Não havia se passado muito tempo depois que Ian havia sido liberado do manicômio, e ele havia encontrado por acaso o refúgio de Geordie. Naquela época, Ian andava volátil e inquieto, ficava facilmente enervado pelo escrutínio de sua família e de seus criados. Um dia, ele fugiu de fininho e vagou sozinho para locais ermos, acabando com sede e os pés feridos na soleira de uma cabana de pedra cor de cinza. Geordie havia aberto a porta em silêncio, aliviado a sede de Ian com água e uísque e permitido que ele ficasse por lá.

Geordie, o homem taciturno que uma vez tinha ensinado o menino Ian a pescar, não tinha feito nenhuma pergunta. Ian o havia ajudado a reparar uma parte do telhado que havia descascado, e Geordie o havia alimentado e lhe dado um canto para dormir. Ian havia permanecido até que se sentiu mais capaz de lidar com o mundo, e depois voltou para casa.

Tinha se tornado um hábito para Ian ir até lá quando os eventos se tornavam demais. Ele costumava ajudar Geordie com quaisquer reparos que precisassem ser feitos, e Geordie confortava Ian com o silêncio.

Ian havia chegado cedo naquela manhã. Ele havia tirado a camisa e ido trabalhar no revestimento do interior da cabana de Geordie, a fim de protegê-la do vento do inverno que estava por vir. Geordie, frágil demais agora para fazer muito trabalho, ficava sentado e fumava seu cachimbo, sem dizer nada, como de costume.

Depois que Ian terminou, ele e Geordie carregaram nos ombros suas varas de pescar e, em silêncio, seguiram seu caminho até o desfiladeiro de Abernathy.

Beth ia gostar daqui.

O pensamento atingiu Ian do nada, mas era verdade. Ela teria gostado da correnteza do riacho, da beleza da urze em meio às rochas, do doce aroma do ar. Ela teria sorrido e dito que entendia por que Ian vinha até ali, e então provavelmente faria uma piada que Ian não entenderia.

Ian olhou de relance para Geordie. O velho homem estava sentado em uma rocha, trajando um kilt puído. Ele segurava uma vara de pescar negligentemente em uma das mãos, e tinha o inevitável cachimbo preso entre os dentes.

— Estou casado — Ian lhe contou.

A expressão de Geordie não se alterou. Ele tirou o cachimbo da boca e disse:

— Oh, verdade? — E enfiou o cachimbo de volta na boca.

— Verdade. — Ian ficou pescando, em silêncio, por um instante. — Ela é uma bela moça.

Geordie grunhiu. Ele retornou sua atenção para a linha de pesca, tendo terminado a conversa. No entanto, Ian podia ver que Geordie estava demonstrando interesse. Ele havia inclusive respondido.

Ian ficou pescando por mais um tempo, mas percebeu que os sons do desfiladeiro e a calma da pescaria não aquietavam sua mente como de costume. Ficava revivendo em sua mente a cena com Beth, que tinha ido parar em sua trapalhada com as pistolas. Ele a havia tomado na cama em um doce esquecimento depois daquilo, mas acordara ainda perturbado.

Ela conhecia as máculas na alma dele, a escuridão em seus olhos. Ian lembrava-se de como ela havia desferido um olhar contemplativo e cheio de interesse inocente para ele na noite em que ele a conhecera na ópera, e sabia que ela nunca mais faria isso de novo. Maldito Fellows!

A tarde deu lugar à noite, embora o verão nas Terras Altas da Escócia ainda estivesse em seu auge. Beth estaria se preparando para a ceia, embora, se fosse sensata, a tomaria sozinha em seus aposentos. O olhar feio de Hart na sala de jantar era capaz de arruinar o apetite de qualquer um.

Ian visualizou-a sentando-se a sua penteadeira, escovando seus longos e sedosos cabelos. Ele amava o quanto deslizavam acetinados, como seda cálida em suas mãos.

Queria dormir com ela junto a si, sentir a calidez úmida do corpo dela ao longo do seu. O ar do verão jorrava pela janela, e ele podia inspirar o cheiro tanto do verão em si quanto o dela.

Ian puxou sua linha de pesca.

— Irei para casa, então.

Geordie mal mexeu a cabeça, assentindo.

— Vai voltar para a sua dama — comentou ele, sem tirar o charuto da boca.

— Sim. — Ian abriu para ele um largo sorriso, reuniu seus equipamentos e desceu a passos largos o desfiladeiro.

— Ele está aqui — sussurrou Katie. — Na sala de estar.

Beth levantou-se, espiou-se no espelho, arrumou uma mecha de seus cabelos e deixou o quarto.

— Não venha comigo.

— Eu? Nem quero chegar perto daquele homem. — Katie caiu em uma cadeira no quarto de Beth na casa de Belgrave Square. — Esperarei aqui.

Beth saiu correndo, pressionando as mãos nas saias para impedirem de farfalhar. A escadaria e o saguão reluziam com a luz, já que Beth tinha sido firme e dissera aos criados e às criadas da sra. Barrington que queria ser capaz de ser vista quando subisse e descesse as escadas. O velho mordomo tinha dado risada, depois ficou ofegante, mas cuidou para que isso fosse feito.

O inspetor Fellows virou-se quando ela entrou na sala de estar. Beth pensou em como tinha sido a primeira vez que o encontrara na sala de estar de Isabella, em Paris, em sua agitação e em seu assombro quando Fellows havia lhe contado tudo sobre Ian Mackenzie. Ela estava determinada a conduzir a conversa com um pouco mais de compostura.

Fellows tinha a mesma aparência do primeiro encontro deles dois. Seu terno era feito de um material barato escuro, mas bem-mantido, e seus espessos cabelos estavam penteados para trás, descobrindo toda a testa, e seu bigode estava aparado. Olhos cor de avelã observavam Beth com uma intensidade comparável à de Hart.

— Sra. Ackerley.

— Meu casamento tem validade jurídica — afirmou Beth com rispidez, puxando as portas para fechá-las. — Sendo assim, não sou mais sra. Ackerley. Lady Ian Mackenzie soa estranho para mim, mas pode me chamar de "Vossa Senhoria", caso queira.

Fellows desferiu a ela um sorriso retorcido.

— Ainda a guardiã feroz. Por que mandou me chamar?

Beth ergueu as sobrancelhas.

— Eu posso ter crescido nas sarjetas, mas, ao que me parece, aprendi a ter mais modos do que o senhor. Vamos nos sentar?

Fellows fez uma ceninha, esperando que ela se sentasse antes de ele mesmo se abaixar, não à vontade, e sentar-se na beirada de uma poltrona Belter. Os móveis de pelos de cavalo da sra. Barrington eram odiosamente desconfortáveis, e Beth sentiu um momento de júbilo ao observar Fellows se mexendo na superfície desconfortável da cadeira.

— Desista, inspetor. As cadeiras são impossíveis. Se não quer que eu toque a campainha para pedir chá, então simplesmente vou começar. — Ela inclinou-se para a frente. — Quero que me conte tudo o que sabe sobre o assassinato na casa de High Holborn há cinco anos. Inicie pelo começo e não deixe nada de fora.

Fellows parecia surpreso.

— Supostamente, a senhora é quem deveria me contar o que aconteceu.

— Bem, eu não sei, sei? Caso explique para mim, talvez eu possa compartilhar o que fiquei sabendo, mas você deve começar.

Ele ficou encarando-a por um momento, e então, um dos cantos de sua boca ergueu-se.

— A senhora é uma difícil negociadora, sra. Ackerley... perdoe-me... Lady Ian. Os extravagantes Mackenzie por acaso sabem o que caiu sobre eles?

— Eu acho os extravagantes Mackenzie bem cavalheirescos. Eles se importam profundamente uns com os outros, foram bondosos comigo e amam seus cães.

Fellows não parecia impressionado.

— Tem certeza de que quer ouvir a história? Algumas partes são medonhas.

— Não tenha remorsos, inspetor.

De fato, o inspetor Fellows tinha olhos desprovidos de remorso.

— Muito bem, cinco anos atrás, quase no dia de hoje, eu fui chamado para investigar um crime em uma casa particular em High Holborn. Uma jovem, Sally Tate, havia sido esfaqueada cinco vezes no coração, segundo o legista. Ela sangrou um tanto, e seu sangue havia manchado as paredes a seu redor.

Eu tentei limpar o sangue das paredes, na roupa de cama... Beth cerrou os olhos, tentando esquecer a dureza na voz de Ian enquanto as palavras saíam aos tropeços de sua boca.

Fellows prosseguiu.

— Levou um tempo para forçar a sra. Palmer a dizer alguma coisa, a dona da casa, os nomes dos cavalheiros que estiveram lá na noite anterior. Você sabe que o lugar uma vez pertencera a Hart Mackenzie? Ele o comprou para manter a sra. Palmer, uma famosa cortesã que ele tinha assumido como sua amante. Ele vendeu a casa quando sua carreira política começou a avançar.

— Presumo que de fato tenha descoberto quem esteve lá.

— Ah, sim. Cinco cavalheiros estiveram no salão da sra. Palmer na noite anterior. Hart Mackenzie e Ian. Um cavalheiro chamado sr. Stephenson. Hart o havia levado até lá para que ele ficasse a seu lado em algum jogo financeiro. Um tal de coronel Harrison, que era um cliente regular da sra. Palmer e de suas jovens damas, e o amigo dele, o major Thompkins. Parece que todos eles acabaram partindo bem antes de o assassinato ser levado a cabo, muito conveniente para eles. Consegui interrogar cada um dos homens na manhã seguinte, mas não Ian Mackenzie, que tinha feito as malas e ido para a Escócia com seu irmão, Hart.

Beth alisou sua saia.

— O senhor fala deles com familiaridade, inspetor. Diz Ian e Hart, em vez de "Sua Senhoria" e "Sua Graça".

Fellows desferiu a Beth um olhar depreciativo.

— Eu penso nos Mackenzie com mais frequência do que penso na minha própria família.

— Me pergunto: por que será?

Ele ficou ainda mais vermelho.

— Eis o motivo: porque eles são a decadência da sociedade. Homens ricos que gastam dinheiro com mulheres, roupas e cavalos e não levam nem um dia de trabalho honesto. Eles são inúteis. Estou surpreso que tenha se juntado a eles, a senhora que sabe de tudo em relação a um dia de trabalho honesto. Eles não são nada.

A amargura ressoava nas palavras de Fellows. Beth ficou encarando-o, e ele ficou ruborizado e tentou recompor-se.

— Muito bem — disse ela. — O senhor entrevistou todos os cavalheiros, exceto Ian. Por que não suspeita deles?

— Eles eram respeitáveis — comentou Fellows.

— E a viúva do vigário está me perguntando, com as sobrancelhas erguidas, se visitar um bordel é algo respeitável?

— Eles eram todos solteiros. Sem esposas que lhes partissem os corações em casa. O sr. Stephenson e os dois oficiais do exército ficaram pasmados com a notícia do assassinato e foram capazes de fazer relatos satisfatórios em relação a seus atos. Nenhum deles tinha chegado perto de Sally Tate, e eles deixaram a casa logo depois da meia-noite. Sally Tate foi morta perto das cinco horas da manhã, de acordo com o médico. Deixaram Hart e Ian Mackenzie para trás. Ah, quero dizer, Sua Graça e Sua Senhoria.

— E os criados de Ian juram que ele havia retornado para casa por volta das duas horas da manhã — comentou Beth, lembrando-se do que Fellows havia lhe contado antes.

— Mas estão mentindo. — Fellows sentou-se mais para a frente. — O que reuni das partes das histórias que eles contaram foi isto: Hart Mackenzie leva seu amigo Stephenson e seu irmão para aproveitarem uma noite com cortesãs de alta classe. Por volta das dez horas da noite, no salão, os quatro homens, Hart, Stephenson, Thompkins e Harrison, começaram a jogar uíste. Ian declinou do convite de jogar cartas e se pôs a ler um jornal. Segundo o major Thompkins, Sally Tate estava sentada perto de Ian e começou a conversar com ele. Tiveram uma boa conversa por cerca de quinze minutos, e então ela o convenceu a subir com ele.

— *Ian* conversou por quinze minutos.

Fellows abriu um fraco sorriso.

— Imagino que Sally tenha falado durante a maior parte do tempo.

Beth ficou em silêncio. Ela ardia por dentro, pensando em Ian conduzindo uma mulher para a cama, embora ela mesma não conhecesse Ian naquela época. Ele não tinha nenhuma obrigação para com Beth. Contudo, ciúme não era algo racional.

Ela forçou-se a pensar no que Fellows havia lhe dito. Sally tinha conversado com Ian por quinze minutos, mas não podia ter ficado tentando persuadi-lo a subir todo esse tempo. Beth sabia, por experiência própria, que persuadir Ian Mackenzie a fazer alguma coisa que ele não quisesse era uma tarefa impossível. Ele teria de ter decidido isso logo no começo, se queria ir para a cama com Sally ou não e, ou teria subido com a mulher na hora, ou em momento algum. Então, se Sally não estava tentando persuadi-lo, do que eles estavam falando?

Beth inspirou.

— E então...

— Os outros quatro cavalheiros permaneceram lá embaixo, jogando cartas. Nenhum deles subiu, segundo as damas, os cavalheiros e os criados. Apenas Ian e Sally Tate.

— E todo mundo partiu depois da meia-noite.

— Stephenson, Harrison e Thompkins ficaram aproveitando o momento, conversando um com o outro, tanto que decidiram suspender a visita à casa de Harrison. Segundo as declarações que fizeram, Hart foi com eles, mas voltou quase de imediato, dizendo que queria esperar pelo irmão.

— E ele fez isso.

— Segundo a sra. Palmer, Hart retornou por volta da uma hora, esperou por Ian, que desceu às duas, e partiram juntos. — Fellows sorriu. — Mas, nesse ponto, chegamos a um enrosco: uma das criadas declarou que Hart *havia* subido em algum momento e depois saído correndo sozinho. Quando foi pressionada, ela ficou confusa e não conseguiu afirmar mais nada por temor de falso testemunho. No entanto, posteriormente, a sra. Palmer conseguiu ficar com a moça sozinha, e a criada mudou a história e disse que, com certeza, Hart e Ian haviam partido juntos às duas.

Beth mordeu o lábio. Fellows não era nenhum idiota, e a confusão da criada era suspeita.

— O que foi que Ian disse?

— Não tive a oportunidade de interrogar seu bom marido até duas semanas depois do ocorrido. Naquela ocasião, ele não conseguia se lembrar das coisas.

Uma leve dor começou a se formar no coração de Beth. Ian lembrava-se de tudo.

— Exatamente — falou Fellows. — Eu achava que tinha o bastante para ir atrás dele, mas, de súbito, meu inspetor-chefe me tirou do caso e levou embora minhas anotações. Meu chefe declarou que um vagabundo que estava de passagem havia matado Sally, e forjou evidências para provar isso. Caso varrido para debaixo do tapete e encerrado.

Beth compôs seus pensamentos com esforço.

— O que aconteceu quando Sally foi encontrada?

Fellows sentou-se direito na cadeira, com uma expressão de frustração estampada em seu rosto.

— O que me *disseram* que aconteceu foi que uma criada a encontrou e gritou. Os outros foram até lá correndo, e a sra. Palmer mandou chamar o policial. — Fellows fez uma pausa, encarando Beth com avidez. — Creio que o que aconteceu foi que Ian foi encontrado no quarto com Sally, com Sally morta, mas as damas da casa eram extremamente fiéis a Hart Mackenzie, então elas mandaram chamá-lo, e ele limpou Ian e tirou-o de lá. *Então* eles gritaram e chamaram a polícia. Na hora em que o policial chegou, Ian estava em um trem para a Escócia, e seus criados foram instruídos a jurarem que ele havia dormido em casa.

Maldição, que inferno! Beth sabia que as coisas tinham se passado exatamente como Fellows lhe dissera. Ian tinha de ser levado embora, pois ele não sabia mentir. Se tivesse dito a Fellows literalmente a verdade, teria sido preso, talvez enforcado, por um crime que não havia cometido.

Então Beth poderia nunca ter conhecido Ian, poderia nunca ter visto seus olhos dourados cálidos com seu fugaz olhar de relance, nunca beijaria seus lábios, jamais ouviria sua voz sussurrar seu nome durante a noite. Sua vida teria sido vazia e depressiva, e ela não saberia por quê.

— O senhor é um idiota, inspetor — disse Beth, com veemência.

Ele fez uma cara feia.

— Damas respeitáveis não usam essas palavras, sra. Ackerley.

— Puxa vida, as damas respeitáveis! O senhor esfregou na minha cara o meu passado, então vai receber o impacto disso. O senhor é um idiota. Anda tão fixado em Ian que deixou o verdadeiro assassino, provavelmente um dos outros três cavalheiros ou a sra. Palmer, safar-se do crime. Hart pode ter dito para Ian mentir, mas ele não consegue fazer isso. Ele não vê o mundo como o restante de nós, não sabe que as pessoas nunca dizem a verdade se puderem evitar. Ele acha que todos *nós somos* loucos, e está certo.

Fellows riu sem humor.

— Ian Mackenzie dirá qualquer coisa que Sua maldita Graça lhe mandar dizer, e a senhora sabe disso. Mentiras ou não.

— O senhor não conhece nem um pouco os Mackenzie se acredita nisso. Ian não obedece a Hart. Ele faz o que quer. — Ela agora entendia isso. — Ian ajuda Hart por gratidão a ter sido libertado daquele horrível manicômio.

— E Ian lamberá as botas de Hart pelo resto da vida por isso — Fellows comentou, irritadíssimo. Ele levantou-se. — A senhora é iludida, milady. Eles a estão usando, da mesma forma como fazem com todo mundo. Por que acha que os casamentos dos Mackenzie fracassam? Porque as esposas em questão, por fim, se dão conta de que estão sendo mastigadas e cuspidas pela máquina que não se importa com elas: Hart e sua família.

— O senhor me disse que a esposa de Hart faleceu dando à luz o filho dele — comentou Beth, ficando em pé para encará-lo. — Não é possível dizer que ela fez isso de propósito.

— A mulher sentia-se aterrorizada por ele, e os dois mal se falavam, segundo as fofocas todas. Sua Graça ficou muito aliviado quando ela morreu.

— Isso é cruel, inspetor.

— Mas é verdade. Hart precisava de uma boa esposa para sua carreira política. Ele não se importava se nunca conversasse com ela, contanto que ela fosse a anfitriã de seus eventos sociais e lhe desse um herdeiro. E ficou provado que ela não era capaz de fazer isso. Era melhor que estivesse morta.

— É uma monstruosidade dizer uma coisa dessas.

— Poupe-me do discurso de "ah, eles são tão incompreendidos". Os Mackenzie têm sangue-frio, são bastardos sem coração e quanto mais cedo a senhora se der conta disso, melhor ficará.

Beth tremia de fúria.

— Creio que o senhor já não tenha mais nada para fazer aqui. Por favor, retire-se.

— Estou lhe dizendo isso para o seu próprio bem, sra. Ackerley.

— Não, está me dizendo isso para que eu o ajude a atingi-los.

Fellows parou.

— A senhora está certa. Eles deveriam ser mais do que atingidos, feridos, machucados. Deveriam ser destruídos.

O olhar de Beth foi de encontro ao olhar furioso dele. Depois de uma luta verbal com Hart Mackenzie, o inspetor Fellows não mais a assustava.

— Por quê?

Fellows abriu a boca para responder, e depois a fechou abruptamente. Seu rosto estava vermelho; seu bigode, tremendo.

— A senhora não é uma dama que se assusta com facilidade — disse ele. — E posso ver que não vai acreditar nas minhas palavras. Mas eles serão sua morte. Guarde bem o que eu disse. — Ele ficou contemplando-a por um instante mais longo e depois deu-lhe as costas. — Tenha um bom dia, sra. Ackerley.

Ele foi marchando até a porta, e puxou-a com tudo para abri-la, e então Beth ouviu a porta da frente ser batida depois que ele saiu. Ela afundou em uma cadeira perto das janelas frontais da casa, observando, em meio à neblina londrina que espiralava, o inspetor ir embora a passos largos. Ela ficou sentada, entorpecida, permitindo-se absorver tudo o que ele dissera.

— Milady? — Katie espiou pela porta do salão. — É seguro entrar agora?

— Ele foi embora, se é a isso que você está se referindo. — Beth levantou-se, sentindo-se exausta. — Pegue seu xale, Katie. Vamos sair.

Katie olhou de relance para a janela escura e marcada pela neblina.

— Agora? Para onde?

— Para o East End.

Katie piscou.

— Por que a senhora gostaria de ir para aquele buraco infernal? Pelos velhos tempos?

— Não — foi a resposta de Beth. — Para acharmos algumas respostas.

— Viajou? — Ian ergueu a cabeça, da qual água pingava, encarando Curry, não acreditando no que ouvira. — Viajou para onde?

— Para Londres, milorde.

Curry recuou um passo em relação a Ian — que estava na banheira — sabendo, por experiência própria, que deveria manter distância de Ian sempre que tinha de lhe dar más notícias.

Ian endireitou-se, com a água de seus cabelos molhados escorrendo pelo peito desnudo. Ele tinha limpado o pó do gesso da cabana de Geordie e a lama da subsequente expedição de pescaria quando tinha perguntado a Curry onde estava Beth.

Ele havia esperado que Curry lhe dissesse que ela estava caminhando no jardim, explorando a casa, ou dando continuidade a suas aulas de montaria com Cameron. Não, *bem, eis o fato, milorde. Ela viajou.*

— Londres? — questionou Ian. — Por quê?

Curry deu de ombros.

— Não sei. Fazer compras?

— Por que diabos ela iria até Londres, tão longe, para fazer compras? Por que você não a impediu de sair?

— Eu não conseguiria impedi-la, conseguiria? Ela é muito decidida, senhor.

— Maldito imbecil.

— O que esperava que eu fizesse? — Curry disse, em um tom estridente, enquanto batia com uma toalha molhada no peito de Ian. — Que a trancafiasse em uma masmorra?

— Sim.

— Ela disse que voltaria, senhor.

Ian cortou-o.

— Ela não vai voltar, seu tolo. Ela se *foi*. E você a deixou ir embora.

— Ora, milorde.

Ian não estava dando ouvidos a ele. Um vazio espalhou-se por seu peito até que preencheu seu corpo. Beth se fora, e o vácuo disso doía como nada jamais havia doído em sua vida.

Curry deu um pulo para longe quando Ian derrubou a penteadeira, fazendo assim todas as quinquilharias e as porcarias dos artigos de toalete irem parar no chão. A dor em seu peito era insuportável. Equiparável às dores violentas na têmpora, à enxaqueca que jamais ia embora. Ele atingiu a mesa estilhaçada com ambos os punhos cerrados, cujas lascas ensanguentadas de madeira manchavam de sangue suas mãos. Beth tinha visto de relance Ian em seu pior... será que ele poderia culpá-la por ir embora?

Ian olhou para as gotículas escarlates em seus dedos, lembrando-se do sangue de Sally Tate neles, lembrando-se do horror de deparar-se com a ruína em que se transformara o corpo dela. Sua mente, mais que depressa, inseriu Beth no lugar de Sally, os belos olhos dela sem visão, uma lâmina enterrada em seu peito.

Poderia acontecer. Ian inalou o ar gélido enquanto o pânico substituía sua fúria. Ele havia arrastado Beth para as entranhas de sua vida e a havia exposto ao inspetor Fellows; ele a havia tornado tão vulnerável quanto Lily Martin.

Ian largou as mãos bem-intencionadas de Curry, passou como uma tormenta por Cameron, que tinha vindo ver qual era o problema, e saiu correndo porta afora.

— Ian, aonde você está indo? — perguntou-lhe Cameron em tom de demanda, alcançando nas escadas.

— Londres. Não conte a Hart nem tente me impedir ou acabo com você.

Cameron parou ao lado do irmão.

— Irei com você.

Sim. Ian sabia que Cameron desejava simplesmente ficar de olho nele, mas esse irmão lhe seria útil. Ele sabia brigar e não tinha medo de nada. Ian fez-lhe uma curta reverência.

— Além disso — continuou a dizer Cameron —, Curry disse que Daniel foi com ela, e tenho certeza de que ele está tornando a vida dela um infortúnio.

Ian não disse nada. Apanhou bruscamente a camisa que Curry ficava empurrando para ele e saiu correndo da casa em direção aos estábulos, com Cameron em seus calcanhares.

Capítulo Dezoito

Damas respeitáveis não iam ao East End. Damas respeitáveis fechavam as cortinas em seus coches e não olhavam para fora enquanto a rota as levava por Bethnal Green. A sra. Barrington teria se revirado em seu túmulo, mas Thomas... Thomas teria aprovado.

O coração de Beth apertou-se enquanto o coche alugado passava pela pequena igreja da paróquia que tinha sido de Thomas Ackerley. O diminuto edifício ficava espremido entre outros edifícios monótonos de tijolo, mas conseguia manter sua dignidade. Atrás dele, o apertado pátio da igreja, onde jazia o corpo de Thomas. Uma também diminuta pedra quadrada marcava o local, tudo pelo que Beth pudera pagar.

Atrás da igreja, ficava a casa paroquial onde Beth havia passado um ano repleto de esperanças. Após duas portas, ficava o salão montado por Thomas, onde aqueles forçados a viverem nas ruas poderiam conseguir uma refeição quente e um lugar para se abrigar das intempéries por um tempo. A paróquia não aprovava, então Thomas havia montado o lugar de seu próprio bolso, e um cavalheiro filantrópico havia assumido o lugar de Thomas após seu falecimento.

Beth entrou no edifício decrépito que cheirava a refeições velhas e corpos não lavados, na esperança de encontrar respostas ali. Daniel Mackenzie vinha atrás dela, mais alto que Katie e Beth, o jovem rapaz magricela sendo o mais nervoso do trio.

— Você deveria estar aqui? — perguntou-lhe Daniel, sibilando. — Meu pai tostaria minha pele se soubesse que permiti que você me trouxesse perto de uma mulher da vida, e só Deus sabe o que o tio Ian fará.

Uma jovem de olhar cansado estava sentada em uma dura cadeira, com as pernas estiradas, as saias puxadas até os joelhos. Conforme Beth foi entrando às pressas, ela ergueu o olhar, piscou e se pôs de pé em um pulo.

— Minha nossa, é a madame.

Beth foi até a jovem e segurou suas mãos.

— Molly.

Molly abriu um grande sorriso de deleite. A moça tinha cabelos castanhos, um nariz arrebitado, sardas e um sorriso cálido. Ela cheirava a tabaco e álcool, como de costume, e o fraco odor da colônia de um homem permanecia em suas roupas.

— O que está fazendo aqui, sra. A? Ouvi dizer que havia se casado com um grã-fino e que vivia em um palácio agora.

— As notícias espalham-se rapidamente.

— O que esperava? Uma fofoquinha interessante como essa se espalha. — Ela piscou para Daniel. — Trouxe o menino até aqui para eu fazer dele um homem?

Daniel ficou da cor de uma beterraba.

— Cuidado com a sua língua.

— Ohh, você me assusta, menino, me assusta mesmo.

Beth colocou-se entre eles.

— Daniel, silêncio. Ele está me protegendo, Molly. As ruas são perigosas.

— As ruas estão perigosas agora? Estou totalmente pasmada. Então por que veio até aqui?

— Para lhe perguntar uma coisa.

Beth levou Molly um pouco para longe de Daniel e Katie. Ele pressionou algumas moedas na palma da mão de Molly e lhe fez perguntas.

— Eu não sei de muita coisa — confidenciou Molly. — Muita lenga-lenga para mim, mas tenho uma camarada para quem posso perguntar. Ela se casou com um de seus clientes regulares, está rica e agora leva uma vida confortável. Está um tanto quanto pretensiosamente elegante, mas não é ruim.

Beth trouxe mais moedas e disse a Molly do que ela precisava saber. Molly ficou ouvindo e depois piscou.

— Está certa, madame. — Ela enfiou o dinheiro firmemente no espartilho. — Deixe comigo.

O trem que seguia para Londres demorou demais para chegar. Ian andava de um lado para o outro dentro dele, incapaz de ficar sentado. Cameron acocorou-se em um canto de seu vagão no trem, lendo jornais esportivos e fumando charutos. Ian achava a fumaça nauseante e passou uma considerável parte do tempo na plataforma dos fundos, com um dos condutores. Ele ficou observando o trilho desvelar-se diante de si; mas a regularidade dos tirantes e a curva suave do trilho não acalmavam seu estado de espírito.

Quando o trem por fim parou na estação Euston, Ian desembarcou em um pulo e foi abrindo o caminho com ombradas, em meio à multidão, e assoviou, chamando um cabriolé de aluguel. Esperou dentro dele por Cameron e Curry, fechando as cortinas diante dos olhos que o observavam.

Ele direcionou o cocheiro até Belgrave Square, sabendo que Beth teria voltado para lá. A casa da sra. Barrington tinha sido um porto seguro uma vez para ela, e Beth adorava portos seguros.

A neblina espiralava, adentrando a cidade, enquanto eles se aproximavam da elegante praça, uma neblina suja que trazia consigo a escuridão, mais cedo. Ian havia se acostumado com os dias iluminados do verão da Escócia, e a neblina tinha uma sensação oleosa e pesada.

Ele socou a porta da frente com as mãos enluvadas, em punhos cerrados, não esperando que Curry tocasse a campainha. Continuou socando a porta até que um espécime idoso de mordomo abrisse a porta e, chiando, perguntasse o que ele queria.

Ian empurrou a porta e abriu-a, e entrou a passos largos.

— Onde está ela?

O mordomo encolheu-se e recuou.

— Saiu. Posso perguntar quem é o senhor?

Cameron segurou a porta antes que o mordomo pudesse fechá-la, e Curry acompanhou-o com as malas.

— É o marido dela — disse Cameron. — Para onde ela foi?

O velho homem teve de elevar a cabeça para olhar para eles.

— Ouvi-a dizer East End. Há ladrões e assassinos por lá, milorde, e ela levou apenas um rapaz consigo.

— Daniel? — Cameron ladrou uma risada. — Pobre mulher. É melhor que a encontremos.

Ian já tinha saído da casa. Um outro cabriolé estacionou atrás daquele que o havia levado até ali, e, antes que o veículo parasse, o longo corpo de Daniel saiu de fininho de dentro dele. Seu rosto estreito parecia espantado quando avistou Ian.

Ian passou, tirando-o do caminho, e colocou parte do corpo dentro da cabine em busca de Beth. Ele ouviu suas palavras, dizendo algo sobre pagar pela viagem, mas Curry poderia cuidar daquilo. Ele ergueu Beth e tirou-a dali, não gostando de como a neblina tentava, como cobras, envolvê-la.

— Ian... — ela começou a falar. — O que os vizinhos vão dizer?

Ian não se importava nem um pouco com o que os vizinhos diriam. Ele envolveu a cintura dela com força com um dos braços e levou-a para dentro da casa.

A casa da sra. Barrington cheirava a coisas velhas, mofo e não tinha ar. Os odores do local confinado tentavam engolfar o aroma de lavanda de Beth, como se a casa quisesse espremê-la e fazer com que retornasse à escravidão da qual ela viera.

— Se você está me arrastando até meu dormitório... — disse Beth, enquanto eles chegavam ao topo das escadas — ... talvez devesse me perguntar qual é.

Ian não se importava com qual era o quarto dela, mas permitiu que ela o guiasse. O dormitório ao qual ela o levou era pequeno demais e tinha um papel de parede hediondo, com estampa de gigantescas flores amores-perfeitos. O quarto continha uma grande cama de dossel, uma penteadeira perto da janela e uma cadeira de madeira. As cortinas escondiam qualquer luz que o dia londrino fosse capaz de produzir. O sibilar das lâmpadas a gás e seu odor de mofo completavam o quadro melancólico.

— Este é um quarto de criada — grunhiu Ian.

— Eu *era* uma criada. Uma dama de companhia ocupa uma área cinzenta, como uma governanta. Não é bem um trabalho inferior, mas também não é exatamente a família.

Ian perdeu o fio da meada. Ele girou a chave sob a maçaneta de porcelana e foi até ela.

— O mordomo disse que você foi ao East End.

— Fui mesmo. Eu estava fazendo investigações.

— Em relação ao quê?

— Sobre o que você acha, meu querido Ian? — Beth desenrolou a echarpe de seda que havia usado para se proteger da neblina e tirou as luvas.

— Você enviou um telegrama a Fellows.

Ela ficou mais vermelha.

— Sim, eu...

— Eu disse a você para deixar isso para lá. Não podemos confiar nele.

— Eu queria saber de tudo que ele sabe. Talvez ele tivesse descoberto alguma coisa que você não soubesse.

A fúria de Ian tinha sabor de poeira.

— Então você o viu. Encontrou-se com ele.

— Sim, ele veio até aqui.

— Ele veio até *aqui*.

— Você se recusou a me dizer alguma coisa. O que eu poderia fazer?

— Você não está entendendo? Caso descubra demais, não serei capaz de protegê-la. Se souber demais, pode ser exilada ou enforcada.

— Por que diabos eu seria exilada porque o amigo de seu irmão, Stephenson, ou a amante dele, a sra. Palmer assassinaram uma... — Ela cortou sua fala, e seu rosto assumiu uma expressão imóvel.

Ian nunca sabia o que estava por trás das expressões das pessoas. Todas as outras pessoas sabiam por instinto os sinais de fúria e temor, felicidade ou tristeza. Ian não fazia a mínima ideia de por qual motivo as pessoas irrompiam em lágrimas ou risadas. Ele tinha de observá-las, para aprender enquanto faziam essas coisas.

Ele tomou Beth pelos ombros e a chacoalhou.

— No que você estava pensando? Diga-me. Eu não sei.

Ela ergueu o olhar para ele, com os olhos azuis arregalados.

— Oh, Ian. — Em vez de temer a força dele, Beth repousou as mãos gentis em seus braços. — Você acha que foi Hart, não é?

Ian balançou a cabeça em negativa. Fechou os olhos e continuou balançando a cabeça, mas se manteve abraçado a Beth, como se fosse ficar dilacerado, caso não fizesse isso.

— Não. — A palavra ecoou pelo aposento, e ele a repetiu. De novo. E de novo.

— *Ian.*

Com esforço, Ian parou, mas manteve seus olhos cerrados.

— Por que você acha isso? — A voz de Beth o envolvia como se fosse um acolchoado. — Diga-me.

Ian abriu os olhos, a angústia de cinco anos tentando afogá-lo. Sally havia se gabado de que conhecia segredos que arruinariam Hart, cortando-o da política por completo. Hart amava política, sabia-se lá Deus por quê. No meio do coito com Sally, ela havia deixado Ian tão enfurecido, falando sem parar sobre como chantagearia Hart, que Ian havia se afastado dela, pegado correndo suas roupas e deixara o quarto. Ele sentia a fúria chegando, sabia que tinha de ir embora.

Ele havia caminhado até em casa, em busca de uísque, procurando por Hart e não o encontrando, tentando acalmar-se. Assim que conseguira pensar de forma coerente mais uma vez, retornou ao quarto de Sally.

— Eu abri a porta e vi Hart no quarto. Eu o vi com Sally no sofá junto à extremidade da cama.

As imagens erguiam-se em sua mente antes que Ian pudesse impedi-las, cada uma delas tão friamente claras como se tivessem acontecido naquele mesmo dia. Hart com Sally, braços e pernas desnudos envoltos nele. Seu choro baixinho de alegria transformando-se em medo.

— Hart tirou uma faca dela... Não sei por que ela estava com uma faca na mão. Ela o xingou. Ele jogou a faca longe. Então ele pressionou a garganta de Sally até que ela ficou quieta e riu. Não quero que você fique sabendo dessas coisas.

— Mas... — Beth franziu o cenho. — Sally não foi estrangulada também, foi? Ninguém mencionou machucados em sua garganta.

Ian balançou a cabeça em negativa.

— Hart, ele costumava ser... Você não entenderia os termos. Ele era dono da casa. A sra. Palmer e as mulheres dela pertenciam a ele.

— Ele não pode ser dono de mulheres. Aqui é a Inglaterra.

Por algum motivo, Ian queria rir.

— Elas o obedeciam. Elas queriam fazer isso. Ele era tudo para elas, seu lorde e seu mestre.

Beth franziu o cenho um pouco mais, e então relaxou a fronte.

— Oh. — A sílaba que ela soltara era curta, mas plena de significado.

— Ele fazia isso antes de se casar, depois parou. Após a morte da esposa, ele começou de novo. Ele era muito discreto, mas nós sabíamos. Ele estava em luto. Precisava delas.

— Minha nossa, a maior parte das pessoas lida com o luto usando crepe preto e broches — comentou Beth, com a voz fraca. — Mas por que ele tentou estrangular Sally Tate?

Ian colocou a mão na base da traqueia de Beth.

— Quando se corta o ar, o clímax é mais profundo, mais intenso. Era por isso que ele estava com as mãos na garganta dela.

Beth arregalou os olhos.

— Que... interessante.

— E perigoso. — Ian tirou a mão do pescoço. — Hart sabe como fazer isso, exatamente quando parar.

— Você viu aquilo — disse Beth, devagar. — Mas não viu de fato Hart matá-la?

— Quando os vi juntos, deixei-os cuidarem disso. Eu sabia que se havia alguém que conseguiria conversar com Sally e fazê-la mudar de ideia em relação à chantagem, esse alguém seria Hart. Pensei em ir para casa, mas havia deixado meu relógio na mesinha de cabeceira dela, e eu o queria. Encontrei uma licoreira de uísque no salão lá embaixo e me servi dele enquanto esperava. Posteriormente, ouvi Hart sair às pressas pela porta da frente e o vi subir em um pulo em seu coche. Subi as escadas e encontrei Sally. Morta.

— Oh... — Beth interrompeu sua fala e mordeu o lábio. — O que foi que Hart disse que aconteceu?

O fato de que ela ainda estava parada na frente dele, em pé, falando em seu modo tranquilo e intrigante, era um milagre para Ian. Beth não o havia deixado, não desmaiara de choque com tudo que ele havia lhe revelado. Ela permanecera, ainda a âncora no vasto e desconcertante do que era a vida dele.

— Ele me disse que havia deixado o quarto assim que conseguira que Sally se curvasse a sua vontade, e fez com que seu valete o limpasse e o vestisse em outro aposento. Quando ele retornou, deparou-se com Sally morta, desceu correndo as escadas e saiu da casa. Ele não me viu no salão, foi o que disse, ou teria insistido que eu fosse embora com ele. Hart disse que não poderia arriscar-se a estar lá quando a polícia chegasse, por causa de sua carreira. — Ian balançou a cabeça. — Eu não acredito nele. Hart não fugiria se não a tivesse matado. Ele teria revirado a casa até encontrar o culpado.

— Possivelmente. — Beth disse isso em seu tom de voz lento e cheio de certeza. — Se eu não tivesse conhecido Hart, poderia acreditar que ele a havia matado e saído em disparada. Mas eu, de fato, o conhecia, e estou confiante de que, se ele *tivesse* decidido matá-la, teria se certificado de que você estivesse bem longe antes de realizar o temeroso feito. Custasse o que custasse, ele teria evitado envolver você nisso. Portanto, não poderia ter sido Hart.

— Eu sei o que vi.

— Sim. — Beth virou-se e afastou-se dele, mas pensativa, não histérica. — E a polícia teria acreditado, como você acreditou, e um júri e um juiz. Mas eles não conhecem Hart. Ele jamais colocaria você em perigo de ser preso ou de voltar para o manicômio. Jamais desejaria ver você trancafiado novamente.

— Porque ele precisa de mim e da minha maldita memória inconveniente.

— Não. Porque ele ama você.

A mulher era incrivelmente inocente. Ela havia visto o que vira nas espeluncas londrinas, tinha sido destituída de dinheiro e ficado desesperada e, ainda assim, procurava coisas boas nos Mackenzie. Inacreditável.

— Hart é cruel e brutal — contrapôs Ian. — Eu disse a você que não tenho capacidade para o amor. Nem ele, mas ele não se questiona em relação a isso como eu faço. Ele fará o que precisa fazer, mesmo que seja mortal, até mesmo que um de seus irmãos tenha de pagar o preço pelos atos dele.

Beth balançou a cabeça, com seus cabelos escuros brilhando sob a luz.

— Você tem de ser forte.

Ian riu bruscamente.

— Todos nós somos ruins nisso de amor, Beth. Eu disse a você que quebramos o que quer que tocamos.

— Ian, em cinco anos, você nunca deixou de lado o que viu, pensou nas coisas com clareza, sem Hart nisso? Você consegue fingir que Hart não estava lá e concluir que outra pessoa poderia ter feito isso?

— É claro que consigo. — Ele passou uma das mãos pelos cabelos. — Repassei todos os cenários, todas as possibilidades, do início ao fim. Pensei nos outros homens de lá, na sra. Palmer, nas outras damas na casa, em um intruso invadindo. Eu até mesmo fiquei preocupado que fosse eu, e simplesmente não consigo me lembrar de ter feito isso.

— E quanto a Lily Martin? Por que você a escondeu em Covent Garden?

— Ela estava olhando para dentro do quarto, observando Hart com Sally. Ela jurou para mim que não viu em momento algum Hart esfaqueá-la, mas eu não conseguiria saber se ela estava mentindo. Eu não poderia me arriscar que ela contasse isso à polícia, então mandei que Curry voltasse para tirá-la do caminho antes que o policial chegasse. Mas não a escondi bem o bastante.

— Você acha que Hart a encontrou algumas semanas atrás e a matou?

— Acho.

Beth deu alguns passos para longe dele de novo.

— Céus, que bagunça.

— Não tem de ser assim. Se Fellows mantiver seu nariz fora disso, podemos seguir em frente.

— Não, você não pode. — Beth voltou até ele. — Isso está dilacerando você. Está dilacerando Hart também, assim como ao restante da família. Tudo que você diz faz perfeito sentido, mas há outra explicação. Hart acha que *você* cometeu o crime. Foi por isso que ele saiu correndo da casa, procurando por você, para certificar-se de que tinha ido embora e não tinha feito aquilo. Deve ter sido um pavoroso choque para ele quando se deu conta de que você ainda estava na casa quando Sally morreu.

Ian piscou, e, por um segundo, o olhar dele encontrou-se com o dela. Ele amava os olhos de Beth, tão azuis. Poderia afogar-se no olhar dela.

Ele desviou o olhar.

— Porque ele acredita que sou louco? De fato, ele acredita nisso, mas você está errada.

— Por que os Mackenzie são tão teimosos? O assassino deve ter entrado e esfaqueado Sally enquanto Hart estava com seu valete. Não importa o quão cruel e brutal seja Hart, outra pessoa foi ainda mais.

Memórias inundavam-no, densas e rápidas, recordações que Ian havia tentado afastar de si durante duas décadas. A imagem de Hart com as mãos em torno do pescoço de Sally tornou-se sobreposta à de outro homem ou de outra mulher.

— Acho que foi Hart, pois, Beth, ele se parecia muito com o meu pai.

— Seu próprio bem peludo pai? Hart lembra-o um pouco, mas...

Ele não olhou para ela. O terror da criança de nove anos erguia-se nele, as lembranças de agachar-se atrás da escrivaninha do escritório quando ouviu seus pais entrando ali. Eles tinham gritado um com o outro, como sempre acontecia, e Ian teria sido punido.

Tinha visto a mãe ir correndo até o pai, com as garras preparadas, e seu pai a havia pegado pelo pescoço, dando a volta nele. O duque havia apertado o pescoço dela, e depois, a havia *sacudido, sacudido,* até que ela ficasse mole e caísse.

A bela mãe de Ian havia caído em colapso no chão, como uma pilha que não se movia, enquanto o pai dele ficava lá, parado, em pé, observando, com as mãos abertas, o rosto cor de cinza com o choque.

Então havia chegado o terrível momento em que seu pai havia olhado ao redor da escrivaninha e avistara Ian. Logo, o terror fluindo nos membros de Ian quando seu pai viera correndo até ele e o pegara, chacoalhando-o como fizera com sua mãe...

Não conte nada a ninguém. Está me entendendo? Ela escorregou e caiu; foi isso que aconteceu. Você tem de mentir. Está entendendo?

Sacudindo mais, mais forte, mais forte. *Diabos, por que não olha para mim quando estou falando com você?*

Ian tinha sido trancado em seu quarto e, na manhã seguinte, jogado em um coche e levado até Londres e à corte que o havia condenado como um lunático. Ele ficara no manicômio particular por duas semanas antes de entender que não teria permissão de voltar para casa. Jamais.

As palmas das mãos de Beth tocaram o rosto dele.

— Ian?

— Ele a matou — disse Ian. — Ele não pretendia fazer isso, mas tinha acessos de fúria, como eu tenho.

— Você está se referindo a Hart?

Ian balançou a cabeça em negativa.

— Meu pai. Ele matou a minha mãe, quebrou o pescoço dela com suas próprias mãos. Ele disse a todo mundo que ela havia escorregado no tapete, que caiu e morreu. Meus irmãos não acreditaram nisso, mas não poderiam perguntar isso a mim, poderiam? Fui declarado louco, então ninguém acreditaria se eu dissesse o que vi meu pai fazer.

Beth entrelaçou a cintura de Ian com os braços, e repousou a cabeça em seu peito.

— Oh, Ian, eu sinto tanto...

Ian abraçou-a por um instante, absorvendo o conforto de sua calidez. Havia um medo dentro dele de que um dia perderia a cabeça como seu pai, de que colocaria as mãos em volta do pescoço da mulher que amava e a mataria antes que pudesse se impedir de fazê-lo. Beth confiava nele, e Ian morreria se a ferisse ou a magoasse.

Beth ergueu a cabeça, com lágrimas umedecendo seus cílios, e ele lhe deu um beijo na testa.

— Hart é tão cruel e brutal como meu pai era. Ele não tem acessos de fúria, mas é tão frio...

— Eu ainda acho que você está errado. Hart enviou você para a Escócia depois da morte de Sally para protegê-lo, não para mantê-lo calado.

Ian desferiu um olhar exasperado de relance para o teto antes de pegar Beth pelos ombros e empurrá-la para a alta cama.

— Eu posso protegê-la de Hart, mas apenas se você *parar*. Esqueça High Holborn e nunca mais fale com o inspetor Fellows. Ele a esmagará até conseguir o que quer, e Hart fará o mesmo.

Ela olhou para ele com angústia.

— Você quer que eu passe o resto da minha vida vendo você sentindo tamanha dor? Acreditando que seu irmão matou uma mulher? Não é melhor descobrir o que aconteceu?

— Não.

Lágrimas nadavam nos olhos de Beth, e ela virou a cabeça para evitar o olhar de Ian, que a contemplava.

— Eu quero ajudar você.

— Você pode me ajudar nunca mais falando novamente com Fellows. E parando de tentar descobrir o que aconteceu. Prometa isso para mim.

Ela ficou em silêncio, e depois soltou um suspiro.

— A sra. Barrington sempre me disse que a curiosidade era meu pecado e minha aflição.

— Manterei você a salvo, eu juro, minha Beth.

— Muito bem — sussurrou ela. — Pararei.

O corpo de Ian ficou relaxado com o alívio. Ele puxou Beth para seus braços, e abraçou-a fortemente junto a si.

— Obrigado. — Ele beijou os cabelos dela. — Obrigado.

Ele ergueu-se para beijá-la. Enquanto deslizava seus lábios sobre os dele, não lhe passou pela cabeça que ela havia cedido um pouquinho rápido demais.

Jennifer Ashley

Capítulo Dezenove

Quando Beth acordou, muito tempo depois, Ian dormia a seu lado, com o corpo desnudo tocado pela luz da lamparina, os músculos brilhando com o suor fruto da paixão deles. Quando ele havia chegado ao clímax dentro dela, ele quase, quase olhara para ela completamente mais uma vez, mas então cerrou os olhos no último minuto. Agora ele dormia, e Beth estava deitada junto à calidez de seu corpo, com os pensamentos perturbados.

Ian poderia não querer saber a verdade, mas o fato era que Sally Tate e Lily Martin haviam morrido, perdido suas vidas. Beth tinha conhecimentos suficientes sobre mulheres da vida para saber que, a menos que elas se deparassem com um relacionamento com um cliente protetor, suas vidas seriam curtas e brutais. O cliente errado poderia bater nelas até ficarem inconscientes, poderia até mesmo as matar, e ninguém se importaria com nada disso. Eram apenas prostitutas.

Até mesmo se as moças conseguissem encontrar um lugar em um bordel elegante, quando ficassem mais velhas e perdessem a boa aparência, seriam enviadas para a vida nas ruas novamente. Aquelas que tinham clientes protetores se saíam melhor do que a maioria, mas apenas se tal protetor fosse bondoso com elas.

Beth sabia plenamente disso, mas, se não fosse pela graça de Deus e pela bondade de Thomas Ackerley e da sra. Barrington, ela poderia ter se tornado uma delas.

Fellows não se importava com o fato de que as mulheres haviam morrido; ele só queria destruir os Mackenzie. Ian se importava, ela podia ver a tristeza por Sally, Lily e por sua própria mãe, mas com o que mais Ian se importava era em poupar o irmão. O irmão que o havia livrado do inferno.

Beth cerrou os dentes. Maldito fosse o duque morto por trancafiar Ian por ele ter visto o que não deveria. Maldito fosse Hart Mackenzie por enredar Ian em seus jogos de poder. E maldito fosse Ian por sua imperecível gratidão para com Hart.

Beth não tinha entendido a princípio por que Isabella havia abandonado Mac quando era óbvio que ela ainda o amava. Agora entendia melhor a situação. Beth não sabia ao certo o que Mac havia feito para deixar Isabella tão perturbada, mas, bem, ele era um cabeça-dura, um teimoso Mackenzie. Não era o bastante? Uma doce debutante como Isabella não tinha tido nenhuma chance.

Beth levantou-se e vestiu-se. Ela havia aprendido a vestir-se de forma simples e rápida quando trabalhava para a sra. Barrington, tendo de cuidar da idosa dama a qualquer momento do dia ou da noite.

Ian não acordou. Estava deitado com o rosto voltado para baixo, com os olhos fechados. A luz da lamparina roçava o firme monte de seu traseiro, a parte inferior de suas costas, os músculos rígidos de seus ombros. Ele era um homem grande e belo, tão vulnerável. Hart dissera isso dele. E, ainda assim, Hart havia se afastado.

Eu amo você, Ian Mackenzie. A cabeça de Beth doía.

Em silêncio, ela saiu do quarto e desceu pela escadaria. Olhando de relance para certificar-se de que não era vista, seguiu até a porta nos fundos do saguão principal que dava para a escadaria dos criados.

A cozinheira estava ocupada fazendo a limpeza depois da ceia que havia acabado de preparar para Cameron e Daniel. Olhou radiante para Beth quando esta entrou na cozinha quente, exatamente como nos velhos tempos.

— É bom vê-los comerem com tanto gosto — comentou a cozinheira. — Eles comem tudo imediatamente e pedem mais. Uma cozinheira não poderia pedir nada melhor do que isso. Diferente da senhora, que nem mesmo desceu. Posso aquecer alguma comida para a senhora?

— Não, obrigada, sra. Donnelly. Estou procurando por Katie.

— A senhora é a dona da casa agora. Deveria ter tocado o sino.

— A senhora a viu? — quis saber Beth, com impaciência.

— Ela está na escadaria da área de serviço. — O olhar da cozinheira era de desaprovação. — Com uma que não é melhor do que ela. Eu não deixaria tipos como elas entrarem.

O coração de Beth deu um salto no peito.

— Está tudo bem. Ela está inclusa nos meus casos de caridade.

— A senhora tem o coração muito mole, tem sim. Katie está bem, mas aquela uma que ela trouxe é como um calo no pé, *além disso,* tem o nariz empinado, com ares de superioridade. Ela não precisa de sua caridade.

Beth ignorou a sra. Donnelly, partiu pela área de serviço e foi até as escadas que davam para a rua acima. Katie esperava por ela nos degraus, e seu rosto estava anuviado com fúria irlandesa.

— Bem, ela está aqui, como a senhora pode ver.

— Obrigada, Katie. Pode entrar agora.

— Diabos, até parece! Não confio nadinha nessa mulher e não a deixarei aqui sozinha com ela.

A moça em questão, de fato, tinha o nariz empinado, um esguio nariz bem coberto de pó de arroz. O restante de seu rosto também era coberto por bastante pó, além de ruge. Diamantes reluziam em seu pescoço e em suas orelhas. A jovem não era bonita, mas era atraente de um modo sensual, e sabia disso. Seus lábios vermelhos curvaram-se em um sorriso superior enquanto ela analisava de relance o vestido simples de Beth.

— Molly disse que você era uma duquesa — afirmou ela. — Mas eu não acreditei.

— Tenha modos — disse Katie, irritada. — Ela é uma dama.

— Calada, Katie. Seu nome é?

— Sylvia. Isso é tudo de que você precisa saber.

— Encantada em conhecê-la, Sylvia. Sinto muito por incomodá-la, mas quero lhe fazer algumas perguntas.

— Aqui fora, na escada dos fundos? Aquela cadela da cozinheira não me deixou entrar na cozinha. Eu queria me sentar no salão, ser servida por seus empregadinhos, ou não falarei nada.

— Olhe sua língua! — ralhou Katie, irritadíssima. — Você não é adequada para o salão da milady. Nós estamos nas sombras para que ninguém saiba que ela está falando com você.

Beth ergueu as mãos.

— Paz, vocês duas. Só vai levar alguns minutos, Sylvia, e sei que você é a pessoa certa com quem tenho de falar. Imagino que saiba de tanta coisa...

Sylvia embonecou-se diante da bajulação descarada.

— Está me perguntando sobre a casa em High Holborn. Eu sei de tudo em relação a ela, além de saber de tudo também sobre a velha bruxa que comanda o lugar. Do que precisa saber?

— De tudo.

Em resposta às suas perguntas, Sylvia confirmou o que Fellows dissera: que a sra. Palmer tinha sido amante de Hart e que ele havia comprado a casa para ela em High Holborn.

— Ela o conheceu quando ele ainda estava na universidade, e ela mesma já estava com idade avançada. — disse Sylvia. — Ninguém mais amou um jovem como Angelina Palmer *o* amou. Ela faria qualquer coisa por ele, faria xixi em seus próprios sapatos, se ele pedisse.

— Mas ele vendeu a casa posteriormente — disse Beth. — Imaginei que ela não fosse mais amante dele depois disso.

— Oh, ele a dispensou sim. E ela se tornou uma mulher de negócios, se entende o que quero dizer. Não era um lugar ruim quando eu estava lá, mas eu e a sra. Palmer nunca nos demos muito bem. Saí assim que encontrei perspectivas melhores. — Sylvia olhou de relance para seus anéis de diamantes.

— Então é verdade que as coisas entre eles acabaram — comentou Beth.

— Isso pode ter acontecido da parte dele, mas nunca da dela. O duque começou a assumir uma postura toda altiva e poderosa, enturmando-se com a rainha. Ele precisava de uma dama bela e jovem, não de alguma velha bruxa que ele tinha desde seus vinte anos. Eu havia ficado com raiva, como

qualquer pessoa ficaria, mas a Madame Palmer foi muito compreensiva. Passou a amá-lo incondicionalmente, embora com o coração partido. Se nós alguma vez disséssemos alguma palavra que fosse contra o duque, levávamos tapões na orelha.

Beth ficou encarando, pensativa, os corrimões de ferro da escadaria.

— Você disse que ela faria qualquer coisa pelo duque?

— Claro que faria. Ela era como uma menina, uma jovem estudante ingênua, e ainda permanece assim, apesar dos seus quase cinquenta anos, se eu não estiver enganada.

Os pensamentos de Beth rodopiavam em sua mente. Será que a sra. Palmer teria descoberto que Sally queria chantagear Hart? Será que a madame quisera calar a boca de Sally de forma permanente? Porém, nesse caso, por que não esperar até que Ian tivesse ido para casa e nenhum Mackenzie pudesse ser implicado no crime? Ou será que ela não se importava com quem pagasse por ele, contanto que não fosse Hart? Sentiu um comichão para encontrar a mulher e questioná-la.

— Quando você trabalhou na casa, Sylvia?

— Oh, há cerca de seis, sete anos.

— Você conhecia Sally Tate?

— Aquela cadela? Não me surpreende que tenha sido assassinada.

— Você estava lá quando o assassinato dela ocorreu?

— Não, já havia me mudado de lá naquela época. Mas ouvi tudo sobre o assunto. Sally acabou tendo esse fim como pagamento pelas coisas ruins que fazia, madame. Ela ludibriava os homens logo de cara, mas os odiava. Era capaz de encantá-los a ponto de conseguir qualquer quantia em dinheiro deles. Ela e Madame Palmer brigavam o tempo todo porque Sally não queria dividir o que conseguia. Sally tinha sua própria amante, falava sobre elas duas realizando sonhos irreais e viverem felizes para sempre.

Katie desferiu um olhar enfurecido.

— Isso é repulsivo. Milady, a senhora não deveria estar aqui ouvindo esse tipo de conversa.

Sylvia deu de ombros.

— Bem, elas se cansam de homens colocando suas patas nelas, não? Algumas se cansam, de qualquer forma. Não eu, eu gosto de um belo cavalheiro.

— Isso não importa — disse Beth, com impaciência. — Qual moça era a amante de Sally Tate? Você a conhecia?

— Era uma das outras moças que moravam lá. Elas costumavam trancafiar-se lá em cima no dormitório e beijavam-se e acariciavam-se. Sally sempre jurou que levaria a moça para uma cabana em algum lugar e elas criariam rosas e algumas outras bobagens. Nem um pouco provável, não é? Conseguir que quaisquer pessoas respeitáveis alugassem uma casa para um casal de lésbicas que costumavam ser prostitutas. — Sylvia deu uns tapinhas no lábio. — Agora, qual era o nome dela? Oh, sim. Lily. Pois Sally sempre dizia que elas teriam lírios na lagoa por causa do nome dela. Ambas eram insensatas.

— Lily Martin? — quis confirmar Beth, com uma voz pungente.

— Era isso. Lily Martin. Agora, quanto ao dinheiro, milady? Eu percorri um longo caminho até aqui, e esta seda ficará toda arruinada.

Ian acordou quando o pequeno relógio na penteadeira soou as dez horas. Ele espreguiçou-se, o corpo cálido e flexível, e rolou na cama para envolver Beth com seus braços.

Deparou-se com uma cama vazia.

Abriu os olhos, desapontado. Mas talvez ela tivesse ido comer alguma coisa. Ela estaria com fome.

Ian esfregou o rosto com a mão, tentando livrar-se das lembranças da discussão deles. Dissera coisas que nunca pretendia lhe dizer, coisas que ele não queria que ela soubesse sobre si mesmo e sua monstruosidade em forma de família. Mas, pelo menos, ele a tinha feito entender.

Ian desceu da cama girando as pernas e levantou-se. Não queria esperar pela volta de Beth. Ele a encontraria e faria com que Curry lhes trouxesse a ceia. Não se importaria com Beth sentada em seu colo, alimentando-a de seu prato. Tinham gostado de fazer isso em Kilmorgan, e ele não via motivos para não desfrutarem agora.

Ele vestiu a calça e a camisa, lembrando-se de como Beth o havia ajudado a despir-se poucas horas antes. O toque dela fora gentil, e o dele, impaciente, desejando-a com uma intensidade feroz.

Ian calçou as botas e passou os dedos pelos cabelos bagunçados antes de se virar para a porta. Pegou na maçaneta de porcelana chinesa e virou-a.

A porta não cedia.

Ele chacoalhou a maçaneta e empurrou a porta, mas nada aconteceu. Com o coração espancando seu peito, Ian agachou-se e colocou o olho no buraco da fechadura.

Nada de chave do outro lado. Alguém tinha trancado a porta e levado a chave consigo.

Ele foi inundado por um pânico cego. *Trancafiado, sem escape, abra-a, por favor, por favor, por favor, eu serei bom...*

Ele inspirou fundo várias vezes, tentando banir o terror congelante. Pensou na calidez de Beth, no sabor de sua boca, no deslizar para dentro de suas profundezas, sentindo seu aperto.

Beth.

Ian agachou-se e colocou a boca no buraco da fechadura.

— Beth?

Silêncio. Ele ouviu barulhos na rua, mas nenhum na casa. Puxou a campainha ao lado da cama, e então voltou para a porta.

— Curry — ele gritou. Socou a madeira pesada. — Curry, maldição!

Sem resposta.

Ian foi até a janela e puxou com tudo as cortinas. As brumas espiralavam-se em volta dos postes lá embaixo. Carruagens iam e voltavam na praça, com a neblina ampliando o som dos cascos de cavalos e das barulhentas rodas.

Ele ouviu passadas no corredor e então a voz de Curry pelo buraco da fechadura:

— Milorde? O senhor está aqui?

— É claro que estou aqui. Ela trancou a porta. Encontre a chave.

A voz de Curry assumiu um tom de alarme.

— O senhor está bem?

— Ache a maldita chave.

— O senhor está bem, então. — Ouviu-se o som de passadas afastando-se.

Novos temores vieram correndo até Ian, nenhum dos quais tinha a ver com estar confinado em um quarto pequeno. Beth havia ido a algum lugar, e não queria que ele a impedisse de fazê-lo. Maldição, por que ela *não lhe dava ouvidos*?

Ela tinha ido procurar Fellows, ou interrogar o homem que estivera na casa havia cinco anos, ou até a própria casa de High Holborn para falar com a sra. Palmer. *Maldita mulher!*

— Curry! — Ele socava a porta.

— Fique com sua camisa vestida. Vamos caçar uma chave.

Isso demorou demais. Ian ficou irritado, e seu mau humor só aumentava. Do outro lado da porta, Curry soltava xingamentos e grunhia.

Por fim, Ian ouviu uma chave na fechadura e ouvi-a girar. Ele abriu a porta com tudo.

Curry, Cameron e Daniel estavam agrupados do lado de fora, junto com o mordomo, que tremia, a cozinheira rechonchuda e duas empregadas de olhos arregalados.

— Onde está Beth? — ele exigiu, passando por elas a passos largos.

— Não gosto disso, milorde. — A cozinheira cruzou os braços diante de seu amplo busto. — Ela encontrará os tipos de pessoas mais repulsivas, sempre teve muita pena delas. Por que não arrumam empregos decentes? É isso que quero saber.

As palavras não faziam sentido algum, mas Ian tinha a sensação de que eram importantes.

— Do que você está falando? Que pessoas?

— Projetos de caridade da sra. Ackerley. Vagabundas pintadas e prostitutas da Babilônia. Uma veio até a porta da cozinha, imagine só, e lá se foram a senhora e a srta. Katie com ela. Em um cabriolé.

— Aonde?

— Não sei, não tenho certeza disso.

Ian, em um giro, voltou um olhar feio para ela, e a mulher murchou.

— Sinto muito, senhor. Eu realmente não sei.

— Alguém deve ter visto — Cameron resmungou. — Perguntaremos na rua se alguém ouviu dizer para que direção ela foi.

— Eu sei aonde ela foi — anunciou Ian em um tom sombrio. *Maldição! Maldição!* — Curry, chame um cabriolé para mim. *Agora!*

Ele foi abrindo caminho em meio à multidão aos empurrões e começou a descer as escadas. Curry foi correndo atrás dele, soltando ordens com som de balidos em seu claro sotaque londrino.

— Vou com você — falou Cameron.

— Eu também — disse Daniel, acompanhando os passos dele.

— Nem pelo fogo mais ardente do inferno que você vai! — ralhou Cameron a seu filho. — Você vai ficar, e a manterá aqui, se ela voltar.

— Mas, pai...

— Faça o que eu digo uma vez na vida, seu encrenqueiro.

Cameron apanhou rapidamente chapéu e luvas antes de passar cambaleando antes que o mordomo pudesse chegar até eles. Ian nem mesmo se deu ao trabalho de fazer nada disso. Daniel acompanhou-os até a porta, fazendo cara feia, mas ficou dentro de casa.

— Como você sabe onde ela está? — Cameron bateu em seu chapéu a passos largos chamando o cabriolé que vinha na direção deles em resposta a seu assobio.

Ian subiu no veículo, com Cameron em seguida.

— High Holborn — disse ele para o condutor, antes que o veículo saísse querelando no trânsito.

— High Holborn? — perguntou Cameron, alarmado.

— Ela foi brincar de detetive. *Maldita tolinha.* Se alguma coisa acontecer com ela...

Ian não conseguiu terminar o pensamento, não conseguia imaginar como se sentiria se a encontrasse morta, com uma faca no peito, como Sally e Lily.

Cameron pressionou uma das mãos no ombro de Ian.

— Nós a encontraremos.

— Por que ela é tão teimosa? E desobediente?

Cameron soltou uma risada que parecia um latido.

— Porque os Mackenzie sempre escolhem mulheres obstinadas e teimosas. Você realmente não esperava que ela o *obedecesse*, não é? Não importa o que digam os votos do casamento?

— Eu esperava mantê-la em segurança.

— Ela se manteve firme em face a Hart. É raro uma mulher que consegue fazer isso.

O que mostrava como Beth era tola. Ian ficou em silêncio, desejando que o cocheiro fosse mais rápido.

Foram seguindo por um trânsito intenso, pesado. Naquela noite, parecia que os londrinos estavam nas ruas como se fossem um rebanho. A carruagem chegou bem perto de Park Lane, passando pela casa do maldito do Lyndon Mather. Ian nutria esperanças por um breve momento de que as mil e duzentas libras que ele dera ao homem pela tigela fossem mantê-lo calado. Beth não precisava de mais problemas vindos dele.

O cocheiro por fim virou para o leste em Oxford Street, de modo a atravessar sua extensão até High Holborn. Ian não via a casa inocentemente disposta em High Holborn, perto de Chancery Lane, havia cinco anos. Porém, memórias bruscas esfaquearam-no enquanto ele e Cameron entravam ali sem bater. Nada dentro da casa havia mudado. Ian caminhou e cruzou pelo mesmo vestíbulo com lambril de madeira escura, abriu a mesma porta de vitral que dava para o saguão interno, e a escadaria polida de imbuia.

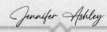

A criada que os havia admitido era nova e, obviamente, achava que Ian e Cameron eram clientes esperados. Ian queria sair empurrando-a e deixando-a para trás para abrir caminho e subir correndo as escadas, mas Cameron colocou a mão no ombro do irmão e balançou a cabeça em negativa.

— Vamos cuidadosamente — ele falou ao pé do ouvido de Ian. — Então, se elas não nos ajudarem, vamos revirar todo o lugar.

Ian assentiu, com o suor gotejando por sua coluna. Ele havia tido uma estranha sensação de estar sendo observado tão logo entrou na casa, algo que só crescia enquanto a criada os conduzia escadaria acima.

A criada girou a porta do salão para dentro, e Ian entrou ali. Ele parou de forma tão abrupta que Cameron acabou batendo nas costas dele.

Hart Mackenzie estava sentado em uma poltrona luxuosa, com um charuto em uma das mãos e um copo de cristal de uísque na outra. Angelina Palmer, a amante de Hart, ainda bela em seus quarenta e tantos anos, estava empoleirada no braço da cadeira de Hart, com uma das mãos pousada com carinho no ombro dele.

— Ian — disse Hart, com calma. — Achei que você chegaria logo. Sente-se. Quero falar com você.

Beth cerrou as mãos enluvadas em punhos sobre o colo enquanto a carruagem seguia lentamente de Whitehall até High Holborn. Lloyd Fellows olhava com ódio para Beth pelo interior confinado do veículo, e Katie se amontoava no assento ao lado de Beth, altamente desconfortável.

— O que a leva a pensar que eu não examinei aquela casa com um pente fino cinco anos atrás? — perguntou-lhe Fellows.

— O senhor poderia ter deixado de notar alguma coisa. É razoável. Estava agitado por causa do envolvimento dos Mackenzie.

Ele fechou a cara.

— Eu nunca fico agitado. E não sabia que havia o envolvimento dos Mackenzie até bem depois de ter chegado lá, sabia? Eu nem teria ficado sabendo de nada do caso, de nenhuma forma, se a criada nervosa não tivesse deixado escapar a informação.

— Parece-me conveniente que ela tenha deixado escapar a informação e o senhor tenha voltado todo o seu foco e esforços para Hart e Ian. Creio que isso tenha anuviado seu julgamento.

Fellows estreitou os olhos cor de avelã.

— Era muito mais complicado do que isso.

— Na verdade, não. Você ficou tão satisfeito por ter a oportunidade de arruinar a vida de Hart Mackenzie que não sentiu a necessidade de olhar além dele e de Ian. Eu havia começado a sentir empatia pelo senhor, mas mudei de ideia.

Fellows falou com o teto:

— Pelo amor de Deus, onde aquela família encontra mulheres como vocês? Umas megeras, vocês todas.

— Não tenho certeza de que Lady Isabella ficaria lisonjeada com esse comentário — replicou Beth. — Além do mais, ouvi dizer que a esposa de Hart tinha fala mansa e era tímida.

— E viu onde isso a levou?

— Exatamente, inspetor. Portanto, eu e Isabella continuaremos sendo francas.

Fellows olhou para fora da janela.

— A senhora não pode salvá-los e sabe disso. Se não são culpados desse assassinato, são culpados de muitas outras coisas. Os Mackenzie movem-se pelo mundo deixando destruição para trás.

Nós quebramos tudo que tocamos.

— Talvez eu não consiga salvá-los deles mesmos — foi a resposta de Beth. — Mas tentarei salvá-los do senhor.

Fellows pressionou e uniu os lábios, e olhou janela afora mais uma vez.

— Malditas mulheres — ele murmurou.

Ian ficou encarando Hart e a sra. Palmer por alguns segundos.

— Onde está Beth? — questionou ele.

Hart ergueu as sobrancelhas.

— Aqui ela não está.

Ian dirigiu-se até a porta.

— Então estou ocupado demais para conversar com você.

— É sobre Beth que quero falar.

Ian parou abruptamente e virou-se. A sra. Palmer havia se levantado e passado para trás do sofá para servir uma dose de uísque em um copo limpo, com o som como se fosse o da chuva gotejando por uma boca de lobo. Hart ficou observando-a por um instante, um homem estudando de forma confortável uma mulher que ele havia levado para a cama muitas vezes.

— Beth não entende — falou Ian.

— Eu fico me perguntando coisas em relação a isso — comentou Hart. — Você disse que se casou com uma mulher muito perceptiva e, se posso dizer, tenaz. Não sei se isso é bom ou ruim para a família.

— Tremendamente bom, eu diria — pronunciou-se Cameron atrás de Ian. — Eu a procurarei — anunciou ele, depois desapareceu porta afora.

Ian queria ir com ele, mas sabia que Cameron faria as coisas por completo. Quando queria, Cameron conseguia ser até mesmo mais aterrorizante do que Hart.

Ian desferiu um breve olhar de relance a Hart e fixou seu olhar contemplativo na sra. Palmer, que servia o uísque.

— O que quer que você pense dela, Beth é minha esposa. Isso significa que a protejo de você.

— Mas quem a protege de você, Ian?

O maxilar de Ian ficou enrijecido. A sra. Palmer trouxe o copo de uísque para ele, cujas facetas de cristal captavam a luz. O coração do copo tinha um quê de azul, como os olhos de Beth, uma cor nunca vista no cristal, a menos que fosse sob a iluminação certa.

Ian acompanhava os tons em mutação no âmbar do uísque, assim como o dourado que descia até as facetas azuis do copo. O melhor dos cristais captava a luz e a refletia em todas as cores do arco-íris, mas o azul sempre parecia ficar profundamente preso dentro delas.

— Ian...

Ian ergueu abruptamente os olhos do copo. A sra. Palmer tinha se posicionado atrás de Hart. Ela inclinou-se sobre o espaldar da cadeira e passou as mãos descendo pelas lapelas do sobretudo preto de Hart.

— O que foi? — perguntou-lhe Ian.

— Eu disse que quero conversar. — Hart estirou suas longas pernas. Seus cabelos tinham o tom mais escuro de vermelho de todos os irmãos, e seguiam para trás de sua testa, em ondas espessas.

As pessoas chamavam Hart Mackenzie de bonito, mas Ian nunca tinha achado isso dele. Ele sabia que os olhos do irmão poderiam se tornar gélidos, seu rosto como granito. Seu pai tinha sido muito como ele.

Hart havia sido a única pessoa no mundo que conseguia tranquilizar as reações de pânico do menino Ian. Quando este ficava confuso, em meio a uma grande multidão, ou não conseguia entender uma palavra do que balbuciavam a seu redor, seu primeiro instinto era de sair em disparada. Ele havia saído correndo da mesa da sala de jantar da família, das salas de aula da escola para as quais seu pai tentava mandá-lo, do banco de igreja da família com ela lotada. Hart sempre havia encontrado Ian, sempre se sentava com ele, conversando com o irmão para diminuir seu pânico, ou meramente ficando sentado, em silêncio, até que Ian se aquietasse.

Ian agora queria sair correndo pela casa, gritando o nome de Beth, mas o olhar de Hart lhe dizia que isso seria inútil.

Ian sentou-se. Olhou de relance para a sra. Palmer, sentindo-se desconfortável.

— Deixe-nos a sós, amor — Hart disse a ela. Angelina Palmer assentiu, com seu sorriso treinado. Ela deu um beijo nos lábios de Hart, que estavam voltados para cima.

— É claro. Você sabe que é só me chamar caso precise que eu...

Hart pegou na mão dela por um breve momento, enquanto ela ficava ali parada, em pé, deixando seus dedos soltarem-se dos dele. Tinham sido um casal por um bom tempo, em meio aos altos e baixos da vida de Hart... seu breve, porém infeliz, casamento, sua herança do ducado, sua ascensão ao poder político. Quando Hart havia tomado a decisão de distanciar-se da sra. Palmer, ela havia aceitado tal decisão sem estardalhaço.

A sra. Palmer olhou de relance para Ian antes de deixar o aposento. Ian manteve os olhos desviados dos dela, mas sentia a frieza gélida no olhar fixo, além de sentir seu... medo?

Ela se virou e se foi.

— Nunca conversamos sobre isso, não é? — perguntou-lhe Hart, assim que a porta se fechou suavemente.

Ali, cinco anos atrás, quatro homens riam e conversavam em torno de uma mesa de carteado, perto da lareira, enquanto Ian relaxava em uma poltrona perto da porta, lendo um jornal. Os homens à mesa o haviam ignorado, o que, para ele, não tinha problema algum. E então Sally havia puxado uma cadeira para perto da dele, inclinara-se sobre o braço desta cadeira e começado a falar em sussurros com Ian.

Hart interrompeu seus pensamentos.

— É melhor ficar calado em relação a isso, eu sempre lhe disse...

Ian assentiu.

— Concordei.

— Mas contou a Beth tudo a respeito do assunto.

Ian se perguntava como Hart sabia. Será que havia encontrado Beth e fizera com que ela contasse isso a ele? Ou será que havia espiões na casa de sua esposa?

— Se você a machucar, eu vou matá-lo.

— Eu jamais a machucaria, Ian. Isso eu juro a você.

— Você gosta de machucar e magoar as pessoas. De controlar. Você gosta de ver as pessoas a seus pés, lutando por uma oportunidade para lamber as suas botas.

O olhar de Hart chispou.

— Você não está sendo severo nem menos violento essa noite, está?

— Eu sempre fiz o que você me dizia para fazer, pois cuidou de mim...

— E sempre cuidarei de você, Ian.

— Porque isso é o que lhe convém. Você sempre faz o que lhe convém, como nosso pai fazia.

O cenho de Hart ficou anuviado.

— Eu não me importo que você me ataque, mas não me compare com nosso pai. Ele era um maldito homem cruel, e eu espero que ele esteja apodrecendo no inferno!

— Ele tinha acessos de fúria. Como os que eu tenho. Ele jamais aprendeu a controlá-los.

— E você conseguiu? — questionou-o Hart, em voz baixa.

Ian esfregou levemente a têmpora.

— Eu não sei. Não sei se consigo controlar, mas tenho Curry, Beth e meus irmãos para me ajudar. Nosso pai não tinha ninguém.

— Você não o está defendendo, está?

Até mesmo Ian ouvia a incredulidade no tom de Hart.

— Que diabos, não! Mas somos filhos dele; é razoável dizer que somos todos, de certa forma, como ele. Cruéis e brutais, movidos por impulsos. Sem coração.

— Eu deveria estar conduzindo uma conversa com você, não você me passando um sermão.

— Beth é perceptiva. — Ian baixou a cabeça. — Onde diabos ela está?

— Não aqui, como falei...

— O que você fez com ela?

— Nada. — Hart deixou cair seu charuto em uma tigela, e uma fina espiral de fumaça ergueu-se no ar. — Honestamente, não sei onde ela está. Por que acha que ela veio até aqui?

Jennifer Ashley

— Para bancar a detetive.

— Ah, claro! — Hart bebeu seu uísque rapidamente, em um gole só, e colocou o copo na mesa, fazendo um clique com o gesto. — Ela quer que você seja inocente. Ela ama você.

— Não, ela ama o marido dela.

— Que é você...

— Eu me refiro ao primeiro marido dela. Thomas Ackerley. Ela o ama, e sempre o amará.

— Imagino — Hart cedeu. — Mas eu vi a forma como ela olha para você. Ela ama você e quer salvá-lo. Você disse para que ela não tentasse fazer nada disso, mas estou certo em pensar que ela não lhe deu ouvidos.

Ian assentiu.

— Ela é tenaz.

Hart abriu um sorriso verdadeiro.

— Como um terrier seguindo seu faro. Se ela descobrir provas da verdade, o que você fará?

— Eu a levarei embora. Podemos morar em Paris ou em Roma, e nunca retornar à Inglaterra ou à Escócia.

— Acha que ficariam em segurança em Paris ou em Roma?

Ian desferiu para ele um olhar estreito.

— Se você nos deixar em paz, creio que sim.

Hart levantou-se mais uma vez, com seu casaco bem-feito por um alfaiate, sob medida, parecendo uma segunda pele em seus largos ombros.

— Eu não quero machucá-lo, nem magoá-lo, Ian. Nunca desejei isso. Eu sinto muitíssimo...

Ian cerrou as mãos nos braços da cadeira até temer que seus dedos fossem criar marcas na madeira.

— Não retornarei ao manicômio. Nem mesmo por você.

— E eu não quero que você volte para lá. O que eles fizeram com você... — Hart interrompeu sua fala. — Leve Beth para bem longe daqui.

Talvez para Nova York, se quiser. Eu quero que vocês fiquem em segurança, longe de mim.

— Por que você veio até aqui esta noite? — quis saber Ian. Não conseguia acreditar que Hart tivesse viajado de tão longe quanto a Escócia simplesmente para beber e fumar em uma casa que costumava ser dele. Ele devia ter pegado o trem imediatamente depois de Ian. A única forma de ter chegado ali tão rapidamente.

— Pontas soltas — foi a resposta de Hart. — Estou colocando tudo em ordem, e depois, tudo será esquecido.

— Sally não deveria ser esquecida. Nem Lily. Beth está certa: elas morreram, e deveríamos nos importar...

A voz de Hart assumiu um tom cortante.

— Elas eram prostitutas.

Ian ficou em pé.

— Você me trouxe até aqui naquela noite para que eu pudesse descobrir o que Sally sabia que pudesse prejudicar seu status político. Para que eu pudesse lhe dizer o que ela havia me contado aos sussurros na cama. Para que eu fosse seu espião.

— E você descobriu.

— Ela estava jubilosa. Queria arruiná-lo.

— Eu sei — falou Hart em um tom seco de voz. — Eu não permitiria que ela o fizesse, o que a deixou com muita raiva, muita raiva mesmo.

— Então você fez o quê? Certificou-se de que os segredos sujos de que ela tinha conhecimento permanecessem secretos?

Hart balançou a cabeça em negativa.

— Se Sally queria ficar tagarelando sobre o fato de que eu era proprietário da casa e sobre o que eu fazia com a mulher antes, ela que o fizesse. Todo mundo sabia. Isso até mesmo me fez ganhar um certo respeito em meio aos mais estólidos membros do Gabinete, caso se possa dar crédito a isso. Fiz o que eles sempre sonharam em fazer e não tinham coragem.

— Sally me disse que poderia arruinar você.

— Ela estava sonhando.

— E depois, estava morta.

Hart ficou imóvel. Ian ouviu Cameron caminhando a passos pesados lá em cima. Sua voz grave de barítono ressoava, e então se ouvia as suaves respostas da criada, e uma outra mulher, dando risadinhas.

— Oh, meu Deus, Ian — disse Hart em um quase sussurro. — Foi por isso que você a matou?

Jennifer Ashley

Capítulo Vinte

O cabriolé em que Beth seguia parou bruscamente diante de uma casa incongruente em High Holborn, próxima a Chancery Lane. A vizinhança parecia respeitável o suficiente, e a casa em questão era limpa, arrumada, silenciosa.

Fellows destrancou a porta da carruagem, porém, antes que pudesse abri-la, a porta foi arrancada de seus dedos e um par de fortes mãos agarraram Beth, que se viu na calçada, com seu marido. Os olhos de Ian estavam escuros de fúria, e, sem dizer palavra alguma, ele começou a arrastá-la para longe.

Beth resistiu.

— Espere. Temos de entrar.

— Não, você tem de ir para casa.

Outra carruagem esperava na rua, um coche extravagante. Suas cortinas estavam puxadas, e o brasão de armas, na porta, coberto.

— De quem é este coche?

— De Hart. — Ian puxou-a consigo enquanto caminhava a passos largos em direção ao cabriolé. — O cocheiro dele a levará de volta a Belgrave Square, e você permanecerá lá.

— Como uma boa esposa? Ian, me dê ouvidos.

Ian puxou com força a porta e revelou um interior dourado, tão opulento quanto qualquer sala de estar de um príncipe. Beth colocou a mãos na lateral da carruagem.

— Se eu for para casa, você tem de vir comigo.

Ian pegou no corpo de Beth e depositou-a em um assento macio.

— Não com o inspetor Fellows aqui.

— Ele não está aqui para prender Hart.

Ian bateu com tudo a porta da carruagem, e Beth lançou-se em direção a ela.

— Ele também não está aqui para prender você. Ele está aqui para investigar a cena do crime de novo e questionar a sra. Palmer. Eu pedi que ele o fizesse.

Ian girou. Seu tamanho e sua altura preenchiam a entrada da carruagem, com uma de suas imensas mãos pousadas no batente da porta. A luz estava atrás dele, então Beth não conseguia ver seu rosto nem o brilho de seus olhos.

— Você pediu que ele fizesse isso...

— Sim, há muitos suspeitos, você sabe disso. Especialmente a sra. Palmer. A casa é dela; ela teria tido a melhor oportunidade de cometer o crime.

— A sra. Palmer — Ian repetiu. Sua voz era desprovida de emoções, e Beth não sabia dizer no que ele estava pensando.

Beth abriu a porta e começou a descer.

— Nós temos de entrar.

Ela deparou-se junto ao peito de Ian e suas grandes mãos segurando seus braços.

— Não vou levar você para dentro de uma casa indecente.

— Meu querido Ian, eu cresci cercada por mulheres da vida e cortesãs. Não tenho medo delas.

— Eu não me importo com isso.

— Ian.

Beth tentou se empurrar para longe dele, mas teria tido mais chance de mover uma parede de tijolos.

— Vá para casa, Beth. Você já fez o bastante. — Ele enfiou-a de volta na carruagem. — E permaneça aí, pelo amor de Deus.

Ouviu-se um grito, alarmante e estridente.

— É Katie. — Beth ficou ofegante.

Ian fundiu-se e mesclou-se com a escuridão. Soltando xingamentos, Beth desceu da carruagem e foi correndo atrás dele. Ela ouviu o cocheiro gritar, mas ele estava ocupado demais deixando os cavalos estáveis, e não conseguiu sair correndo atrás dela.

Não havia nenhum poste de luz perto da casa, e Beth apressou-se em meio ao escuro em direção à porta que Ian tinha deixado escancarada. Beth entrou às pressas, tentando ouvir aonde os outros tinham ido.

O vestíbulo estava altamente iluminado, mas vazio. Ela passou correndo pelo elegante corredor coberto por um painel, no qual uma escadaria se erguia e dava acesso aos andares superiores da casa. Beth ouviu gritos e mais gritaria além do primeiro patamar e mais acima nas escadas: Katie, Ian, o inspetor Fellows. Ela começou a subir em direção à origem do barulho.

Alguém passou às pressas pelo corredor acima, passos abafados no carpete, e então se ouviu um baixo som de uma porta batendo. Alguém tentando fugir, escapar do inspetor?

Beth subiu correndo as escadas ao longo do corredor, deparando-se com uma porta fechada ao final deste. Ela a abriu e viu que acessava a escadaria das criadas. Passos apressados vinham subindo, com a presa em sua fuga.

— Ian! — ela gritou. — inspetor! Ajudem-me!

Os gritos de Beth foram abafados por gritos renovados, gritos masculinos e mulheres soluçando e chorando, os sons vindos lá de cima. Maldição!

Ela reuniu suas saias e mergulhou escadaria abaixo. O lance de degraus levou-a adiante do piso principal, passando pelas cozinhas. Beth sentiu um fluxo de ar noturno quando uma porta externa foi aberta com tudo. Chegou ao pé da escada a tempo de ver uma mulher de cabelos escuros correndo em disparada para o nojento pátio adiante.

Beth estava bem nos calcanhares dela. Um portão dava para o espaço entre as casas, onde os homens vinham limpar o conteúdo das latrinas. A mulher tateava na tranca, e Beth a pegou.

A mulher agarrou Beth pelos pulsos, com suas mãos fortes cobertas de anéis. Beth ergueu o olhar fixo para encarar a face da mulher que deveria ser a sra. Palmer, a antiga amante de Hart e dona da casa. Sylvia havia lhe dito que a sra. Palmer estava quase com cinquenta anos, mas ainda era uma bela mulher, com cabelos escuros e um corpo esguio. Os olhos dela eram adoráveis, mas duros como ágatas.

— Sua tolinha! — sibilou a sra. Palmer. — Por que trouxe o inspetor até aqui? Você arruinou tudo.

— Não permitirei que ele pague por um crime que não cometeu! — gritou Beth.

— Você acha que *eu* permitirei que isso aconteça?

— Do que está falando? — Beth começou a falar, e então uma faca foi vista de lampejo na iluminação da casa. Antes que Beth pudesse se contorcer e se livrar da mulher, a faca veio abaixo.

Irritado, Ian ficou sabendo que Katie havia gritado porque tinha visto Cameron saindo correndo de um aposento lá em cima. Estava escuro, Cameron era um homem gigantesco com um talho na face, e Katie alarmava-se com facilidade. Houve muitos gritos das moças lá em cima, mais delas gritando por Katie e berrando por causa de Cameron, até o barulho do tumulto ecoar por toda a casa. Por fim, Hart e Cameron ajudaram a silenciar a todas, e, a essa altura, a cabeça de Ian latejava.

— Nós estamos aqui agora — disse o inspetor Fellows, com impaciência e irritação, para os três Mackenzie que o encaravam. — Sua boa esposa tem uma teoria de que a sra. Palmer matou Lily Martin e Sally Tate, para salvar a pele do duque aqui.

— Angelina? — perguntou Hart em um tom de escárnio. — De onde Beth tirou essa ideia?

Fellows respondeu:

— Lady Ian conversou com algumas prostitutas, aquelas que ela conhecia de seus dias nas espeluncas. O senhor deveria ser cuidadoso com as pessoas com quem sua esposa se envolve, milorde.

— Beth é uma igualitária — disse Hart com um tom seco na voz.

— O que elas disseram? — interrompeu-os Ian. Se Beth estivesse certa... não, se conseguissem convencer Fellows de que Beth estava certa... Fellows poderia desviar seu foco de Hart.

— Elas ficaram falando sobre como Angelina Palmer era devotada para com Hart Mackenzie. Sobre como ela faria qualquer coisa por ele, até mesmo cometer assassinato.

— Isso é ridículo! — Hart falou, irritadíssimo. — Ela teria tido amplas oportunidades de matar Sally quando não houvesse ninguém na casa. Ela não precisava fazer isso quando Ian pudesse ser acusado do crime.

— Não? — Cameron entrou em cena, com uma expressão severa. — Ela ama *você*, Hart. Por que não jogar a culpa para cima de Ian, e confortar você quando o perdesse?

— Então por que ela me ajudaria com...? — Ele desferiu para Fellows um olhar pungente.

Fellows deu meia-volta.

— Oh, eu sei bem o que você fez, senhor. Você apressou-se a levar o seu irmão para a Escócia, para que eu não fosse capaz de interrogá-lo. Ele poderia me contar umas coisinhas e tanto, não?

— Por que não fazemos com que a sra. Palmer desça até aqui e a questionamos? — sugeriu Cameron. — Se alguém sabe da verdade do que acontece nesta casa, ela é essa pessoa.

— Ela é osso duro de roer — foi a réplica de Fellows. — Eu tentei. Assim como tentei romper a maldita fachada de vocês dois, irmãos, Hart e Ian, parceiros no crime.

Cameron avançou para cima dele.

— Você tem problemas com respeito, não tem?

— Parem! — Ian cerrou as mãos em punhos e pôs-se entre eles. — Cameron está certo. Hart, traga a sra. Palmer até aqui. Se você não matou

Sally Tate, então foi ela.

— Ou o senhor a matou, milorde — disse-lhe Fellows, com um brilho nos olhos.

— Eu não queria Sally morta. Eu tive de deixá-la. Ela me fez tão furioso, mas eu estava preparado para lhe pagar uma boa quantia, mandá-la para a Austrália ou algum outro lugar. — Ian olhou feio para Hart. — Se a mulher, Palmer, fez isso, ela precisa admitir o crime. Ela já nos causou dor o bastante.

Da voz de Hart gotejava frieza.

— Angelina não está aqui.

— Isso não é conveniente? — comentou Fellows. — O que ela está fazendo este tempo todo? Compras?

Hart deu de ombros, e a fúria de Ian aumentou. Por todos aqueles anos, ele havia temido que Hart tivesse cometido o assassinato, seu amado irmão que libertara Ian de sua prisão. Ian tinha feito seu melhor para tirar Fellows do rastro de seu irmão, impedir que ele falasse com qualquer testemunha que pudesse prejudicar Hart, e, por todos esses anos, Hart havia acreditado que ele ainda era louco, louco o suficiente para esfaquear Sally em um de seus acessos de confusão. A sra. Palmer era a única pessoa que poderia limpar os nomes tanto de Hart quanto de Ian, e agora Hart a protegia.

Hart era um mentiroso. A sra. Palmer ainda estava na casa, em algum lugar. E Beth estava lá fora...

Beth contorceu-se, tentando lançar a sra. Palmer para longe de si ao mesmo tempo. A faca atingiu o espartilho de Beth e afundou em seu flanco, logo acima dos quadris.

Beth soltou um grunhido. A dor era pungente, rápida e roubava seu ar. Ela afundou os dedos nos pulsos da sra. Palmer e segurou-se ali.

— Solte-me, sua cadela. Vou estripá-la!

Beth tentou gritar, mas suas pernas cederam, e seu corpo, de súbito, ficou fraco.

— Não morra em cima de mim, sua tola! — A voz quente da Sra. Palmer sibilava aos ouvidos de Beth, que se sentia ser arrastada para fora do portão, com o fedor da estreita passagem dando-lhe vontade de vomitar.

O coração de Beth socava seu peito, em pânico. A sra. Palmer poderia machucá-la ou matá-la, mas se Beth a deixasse escapar, perderia a oportunidade de provar para Fellows que a culpada era Sra. Palmer. A sra. Palmer era a única chance que Beth tinha de limpar o nome de Ian.

— Você será uma ótima refém — estava dizendo a sra. Palmer, em uma voz endurecida. — Hart me disse que Ian adora sua nova esposa. Imagino que Ian fará de tudo para tê-la de volta, inclusive me tirar da Inglaterra.

Em qualquer caso, o ferimento de Beth diminuía suas escolhas. A sra. Palmer era forte demais para que lutasse com ela. Ela levou Beth por um beco abaixo até outra rua, Chancery Lane, isso se Beth estivesse notando suas direções corretamente. Mas a escuridão nadava diante de seus olhos, e ela não conseguia saber ao certo. Suas mãos estavam frias, tão, tão frias.

Ela ouviu a sra. Palmer rindo, um som alto, quase bêbada. Mas a mulher não havia bebido, havia? A cabeça de Beth vagava em meio à confusão enquanto o cabriolé parava para elas, e a sra. Palmer enfiava Beth dentro do veículo.

— Bethnal Green, querido — disse ela para o condutor, ainda rindo. — Não se preocupe, eu tenho como pagar. Ande logo agora. Tenho de levar minha irmã para casa.

Beth caiu junto ao assento, e a sra. Palmer puxou o manto para cima delas duas. Cheirava a poeira, suor e lã umedecida. Beth tossiu e depois grunhiu de dor.

— Eles virão atrás de você — falou Beth, com a voz rouca. — Quando descobrirem que sumi, procurarão por mim.

— Eu sei disso — respondeu a sra. Palmer, irritada. — Cuidarão bem de você depois.

Isso diria um tubarão para o peixe que ele estava prestes a comer. A sra. Palmer fechou bem a boca e recusou-se a falar novamente. Beth alternava-se entre perder e recuperar os sentidos, enquanto o cabriolé seguia seu caminho. Ela vagamente se perguntava quanto tempo levaria para a ferida matá-la.

— Preciso de um médico — declarou Beth, gemendo.

— Eu lhe disse que cuidarão de você depois.

Beth fez pressão com a mão em seu flanco e cerrou os olhos. Ela estava com náusea e muito frio, as pernas entorpecidas, o rosto coberto por uma camada de suor.

Por fim, o cabriolé parou de se mover. O condutor resmungou alguma coisa para a sra. Palmer, e moedas retiniram na mão dele. Beth apoiou-se na lateral do veículo, mas a sra. Palmer tirou-a dali, levou-a para longe e empurrou-a rua abaixo, com o braço envolvendo-lhe a cintura.

— Odeio ver duas damas belas tão bêbadas — Beth ouviu o condutor dizer.

A sra. Palmer deu uma risada estridente, mas a cortou de forma abrupta, enquanto arrastava Beth em volta de uma esquina. A luz de um poste brilhava através de algumas janelas, mas pouca iluminação penetrava nas espeluncas. Os edifícios de tijolos eram cor de cinza e pretos, devido a anos de fumaça de carvão e sujeira. A imundície se reunia nas ruas, e pessoas com camadas de fuligem cambaleavam, bêbadas ou apressadas, com medo, até o abrigo mais próximo.

A sra. Palmer foi empurrando Beth beco após beco, fazendo voltas e virando. Beth deu-se conta de que a sra. Palmer estava tentando fazer com que ela perdesse seu rumo no labirinto de ruas, mas Beth conhecia Bethnal Green como a palma de sua mão. Havia crescido ali, havia lutado para se manter viva ali, e tinha até mesmo, uma vez, sido feliz ali.

— Onde estamos? — ela ofegava, fingindo estar confusa. — Aonde estamos indo...?

— Para a casa da minha irmã. Pare de fazer perguntas.

— Hart saberá sobre a sua irmã e onde ela mora, não? E eu sei que não me procurarão. Você me matará assim que me levar até lá. Ela ajudará você a me matar.

Os dedos da sra. Palmer eram como pinças de ferro.

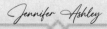

— Não vou permitir que você volte para eles até que eu esteja bem longe. Enviarei uma confissão de tudo que fiz depois que tiver partido, e então eles saberão onde você está.

— Eu não acredito em você. — Beth chorava e soluçava, colocando todo o drama que conseguia em seu tom de voz. — Você deixará que Ian seja enforcado por um crime que ele não cometeu.

— É Hart que estou tentando salvar, sua tolinha, e não me importo com quem seja enforcado no lugar dele. Sempre foi Hart para mim.

Mais uma vez irritada, ela fechou a boca, e manteve Beth cambaleando a seu lado. O maior temor de Beth era que a sra. Palmer simplesmente a deixasse na rua, ferida e sozinha. Beth sabia que os moradores daquela parte de Londres a roubariam sem pestanejar em um minuto e a deixariam para morrer. Alguma alma bondosa poderia chamar um policial, mas talvez fosse tarde demais.

— Por favor... — ela tentou. — Vamos encontrar um... uma igreja, ou algo do gênero. Permita que eu busque santuário por lá, e você pode fugir. Eu não saberei para onde você foi.

A sra. Palmer rosnou baixinho.

— Não sei por que motivos eles se casam com mulheres insípidas. Aquela criatura de cabelos pálidos com quem Hart se casou o arruinou. Mulheres burras tinham de morrer. Foi isso que o deixou em pedaços, foi horrível. E aquela cadela que o abandonou antes disso não era melhor. Odeio-as todas pelo que fizeram com meu rapaz.

A fúria ressoava na voz dela, e ela deu um puxão extra no braço de Beth, que podia ver o que Sylvia viu: ali estava uma mulher que faria qualquer coisa pelo homem que amava. Mataria por ele, até se arriscaria a ir para a forca por ele.

Por volta de mais umas poucas esquinas, isso era tudo de que Beth precisava. *Ali.*

— Uma igreja! Ali! — Beth agarrava-se fortemente na sra. Palmer, apontando para os tijolos cor de cinza da antiga paróquia de Thomas. — Leve-me até ali, por favor. Não me deixe neste buraco infernal. Ficarei louca. Sei disso.

A sra. Palmer grunhiu alguma coisa e arrastou Beth em direção à igreja. Ela não se aproximou das portas da frente, mas enfiou Beth pelo beco estreito abaixo entre os prédios. O pequeno pátio da igreja abria-se nos fundos, espremido pelas paredes de edifícios e da própria casa paroquial. Nos dias de Beth, a porta dos fundos da capela havia ficado destrancada, pois Thomas gostava de dar uma saidinha da casa paroquial para a sacristia pelo pátio da igreja e sempre se esquecia da chave.

A sra. Palmer agarrou a maçaneta e abriu a porta com facilidade. Ela empurrou Beth para dentro da pequena passagem que dava para a sacristia. Os aromas familiares de velas, poeira, livros e tecidos assaltaram Beth, e transportaram-na em seu estupor de volta para sua vida como esposa de um vigário. Aqueles tinham sido dias de paz e ordem, de uma estação vindo em seguida da outra, como pérolas em um cordão. Advento, Natal, Dia de Reis, Quaresma, Páscoa, Domingo de Pentecostes, Santíssima Trindade. Sabia-se o que tinha de se ler, escrever e vestir, que flores deveriam estar na igreja e quais cores deveriam estar no altar. Na alta alvorada, para a alegria da Páscoa, ir tarde para a cama na Véspera de Natal. Sem carne na Quaresma, um festim na Terça-Feira de Carnaval. Prece matinal, prece noturna, as cerimônias nos domingos.

Não havia dinheiro suficiente para comprarem um órgão, então Thomas soprava uma nota em uma flauta, e a congregação se animava e entoava os hinos que sabia de cor.

Oh, Deus, nossa ajuda em eras passadas,

Nossa esperança em anos por vir,

Nosso abrigo da terrível tormenta,

E nossa eterna morada.

Ela podia ouvir todo o ritmo da melodia lenta, do gorjeio agudo da velha sra. Whetherby flutuando e espalhando-se da fileira da frente.

A igreja estava vazia. As paredes pintadas de branco pareciam as mesmas, assim como o púlpito do lado direito do altar. Beth se perguntava se as dobradiças da porta do púlpito ainda rangiam como acontecia toda vez em que Thomas subia marchando o minúsculo lance de escadas e abria a meia-porta.

O trunfo da condenação, era como ele chamava. *Agora eles têm de ouvir o sermão do vigário.* Quando Beth sugeriu que ele colocasse óleo de sextante nas dobradiças, a réplica de Thomas foi: *Então não haverá nada para acordá-los quando o sermão tiver acabado.*

Tudo naquela estreita igreja falava de Thomas e da antiga vida de Beth, da pequena porção de felicidade que ela havia encontrado ali. Porém, tinha sido havia muito tempo, e a voz de Thomas estava fraca e bem distante. Agora ela estava sozinha, ferida e temia que nunca mais fosse ver Ian novamente, o homem que ela amava com todo o seu coração.

Ian foi empurrando, abrindo caminho e deixando para trás tanto Cameron quanto Fellows, até sair em disparada do aposento. Ele ouviu Hart, atrás dele, falar irritado:

— Pare-o.

Cameron foi atrás de Ian, mas este foi mais rápido. Estava descendo as escadas e do lado de fora da porta antes que Cameron pudesse alcançá-lo, e foi direto até a carruagem de Hart. Ele abriu a porta com força e deparou-se com Katie adormecida em um dos bancos aveludados. Ela estava sozinha.

Ian chacoalhou-a.

— Onde está Beth?

Katie piscou para ele.

— Não sei. Achei que ela estivesse com o senhor.

O coração de Ian martelava seu peito. Ele bateu a porta e foi caminhando a passos largos até o cocheiro que estava na parede perto das cabeças dos cavalos, mascando tabaco.

— Onde está ela? — A voz de Ian ressoou e os cavalos se agitaram e foram para trás.

— Sua senhora? Ela correu para dentro, senhor. Achei que...

Ian não esperou pelo restante de sua explicação balbuciada. Ele foi correndo de volta para a casa e encontrou Cameron no meio do caminho. Seu irmão fez uma pausa, virando-se para trás.

— Ian, que diabos...?

Ian entrou em disparada na casa, gritando o nome de Beth. Do patamar, Hart olhou para baixo, com Fellows a seu lado. Duas damas colocaram a cabeça para fora de um aposento em um andar mais alto da casa.

— Onde está ela? — Ian lhes perguntou, gritando.

Hart e Fellows ficaram apenas encarando-os, mas uma das moças respondeu:

— Ela não está aqui em cima, querido.

— Vocês a viram?

— Eu vi Madame Palmer descendo correndo pelas escadarias dos fundos — acrescentou outra moça. — Imagino que ela não quisesse ver o bom inspetor.

Fúria e raiva estreitaram o foco de Ian. *Beth. Encontrá-la.*

— Ian!

O grito de Cameron veio da parte de baixo da escadaria dos fundos, o caminho que dava para as cozinhas. Ian desceu voando os degraus, depois passou pela silenciosa cozinha e cruzou uma porta dos fundos. Cameron estava parado, em pé, no diminuto pátio que ficava entre as casas, com uma lanterna que tinha pegado na cozinha.

Ian espiava o que tinha chamado a atenção de Cameron. Havia uma mancha vermelho-amarronzada nos tijolos, recente, junto à fuligem do carvão.

— Sangue — Cameron disse, baixinho. — E uma mancha de sangue aqui, no portão.

O coração de Ian batia tão acelerado que ele quase vomitou. Quando Fellows saiu para ver o que estava acontecendo, Ian pegou o inspetor pelo colarinho e enfiou a cara dele nas manchas de sangue.

— Maldição, senhor — baliu Fellows.

— Encontre-a — ordenou Ian. Ele endireitou bruscamente Fellows. — Você é um detetive. Detecte alguma coisa.

Cameron abriu o portão e entrou no beco.

— Ian está certo, Fellows. Faça seu maldito trabalho.

Hart colocou uma das mãos no ombro de Ian.

— Ian.

Ele contorceu-se e afastou-se, incapaz de suportar seu toque. Se Beth estivesse morta...

Fellows afastou-se rapidamente.

— Ele não vai ter um dos ataques de loucura dele, vai...?

Ian ficou de costas para Hart.

— Não. — Ele seguiu a passos largos para fora do portão para juntar-se a Cameron, puxando Fellows pelo colarinho consigo. — Encontre-a.

— Eu não sou um cão de caça, Vossas Senhorias.

— Au, au — disse Cameron, abrindo um sorriso malvado e largo para Fellows. — Bom cachorro.

Jennifer Ashley

Capítulo Vinte e Um

Beth gritou quando a sra. Palmer a empurrou para a madeira dura de um banco da igreja. Não havia ninguém ali, nem um ajudante varrendo o chão nem o debilitado vigário que havia ocupado o lugar de Thomas nove anos antes.

Beth agarrou o pulso da sra. Palmer.

— Não, não me deixe.

— Não seja tola. Alguém a encontrará.

Beth agarrou-se na parede com toda a força que podia conjurar.

— Por favor, não me deixe aqui sozinha. Espere pelo vigário comigo. Por favor, não quero morrer sozinha.

Suas lágrimas eram verdadeiras. A dor tinha aumentado e a percorria em ondas. Será que Ian entenderia aonde ela havia ido? Será que ele a encontraria? Apesar de todas as obsessões de seu marido com minúcias, ele não era nem um pouco burro e tinha um cérebro capaz de raciocinar e resolver complexos problemas matemáticos e memorizar a intricada língua dos tratados. Mas será que conseguiria juntar as peças daquele quebra-cabeças e chegar a uma resposta para o enigma?

A sra. Palmer soltou um ruído de exasperação, mas se sentou em um farfalho de saias. Afundou junto a Beth, incapaz de se aguentar em pé sozinha.

— Você matou Lily Martin? — perguntou-lhe Beth em um sussurro, entorpecida demais agora para sentir medo. Se a sra. Palmer desejasse matar Beth, já o teria feito àquela altura. A mulher estava com medo, e Beth teve a súbita sensação de que ela agora temia mais Hart do que ser pega pelo inspetor Fellows. Se a sra. Palmer deixasse Beth, a esposa do amado irmão de Hart, morrer, Hart jamais a perdoaria.

— É claro que matei Lily — disse a sra. Palmer, em um tom agressivo. — Ela testemunhou o assassinato de Sally.

— Então você acha que Hart de fato matou Sally.

— Hart estava com tamanha raiva de Sally. A cadelinha o estava chantageando para conseguir dinheiro a fim de fugir e me deixar. Hart me disse que resolveria as coisas com ela, que faria com que ela se arrependesse de seus joguinhos.

— Você estava com raiva de Sally também.

— Se Sally queria dinheiro tanto assim, ela poderia ter pedido a Hart; porém, ela queria ter poder sobre ele. Como se ela pudesse algum dia controlar alguém como Hart. Ele tem a determinação para comandar. Eu vi isso da primeira vez em que o encontrei, aos vinte anos de idade dele. — A voz dela ficou mais baixa, assumindo tons carinhosos. — Na época, ele era um rapaz formoso. Todo bonito e charmoso, antes de tantas pessoas o magoarem.

Beth deparou-se com sua cabeça no colo de tecido de lã xadrez da sra. Palmer, olhando para cima, encarando a face da velha mulher. Beth deu-se conta de que se tratava do xadrez dos Mackenzie, azul e verde, com fios brancos e vermelhos.

— Eu sinto muito — sussurrou Beth. — Você deve amá-lo muito.

— Não faço nenhum segredo quanto a isso.

— Deve ter sido difícil para você vê-lo casar-se, começar a tirá-la da vida dele.

Não era a coisa mais diplomática a ser dita, pensou Beth, mas perdera o controle das palavras.

— Eu sabia que ele teria de se casar — disse a sra. Palmer, com calma. — Sou dezessete anos mais velha do que ele, além do que, não se pode dizer que pertenço à sua classe. Ele precisava se casar com a filha de algum de seus pares, que pudesse ser anfitriã de bailes e festas e encantar seus colegas. Jamais ele se tornaria primeiro-ministro da Inglaterra se fosse ligado a uma mulher como eu.

— Mas muitos cavalheiros têm amantes. A sra. Barrington gostava de reclamar disso.

— Quem diabos é a sra. Barrington? — Beth estava cansada demais para responder, e a sra. Palmer continuou divagando. — Não, ninguém se importaria muito se Hart tivesse uma amante. Mas é mais do que isso.

— Porque ele era seu lorde e seu mestre. — Beth lembrou-se das palavras de Ian, e a curiosidade abriu caminho em meio à dor. — O que exatamente ele fazia...?

— Se você não tem conhecimento algum desse tipo de vida, não entenderia.

— Imagino que não. — A atenção dela dispersou-se mais uma vez. — Não creio que Hart tenha matado Sally — falou Beth, alarmada com o quão fraca sua voz tinha ficado. — Ele teria esperado até que Ian estivesse em algum outro lugar. Porém, uma outra pessoa poderia ter entrado em pânico e enfiado uma faca em Sally.

— Alguém como eu — completou a sra. Palmer. — Talvez eu a tenha matado.

Para proteger Hart. Os olhos de Beth ficaram zonzos e se fecharam. Ela tentou imaginar a cena: Ian espiando pela porta semiaberta, Hart agigantando-se sobre Sally com uma faca na mão, Lily Martin no corredor, do lado de fora. Havia algo de errado naquele cenário. Se apenas Beth conseguisse se manter acordada por tempo suficiente para concluir qual era esse erro...

A sra. Palmer levantou-se abruptamente, como se tivesse ouvido algo, mas ninguém entrou na capela. A cabeça de Beth bateu no banco duro da igreja, e ela cerrou os dentes na tentativa de conter um grunhido.

— Você ficará bem aqui — disse a sra. Palmer. — Alguém a encontrará.

— Não — sussurrou Beth, com um medo real. Ela esticou a mão, tentando segurar a da outra mulher. — Não me deixe morrer aqui sozinha.

— Se Beth conseguisse fazer a sra. Palmer ficar ali por tempo suficiente para Ian descobrir onde elas estavam, e levasse consigo o inspetor, Ian poderia ter seu nome desligado daqueles crimes e estaria a salvo do inspetor Fellows para sempre.

A sra. Palmer olhou ao redor da capela, tremendo quando uma brisa fria a tocou.

— Por que eu ficaria aqui para ser pega?

— Porque você não pretendia fazer isso. Você achou que Lily trairia Hart, e ficou com medo.

A sra. Palmer mordeu o lábio.

— Você está certa. Eu fui até ela para descobrir o que ela sabia, e ela começou a esbravejar, furiosa, que o dinheiro que Ian estava lhe dando não era mais o suficiente. A tesoura estava na cesta dela. Eu a peguei...

Ela ficou com olhar fixo em sua mão, flexionando-a, assombrada.

— Hart ajudará você — disse Beth.

— Não, ele não fará isso. Eu arruinei tudo. A morte de Lily colocou o faro do inspetor Fellows de volta em ação. Hart jamais me perdoará por isso.

Beth segurou-se na beirada do banco da igreja, tentando manter-se consciente. O sono a chamava, um doce sono no qual não havia nenhuma dor.

— Você realmente matou Sally?

— Isso não vem ao caso, vem? Eu vou para a forca por Hart, e ele entenderá o quanto o amo.

— Lily e Sally eram amantes — sussurrou Beth. Sua mente buscava alguma coisa, mas as luzes tremeluziam nas beiradas de sua visão.

A sra. Palmer soltou uma bufada.

— Lily tinha uma fotografia de Sally em sua sala de visitas. Você consegue acreditar numa coisa dessas? Sally a havia largado fazia tantos anos. Eu trouxe a fotografia comigo. Não queria deixar à polícia nenhuma pista, mas eles fizeram a conexão assim mesmo.

— Sally e Lily — sussurrou Beth.

Ela cerrou os olhos, e a cena repetiu-se mais uma vez em sua cabeça. Lily com o olhar fixo dentro do quarto enquanto Hart estava com Sally, observando-o deixá-la. Talvez pensando que Hart já dera dinheiro a ela. Lily furiosa porque Sally havia lhe dado um empurrão, e ela não teria nem Sally nem o dinheiro. Uma faca em cima da mesa perto da cama e Lily apanhando-a. Ian observando a cena do salão enquanto Hart deixava tempestuosamente a casa, Ian vendo Lily no salão, uma testemunha, ele achava, de um crime cometido por seu irmão.

— Eu tenho que fugir. — A sra. Palmer enfiou as mãos nos bolsos do vestido de Beth, pegando dali a bolsinha em que Beth guardava as moedas. Ela pegou na mão de Beth e começou a remover o anel de prata com o diamante de seu dedo mindinho. — Vou ficar com esse também. Posso vendê-lo quando chegar ao continente. E os brincos.

— Não. — Beth tentou cerrar o pulso em punho, mas sua mão estava gélida e tão fraca... — Foi meu primeiro marido que me deu este anel.

— Um pequeno preço a pagar para eu não matar você. — A sra. Palmer arrancou os brincos das orelhas de Beth, que sentiu a leve pungência da dor.

Isabella dera os brincos a Beth em Paris quando ela os havia admirado. *Fique com eles,* ela dissera, generosa e sem capricho. *Eles ficam melhor em você do que em mim.*

A sra. Palmer levantou-se. Parecia velha sob aquela luz, uma mulher que havia se mantido jovem com pintura e perseverança. Agora parecia cansada, uma mulher que havia tentado além da conta por tempo demais.

— Eu amo Hart Mackenzie — declarou ela, com ferocidade na voz. — Sempre o amei. Eu me certifiquei de que aquela prostitutazinha da Sally não o arruinasse depois de todos esses anos. Eu me certifiquei de que Lily não faria isso.

— Fique e explique isso a eles — Beth disse, arfando.

Em um repentino ataque de fúria, a sra. Palmer arrastou Beth para cima pelos cabelos. Beth gritou, com seu flanco parecendo fogo.

— Você não tinha direito nenhum de ficar escavando tudo e trazendo as coisas à tona, nem levando o inspetor até a minha casa. Você tem tanta culpa quanto eu. — Cuspe salpicava de seus lábios.

Beth não conseguia mais lutar. Seu corpo inteiro simplesmente queria parar. Ela morreria ali, na pequena igreja de Thomas, a menos de nove metros do pátio da igreja onde ele jazia.

Ela pensou ter ouvido a porta do púlpito ranger e viu Thomas parado perto dela, vestindo a sotaina branca que ele usava com tanta frequência. Seus cabelos escuros estavam grisalhos nas têmporas, seus bondosos olhos, tão azuis.

Seja valente, minha Beth, ela pensou que ele diria. *Está quase acabando.*

— Ian.

A sra. Palmer analisou a capela, com seus dedos ainda segurando com força os cabelos de Beth.

— Com quem você está falando?

A gritaria a interrompeu, vozes graves masculinas, sendo uma delas a de Ian. A sra. Palmer gritou, arrastando Beth para sua frente, como se ela fosse um escudo. Beth gemeu de agonia.

Ian, com o rosto branco, os olhos selvagens, foi com tudo para cima da sra. Palmer. Ele estava gritando alguma coisa, mas Beth não conseguia ouvi-lo, não era capaz de entender suas palavras. A sra. Palmer cambaleou, com gritos estridentes, e Ian pegou Beth quando ela caiu.

Ele estava ao lado dela, cálido, firme e real. Beth tentou esticar a mão para tocar nele, mas seus braços não a obedeciam. Ele a ergueu e aninhou-a junto a si no banco da igreja. Os olhos dourados de Ian estavam arregalados enquanto ele olhava diretamente nos olhos de Beth.

— Ian. — Beth sorriu e tocou na face dele.

Era ela quem não conseguia manter o olhar, enquanto seus olhos vagavam para o lado.

Em sua visão periférica, ele via Hart entrar às pressas, acompanhado de Cameron e do inspetor Fellows. A sra. Palmer estava orgulhosa junto à parede.

— Não serei enforcada por causa daquela vagabunda — disse ela em uma voz alta e clara.

A faca reluzia em suas mãos, e ela mergulhou-a direto entre seus seios.

Beth ouviu o grito de Hart, viu os joelhos da sra. Palmer cederem e seu corpo deslizar pela parede abaixo. Hart a pegou nos braços.

A sra. Palmer ergueu o olhar para Hart.

— Eu amo você.

— Não fale — pediu Hart, cuja voz era incrivelmente gentil naquele momento. — Vou chamar um médico.

Ela balançou a cabeça em negativa, com o sorriso fraco.

— Está tudo escuro agora. Não consigo ver o seu rosto. — Ela tateava às cegas para chegar até ele. — Hart, abrace-me.

— Estou aqui. — Hart juntou-a a si, pressionando um beijo em seus cabelos. — Estou aqui, amor. Não a deixarei.

Ian nem mesmo olhou para eles. Estava de olhos cerrados agora, embalando Beth, que tentou dizer: "Eu sabia que você me encontraria", mas a escuridão se aproximou dela, e seus lábios não mais se mexiam. Ela perdeu os sentidos no exato momento em que a última respiração saiu ruidosa de sua garganta.

<hr/>

Ian usou a carruagem opulenta de Hart para levar Beth para casa, a mansão ducal em Grosvenor Square. A casa de Hart sempre estava repleta de funcionários, sempre em prontidão para quaisquer negócios que o duque pudesse querer conduzir na cidade. Ian carregou Beth lá para dentro, enquanto os bem-treinados criados se mexiam para obedecer a seus comandos frenéticos.

Ian carregou Beth até o quarto destinado para seu uso. Um médico veio limpar a ferida de Beth e suturá-la, mas ela não acordava.

Cameron havia permanecido com Hart e o inspetor Fellows na igreja enquanto o inspetor pegava aquilo de que precisava e tentava entender o que havia acontecido. Ian não se importava com o que havia acontecido.

Estava acabado, a sra. Palmer estava morta e a própria Beth tinha quase morrido tentando acertar as coisas. Fellows poderia fazer as coisas como quisesse.

Beth estava deitada, em estupor, febril e suando. Não importava o quanto Ian banhasse o corte no flanco de sua amada, ele inchava e ficava vermelho, até que veio a febre.

Ian permaneceu perto dela a noite toda. Ele ouviu os outros voltarem, a voz áspera de Cameron, e as réplicas em voz baixa de Hart, as vozes deferentes dos criados e das criadas. Ele pressionou um pano fresco na testa de Beth, desejando que conseguisse baixar a febre por força de sua vontade.

Ouviu a porta abrir-se atrás de si e os passos pesados de Hart, mas Ian não ergueu o olhar.

— Como ela está? — seu irmão perguntou-lhe, em um tom de voz baixo.

— Morrendo.

Hart deu a volta na cama e olhou para baixo, para Beth, imóvel nos lençóis. Sua face era branca, exausta e tensa.

Beth estava quente. Ela gemia, jogando a cabeça de um lado para o outro. Lamuriava quando seu ferimento encostava na cama, como se estivesse tentando encontrar alívio da dor que a assombrava.

Ian olhou com ódio para Hart.

— Você e suas malditas mulheres. Você as tornou animais domados, e agora elas mataram Beth.

Hart encolheu-se.

— Maldição, Ian.

— Você achou que Beth queria o meu dinheiro, nosso nome. Por que ela deveria querer isso?

— Pensei assim no início. Não mais.

— Tarde demais, maldição! Ela nunca quis nada para si, nunca exigiu nada de nós. Você não sabe o que fazer com pessoas assim.

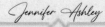

— Eu também não quero que ela morra.

Hart pôs a mão no ombro de Ian, mas este se afastou bruscamente.

— Você me levou para aquela casa para que eu fosse seu maldito espião. Você me usou, como me usou para todos os outros estratagemas em sua vida. Você me libertou do manicômio para que eu pudesse ajudá-lo, mas nunca acreditou que eu não fosse louco. Só precisava do que eu sou capaz de fazer.

— Isso não é inteiramente verdade — retrucou Hart, com a boca quase fechada.

— É perto o bastante disso. Você achou que eu fosse insano para matar Sally. Eu fiz o que você me disse por ser grato a você, e porque queria proteger *você*. Eu o admirava e o idolatrava, tal como suas vadias domadas.

Ian estava respirando com dificuldade, mas, com gentileza, usou a mão para colocar os cabelos de Beth para trás.

— Pelo amor de Deus, Ian.

— Acabou isso de eu obedecer a seus comandos. Sua maldita arbitrariedade matou a minha Beth.

Hart permaneceu imóvel, com o olhar fixo.

— Eu sei. Deixe-me ajudá-la.

— Você não tem como ajudar. Ela passou da fase de ajuda. — O olhar de Ian encontrou-se com o de Hart por um momento transitório e, pela primeira vez na vida de Ian, Hart não conseguia olhar de volta para ele.

— Saia — ordenou Ian. — Não quero que você esteja aqui caso eu tenha de me despedir dela.

Hart permaneceu rígido e sem se mover por uns poucos instantes, e depois se virou e rapidamente saiu do aposento.

Durante a semana seguinte, Ian saiu do quarto apenas para gritar chamando Curry, caso o homem fosse lento demais para responder ao sino. Beth revirava-se na cama, seu rosto cor-de-rosa e suando, gemendo quando qualquer coisa tocasse em seu flanco. Ian dormia ao lado dela na cama, ou na cadeira, quando Beth ficava inquieta demais. Curry tentava fazer com que Ian dormisse no quarto ao lado, para permitir que uma criada, Katie ou ele mesmo cuidasse de Beth enquanto ele descansava, mas Ian se recusou.

Ian havia lido todos os livros na vasta biblioteca de Hart, além de muitos tomos no manicômio particular, arquivando em sua mente todas as visões modernas da medicina. Ele colocou em prática métodos de cuidados de feridas pestilentas, métodos de baixar a febre, métodos de manter o paciente quieto e alimentado.

O médico trouxe sanguessugas, que de fato ajudaram um pouco com o inchaço, mas Ian não gostava dos óleos, unguentos e seringas de líquidos suspeitos. Não deixava o médico chegar perto de Beth com eles, o que levava este a fazer reclamações em voz alta a Hart, que não lhe demonstrava empatia.

Ian dava banho em Beth todos os dias, limpando quaisquer coisas ruins que vazavam de seu ferimento. Ele banhava o rosto dela em água fresca, alimentava-a com colheradas de caldo, forçando-a a ingerir quando ela desviava a face. Mandava Curry trazer gelo, que pressionava sobre o corte, para fazer com que o inchaço parasse, e usava mais gelo para resfriar a água com a qual ele banhava a testa dela.

Ian desejava que pudesse tirar Beth de Londres, onde a fumaça de carvão e fuligem entrava por todas as janelas, mas temia abalar a ferida e que ela se abrisse novamente. Ele fez tranças nos cabelos de Beth para tirá-los de seu pescoço, temendo que tivesse de cortar seus belos cachos se a febre não tivesse fim.

O médico estalava a língua em contrariedade e propunha tratamentos experimentais que envolviam soro de glândulas de macacos e outras maravilhas. Ele os estava desenvolvendo em conjunto com especialistas na Suíça, e, se conseguisse salvar a cunhada do duque de Kilmorgan, seu nome se tornaria notório.

Ian fez com que ele saísse correndo com ameaças de violência.

Por volta do sexto dia, a febre ainda não tinha baixado. Ian estava sentado ao lado de Beth, com a mão segurando a dela de leve, e ele sentia o gosto do medo. Ele ia perdê-la.

— É essa a sensação do amor? — Ian sussurrou para ela. — Eu não gosto disso, minha Beth. Dói demais.

Beth não respondeu. Fendas dos olhos dela estavam abertas sob suas pálpebras inchadas, um brilho azul que nada via. Ele não tinha conseguido alimentá-la naquele dia.

Ian sentia-se enjoado, seu estômago revirava-se, e ele teve de deixar o quarto para vomitar. Quando retornou, não havia nenhuma mudança. A respiração dela estava rouca e difícil, e sua pele, dolorosamente quente.

Ela havia entrado na vida de Ian de um modo tão súbito, apenas algumas semanas antes, e, assim, tão de repente, estava partindo. A sensação de perda o aterrorizava. Ele nunca havia sentido aquilo antes, nem mesmo com toda a solidão e com todo o medo que havia vivenciado no manicômio. Aquele temor havia sido autopreservação; isso era um vazio que lhe causava um vácuo, vindo de dentro.

Sentado naquele quarto escuro, em face ao pior, Ian recuperou lembranças. Sua memória perfeita reprisava tudo claramente, pouco ofuscada pelos sete anos entre o agora e seus anos no manicômio. Lembrava-se dos banhos matinais em água fria, de fazer caminhadas supervisionadas no jardim, onde um homem com uma longa bengala o seguia pelos arredores. Ian sempre o chamava de pastor de ovelhas, preparado para bater nos pacientes para que entrassem de volta se fosse necessário.

Quando outros médicos ou visitantes distintos apareciam, o dr. Edwards dava grandiosas palestras, enquanto faziam com que Ian ficasse sentado em uma cadeira perto do pódio. O dr. Edwards fazia com que Ian decorasse os nomes de todas as pessoas presentes em suas palestras e os recitasse, fazia com que ouvisse uma conversa entre dois voluntários, e a repetisse perfeitamente. Um quadro negro era levado, e Ian resolvia complexos problemas matemáticos em questão de segundos. Ian referia-se a si como a foca adestrada do doutor Edwards.

Ele é um caso típico de ressentimento arrogante empesteando o cérebro. Notem como ele evita os olhos de vocês, o que demonstra declínio de confiança e falta de verdade. Notem como sua atenção vaga quando se fala com ele, como ele interrompe as pessoas com comentários inapropriados ou perguntas que nada têm a ver com o tópico em questão. Isso é arrogância ao ponto da histeria... o paciente não mais consegue se conectar com as pessoas que considera inferiores a ele. Tratamento: arredores austeros, banhos frios, exercícios, choques elétricos para estimular a cura. Surras regulares para suprimir seus acessos de fúria. O tratamento é eficaz, cavalheiros. Ele acalmou-se de forma considerável desde a primeira vez em que veio até mim.

Se Ian tivesse... se acalmado... era porque havia percebido que, se suprimisse seus acessos de fúria, assim como seus discursos abruptos, ele seria deixado em paz. Ele havia aprendido a se tornar um autômato, um menino rígido, que se movia e falava de uma forma mecânica. Violar o padrão era sinônimo de ficar horas trancafiado em uma sala pequena, choques elétricos por todo seu corpo, surras todas as noites. Quando Ian se tornava o jovem homem autômato novamente, seus algozes deixavam-no em paz.

Pelo menos permitiam que ele lesse livros e tivesse aulas com um tutor. A mente de Ian era inquieta, absorvendo tudo que era colocado diante dela. Ele dominava idiomas em uma questão de dias. Progredia de aritmética simples para cálculos mais complexos dentro do período de um ano. Lia um livro todo dia e conseguia recitar imensas passagens de cada um. Ele encontrava algum refúgio na música e aprendia a tocar peças musicais que ouvisse serem tocadas, mas nunca soube como ler partituras. As notas e as partituras eram uma bagunça em preto e branco muito grande para ele compreender.

Ian também não conseguia dominar assuntos como lógica, ética e filosofia. Era capaz de citar as frases de Aristóteles, Sócrates, Platão, mas não entender nem as interpretar.

A arrogância de sua classe, junto ao ressentimento em relação a sua família criou um bloqueio em seu cérebro, explicava o dr. Edwards para seu público entusiasmado. *Ele é capaz de ler e lembrar-se das coisas, mas não as entende. Ele não demonstra nenhum interesse no pai, nunca pergunta por ele nem escreve para ele, nem mesmo quando a sugestão lhe é feita. Também não apresenta nenhum sinal de que sente falta de sua querida e falecida mãe.*

O dr. Edwards nunca vira o corpo do menino Ian soluçando e chorando

à noite, sozinho, com medo, odiando o escuro. Sabendo que seu pai viria atrás dele, que o mataria pelo que ele havia testemunhado.

Os únicos amigos de Ian eram as empregadas do manicômio, criadas que contrabandeavam para ele guloseimas da cozinha e vinho do salão dos empregados. Elas ajudavam-no a esconder os charutos que Mac levava e os livros considerados indecentes que Cameron levava quando ia visitar.

Leia estes livros, Cameron costumava sussurrar, com uma piscadela. *Você precisa saber que extremidade de uma mulher é qual, e para que serve cada uma delas.*

Ian havia aprendido tudo isso aos dezessete anos, nas mãos da arrumadeira robusta de cabelos dourados que limpava sua lareira todas as manhãs. Ela havia mantido o caso secreto deles durante dois anos, e depois se casado com o cocheiro e se mudado, para ter uma vida melhor. Ian pediu para Hart lhe dar de presente de casamento várias centenas de guinéus, mas nunca lhe disse qual era o motivo.

Acontecera havia muito tempo. Ian voltava em ondas para o momento presente, mas este era cruel e aterrorizante. Ele ficou sentado na escuridão, com cortinas cobrindo as janelas como mantos, enquanto Beth lutava para viver. Se ela morresse, ele poderia muito bem voltar sozinho para o manicômio e trancafiar-se lá, pois ficaria louco se tivesse de viver sem ela.

Isabella chegou não muito tempo depois. Entrou no quarto em um fraco farfalhar de seda, com os olhos marejados, enquanto absorvia a visão de Beth na cama.

— Ian, eu sinto tanto...

Ian não conseguiu responder. Isabella parecia exausta. Ela acariciou a mão de Beth e ergueu-a até seus lábios.

— Eu vi o médico lá embaixo — disse ela, com a voz densa por causa das lágrimas. — Ele me disse que não há muita esperança.

— O médico é um idiota.

— Ela está ardendo em febre.

— Não permitirei que ela morra.

Isabella afundou na cama, ainda segurando a mão de Beth.

— Isso geralmente acontece com as melhores pessoas. Elas são tiradas de nós para nos ensinar humildade. — Lágrimas escorriam por suas bochechas.

— Bobagem.

Isabella ergueu o olhar para ele, com um débil sorriso no rosto.

— Você é teimoso como um Mackenzie.

— Eu *sou* um Mackenzie. — Que coisa tola de se dizer! — Não permitirei que ela morra. Não posso deixar que isso aconteça. — Beth mexeu-se na cama com indiferença, emitindo sons fracos.

— Ela está delirando — sussurrou Isabella.

Ian umedeceu um tecido e batia de leve com ele na língua de Beth, enquanto ela tentava falar, sua voz saindo como um grasnado. Ela lambia as gotas que caíam do pano, lamuriando-se.

Isabella limpou suas lágrimas enquanto se erguia da cama e, às cegas, saiu dali.

Mac entrou não muito tempo depois, com o rosto extenuado.

— Alguma mudança? — ele quis saber.

— Não. — Ian não ergueu o olhar, e continuou pressionando um pano cheio de gelo na testa de Beth. — Você veio com Isabella?

Mac soltou uma bufada de leve.

— Improvável. Trens diferentes, barcos diferentes, e ela também mudou de hotel tão logo ficou sabendo que eu tinha feito minha reserva no mesmo em que ela ficaria.

— Vocês são dois tolos. Você não pode abrir mão dela.

Mac ergueu as sobrancelhas.

— Já se passaram três anos, e ela não está exatamente correndo de volta para mim.

— Você não está tentando reconquistá-la com firmeza suficiente

— disse Ian, enraivecido. — Eu jamais pensei que você fosse assim, um maldito idiota.

Mac parecia surpreso, depois, pensativo.

— Pode ser que você tenha razão.

Ian voltou sua atenção para Beth. Como alguém pode encontrar o amor e jogá-lo fora com tanta negligência era algo que fugia à sua compreensão.

Mac esfregou a testa.

— Falando em malditos tolos, demiti aquele médico charlatão. Coisa boa, também. Eu estava prestes a estrangulá-lo.

— Que bom!

Mac colocou a mão no ombro de Ian, apertando os dedos ali.

— Eu sinto muito. Isso não está certo. Você, de todos nós, merece ser feliz.

Ian não respondeu. Isso não tinha nada a ver com ser feliz. Tinha tudo a ver com salvar Beth.

Mac permaneceu ali por um tempo, observando Beth com melancolia, e depois partiu. Ele foi substituído pelos outros visitantes durante todo o dia e a noite: Cameron, Daniel, Katie, Curry, Isabella novamente. Todos eles faziam a mesma pergunta:

— Alguma mudança no quadro dela?

Ian tinha de balançar a cabeça em negativa, e eles iam embora.

Na madrugada, quando a casa estava mortalmente imóvel, o relógio dourado na cornija da lareira apologeticamente tocou duas vezes. Beth sentou-se reta na cama.

— Ian!

Sua pele tinha um tom brilhante de vermelho, seus olhos cintilavam, as pupilas dilatadas. Ian foi até a cama.

— Estou aqui.

— Ian, eu vou morrer.

Ian envolveu-a com os braços, abraçando-a junto de si.

— Não deixarei que você morra.

Ela afastou-se para longe dele.

— Ian, diga-me que você me perdoa. — Ela captou o olhar contemplativo dele, e ele não conseguiu desviá-lo.

Os olhos de Beth estavam de um azul fervente, nadando em lágrimas. Ele poderia ficar olhando para eles por horas, hipnotizado com a cor. Ian havia lido que os olhos eram a janela da alma, e a alma de Beth era pura e doce.

Ela estava em segurança, mas um monstro espreitava dentro de Ian, o mesmo que havia vivido à espreita dentro de seu pai. Ele poderia com tanta facilidade feri-la, esquecer-se de si mesmo em um acesso de fúria. Não poderia deixar que isso acontecesse... jamais.

— Não há nada a ser perdoado, amor.

— Por ir até o inspetor Fellows. Por revolver e trazer à tona tudo isso de novo. Por matar a sra. Palmer. Ela está morta, não está?

— Sim.

— Mas, se eu não tivesse voltado para Londres, ela ainda estaria viva.

— E Fellows ainda acreditaria que eu era o culpado. Ou Hart. Não existe perdão necessário por descobrir a verdade, minha Beth.

Ela não parecia ouvir o que Ian estava dizendo.

— Sinto muitíssimo — disse ela, entre choro e soluços, com a voz tensa de febre.

Ela colocou a mão no peito dele e enterrou o rosto em seu ombro.

Ian abraçou-a junto a si, seu coração espancando dentro do peito. Quando ele a ergueu com gentileza para beijá-la, ele viu que seus olhos haviam se fechado novamente, e que ela havia caído de novo em estupor. Ian deitou-a nos travesseiros, com as lágrimas escorrendo de seus olhos e espalhando-se pela pele quente de Beth.

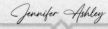

Capítulo Vinte e Dois

Beth saiu do torpor e acordou. Ela estava ensopada de suor e toda dolorida, mas, de alguma forma, sentia, bem lá do fundo de si, que o pior tinha passado.

E ela estava *com muita fome*.

Ela virou a cabeça e deparou-se com Ian na cadeira ao lado da cama, com a cabeça para trás, de olhos fechados. Ele estava de calça e com uma camisa aberta até o umbigo. Segurava a mão dela com firmeza, mas um suave roncar saía de sua boca.

Beth apertou a mão de Ian, preparada para provocá-lo por estar com seu grande corpo esparramado e com a camisa amassada. Ah, como ela ansiava pela energia para sair da cama e aninhar-se em seu colo, deixando que aqueles braços fortes a abraçassem de novo.

— Ian — ela sussurrou.

Com o som fraco, ele abriu rapidamente os olhos. O olhar dourado a examinou por completo, e então ele estava na cama, um copo de água derramando-se na mão.

— Beba.

— Adoraria comer alguma coisa.

— Beba a bendita água.

— Sim, marido.

Beth bebeu a água devagar, gostando da umidade em sua língua ressecada. Ian fitou a boca de Beth o tempo todo. Ela se perguntava se, caso não engolisse rápido o bastante para ele, se ele seguraria seu nariz e enfiaria líquido por sua goela abaixo.

— Agora, pão — disse Ian. Ele partiu um pedaço minúsculo do pão e segurou-o junto aos lábios dela.

Beth pegou-o, incapaz de se impedir de abrir um sorriso.

— Isso me lembra de quando estávamos em Kilmorgan. Você me dava de comer no café da manhã.

Ian partiu mais pedaços de pão sem responder, observando enquanto ela os mastigava e engolia.

— Eu me sinto melhor — declarou ela, enquanto comia vários pedaços, por ele. — Embora esteja muito cansada.

Ian sentiu sua testa e sua face.

— A febre passou.

— Graças a Deus...

Ela interrompeu o que falava com um gritinho estridente quando os braços dele a envolveram. A camisa de Ian caiu, aberta, a calidez de seu tórax desnudo como se fosse uma coberta.

Ele tentou inclinar-se para dar um beijo nos lábios secos dela, mas ela recuou.

— Não, Ian, eu devo estar repulsiva. Preciso de um banho.

Ian alisou os cabelos dela e tirou-os de sua testa, com os olhos marejados.

— Primeiro, descanse. Durma.

— Você também.

— Eu estava adormecido — ele argumentou.

— Estou me referindo a um sono adequado, em uma cama. Chame uma criada para vir trocar os lençóis, e você pode dormir aqui comigo. — Ela limpou uma lágrima da bochecha dele, valorizando como um tesouro o raro sinal de emoção. — Eu quero que você durma aqui comigo.

— Eu trocarei os lençóis — disse ele. — Eu venho fazendo isso.

— As camareiras não ficarão felizes se você tomar o emprego delas. Considerarão que não é seu lugar fazer isso. Elas são muito esnobes.

Ele balançou a cabeça.

— Eu nunca entendo nada do que você diz.

— Então devo realmente estar melhor.

Ian apanhou roupas de cama dobradas de um aparador. Em silêncio, começou a tirar os lençóis de um dos lados da cama. Beth tentou ajudar, mas desistiu assim que se deu conta de que não conseguia nem mesmo puxar um dos cantos para cima.

Primorosamente, Ian desfez uma parte da cama, e colocou novos lençóis nela. Em seguida, com gentileza, ergueu Beth, e deitou-a sobre os lençóis limpos antes de repetir suas ações com o outro lado.

— Você está com bastante prática nisso — observou ela enquanto ele enfiava mantas em volta dela. — Talvez você pudesse abrir uma escola de instrução para camareiras.

— Livros.

Ela ficou esperando, mas ele apenas jogou a roupa de cama embolada no corredor e voltou a fechar a porta.

— Não entendi. Como assim?

— Livros sobre como cuidar de pessoas doentes.

— Você os leu? Leu mesmo?

— Eu li de tudo. — Ele tirou as botas e estirou-se ao lado dela. A calidez de Ian era tão bem-vinda.

Os pensamentos de Beth foram para o momento em que ela havia acordado durante a noite, quando Ian havia olhado direto nos olhos dela. Seu dourado olhar contemplativo estivera tão repleto de angústia, tão cheio de dor. Agora estava evasivo de novo, não permitindo que ela o encontrasse.

— Não é justo que você só olhe para mim quando estou extremamente doente — disse Beth. — Agora que estou plenamente acordada e me sentindo melhor, você desvia o olhar.

— Porque, quando olho para você, eu me esqueço de tudo. Eu perco a noção do que estou dizendo ou fazendo. Só consigo ver seus olhos. — Ele deitou a cabeça no travesseiro e repousou a mão no peito dela. — Você tem olhos tão bonitos.

O coração dela bateu mais rápido.

— E então você me bajula para que eu me sinta terrível por ter repreendido você.

— Nunca bajulei você.

Beth tracejou com os dedos a bochecha dele.

— Você sabe que é o melhor homem do mundo, não sabe?

Ele não respondeu. Sua respiração estava quente na pele dela. Ela estava cansada, mas não tanto a ponto de não ser capaz de sentir um agradável aperto entre as pernas.

Mais lembranças da igreja vieram até Beth, a terrível dor e o desespero da sra. Palmer, revestidos com os cheiros de sua antiga vida.

— Ela está morta, não? A sra. Palmer, eu quero dizer.

— Sim.

— Ela o amava demais, a pobre mulher.

— Ela era uma assassina e quase matou você.

— Bem, não estou exatamente feliz em relação a isso. Sabe? Não foi ela quem matou Sally. Foi Lily.

O olhar admirador de Ian tremeluzia.

— Não fale. Você está fraca demais.

— Eu estou certa, Ian Mackenzie. Sally abandonou Lily e ia ficar com todo o dinheiro da chantagem para si. Lily deve ter ficado furiosa. Você disse que ela estava andando pelo lado de fora do quarto. Enquanto você estava no salão, e depois que Hart deixou o quarto de Sally, ela entrou lá, brigou com ela e esfaqueou-a. Não é de se admirar que Lily tenha concordado em ir para aquela casa em Covent Garden e não sair de lá.

Ian inclinou-se sobre Beth.

— Neste exato momento, não me importa nem um pouco, maldição, quem tenha matado Sally.

Beth parecia magoada.

— Mas eu resolvi o mistério. Conte ao inspetor Fellows.

— O inspetor Fellows pode apodrecer no inferno.

— Ian.

— Ele acha que é um maldito de um bom detetive. Ele pode descobrir isso sozinho. Você, descanse.

— Mas eu me sinto melhor.

Ian olhou feio para ela, e seus olhos ainda não iam de encontro aos dela.

— Não me importa.

Obediente, Beth ajustou-se de volta nos travesseiros, mas não conseguiu resistir a tracejar a bochecha dele com o dedo. O maxilar de Ian estava escuro e áspero como lixa, mostrando que ele não se barbeava fazia um tempo.

— Como foi que você me encontrou na igreja? — quis saber Beth. — Como você soube?

— Fellows deparou-se com alguém que ouvira a sra. Palmer dizer a um cocheiro para levá-la a Bethnal Green. Hart sabia que a irmã da sra. Palmer morava lá. Como você não estava na casa, concluí que tentaria livrar-se da sra. Palmer e voltar para a igreja que tinha sido de seu marido. — Ele desviou o olhar. — Eu sabia que você tinha sido feliz lá.

— Como você sabia onde a igreja ficava?

— Explorei todas as partes de Londres. Lembrei.

Beth inclinou-se para junto do peito dele, amando o aroma límpido do tecido de sua camisa.

— Bendito seja você e sua memória, Ian. Eu nunca mais ficarei assombrada com ela de novo.

— Minha memória a deixa assombrada?

— Sim, mas eu estava enxergando meio como se fosse um truque circense. Pelos céus, como se você fosse um macaco treinado.

— Macaco...

— Não importa. Obrigada por me encontrar, Ian Mackenzie. Obrigada por não matar Sally Tate. Obrigada por ser tão nobre e consciencioso.

— Eu me preocupo, às vezes. — Ian esfregou a testa em um gesto que indicava uma de suas dores de cabeça latejantes. — Às vezes, eu me convencia de que não tinha sido Hart; de que tinha sido eu, em um dos meus acessos de fúria, que eu havia bloqueado para que não me lembrasse disso.

Beth fechou a mão sobre a dele.

— Mas não foi você. Ambas as assassinas estão mortas, e acabou.

— Você me viu tentando tirar a vida de Fellows estrangulando-o. Foi preciso Curry e Mac para me puxarem para longe dele.

— Você tem de admitir que o inspetor Fellows pode ser provocador — disse Beth, tentando manter seu tom leve.

— No manicômio, eu lutava com meus domadores. Machuquei mais de um deles. Eles tinham de me atar com tiras para administrarem meus tratamentos.

— Domadores? — Beth começou a sentar-se direito, mas a dor a puxou de volta para baixo. — Você não era um animal!

— Eu não era?

— Ninguém deveria ser atado, nem levar surras, nem receber choques elétricos.

— As dores de cabeça costumavam vir, e eu descontava neles. — Ele desviou o olhar. — Nem sempre consigo fazer parar os ataques de fúria. E se eu ferir você?

O coração de Beth ficou apertado com o medo estampado nos olhos de Ian.

— Você não é o seu pai.

— Não sou? Ele me trancafiou porque eu testemunhei quando ele matou a minha mãe, mas não foi este o único motivo. Eu não consegui convencer uma comissão de que eu era são... fiquei com tamanha raiva que só conseguia recitar um verso de poesia repetidas vezes, tentando me conter... — Ele pegou uma das mãos dela e levou-a até sua boca. — Beth, e se eu tiver um ataque de fúria contra você? E se a machucar? E se abrir os olhos e vir seu corpo sob minhas mãos...?

Ele interrompeu suas perguntas, cerrando bem, bem forte os olhos.

— Não, Ian, não me deixe.

— Eu estava com tanta raiva de Sally. E sou tão forte...

— Motivo pelo qual você saiu do quarto. Você saiu para acalmar-se. E funcionou. — Ela pressionou um beijo no punho cerrado dele. — Eu gostaria muito de falar com o inspetor Fellows.

Beth se viu presa junto ao colchão. Os olhos de Ian estavam abertos novamente, e seu medo se fora. Porém, apesar de toda a força dele em suas mãos nos pulsos dela, ele certificou-se de que seu peso estivesse longe do flanco machucado.

— Sem mais conversas com o inspetor Fellows. Ele deve deixar você em paz.

— Mas...

— Não — ele disse, rosnando.

Ian cortou as palavras seguintes dela com os lábios, e Beth não se sentia infeliz em se render a isso. Ela não falou mais nada a respeito do assunto, mas, em sua mente, planos rodopiavam. Precisava ter uma boa e longa conversa com o inspetor Fellows, e o bom inspetor saberia por quê.

Beth recuperou-se rapidamente de sua febre, mas a ferida da facada levou mais tempo. Ela conseguia caminhar relativamente bem depois de outra semana na cama, mas a dor ainda era profunda e logo a deixava cansada.

Ela foi andando mancando pelos arredores da grande casa de Hart, com as criadas pairando a seu redor, em prontidão para fazer tudo e qualquer coisa. Elas deixavam Beth enervada, que não estava acostumada a ser servida tão atentamente.

Ela também estava frustrada porque, depois do beijo para mantê-la em silêncio, Ian distanciou-se dela. Ele disse que queria lhe dar uma oportunidade de se curar por completo, mas ela sabia que ele ainda estava preocupado com a possibilidade de perder o controle sobre seus acessos de fúria.

Seu próprio pai tinha sido propenso a acessos de fúrias violentos quando ficava bêbado, e ele usava os punhos cerrados livremente. Ian não era assim... ele entendia a necessidade de controlar sua raiva, e não tentava fazer isso com bebida.

Beth sabia que suas próprias tentativas para tranquilizá-lo não funcionariam. Ela não tinha como negar que os Mackenzie haviam visto e causado sua cota de violência. Mas então ela se lembrou da angústia estampada no rosto de Hart quando a sra. Palmer havia morrido. Ele a havia abraçado de forma protetora, permitindo que ela soubesse que ele estava lá com ela até o fim. Ian tinha a mesma natureza protetora do irmão, aquela que havia feito com que ele abertamente desafiasse Hart para protegê-la. Ela ardia de desejo por Ian, porém, na maior parte das noites, ele ficava longe da cama completamente.

Beth recebeu muitos visitantes, de Isabella ao filho de Cameron, Daniel, todos ansiosos por ela. Ela nunca tivera uma família antes, nunca tivera mais de uma pessoa de cada vez se importando se ela vivia ou morria. Às vezes, ela não tinha ninguém. A aceitação dos Mackenzie aquecia seu coração. Isabella estava certa de que os irmãos muitas vezes se esqueciam de atenuar seus modos muito masculinos diante das damas, mas Beth não se importava. Ela gostava que Mac e Cameron ficassem confortáveis o suficiente perto dela para serem eles mesmos, e ela sabia que suas maneiras rudes escondiam boa vontade.

Como Ian continuou insistindo em confiná-la, Beth começou a se sentir como uma prisioneira em um palácio de cristal. Ela teve que recorrer ao suborno de Curry para fazer o que queria.

— Vossa Senhoria, ele vai me matar — disse Curry em desânimo quando ouviu as instruções de Beth.

— Eu só quero falar com o homem. Você pode trazê-lo aqui.

— Ah, a senhora está certa. E *então* o meu senhor é que vai me matar. Sem mencionar Sua Graça, o duque.

— Por favor, Curry. E não vou repreendê-lo pelo que vi você e Katie fazendo na escada dos fundos ontem de manhã.

Curry ficou escarlate.

— A senhora é difícil, não é? Meu senhor sabe no que ele se meteu?

— Eu cresci na sarjeta, Curry, assim como você. Aprendi a ser dura.

— Com todo o respeito, senhora, não como eu. Nós dois podemos ter vivido na sarjeta, mas a senhora não *pertence* a ela. A senhora tem qualidade, porque sua mãe era filha de um cavalheiro. A senhora nunca seria igual a mim.

— Perdoe-me, Curry. Eu não quis presumir nada.

Ele sorriu para ela.

— Certo. Só para não acontecer de novo. — Ele ficou sério. — Oh, mas ele vai me matar.

— Eu vou cuidar disso — disse Beth. — Você apenas faça o que eu pedi.

***

Ian abriu a porta do quarto de Beth uma semana após a cura dela e deu um passo para o lado quando Curry saiu correndo. Nos últimos dias, ele tinha visto Curry entrar e sair do quarto de Beth, lançando olhares furtivos para Ian. Nesse momento, ele lançou outro desses olhares.

— Onde diabos você está indo? — Ian perguntou a ele.

Curry não parou.

— Coisas para fazer, coisas para fazer. — Ele desapareceu no corredor abaixo e se foi.

Lá dentro, Beth reclinava-se na *chaise*, o rosto rosado, a respiração rápida. Ian foi até ela e colocou a mão em sua testa, mas não encontrou febre. Ele se sentou em um cantinho da *chaise* ao lado dela, gostando de seu corpo contra o dele.

— Partiremos para a Escócia na próxima semana. Você deve estar bem o suficiente para viajar até lá.

— Isso é uma ordem, marido?

Ian entrelaçou a mão no cabelo dela. Ele a queria, mas estava disposto a renunciar ao prazer de saciar-se para não machucá-la.

— Você vai gostar da minha casa na Escócia. Vamos nos casar lá.

— Já somos casados, devo salientar.

— Você vai poder ter seu casamento de verdade, com o vestido branco e lírios do vale, como você me disse na ópera.

As sobrancelhas finas de Beth se arquearam.

— Você se lembra daquilo? Mas é claro que sim. Parece-me uma ideia deliciosa.

Ian se levantou.

— Descanse até lá.

Beth pegou-lhe a mão. O toque dela aqueceu seu sangue e o fez ansiar por ela.

— Ian, não vá.

Ele desenlaçou sua mão da dela, mas ela a agarrou novamente.

— Por favor, fique. Podemos simplesmente... conversar.

— Melhor não.

Lágrimas encheram os olhos dela.

— Por favor.

Ela pensou ele a estava rejeitando. Ian se inclinou rapidamente e colocou seus punhos em cada lado dela.

— Se eu ficar, minha esposa, não vou querer conversar. Não serei capaz de me impedir de fazer o que quero com você.

Os olhos de Beth escureceram.

— Eu não me importaria.

Ian passou o dorso dos dedos em sua bochecha.

— Posso protegê-la de todos os outros, mas quem protege você de mim?

O lábio de Beth tremeu quando ela tentou encontrar seu olhar. Ele a afastou rapidamente. Beth aproveitou o momento de distração para enlaçar os braços em volta do pescoço dele e beijá-lo na boca.

Mulher traiçoeira. Ele encontrou a língua exploradora dela, seus lábios quentes e habilidosos com o que ele havia lhe ensinado. Ela o distraiu novamente mordiscando seu lábio inferior, enquanto a mão foi direto ao membro duro.

— Não — ele gemeu.

Beth deslizou os dedos pelos botões de sua calça e os abriu um por um.

— Eu juro que falarei com quem quer que crie roupas íntimas para homens e direi que é difícil livrá-los das peças sob certas circunstâncias.

Ian estava tão duro que doía. Seus dedos estavam mais confiantes quando ela os fechou ao redor de seu pênis, o polegar roçando a coroa. Ele cerrou os dentes enquanto ela girava os dedos ao redor da glande, provocando sua pele sensível. Ian se viu agarrando os cabelos de Beth e os soltando antes que pudesse puxá-los. Ele fechou os dedos sobre o ombro dela, seu aperto repuxando o brocado grosso de seu vestido.

— Você gosta disso? — ela sussurrou.

Ian não conseguiu responder. Seus quadris se moveram, querendo empurrar.

— Eu gosto — disse ela. — Eu amo como seu membro é rígido, mas a pele é sedosa. Lembro da sensação dele na minha língua.

Ela devia estar tentando matá-lo. Ian fechou os olhos e cerrou os dentes, desejando fazê-la parar.

— O sabor era quente e um pouco salgado — ela continuou. — Lembro-me de compará-lo a um creme liso. — Ela riu um pouco. — Quando coloquei sua semente na minha boca, foi a primeira vez que fiz isso. Eu queria engolir cada pedacinho de você.

Sua voz era tímida e sensual ao mesmo tempo, seus dedos tão habilidosos quanto os de uma cortesã. Melhor do que o de uma cortesã, porque Beth não estava fazendo nada daquilo para cumprir uma ordem dele. Ela estava lhe dando de presente.

— Estou tentando aprender a falar obscenidades — disse ela. — Estou indo bem?

— Sim. — Ele ralhou a palavra. Ian inclinou o rosto dela para o seu e lhe deu um beijo longo e profundo. Beth abriu a boca para ele, sorrindo ao mesmo tempo.

— Você vai sussurrar uma conversa obscena comigo? — ela perguntou. — Parece que gosto disso.

Ian colocou os lábios em seu ouvido e disse em termos muito explícitos exatamente o que ele queria fazer com ela, e onde, como e com o quê. Beth corou em um vermelho profundo, mas seus olhos estavam brilhantes.

— Como é irritante que eu seja tão fraca — disse ela. — Teremos que guardar essas coisas para quando eu estiver bem.

Ian circulou sua orelha com a língua, terminando com as palavras. Beth apertou-lhe o membro com os dedos fortes. Ela ficaria bem muito em breve, e então ele a deitaria e continuaria a fazer tudo o que prometera.

Ela o acariciou para cima e para baixo, cada vez mais rápido, seus dedos queimando-o. Ele não parou suas estocadas agora. Fechou a própria mão sobre a dela e a ajudou a acariciar, a ajudou a apertar.

Ian jogou a cabeça para trás quando o quarto girou, e ele encontrou sua libertação. Sua semente se derramou sobre a mão dela e a dele, molhada e escaldante.

— Beth — ele falou em seu ouvido. — Minha Beth.

Beth se virou para encontrar seus lábios, as línguas emaranhadas. Ele passou a mão pelo lindo cabelo dela, beijando-a várias vezes até que sua boca ficou vermelha.

— Acho que você gostou disso — disse ela com um brilho provocante em seus olhos.

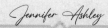

Ian mal conseguia falar. Seu coração batia forte e sua respiração acelerou, e ele não estava nem perto de saciado. Mas foi lindo. Ele a beijou mais uma vez, então pegou uma toalha na pia para limpá-los.

— Obrigado — ele sussurrou.

Alguém bateu rapidamente na porta. Beth engasgou, mas Ian calmamente jogou a toalha de lado, abotoou as calças e declarou:

— Entre.

Mac entrou. O rosto de Beth aqueceu, mas Ian não traiu nenhuma vergonha de ser pego com a camisa aberta e sua esposa embalada em seu colo.

— Aquele maldito inspetor está aqui — anunciou Mac. — Tentei expulsá-lo, mas ele insistiu que foi você quem o mandou chamar.

Ian começou a rosnar, mas Beth interrompeu rapidamente:

— Está tudo bem. Eu o convidei.

Ela sentiu o peso do olhar de Ian, e Mac perguntou:

— Já não tivemos o suficiente dele?

— Quero perguntar uma coisa a ele. E já que você não me permitiu sair, eu tive que fazer com que ele viesse até mim.

Os olhos de Ian se estreitaram.

— Curry a ajudou.

Beth começou a escorregar de seu colo.

— Desça comigo — pediu ela, rapidamente. — Vamos vê-lo juntos.

Os braços de Ian se fecharam ao redor dela.

— Mande-o subir.

— Não estamos decentes.

— Ele terá que nos aceitar assim. Você não está bem o suficiente para se vestir para ele.

Beth se acalmou, sabendo que, se Ian ordenasse aos lacaios que jogassem Fellows na calçada, eles o ouviriam, não a ela. Mac deu de ombros e recuou. Beth tentou alisar o cabelo, que tinha saído da trança em que ela o prendera.

— Devo parecer uma cortesã que acabou de encontrar seu amante.

— Você é linda — disse Ian. Ele a segurou frouxamente, mas ela sabia que seus braços poderiam se fechar como um torno se ela tentasse se levantar e ir embora.

A porta se abriu novamente, e ela ouviu a respiração de Fellows.

— De fato, isso é impróprio.

Fellows estava com as mãos atrás das costas, apertando o chapéu. Mac estava por perto, de braços cruzados, como se não quisesse perder Fellows de vista.

— Peço desculpas, inspetor, mas meu marido se recusou a me deixar levantar e recebê-lo como uma boa anfitriã deveria fazer.

— Sim, bem. — Fellows estava desconfortável no meio da sala, desviando os olhos. — Está melhor, milady? Lamento saber que esteve tão doente.

Surpreendentemente, o inspetor parecia arrependido.

— Obrigada — Beth disse, colocando calor em seu tom. — E então?

— Ouvi tudo sobre sua teoria. Sobre Lily Martin. — Fellows suspirou. — Eu procurei nos aposentos da sra. Palmer e encontrei a fotografia de Sally Tate que Lily tinha guardado. Estava assinado na parte de trás, "De Sally, com todo o meu amor". Havia também uma carta presa na parte de trás do porta-retratos.

— Uma carta? O que diz?

— Era uma carta de amor de Sally para Lily, mal escrita, mas a essência era clara. Lily havia cortado linhas na página e escrito: "Você sabia o que a aguardava".

— Isso é suficiente? — perguntou Ian.

Fellows coçou a testa.

— Tem que ser, não é? A Scotland Yard gosta dessa solução, porque deixa vocês, senhores todo-poderosos, fora dela. Mas seus nomes estão em todo o meu relatório para qualquer um ler.

Mac deu uma risada irônica.

— Como se alguém fosse se divertir vasculhando um arquivo da polícia.

— Os jornalistas farão de vocês uma refeição — disse Fellows.

— Eles sempre fazem — Ian respondeu calmamente. — Eles não pararam e nunca pararão.

— Escrever sobre grandes e todo-poderosos senhores sempre vende jornais — comentou Beth. — Eu não me importo, desde que o senhor saiba a verdade, inspetor. Não foi Ian que fez nada e nem Hart. O senhor esteve latindo para a árvore errada todo esse tempo.

Ela deu ao inspetor um sorriso radiante, e ele devolveu com uma careta. Estar naquele cômodo o deixava muito desconfortável, mas Beth não se compadecia. Ele merecia por tudo que tinha feito Ian passar.

Fellows ainda não conseguia olhar diretamente para Beth e Ian, então fitou Mac.

— Vocês, Mackenzie, podem não ter cometido o assassinato de propriamente dito, mas estavam envolvidos até o pescoço. Da próxima vez que colocarem um pé fora da linha, eu estarei esperando, e vou pegá-los. Eu prometo que, da próxima vez, vocês estarão bem-arranjados.

Seu rosto estava vermelho, uma veia pulsando atrás do colarinho apertado. Mac apenas ergueu as sobrancelhas, e Ian o ignorou completamente, acariciando o cabelo de Beth.

Beth se contorceu para fora dos braços de Ian e caiu de pé. Ela ainda estava um pouco trêmula e colocou a mão no ombro forte de Ian para se equilibrar. Ela apontou para Mac.

— Vocês dois devem levá-lo a sério. — Seu dedo mudou para Fellows. — E *o senhor* não vai fazer nada contra eles. Vai deixá-los em paz e encontrará criminosos reais que estejam causando danos reais.

Fellows finalmente olhou para ela, a raiva superando o constrangimento.

— Ah, eu vou, é?

— Sua obsessão acaba agora.

— Sra. Ackerley...

— Meu nome é Lady Ian Mackenzie. — Beth estendeu a mão e puxou a campainha atrás de Ian. — E de agora em diante, o senhor fará exatamente o que eu disser.

Fellows ficou púrpura.

— Eu sei que eles a enganaram apesar dos meus melhores esforços. Mas me dê uma razão para não tentar expor seus erros, suas explorações, como eles usam descaradamente seu poder para manipular os mais altos do país, como eles...

— Basta. Eu entendi seu ponto, mas o senhor deve parar, inspetor.

— Por que eu deveria?

Beth sorriu para ele.

— Porque eu sei o seu segredo.

Os olhos de Fellows se estreitaram.

— Que segredo?

— Um muito profundo. Ah, Katie, traga aquele pacote que eu pedi para você comprar outro dia, sim?

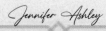

Capítulo Vinte e Três

Fellows ficou encarando-a. Ian endireitou sua posição estirada com negligência, repentinamente se focando em Beth.

— Que segredo? — Ian exigiu saber.

— Você não sabe de nada. — Ao dizer esta frase, Fellows tinha um sotaque londrino das periferias tão acentuado quanto o de Curry.

Katie voltou a entrar na sala como se estivesse a passos de valsa, carregando o pacote que Beth lhe havia instruído para deixar preparado. Os olhos de Katie estavam repletos de curiosidade. Beth não havia confidenciado o segredo para ela, e ela havia ficado muito aborrecida com isso.

— É deste que a senhora está falando? — indagou ela. — Vão a um baile a fantasia ou algo do gênero?

Beth pegou o pacote e abriu-o na mesa ao lado da *chaise*. Ian levantou-se e ficou perto dela, bem mais alto, tão curioso e perplexo quanto Katie.

Beth virou-se novamente, segurando e erguendo o conteúdo do pacote.

— Poderia me fazer a gentileza, inspetor, de colocar isso?

A cor foi drenada da face de Fellows, e seus olhos ficaram fixos, como os de um animal com medo.

— Não — recusou-se ele, irritado.

— Eu acho que seria melhor se você fizesse o que ela disse — ameaçou Mac, em voz baixa. Ele cruzou os braços junto a seu largo tórax e ficou ali, parado, em pé, como uma parede atrás de Fellows.

Beth foi andando diretamente até o inspetor. Fellows recuou às pressas, apenas para ir de encontro a Mac, que estava ao lado dele. Ian pôsse ao lado para impedi-lo de qualquer outra tentativa de recuar.

— Faça o que ela disse — pediu Ian.

Fellows ficou imóvel e tremia. Beth ergueu as falsas costeletas e a barba que Katie havia comprado para ela e colocou-as perto do rosto de Fellows.

— Quem é ele? — ela quis saber.

O aposento ficou em silêncio com o choque.

— Filho da mãe — sussurrou Mac.

— Minha nossa! — reagiu Katie — Ele se parece exatamente com aquela maldita pintura horrível daquele homem peludo na escadaria de Kilmorgan. Me causa arrepios, é isso que aquela pintura me causa. Os olhos dele nos seguem por toda parte.

— Então há uma semelhança entre nós — disse Fellows a Beth. — E daí?

Beth abaixou a barba postiça. Fellows suava.

— Talvez o senhor devesse contar a eles — falou Beth. — Ou eu posso contar. Minha amiga Molly conhece a sua mãe.

— Minha mãe não tem nada a ver com prostitutas.

— Então como sabe que Molly é uma mulher da vida?

Fellows a olhou com ódio.

— Sou um policial.

— O senhor é um detetive, e Molly nunca trabalhou durante a sua época como policial. Ela me contou.

— Quem é a sua mãe? — perguntou Mac a Fellows, em um tom austero.

— Estão querendo me dizer que não sabem? — Fellows virou-se para ficar cara a cara com os irmãos. — Depois de todos esses anos me provocando, esfregando na minha cara toda sua riqueza e seu privilégio? Vocês até mesmo quase me custaram o meu trabalho, malditos sejam, minha única maneira de ganhar dinheiro na vida. Mas vocês não se importavam com isso. Por que deveriam se importar, se sou o único que cuida da minha mãe?

— Eles não sabem mesmo, inspetor — interrompeu-o Beth. Ela embrulhou a falsa barba e entregou o pacote a Katie, que parecia presunçosa. — Com frequência, os homens não veem o que está diante da ponta de seu nariz.

— Eu sou um artista! — comentou Mac. — Supostamente, eu deveria ser um brilhante observador, e nunca vi isso.

— Mas você pinta mulheres — disse Beth. — Eu vi suas pinturas, e se há um homem nelas, eles são vagos e de fundo.

Mac cedeu.

— O sexo mais belo é muito mais interessante.

— Quando vi o retrato do pai de vocês em Kilmorgan, notei a semelhança. — Ela sorriu. — O inspetor Fellows é meio-irmão de vocês.

A sala de visitas de Hart estava cheia de homens Mackenzie. Curry entrou todo agitado com eles, e os outros três lacaios pairavam na entrada, parecendo preocupados e curiosos ao mesmo tempo.

Beth estava com a respiração dificultada, tremendo depois de sua descida pelas escadas, e Ian fez com que ela se sentasse a seu lado no sofá. Por que ele acreditava que conseguiria manter Beth longe de problemas? Não sabia a resposta para essa pergunta. Ela era obstinada e tinha uma vontade de aço. Sua própria mãe tinha sido vítima de seu pai também, mas Beth, de alguma forma, conseguira transcender os horrores de sua infância. Seus problemas haviam feito dela uma mulher corajosa e resoluta, características estas que tinham sido perdidas com o idiota do Mather. Valia a pena salvar Beth, valia a pena protegê-la como a mais rara das porcelanas.

Hart entrou por fim, seu olhar de águia, absorvendo a visão de seus irmãos, de Beth e de Fellows, que estava em pé, de frente para todos, olhando para eles, sob o alto teto do aposento.

— Quem é a sua mãe? — perguntou-lhe Hart, em sua fria voz ducal.

Beth respondeu pelo inspetor.

— O nome dela é Catherine Fellows, e eles moram em cômodos alugados em uma casa perto da Igreja de St. Paul.

Hart transferiu seu olhar contemplativo para Fellows, medindo-o de cima a baixo, como se o estivesse vendo pela primeira vez.

— Ela terá de ser movida para acomodações melhores.

Fellows ficou jactante.

— Por que diabos ela deveria fazer isso? Só porque vocês não conseguiriam tolerar a vergonha se alguém descobrisse?

— Não — foi a resposta de Hart. — Porque ela merece uma vida melhor. Se meu pai a usou e a abandonou, ela merece viver em um palácio.

— Nós deveríamos ter tudo isso. Seus cavalos, seus coches, seu bendito castelo em Kilmorgan. Ela ralou os dedos para me manter alimentado enquanto vocês lambiam pratos de ouro.

— Não havia pratos de ouro na nossa infância — interrompeu-o Cameron, em um tom moderado de voz. — Havia uma caneca de porcelana chinesa de que eu gostava muito, mas estava lascada.

— Você sabe do que eu estou falando — continuou Fellows, rosnando. — Vocês tiveram tudo o que nós deveríamos ter tido.

— E, se eu soubesse que meu pai tinha deixado uma mulher para morrer de fome e criar o filho dele, eu teria feito alguma coisa muito antes — pronunciou-se Hart. — Você deveria ter me contado.

— E vir rastejando até um Mackenzie?

— Isso teria evitado muitos problemas para todos nós.

— Eu tinha o meu próprio emprego e ganhava a vida com o meu trabalho duro, que vocês fizeram o seu melhor para destruir. Sou dois anos mais velho do que você, Hart Mackenzie. O ducado deveria ser meu.

Hart foi até a mesa atrás de um sofá e abriu um umidor.

— Eu lhe daria o júbilo disso, mas as leis da Inglaterra não funcionam assim. Meu pai foi casado legalmente por quatro anos antes de eu nascer. Dinheiro pode ser deixado para filhos ilegítimos, mas eles não podem herdar o pariato.

— Você não ia querer isso — Cameron entrou na conversa. — É mais trabalhoso do que o que vale. E, pelo amor de Deus, não assassine Hart, ou serei o próximo duque.

Fellows cerrou os punhos. Ele movia seu olhar pelo aposento, absorvendo a vista do teto de quase cinco metros de altura, os retratos dos Mackenzie, e a pintura feita por Mac dos cinco cães dos Mackenzie. Mac os havia pintado de uma forma tão realista que Ian esperava que eles saíssem aos pulos da pintura e começassem a babar nas botas de Mac.

— Eu não sou um de vocês... — começou a dizer Fellows.

— É sim — Ian falou. Beth tinha um cheiro tão bom, seus cabelos com seus cachos como cobras sobre seus ombros, em ondas de um castanho-escuro, criando padrões em seu vestido dourado. — Você não quer ser um Mackenzie, pois isso significa que é simplesmente tão louco quanto o restante de nós.

— Eu não sou louco! — foi a réplica de Fellows. — Há apenas um louco nesta sala, *milorde.*

— Todos nós somos loucos de alguma maneira — disse Ian. — Eu tenho uma memória que não esquece detalhes. Hart é obcecado por política e dinheiro. Cameron é um gênio com cavalos, e Mac pinta como um deus. Você encontra detalhes em seus casos que outros deixam passar. É obcecado com a justiça e com resolver tudo que acha que está prestes a acontecer. Todos nós temos as nossas loucuras. A minha é apenas a mais óbvia delas.

Todos na sala ficaram encarando Ian, inclusive Beth. O escrutínio dos ali presentes o deixava desconfortável, então ele enterrou o rosto nos cabelos de Beth.

Depois de um momento de silêncio, Mac disse:

— Prova de que sempre deveríamos dar ouvidos à sabedoria de Ian.

Fellows soltou um ruído de impaciência.

— Então agora nós somos uma grande família feliz? Vocês vão dar a notícia aos jornais, farão de mim um lorde, um caso de caridade? O filho de um duque, que estava perdido mas que agora foi acolhido? Não, obrigado.

Hart escolheu um charuto, riscou um fósforo e o acendeu.

— Não. Os jornais não sabem o que de fato acontece em nossas vidas privadas, pois eles ficam interessados demais no que fazemos em público. No entanto, se você é da família, nós cuidamos dos nossos.

— Então vocês vão me comprar? Quando eu deveria ter tido a criação e os estudos que vocês tiveram e seu dinheiro, vocês vão me oferecer um pouco de luxo para me manter calado?

— Oh, pelo amor de Deus, inspetor! — ralhou Beth, irritadíssima. — Se o pai deles agiu errado para com você, eles querem compensá-lo. Eles não vão lhe oferecer uma atenção falsa, mas pelo menos tentarão fazer a coisa certa.

— Nós odiamos nosso pai mais do que você jamais poderia odiá-lo — Mac entrou na conversa. — Você, ele abandonou. *Nós*, por outro lado, tivemos que viver com ele.

— É o pai deles que você quer atingir — disse Beth. — Eu não o culpo muito por isso. Eu mesma gostaria de passar uns quinze minutos sozinha com ele.

— Não, você não gostaria — comentou Cameron. — Ele também foi até o umidor. — Acredite em mim.

— Ele está morto e se foi, está onde não pode mais ferir nem magoar ninguém de novo — respondeu Beth. — Por que carregar o legado dele?

— Está tentando ter a mim em suas mãos, milady. Lançou-se nessa com *eles*. Por que eu deveria agradecê-la?

Ian ergueu a cabeça mais uma vez.

— Porque ela está certa. Nosso pai está morto, e se foi. Ele causou infortúnio a todos nós, e não deveríamos continuar permitindo que ele faça isso. Eu e Beth faremos uma nova cerimônia de casamento na minha casa na Escócia, dentro de duas semanas. Todos nós nos reuniremos lá e acabaremos de uma vez por todas com essa história do nosso pai.

Beth olhou com olhos cintilantes para Ian.

— Você entende o quanto eu o amo, Ian Mackenzie?

Ian não fazia a mínima ideia do motivo pelo qual isso era relevante e não apresentou nenhuma resposta à pergunta dela. Todos os outros começaram a falar de uma vez. Ian ignorou-os, ancorando-se em Beth. Ele desejava tanto não a deixar sozinha, não a machucar nem a ferir, mas a calidez e o aroma dela eliminavam todo o resto. Ele precisava dela.

— Que maldição infernal! — disse Fellows. — Vocês são todos loucos, homens.

— E você é um de nós — Hart respondeu, soturno. — Tome cuidado com o que deseja.

A risada forte risada de Cameron ressoou pela casa.

— Deem uma bebida a este homem. Parece que ele está prestes a desmaiar.

— Você terá um sotaque escocês antes que se dê conta disso — falou Mac. — As mulheres gostam, Fellows.

— Meu Deus, não!

Daniel riu.

— Você quer dizer: "Arre, não!" — disse ele com um carregado sotaque escocês.

Mac e Cameron dissolveram-se em uma risada estrondosa.

— Acho que deveríamos celebrar! — Daniel gritou. — Com muito uísque. Não acha, pai?

***

Uma semana depois, a carruagem de Hart conduziu Ian, Beth, Curry e Katie até a estação para que tomassem o trem para o norte. Os irmãos e Isabella haviam dito que seguiriam em seu próprio tempo, prometendo que estariam presentes para a elaborada cerimônia de casamento que Ian daria a Beth por consentir em ser sua esposa.

O tempo havia ficado chuvoso, e Ian estava ansioso para voltar aos amplos espaços da Escócia. Na estação, enquanto Curry saía apressado para comprar as passagens, depois de acomodar Beth no saguão da primeira classe, Ian virou-se e deparou-se com Hart vindo até ele, saindo da chuva.

A neblina partiu-se para revelar os largos ombros do irmão, assim como fazia o restante do mundo. Os viajantes viraram a cabeça quando reconheceram o famoso e rico duque.

— Eu queria falar com você antes que vá embora — Hart declarou, em um tom rígido. — Você anda me evitando.

— Sim. — Ian não tinha gostado da forma como sua fúria se acumulava a cada vez em que ele se via sozinho com Hart, e então havia encontrado maneiras de não ficar sozinho com o irmão. Hart começou a puxar Ian para o lado, tentando afastá-lo da multidão, mas Ian, teimoso, permanecia no meio da plataforma da estação, com a multidão o serpeando.

O peito de Hart subiu e desceu, com um soluço resignado.

— Você está certo em dizer que sou um bastardo cruel. Eu realmente não sabia que você estivera tentando me proteger durante cinco anos. — Ian ficou hesitante, olhando de esguelha para o irmão, como sempre fazia. — Eu sinto muito.

Ian analisou o vapor que se enfunava do trem e cruzava a plataforma.

— Eu lamento pela morte da sra. Palmer. — Ele observou uma baforada de vapor crescer, que então se dissipou. — Ela amava você, mas você não a amava.

— Do que está falando? Ela foi minha amante durante anos. Acha que a morte dela não significa nada para mim?

— Você vai sentir falta dela, sim, e se importava com ela. Mas não a amava. — Ian olhou para Hart, e seus olhos encontraram-se com os do irmão por um breve instante. — Eu sei a diferença agora.

Um músculo moveu-se no maxilar de Hart.

— Que maldição, você, Ian. Não, eu não a amava. Sim, eu me importava com ela. Mas, sim, eu a usei, e, antes que me lembre disso, sim, usei a minha esposa, e ambas pagaram o preço supremo. O que acha que isso está causando em mim?

— Não sei.

Ian analisou o irmão, vendo-o pela primeira vez como algo além da austera e forte muralha de Hart Mackenzie. Hart, o homem, estava alerta, com seus olhos cor de âmbar, e Hart, o homem, estava contorcido com a agonia.

Ian colocou uma das mãos no ombro do irmão.

— Acho que deveria ter feito com que Eleanor se casasse com você todos aqueles anos atrás. Sua vida teria sido dez vezes melhor.

— Meu sábio irmão caçula. Eleanor me abandonou, se você se lembra disso. Vigorosamente.

Ian deu de ombros.

— Você deveria ter insistido. Teria sido melhor para vocês dois.

— Eu consigo lidar com a rainha da Inglaterra, consigo tolerar Gladstone, e a Câmara dos Lordes dança de acordo com meu ritmo. — Hart balançou a cabeça em negativa. — Mas não Lady Eleanor Ramsay.

Ian deu de ombros de novo e puxou sua mão do ombro do irmão. Seus pensamentos passaram de Hart e seus problemas para Beth esperando por ele no aquecido saguão.

— Tenho de pegar um trem.

— Espere. — Hart colocou-se na frente de Ian. Tinham a mesma altura e olharam diretamente na face um do outro, embora Ian tivesse de voltar seu olhar para as maçãs do rosto do irmão. — Mais uma coisa. Beth também estava inteiramente certa em relação a mim. Eu usei você sem vergonha alguma. Mas com uma diferença. — Hart colocou as mãos nos ombros de Ian. — Eu amo você, se posso abrir mão da minha virilidade para lhe dizer isso. Não o tirei do manicômio só para me ajudar com a minha política. Eu fiz isso porque o queria livre daquele inferno e que você recebesse uma oportunidade de levar uma vida normal.

— Eu sei — disse Ian. — Eu não o ajudo porque você me manda.

Ele viu os olhos de Hart ficarem marejados, e, de súbito, seu irmão o puxou em um abraço de urso. A multidão que se reunia ao redor deles virou a cabeça e sorriu ou ergueu as sobrancelhas diante da cena.

Ian abraçou Hart bem junto de si, pressionando as costas do irmão com os punhos cerrados. Os dois se soltaram, mas Hart manteve as mãos nos ombros de Ian.

— Leve Beth para casa e sejam felizes. Acabou.

Ian lançou um olhar quando Curry abriu a porta da sala de espera e Beth saiu. Ela olhou para Ian e sorriu.

— Talvez tenha acabado para você. Para mim, está apenas começando.

Hart pareceu surpreso, e então acenou com a cabeça em compreensão quando Beth veio para junto de Ian, suas mãos estendidas, um sorriso caloroso no rosto. Beth se virou e deu um beijo na bochecha em um assustado Hart, então pegou o braço de Ian e deixou que ele a levasse até o trem.

No compartimento do trem, Curry se preocupava em garantir que eles tivessem tudo para a longa viagem rumo ao norte, até que Ian o despachou. A chuva e o crepúsculo escureceram o céu. Beth afundou nas almofadas e observou Ian fechar as cortinas contra a penumbra.

O apito do trem soou, o vapor assobiou e o trem deu um solavanco para a frente. Ian se apoiou na parede polida enquanto o trem se afastava da estação.

Beth se encostou nas almofadas, exausta.

— Eu poderia desejar que Curry tivesse encontrado um livro ou algo assim para mim — disse ela. — Ou poderíamos ter parado para o meu bordado.

— Por quê?

— Para quando você estiver perambulando, subindo e descendo do trem. Devo me manter ocupada de alguma forma.

— Eu não vou perambular pelo trem. — Ian travou a fechadura da porta. — Você está aqui.

— Quer dizer que vai ficar sozinho comigo? Sem um acompanhante? — Apesar da brincadeira em seu quarto no dia em que o segredo de Fellows havia sido revelado, Ian novamente manteve distância.

— Tenho uma pergunta para lhe fazer.

Beth esticou um braço sobre o encosto do banco, esperando parecer provocadora.

— E qual é, marido?

Ian se inclinou, seu corpo a cercando. Seus grandes punhos descansaram no assento atrás dela.

— Eu te amo?

O coração dela bateu forte no peito.

— Que pergunta.

— Quando você estava doente, quando a sra. Palmer a machucou, eu sabia que morreria se você morresse. Não haveria nada dentro de mim, apenas um buraco onde você costumava estar.

— Exatamente como eu me sentiria se o inspetor Fellows tivesse deixado você ir para a forca ou voltar para o manicômio — Beth disse suavemente.

— Eu nunca entendi antes. É como medo e esperança, tanto quente quanto frio. Tudo misturado.

— Eu sei.

Ele colocou as mãos em volta do rosto dela.

— Mas não quero machucá-la. Eu nunca, nunca quero machucá-la.

— Ian, você não é seu pai. Pelo que você e seus irmãos me disseram, você não é nada como ele. Você deixou Sally em vez de machucá-la. Você protegeu Hart de Fellows e pensou que estava protegendo Lily. Tudo o que você fez foi tentar ajudar as pessoas, não prejudicá-las.

Ele ficou em silêncio, como se estivesse debatendo se deveria acreditar nela.

— Eu tenho a fúria dentro de mim.

— Que você sabe como controlar. *Ele* não sabia. Essa é a diferença.

— Eu posso ter certeza?

— Eu vou ter certeza. Você mesmo disse que ele lhe causou muita infelicidade e que você e seus irmãos precisam superá-lo de uma vez por todas. Por favor, Ian. Deixe-o ir.

Ian fechou os olhos. Beth viu as emoções passarem por seu rosto, a incerteza, a teimosia, a dor crua com a qual ele vivera por tanto tempo. Ele nem sempre sabia como expressar suas emoções, mas não significava que não as sentisse profundamente.

Quando Ian abriu os olhos devagar, ele guiou seu olhar diretamente para Beth. Seus olhos dourados cintilaram e brilharam, pupilas rodeadas de verde. Ele sustentou o olhar dela com firmeza, sem piscar ou se afastar.

— Eu amo você — disse ele.

Beth prendeu a respiração e lágrimas repentinas embaçaram sua visão.

— Eu amo você — Ian repetiu. Seu olhar fixou-se no dela com mais força do que o de Hart jamais poderia esperar. — Eu amo, amo, amo, amo, amo, amo, amo você...

— Ian. — Beth riu.

— Amo você — ele murmurou contra seus lábios, seu rosto, a curva de seu pescoço. — Eu amo você.

— Eu também amo você. Você vai dizer isso a noite toda?

— Vou dizer isso até que eu esteja em você com tanta força que não consiga falar.

— Acho que vou ter que aguentar. Pode ser difícil, embora eu não me importe em descobrir.

Ele fez uma pausa.

— Você está brincando?

Beth riu até deslizar para fora do assento, mas, quando ela caiu no chão, Ian estava bem ao lado dela.

— Sim. Eu estava brincando. — Ela agarrou as lapelas de Ian. — Acredito que a carnalidade é definitivamente necessária. Talvez devêssemos chamar Curry para puxar a cama.

Jennifer Ashley

Ian ficou de pé, jogou as almofadas no outro banco e soltou os ganchos que desenrolavam o assento em uma cama.

— Eu não quero Curry.

— Estou vendo.

Ian puxou a cama no lugar, então levantou Beth e a deitou sobre ela. Desamarrou suas botas com puxões rápidos, então desafivelou e desabotoou cada pedacinho de suas roupas de viagem novinhas em folha.

Momentos depois, ela se deitou, nua no ar frio. Beth levantou uma das mãos sobre a cabeça, deixando seus seios arquearem para frente, enquanto o olhar de Ian a aquecia como um cobertor. Ela dobrou o joelho, deslizando o pé até o quadril para que ele pudesse ver entre suas pernas. Era delicioso e excitante deitar-se para Ian Mackenzie e deixá-lo olhar até o fim.

— Você ainda me ama? — ela perguntou. — Ou é apenas desejo?

— Ambos.

Ian tirou o casaco, a gravata, a gola e o colete em alguns movimentos suaves, e desabotoou a camisa nos punhos e na garganta antes que Beth pudesse piscar. Ela viu seu V de peito moreno surgir diante dos seus olhos, então suas coxas fortes quando ele chutou as calças e as ceroulas. A camisa saiu por último. Os pelos escuros serpenteavam pelo peito, e os músculos ondularam quando ele jogou a camisa de lado.

Ian não lhe deu muito tempo para apreciar o que viu. Ele subiu na cama, com as mãos e os joelhos ao redor dela.

— Carnalidade? — ele repetiu.

Seu instinto natural de brincar a abandonou.

— Sim. Agora. Por favor.

Ian deslizou os dedos entre suas pernas, girando-os na umidade que encontrou ali.

— Você me ama?

— Eu amo. Eu amo você, Ian.

Ele retirou os dedos, brilhando molhados, e limpou um deles a lambidas.

— A melhor coisa que já provei.

— Melhor do que uísque puro malte da destilaria Mackenzie?

— Prefiro beber você do que uísque.

— E você é escocês? Você deve estar apaixonado.

— *Pare.*

Beth apertou os lábios, e eles tremeram. Ian baixou a cabeça e lambeu entre suas pernas. Ele saboreou-a, de olhos fechados, e começou a trabalhar nela cuidadosamente. O trem se movia para a frente e para trás em um ritmo constante, mas a cabine parecia girar.

— Ian, por favor.

Ele se levantou em suas mãos e joelhos novamente, seu membro rígido pendendo pesado.

— Abra as pernas para mim.

Ele não esperou, não foi devagar. Ian levantou os quadris de Beth com a mão forte e a penetrou.

O trem disparou sobre uma ponte. Ian se mexeu. Ele descansou seu peso nos punhos, seus músculos se contraindo, sua pele brilhando de suor.

— Eu amo você — disse ele enquanto estocava. — Amo você, amo você, amo você.

— Ian. — Ele estava duro e se movendo rápido, e ela se abria para ele, quente, escorregadia e molhada.

Suas palavras se transformaram em grunhidos, e logo os sons que ela fazia eram igualmente incoerentes. Ele movimentava os quadris, empurrando com força, mais forte.

Ian caiu sobre ela, o suor escorregadio em seu peito encontrando o calor do corpo dela. Ele cerrou os dentes e forçou seu olhar no dela.

— *Eu. Amo. Você.*

O homem que não conseguia olhar ninguém nos olhos estava se obrigando a fazer isso, não importava a dor. Ele estava dando a ela um presente, o maior que podia, um que vinha direto de seu coração.

Lágrimas caíram dos olhos de Beth ao mesmo tempo em que seu corpo se contorcia em ondas quentes de júbilo.

— Eu amo você, Ian Mackenzie.

Mais uma estocada, duas, e ele jogou a cabeça para trás, os músculos do pescoço tensos. Sua semente explodiu dentro dela, e então eles se entrelaçaram, braços e pernas, lábios e línguas.

— Minha Beth — ele sussurrou, sua respiração quente nos lábios inchados de sua amada. — Obrigado.

— Por quê? — Beth não conseguia parar de chorar, mas ela sorriu, seu rosto doendo com isso.

— Por me libertar.

Beth sabia que ele não se referia ao manicômio. Ele a beijou novamente, sua boca áspera, contundente, então afundou nela. Seus corpos se encaixavam, quentes e exaustos, mãos acariciando, embalando, tocando.

— De nada — respondeu Beth.

Jennifer Ashley

Epílogo

Um mês depois

Ian e Beth tiveram outra cerimônia de casamento na casa de Ian na Escócia, a cerca de dezesseis quilômetros ao norte de Kilmorgan, sob a sombra da montanha. Ian referia-a à casa como modesta, mas, na opinião de Beth, era uma mansão, embora tivesse apenas um quarto do tamanho de Kilmorgan.

A cerimônia de casamento foi realizada na igreja do vilarejo, e lá Ian deslizou pelo dedo anular da mão esquerda de Beth um anel largo coberto de safiras. Ele sorriu, triunfante, quando a beijou.

A noiva, o noivo e a família voltaram para a casa e o jardim para um banquete de casamento em que Curry havia trabalhado por semanas. Tudo tinha de estar exatamente certo, desde as correntes de flores em meio à treliça, até o *pât*, o champagne e o uísque, que fluíam livremente para todos os convidados.

Amigos de Edimburgo e de Londres chegavam, embora Beth tivesse notado que se tratavam de amigos de Hart, Mac e Cameron, e não de Ian. Contudo, Beth, convidou o jovem chamado Arden Weston que ela havia conhecido no salão de jogos de azar em Paris. Ele chegou acompanhado de seu amigo Graves e da srta. Weston, sua irmã. Eles divertiram-se, bebendo e fazendo novos amigos, embora Graves olhasse com ciúmes para qualquer cavalheiro com quem Arden falasse.

O inspetor Fellows havia comparecido à cerimônia e levara consigo sua mãe. Ainda pareciam alarmados por serem abraçados pela família, ainda ariscos, como gatos que haviam passado tempo demais sem um toque humano. Mas comeram e beberam com os outros convidados, e o golfo que havia entre Fellows e os Mackenzie começava a estreitar-se.

A família — Hart, Cameron e Daniel, Mac e Isabella — esmagou Beth em tantos abraços que ela achou que seu espartilho fosse entortar e que ela nunca mais fosse conseguir respirar de novo. Ela notou que Mac bebia apenas limonada, e que Isabella usava de cautela para jamais estar no mesmo aposento com ele. Beth observava-os, com planos rodopiando em sua mente.

Ian tomou a mão de Beth, enquanto ela observava Isabella deixar um aposento em que Mac havia acabado de entrar. Ian puxou-a para fora da casa e, juntos, passaram pelo jardim e caminharam rapidamente com ela, até que chegaram a uma pequena casa de verão em uma subida.

— Deixe-os para lá — disse ele.

Beth piscou, dando um jeito de parecer inocente.

— Quem?

— Mac e Isabella. Eles devem ficar juntos por si.

— Talvez com um empurrãozinho de leve?

— Não. — Ian apoiou-se no corrimão e puxou-a para junto de si. O vestido de tafetá branco de Beth esmagou a parte da frente do terno preto formal. O terno não conseguia esconder seu belo corpo, a força de seus ombros estirando-se pela caxemira preta, os firmes planos de seu tórax por trás da camisa branca. Ian ficava bem em qualquer coisa que vestia, desde o terno bem-ajustado até os puídos kilt e camisa com que ele pescava.

— Deixe-os para lá, Beth — repetiu Ian, em um tom gentil.

Ela soltou um suspiro.

— Eu imagino que você queira que todos sejam tão felizes como eu.

Beth deslizou os braços em volta dele, e olhou adiante, para a casa de tijolos e o gramado verde em declive onde a família e os amigos estavam reunidos. Ela já amava a casa. Gostava da forma como a luz do sol matinal entrava obliquamente na galeria. Adorava o pequeno quarto que Ian havia escolhido como seu dormitório, que agora era dela também. Amava a forma como as escadas rangiam, e como ecoava a passagem de lajota que dava para as cozinhas, assim como as portas dos fundos se abriam e davam para um jardim abarrotado de pássaros, flores e os cães de Ian, Ruby e Fergus, que tinham ido morar com eles.

Ela sentia o sabor da felicidade ali, sabor este que ela havia apenas vislumbrado com Thomas, que havia ensinado à solitária e assustada Beth Villiers que lhe era permitido ser feliz. Ian estava deixando que ela se embebedasse com toda a felicidade que desejava.

— Você gosta? — perguntou-lhe Ian. — De viver aqui, neste lugar ermo, comigo?

— É claro que gosto. Creio que você tenha me ouvido delirar quanto à vista das montanhas e ao agradável resfriamento que a manteiga pega na fazenda de laticínios.

— É duro no inverno.

— Eu me acostumarei. Sou boa nisso de me acostumar com as coisas. Além do mais, a sra. Barrington sempre foi avarenta com as lareiras de carvão. Viver com ela era muito similar a sobreviver a um inverno escocês.

Ele olhou atentamente para ela, e então decidiu não se dar ao trabalho de decifrar o que ela queria dizer com aquilo. Ergueu seu olhar para contemplar o agrupamento denso de árvores ali perto, que tinham os aromas de pinho e ar fresco.

— Você se importa com a minha loucura? Até mesmo se você estiver certa quanto a isso de eu conseguir controlar meus ataques de raiva. Eu sempre serei louco. Não melhorarei.

— Eu sei. — Beth aninhou-se junto ao peito dele. — Faz parte do muito intrigante pacote que é Ian Mackenzie.

— Isso vai e vem. Às vezes, estou perfeitamente bem, e então surge a confusão.

— E vai embora de novo. Curry ajuda você. Eu ajudarei você.

Ian segurou o queixo dela com as mãos em concha e virou a face de sua amada para cima, na direção da sua. Então ele fez o que estivera praticando desde a noite no trem: olhou plenamente nos olhos dela.

Não era sempre que ele conseguia. Às vezes, seu olhar simplesmente se recusava a obedecê-lo, e ele o desviava com um grunhido. Porém, cada vez mais ele havia sido capaz de se focar diretamente nela.

Os olhos de Ian eram belos, ainda mais quando suas pupilas ficavam dilatadas com o desejo.

— Eu já lhe disse hoje que amo você? — ele perguntou.

— Uma dezena de vezes. Não que eu me importe com a repetição.

Como uma mulher jovem que tinha ficado faminta de amor por muito tempo de sua vida, Beth sorvia a efusão das palavras generosas de Ian. Ele a surpreendia com elas, pegando-a enquanto ela estava descendo pelo corredor, empurrando-a junto a uma parede, respirando.

— Eu amo você.

Ou ele a acordaria com cócegas e diria que a amava enquanto ela tentava bater nele com um travesseiro. A melhor parte era quando ele se deitava junto a ela no escuro, tracejando seu corpo com o dedo. Ela valorizava como um tesouro quando ele dizia, sussurrando: "Eu amo você".

— Preciso lhe contar uma coisa, Ian.

Ian piscou. Seu olhar tentou se desviar, mas ele o forçou, com determinação, a se focar novamente nela.

— Hum?

— Eu não queria lhe dizer até que tivesse total certeza, mas fui a um médico. — Ela inspirou. — Ian, você vai ser pai.

Ian continuou com o olhar fixo nela, sem desviá-los de sua amada. Ele piscou mais uma vez, e então esfregou levemente a têmpora.

— O que foi que você disse?

— Você será pai. — Beth entrelaçou seus dedos nos dele, puxando as mãos de Ian para baixo. — Vou ter um filho seu. Está me ouvindo?

— Estou. — Ian deslizou os dedos pelo vestido macio dela para repousá-los em sua barriga. — Um filho! — Seus olhos ficaram arregalados. — Oh, meu Deus! Será que vai ser como eu?

— Espero que sim.

— Por quê? — Ele cerrou os dedos sobre o tecido, esmagando o tafetá. — Por que você nutriria esperanças de que ele fosse como eu?

— Bem, *ele* pode ser *ela,* e eu acho que nada melhor do que uma criança que seja exatamente como o pai. — Ela baixou o tom de voz, sedutora. — Especialmente quando o pai é você.

Ian não parecia reconfortado.

— Ele é um Mackenzie. Ele será louco.

— Mas ele terá uma vantagem. Terá um pai e tios que o entendem. — Ela abriu um sorriso. — Ou ela. Se for uma menina, claro que será perfeita.

— Concordo — disse Ian, em um tom sério.

Beth começou a explicar sua piada, e então ergueu o olhar para ele, surpresa.

— Isso foi uma piada, Ian Mackenzie?

— Você está me ensinando. — Ele inclinou-se para baixo, na direção dela. — Com sua língua apimentada.

Beth colocou rapidamente para fora a língua em questão.

— Ela tem sabor apimentado?

— Sim. — Ele deslizou o polegar em uma lenta carícia pelo lábio inferior de Beth. — Mas me deixe sentir o sabor de novo.

Ele ergueu-a e apertou-a junto a si, segurando seu traseiro com as mãos em concha. Lá embaixo, na colina, Isabella ria, e os irmãos Mackenzie e Daniel irromperam em um júbilo motivador.

Então o som rodopiava e perdia o sentido enquanto a boca de Ian cobria a de sua amada e seu corpo se curvava sobre o dela, que sentia a firme e dura montanha da ereção em meio às camadas de roupas que vestiam, e o coração de Beth batia com um calor repentino.

Prazer carnal, de fato, oferecido pelo enlouquecedor Lorde Ian Mackenzie.

Beth aceitou-o.

Fim

Editora Charme

Entre em nosso site e viaje no nosso mundo literário.
Lá você vai encontrar todos os nossos
títulos, autores, lançamentos e novidades.
Acesse www.editoracharme.com.br

Você pode adquirir os nossos livros na loja virtual:
loja.editoracharme.com.br

Além do site, você pode nos encontrar em nossas redes sociais.

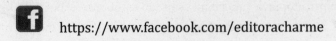 https://www.facebook.com/editoracharme

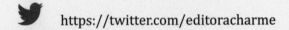 https://twitter.com/editoracharme

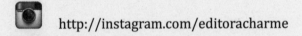 http://instagram.com/editoracharme

@editoracharme